조정래의 시선

조정래의
시선

視 線

정담을 나누고 싶어서

소설을 아무리 길게, 많이 써도 그것으로 다 못한 이야기는 있게 마련이다. 그건 소설이라는 형식의 제약 때문이기도 하고, 우리가 사는 세상이 여러 국면으로 복잡다단하기 때문이기도 하다.

그래서 피하려고 하지만 어쩔 수 없이 신문에 칼럼도 쓰고, 강연도 하고, 방송에 출연도 하게 된다. 그런데 거기에는 내 나름의 엄격한 기준과 제한이 있다. 문학과 우리의 역사 그리고 사회적인 긴급한 문제에 한해서 발언을 한다는 것이다. 나는 지난 40여 년 동안 이 원칙을 확실히 지켜왔다. 더러더러 엉뚱한 요구가 오고는 했지만 그때마다 정나미 떨어지도록 한마디로 거절하고는 했다.

그런데 신문 칼럼이라는 것도 그렇지만, 특히 강연이나 방송 출연해서 한 말들은 그 시간이 지나버리면 흔적 없이 사라지고 만다. 그 허망감은 적잖이 큰 것이었다. 한 번뿐인 인생을 후회 없도록 하기 위해서 매 순간 치열하게 살자고 마음먹었기 때문에 강연이나 방송에서도 허튼소리 한 게 아닌데 그 얘기들이 흔적 없이 사라져버리다니…… 그건 바로 말의 한계였고, 그래서 문자를 탄생시켰다는 상식적 사실을 재음미하게 하는 일이었다.

그 허망함과 아쉬움, 그리고 매 순간 진정을 다 바친 내 인생의 결정들을 구슬 꿰듯이 하고 싶은 마음의 표현이 이번 책이다. 여기 동원된 여러 국면의 내 얘기들은 나의 문학론이기도 하고, 인생관이기도 하고, 민족의식이기도 하고, 민족사에 대한 견해이기도 하고, 사회 인식이기도 하고, 인간다운 세상을 향한 염원이기도 하다.

그동안 내 작품을 사랑해 주신 수많은 독자들께서 이 단풍 드는 아름다운 가을밤 나와 정담을 나눈다는 마음으로 이 책을 읽어주신다면 소설과는 다른 '조정래'를 느끼는 기회가 되지 않을까 싶다.

그런데 읽다 보면 몇 군데 같은 얘기가 반복될 것이다. 그건 이야기 진행상 어쩔 수 없이 생긴 일이니 널리 이해하여 주시기 바란다.

나와 인터뷰를 했던 많은 분들께 새삼스럽게 감사를 표한다. 부정확한 말을 정확하게 정리해야 하는 고역은 뜻밖에도 크기 때문이다.

2014년 11월에

조정래

한국인과 중국인의 마주 보기

:『정글만리』를 답파하며

66 인간은 본질적으로 자본주의적 속성을 가진 존재고,
자본주의는 시대의 변화에 따라 변모·적응해 가며
인류사와 함께 그 생명이 영원하리라고 생각합니다. **99**

『태백산맥』과 『한강』을 거쳐 '현재 이곳'으로

서경석(이하 서) 안녕하십니까, 선생님. 『정글만리』(전3권)가 출간되자마자 단박에 전례 없는 속도로 수많은 독자들과 만나고 있습니다. 오늘, 『정글만리』 이야기를 선생님께 직접 듣게 되어 영광이고 또 반갑습니다.

『한강』 끝내시고 이제 좀 쉬시겠다고 하셨지만 한편으로는 절대 그러시지 않을 거라 생각했습니다. 바로 분단 문제와 장기수 문제 가지고 『인간연습』을 쓰시고, 수필집 쓰시고, 그다음에 『오 하느님』(『사람의 탈』로 제목 바꿈)을 쓰셨습니다. 이것은 『한강』 이후 계속 연관되는 작업이었죠. 그런데 『허수아비춤』부터는 좀 새로운 차원으로 나아갔다는 생각이 듭니다. 작품 세계를 시기 구분하는 그런 차원에서 말이죠. 지금까지 쓰신 그렇게 많은 작품들은 이제부터 쓰실 작품의 전사였다는 생각을 갖게 됩니다. 루카치가 역사소설을 현대의 전사라고 했던 구절도 기억이 나고요. 이제 본격적으로 우리 시대에 대해서 쓰시니까요. 선생님은 이 구도를 처음부터 계획하고 계셨던 거죠?

조정래(이하 조) 예, 그렇습니다. 『허수아비춤』은 『한강』을 쓸 때부터 그 탄생이 예비되어 있었습니다. 『한강』의 시대를 거치면서 모든 사람들이 혼신의 힘을 다 바쳐 이룩해낸 경제발전이 언제부터인가 비정상적으로 비틀리면서 재벌 중심의 천민자본주의로 부익부 빈익빈의 사회로 치달았고, 재벌들의 경제력은 사회 장악을 넘어 국가권력까지 농단하는 상황까지 오게 되었습니다. 그건 매우 위험스러운 위기가 아닐 수 없었습니다. 그래서 『한강』을 끝낸 후 10여 년 동안의 관찰과 준비를 통해서 『허수아비춤』을 쓰게 된 것입니다. 그 주제의 중대성과 사회 전체의 인식의 시급함 때문에 제 소설들 중에서 '작가의 말'을 가장 길게 쓴 작품이기도 합니다. 그 핵심은 '경제민주화'를 실현시켜야 한다는 것이었습니다. 그것 없이 우리 사회의 깊은 모순은 해결되지 않으니까요. 그래서 2년 뒤의 대선 국면에서 '경제민주화'가 모든 후보들의 공동 화두로 등장했습니다. 그런데 몇 개월이 지난 지금 '경제민주화'는 아득하게 실종 상태인 채로 엉뚱하게 소모정치의 세월을 보내고 있습니다.

서 이젠 본격적으로 '현재 이곳'의 저류에서 용솟음치는 문제들을 형상화하시게 될 터인데 그 핵심은 자본주의라 해야겠죠?

조   예. 자본주의가 문제지요. 다 알다시피 자본주의는 사회주의
와의 대결에서 승리하고, 21세기를 지배해 나갈 지구의 유일한 이데
올로기입니다. 아니, 네 개의 사회주의 국가가 있지 않느냐고 하실 분
들이 있을지 모릅니다. 그러나 그건 겉만 보고 속을 보지 못하는 단견
이지요. 중국·베트남·쿠바·북한이 그 네 나라입니다. 그러나 앞의 세
나라는 정치 틀만 사회주의를 표방하고 있을 뿐 경제구조는 완전히
자본주의로 바뀌어 있습니다. 그리고 북한은 그렇게도 못된 상태로
세습왕조로 둔갑해 버린 모습을 보여주고 있습니다. 이제 자본주의
는 견제 없는 독주를 하게 되었으니 그 모순과 횡포가 극대화하는 시
대를 연출하게 되어 있습니다. 그 위험이 바로 천민자본주의의 창궐
입니다. 자본주의를 가장 실감나게 그리고 적확하게 표현한 말이 있
습니다. 좀 천격의 시쳇말로 취급당하는 '돈 놓고 돈 먹기'라는 말입니
다. '자본 불패, 자본 필승'을 리얼하게 묘사하고 있는 그 말은 '돈은 인
간의 왕이고, 인간은 돈의 노예'라는 사실을 일깨우고 있기도 합니다.
인간 부재의 자본의 악마성은 우리 사회의 도처에서 수없이 벌어지
고 있고, 세계 어느 나라에서나 그 기세를 드높이고 있습니다. 골목상
권 파괴, 자영빵집 몰락, 갑의 무한횡포 같은 것들이 그 대표적인 현상
입니다. 앞으로 자본주의가 독주하면서 그런 비인간화는 더욱 기승을
부리고 가속화할 텐데, 그런 시대에서 '작가란 무엇을 할 것인가' 이것
이 21세기를 사는 작가들의 공통된 화두가 아닐까 생각합니다.

　경제 문제는 생존의 문제이고, 농업경제 시대에는 지주와 소작인의
대립·갈등이 문제였지만, 산업경제 시대로 바뀌면서 재벌과 소비자의

역학구도로 바뀌었습니다. 그러므로 작가들이 자본과 비인간화의 문제, 재벌들의 횡포와 반사회적 형태, 자본의 공룡화와 절대다수의 인간 소외, 이런 문제들을 응시하고 투시해야 하는 것은 시대적 필연이라고 생각합니다. 그런 문제를 외면하고서야 인간을 위한 문학이란 있을 수 없으니까요.

서　현대사의 전사는 검토를 하셨으니 바야흐로 진짜 자본주의 사회를 연구하셔야 되잖아요. 이번에 출간하신 『정글만리』를 보니 취재 대상도 그 범위가 변화되어야 하고 대상에 대한 깊이 있는 천착도 간단한 일이 아닐 터인데, 그것도 일국적 시각이 아니라 중국을 놓고 시작을 하셨단 말이에요. 이 점부터가 아주 문제적인 것 같습니다.

조　예, 어느 날 느닷없이, 난데없이 G2가 된 중국. 그것이야말로 문제적이지 않을 수가 없습니다. 그건 한마디로 하면, 21세기 전 지구적인 문제인 동시에 5천 년 동안 국경을 맞대어온 우리 한반도의 운명과 직결된 중대사이기 때문입니다. 그런 중국을 소설의 소재로 삼고자 했던 것은 20여 년 전, 그러니까 1990년으로 거슬러 올라갑니다. 이게 무슨 말인가 하면 저는 두 번째 대하소설 『아리랑』을 쓰려고 1990년에 중국 취재를 떠났습니다. 그때가 우리나라와 수교 2년 전인 데다가, 1989년에 '텐안먼 사태'가 터져서 말썽 많은 작가와 기자들은 절대로 들어올 수 없도록 중국 정부가 규제를 하고 있었어요. 그런데 저는 거뜬하게 들어갔습니다. 중국 정부가 저에게 특혜를 준 것일까요? 여기에 웃지 못할 에피소드가 있습니다. 여행사의 말이 200달러를 내면 '상인(비즈니스맨)'으로 비자를 내준다는 것입니다. 덩샤오핑이 개혁개방에 박차를 가하고 있을 때니까 상인들은 대환영이었던 거지요. 그런 분위기를 타고 돈맛 들인 중국 공무원들이 뒷돈을 챙기고 있었던 겁니다. 저는 거침없이 200달러를 냈고, '상인 비자'도 거침없이 나왔습니다. 자본주의 물을 먹으며 타락하기 시작한 중국 공무원들의 덕을 톡톡히 본 셈이지요. 그때부터 시작된 공무원들의 부정부패가 지난 20여 년 동안 줄기차게 성장 발전해 오늘날에는 세계적인 화젯거리가 되기에 이르렀습니다.

그때의 세계적 상황은 사회주의 종주국 소련은 몰락했는데 중국은 건재해 있었습니다. 왜 그럴까? 궁금증은 작가인 저만이 아니라 세계의 경제학자, 역사학자, 사회학자, 정치학자 모두의 최대 관심사였습니다. 그런데 저는 며칠 만에 그 의문의 답을 찾을 수 있었습니다. 그게 뭐냐면, 그때 소련은 국영 상점마다 먹을 게 아무것도 없이 텅텅 비어 있는 광경이 우리 텔레비전에 자주 비치고 있었고, 달걀 하나, 소시지 하나를 구하기 위해 시베리아의 엄동설한에 200미터, 300미터 줄을 선다는 소식이 전해지고 있었습니다. 그런데 중국에서는 쌀이 남아돌아 수출을 하고 있었고 상점마다 빵이며 각종 식료품들이 가득가득했고, 심지어 과자와 사탕, 샴푸 같은 것들까지 넘쳐나고 있었습니다. 그 현실이 궁금증의 해답이었습니다. 개혁개방 10년의 자본주의가 12억 인구를 배부르게 먹게 했고, 사회주의 중국을 구한 것입니다. 곧 '물적 토대의 유무'가 소련과 중국의 운명을 가른 것입니다. 이런 현실은 전혀 새로울 게 없는 사실을 상기시켜 줍니다. 수천 년에 걸친 동서양 역사의 절대적 공통점이 한 가지 있습니다. '모든 왕조는 백성을 굶주리게 해서 무너졌다.' 이 고전적인 정의가 20세기를 끝내는 시점에서도 정확하게 적용되었다는 사실입니다. 중국의 현실을 발견한 순간 제 머리에 떠오른 것은, '개혁개방 10년의 결과가 이 정도라면 앞으로 20년, 30년이 지나면 중국은 과연 어떤 나라가 될 것인가! 이건 중대한 문제다' 하는 깨달음이었습니다. 소설 소재는 그렇게 얻어졌습니다.

서　1990년, 20여 년 전에 이미 그런 계획을 하셨단 말씀이죠?

조　예, 그렇습니다. 그때부터 중국을 주시하며 20여 년 동안 수시로 중국 취재여행을 했습니다. 긴 기간만 여덟 번, 짧은 기간까지 다 합치면 열다섯 번 넘게 중국을 오갔습니다. 그런데 2010년이 되자 중국이 일본을 제치고 G2가 되었습니다. 그건 세계적인 충격이었습니다. 중국조차도 놀랐습니다. 왜냐하면 세계적인 경제학자들이 전망하기를 중국은 대략 40년 후인 2050년이나 2060년쯤에 선진국 수준에 오를 거라고 생각했고, 덩샤오핑도 그 전망에 동의했습니다. 그런데 40년을 앞당겨 선진국 수준을 훨씬 뛰어넘어 세계 두 번째 경제대국, G2가 되어버린 것입니다. 참 대단한 충격이 아닐 수가 없지요.

서　그건 굉장히 중요한 것 같습니다. 이처럼 이념으로 뭉쳐진 국가가 생존한 것은 백성을 굶주리게 만드는 체제는 붕괴한다는 것을 선취한 중국의 지도자들이 있었기 때문이기도 하겠네요.

조   예, 중국의 오늘을 이룩해낸 지도자로 덩샤오핑을 꼽지 않을 수가 없지요. 그는 '정치혁명'을 일으킨 마오쩌둥의 뒤를 이어 '경제혁명'을 일으킨 걸출한 인물이지요. 그리고 나머지 공산당원들은 그의 지휘를 잘 따랐고, 그다음의 절대적인 힘은 중국 인민들이었지요. 우리의 경제발전의 성취가 궂은일 마다하지 않고 혼신의 힘을 다한 전체 국민들의 피땀의 결정이었듯이.

서구 편향적 인식의 폐해

서   사실, 시대적으로 누적되어 온 사회경제적 모순들을 크게 아우르면서 구체적 총체성을 확보한 작품들이 많지 않았습니다. 분단 문학의 기원과 역사에 대해 『태백산맥』이 답변하듯이 말이에요. 선생님 작품은 이렇게 시대를 크게 조망하고 구체적으로 형상화한다는 면에서 의미가 있고, 독자들이 오히려 그런 뚜렷한 거대서사를 기다리고 있었다는 생각이 듭니다. 왜 이렇게 많은 독자들이 이 책을 사볼까 하는 의문은 이런 점과 관련이 있는 것 같습니다. 그런데 1990년대로 접어들면서 거대서사의 종언이라는 초거대서사가 나타납니다. 그리고 요즘은 거대서사 기피현상이랄까요, 그것을 마치 촌스럽게 생각한다거나 지나간 시대의 유물이라고 생각하는 풍조가 있습니다. 여기에 대해 한 말씀 해주시죠.

조　　거대서사를 촌스럽게 생각한다거나 지나간 시대의 유물이라고 생각하는 풍조라……. 자유민주주의 사회에서 어떤 생각을 하든 그건 자유니까 별로 말하고 싶지 않습니다. 그러나 그런 생각들의 근원이 서양중심주의나 백인우월주의에 대한 열등감에서 비롯되고 있다는 점에서 역겨움을 느낍니다. '서양에서는 대하소설이 없어진 지 오래되었다.' '두 권 이상 된 소설은 노벨상 심사위원들이 아예 읽지를 않는다. 한 권짜리라도 짧을수록 좋고, 500매를 넘어가기 시작하면 곤란하다.' 작가며 출판인들 사이에서 아무 거리낌 없이 이런 말들이 오가는 것을 들으면 그만 난감해지고는 합니다. 자기의 현실 속에서, 자기의 필요에 의해서, 자기네 사회의 이야기를 엮어내는 것이 소설일 것입니다. 그런데 왜 무조건 서양을 따라가야 한다고 생각하고, 그들을 하느님처럼 떠받들고, 그들이 주는 상을 받고 싶어 허둥지둥하는 겁니까. 우리의 사대주의, 우리의 열등감, 문학 하는 사람들마저 이 지경이니 이 나라 문학의 앞날이 어찌 될지 참……. 험난하고 쓰라리고 슬픈 우리 민족의 역사, 분단에 뿌리를 둔 수많은 사회 모순과 갈등, 그런 것들을 써내기 위해서 필요하면 몇 권의 길이가 되든 써야 진정한 것 아닐까요. '이 세상의 모든 작품은 그 작품들을 있게 한 모국어의 자식들이다. 그러므로 글을 쓴다는 것은 모국어에 대한 은혜 갚기이다.' 이런 인식을 바탕으로 글을 쓴다면 서양 굴종적 의식을 극복할 수 있을 것입니다. 그 극복 없이 제아무리 글을 써봐야 독자는 없고, 결국 자기 파멸의 길만 재촉하는 게 아닌가 싶습니다.

그리고 또 한 가지 문제가 있습니다. 민족주의에 대한 무조건적 거부와 매도입니다. 그것이야말로 서양의 힘센 나라들의 음모적 주장을 앵무새처럼 그대로 따라하는 몰상식이고 무책임입니다. '히틀러를 보라. 공격적이고, 파괴적이고, 배타적이고, 폐쇄적인 민족주의가 얼마나 나쁜가.' 서양의 힘센 나라들이 2차대전 이후에 70년 가까이 즐겨 써온 민족주의 매도 구호입니다. 물론 히틀러의 민족주의는 일고의 가치도 없이 나쁩니다. 그러나 강대한 무력을 가졌던 히틀러의 민족주의가 아닌, 힘이 미약한 약소국들의 민족주의가 따로 있습니다. 2차대전 이후에 서양 강대국들은 그전과는 다른 방법으로 세계 지배를 꾀해왔습니다. 영토를 강탈하는 직접적 식민지 지배가 아니라 경제력을 이용한 간접적 시장 지배가 그것입니다. 그 변형된 제국주의 지배에 약소국들이 대항하거나 방어할 수 있는 수단은 민족주의로 뭉치는 것뿐입니다. 그 정신적 무기를 해체 내지는 약화시키기 위한 정치적 음모를 자행하는 것이 민족주의의 무조건적 매도입니다.

보십시오, 약소국들이 무슨 힘이 있어서 남을 공격하고 파괴할 수 있으며, 약자가 고립되어서는 생존을 유지할 수 없는데 어떻게 배타하며 폐쇄적일 수 있단 말입니까. 그러므로 약소국들의 민족주의는 방어적이고 저항적인 민족주의이며, 공생적이고 호혜적 민족주의이기 때문에 히틀러의 민족주의와는 명확하게 구분되어야 합니다. 그런데 이 나라 각 분야의 수많은 외국 유학생들은 서양 강대국들의 주장을 그대로 재방송하는 앵무새 노릇을 수십 년간 열성적으로 해오고 있습니다. 그런 사회 분위기에 감염되고 편승해서 작가들마저 앵무새 되기를 서슴지 않고 있습니다. 그 인식 없고, 의식 없는 언행이 가상할 따름입니다. 무조건 서양인을 닮고 싶어 눈 찢고, 코 높이고 하는 행태와 문인들의 그 의식 없음이 같은 수준이 아닌가 합니다.

서   예, 공존의 민족주의죠. 민족주의의 두 가지 길을 구별해서 사고하자는 말씀인데요. 그래도 서구적 시선에서 보면 결국 본성은 같다고 보는 것 같습니다.

조   예. 자기들이 배척당할 수 있는 정신적 적을 제거하기 위해서 그들은 줄기차게 그렇게 공세를 취하는 것이죠. 그런데 그들은 인종주의와 국가주의로 철저하게 무장되어 있다는 것을 투시해야 합니다. 세계화, 글로벌 시대 어쩌고 하니까 문인들마저 '세계시민' 운운해 가며 들뜨고 있는데……, 정신 차려야 합니다. 세상이 어떻게 변해가도 인류가 존재하는 한 인종주의, 국가주의, 민족주의는 결코 없어지지 않을 것입니다.

서   예, 아주 더 강해집니다. 유럽에 있어 우파 포퓰리즘 정권의 속출이나 일본의 현 정황도 그 증거일 수 있겠습니다.

조   그렇습니다. 그 대표적인 본보기가 미국 아닙니까. 미국은 국민이 직접선거를 하지 않는 나라를 야만국 취급하며, 공개적으로 인권 부재 국가라고 매도하고 있습니다. 그런 언행에는 자기네 미국이야말로 세계 최고의 민주주의 국가라는 자신감이 차 있습니다. 그런 미국이 세계에서 최고로 국가주의를 조장하는 나라라는 사실은 슬쩍 감추어져 있습니다. 미국은 국가주의 조장을 줄기차게, 공개적으로 하는데 어찌 된 영문인지 그 배타적이고 독선적인 행위에 대해서 그 어느 나라, 그 누구도 지적하거나 비판하지 않습니다. 유일 초강대국인 미국이 하는 행위는 모두 옳다고 봐주려 하는 약자들의 기회주의 때문일까요? 하여튼 잘 모를 일입니다. 어쨌든 미국이 조장하는 국가주의의 대표적인 행위가 북한에서 미군 유해를 가져가 거창하게 장례식 치르는 일입니다. 6·25가 언제 일입니까. 60년이 넘었는데도 그들은 뼈를 가져가 국군묘지에 안장하는 성대한 장례식을 올립니다. 그 장례식을 통해 그들이 국민들에게 목청 드높게 외치는 소리는 무엇입니까. '보라! 너의 국가는 네가 희생되더라도 절대 잊지 않고 이렇게 귀하게 너를 받들어줄 것이다. 그러니······' 이 얼마나 선동적이고 끔찍스러운 국가주의입니까. 수많은 인종들로 이루어진 국가를 다스려나가는 가장 효과적인 방법이 그 국가주의인 것이죠. 그 국가주의야말로 히틀러 민족주의 못지않게 얼마나 배타적이고 폐쇄적입니까. 또 프랑스를 비롯한 유럽 여러 나라들도 인종주의 발동으로 각종 갈등과 충돌이 끊임없이 일어나고 있지 않습니까. 이러한 속 깊은 문제점들을 우리 작가들도 객관적으로, 이성적으로 주시하는 것이 작가의 기본적 소임을 하는 게 아닐까 합니다.

시대의 모순을 그려내는 장편서사의 필요성

서 　우리 사회에 해체론이라든지 신실용주의 혹은 반본질주의 같은 현대 서구의 사유가 방법론적 고민이나 현실 적실성에 대한 고려 없이 소개된 것도 문제가 되겠습니다.

조 　그 '번역문화'의 열등감이나 기회주의가 언제쯤이나 이 땅에서 사라질 것인지 참 침울합니다. 6·25전쟁의 폐허 속에서 모두 배고파 허덕거리고 있는데 뜬금없이 번역되어 퍼지기 시작한 것이 프랑스발 실존주의였어요. 그때 문인들을 비롯해서 문화계 전반에 실존주의 바람이 불어댔지요. 그 실체가 무엇인지도 모르고 그 바람을 얼마나 탔으면 어느 원로작가라는 사람의 소설 제목이 『실존무(實存舞)』였겠어요. 그리고 나서 60년 넘는 세월이 흘러간 지금까지도 번역문화의 직수입이 계속되고 있으니, 우리 사회는 참 더디 발전하고, 유치함을 못 벗어나고 있어요. 서양중심주의, 서양제일주의에 그렇게 사로잡혀 있다니, 참 가상하고 대단해요. 우리 현실과는 아무 상관도 없고, 우리 현실과는 전혀 맞지 않는 이론을 무작정 번역해서 무척 새로운 것을 아는 척해대는 그 유치함에 전혀 창피를 느끼지 않으니 말입니다. 10여 년 전에 포스트모더니즘 바람이 불었을 때, 그게 모든 문학적 문제의 해결사인 것처럼 소란스러웠는데, 영문학을 전공한 어느 평론가가 잽싸게 책을 내면서 그 선봉에 섰어요. 그래서 그 책을 읽어보니 완전 소화불량이었어요. 그 사람 자신이 무슨 말을 쓰고 있는지 모르는 상태였지요. 어쩌면 그게 바로 포스트모더니즘인지도 모를 일이었습니다. 눈 아파 가며 시간 낭비하고 나서 그 나이 많은 교수님을 딱하게 바라본 일이 있어요. 평생 '번역문화'에 매달려 살아온 그 영문학자의 생애도 가였지만, 그런 사람한테 무엇을 배웠을지, 학생들은 더욱 가엾지 않을 수가 없었습니다.

과학이나 의학같이 확실히 앞서 있는 것은 모르지만, 예술 특히 음악과 미술과는 달리 민족적 특성을 강하게 띠게 되는 문학에서만큼은 자기 주체성, 자기 존재감을 확실히 갖추어야 하는 게 아닌가 합니다. 저는 특히 대하소설을 한 편도 아니고 세 편이나 쓰는 바람에 지탄 아닌 지탄을 적잖이 받았습니다. '서양에서는 이미 없어진 대하소설을 왜 계속 쓰느냐. 이건 시대착오적이고 촌스러운 짓 아니냐.' 뭐 이런 투의 뜻이 담긴 말들이었습니다. 그 서양 것을 잘 받드는 신식이고 세련되신 분네들의 말씀을 철저하게 외면해 버렸던 것은 대하소설을 써야 하는 내 나름의 이유가 명백하게 있었기 때문입니다.

그건 다름 아닌 우리 역사의 처절한 아픔과 슬픔에 대해서 써야한다는 자각이었습니다. 우리는 5천 년 역사를 통해서 크고 작은 외침을 천여 번, 정확하게 931번을 당했습니다. 그러다 끝내는 나라를 빼앗겼고, 그 연장선에서 민족이 분단되어 오늘에 이르고 있습니다. 그런데 그 분단 대결 때문에 써야 할 것을 제대로 쓸 수 없는 속박 속에서 살아왔습니다. 그러니 작가로서는 더 쓰고 싶은 갈망에 허덕이게 됩니다. 저는 그런 척박한 역사의 땅에 태어난 작가로서 그 상처와 진실에 대해 쓰지 않으면 참된 작가일 수 없다고 생각했습니다. 그래서 국적이 뚜렷한 이 땅의 작가가 되고자 했습니다. 왜곡과 굴절이 심한 역사의 얘기를 진실하게 쓰고자 하다 보니 소설은 자연히 대하소설이 될 수밖에 없었고 굽이굽이 사연이 많아 세 편을 쓰지 않을 수 없었던 것입니다. 그 노력이 헛되지 않아 세 편 대하소설은 많은 독자들을 만났고, 각각 10년에서 20년이 넘었는데도 지금도 그 생명을 서점에서 이어나가고 있습니다. 그러니 외국사람들이 길다고 읽어주지 않아도 아무 상관이 없습니다.

그런데 어이없는 일은 몇몇 평론가들로부터 "길게 쓸수록 손해다. 안 읽게 되니까" 하는 말을 들었을 때입니다. 평론가의 기본 임무는 '읽는 일을 하는 것' 아닌가요? 그런데 그 기본도 망각한 사람들의 부끄러움 모르는 태도를 보았을 때 그만 웃고 맙니다. 어차피 그런 사람들은 제대로 된 평론가 노릇을 못 할 사람들이니까요.

서 그런 문제의식을 가지고 작품을 쓰면 서양의 독자도 오히려 호응을 하리라는 생각도 듭니다.

조 예. 그런 실례가 있었습니다. 2005년 프랑크푸르트 도서전 때 우리나라가 주빈국이었습니다. 그래서 작가들이 45명쯤 가서 낭독회를 했어요. 그 장소가 보통 전시관의 20~30배 크기의 약 200여 평이 되는 중앙홀의 주빈국관이었어요. 딴 나라 작가들은 전시관 길목 길목의 비좁은 장소에서 낭독회를 하는데 우리나라 작가들은 그 넓은 홀에 무대를 차려놓고 세계의 출판인들과 독자들을 상대로 작품을 낭독하고, 독자들과 토론을 하는 것이었습니다. 그때 저의 작품은 『불놀이』와 『유형의 땅』이 독일어로 번역되어 있었어요. 그런데 사회를 보는 독일 평론가가 갑자기, "당신은 세 편의 대하소설을 썼다. 그 중에서 『태백산맥』과 『아리랑』이 불어로 번역되어 있다. 당신은 그 긴 소설을 통해서 유럽 독자들에게 무엇을 전하고자 하는 것이냐" 하고 물었어요. 토론 대상 작품을 제쳐놓고 나온 그 느닷없는 질문에 저는 순간적으로 당황했지요. 그때 떠오른 말이 있었어요. 『태백산 맥』은 불어보다 먼저 일본어로 번역되었어요. 그때 일본 평론가가 한 평이 있습니다.

'이 소설은 단순히 한국전쟁에 대한 이야기만이 아니다. 한국민족을 이해할 수 있는 총체적 백과사전이다. 그리고 더 나아가서는 세계 강대국들이 약소국들을 어떻게 억압하고 착취하고 괴롭혔는가까지 보여주고 있다.'

저는 이 평을 소개한 다음, "유럽의 지난 200년 역사는 무엇인가. 전 세계를 향한 식민지 착취의 역사 아닌가. 당신들이 누리고 있는 오늘의 부가 약소국들에 대한 착취로 이루어졌음을 환기시키고 싶은 것이다" 하고 말했어요. 그랬더니 수백 명 청중들이 마구 박수를 쳐대는 겁니다. 그 뜻밖의 호응에 문득 떠오르는 말이 있었습니다. '가장 민족적인 것이 가장 세계적인 것이다.' 수십 년 동안 저의 뇌리에 박혀 있던 말이 현실감을 얻어 살아나는 것이었습니다.

서   오히려 그쪽 사람들은 그렇게 열광하는데…….

조   글쎄 말입니다. 그리고 질문이 계속됐는데, 대답을 할 때마다 박수가 터져나오는 겁니다. 6·25전쟁의 상처와 유럽 2차대전의 상처의 동질성, 전쟁의 후유증이 오늘날까지 정신병 증세로 남아 있는 여러 공통점, 국가와 민족은 달라도 인간의 감정이 서로 통하는 공감대 형성, 이런 것들로 서양의 독자들이 계속 박수를 보내준 것입니다. 그리고 그 박수가 형식적이거나 의례적인 것이 아니라 진심이었음을 그들은 낭독회가 끝난 다음에 보여주었습니다. 그건 다름이 아니라, 토론장 옆에는 해당 작가의 번역된 작품집들이 50여 권씩 쌓여 있었습니다. 독자들이 구매해서 사인회를 하기 위해서였죠. 그런데 제 책은 다 팔리고 모자라 백지에까지 사인을 해주어야 했습니다. 이거 말하다 보니 쑥스럽네요. 아무리 사실을 사실대로 말하는 것이라 해도 자기 얘기는 자기 자랑이 될 위험이 크니까요. 근자에 젊은이들이 유행시킨 '쪽팔린다'는 말이 지금 꼭 들어맞는 것 같습니다. 에이, 기왕 쪽팔린 김에 한마디 더 할까요. 같은 독문학자인 부인과 함께 그 낭독회를 다 구경한 김광규 시인이 뭐랬는지 아세요? "조 형이 그렇게 웅변가인 줄은 몰랐어요."

어쨌거나 작가는 남의 눈치 볼 것 없이 자신이 처한 현실 속에서, 자신이 옳다고 인식한 바를, 혼신의 힘을 다해 쓰는 것입니다 그것이 인간의 삶의 총체적인 것인 한 국경을 넘고, 인종을 넘어 공감대를 형성해 나아갈 수 있습니다.

젊은 작가들은 문제 많은 우리 현실에 좀더 치열하고 철저하게 대결했으면 합니다. 역사 체험이 없어서 대작을 쓸 수 없다고 타령하고 불평하지 말고 눈앞에 놓인 것들을 직시해야 합니다. 예를 들어 1980년대 가투를 했던 문인 세대들은 뭐하고 있는 겁니까. 그 시대가 어언 30년이 돼가고 있습니다. 한 세대가 지나고, 소설이 될 수 있는 객관적 거리가 확보되었습니다. 80년대, 얼마나 치열했고, 이루어진 것 많은 시대입니까. 대하소설 열 권이 충분히 나올 수 있는 시대 아닙니까. 그런데 왜 소설 소식이 없는 것입니까. 노인네들이 흔히 하는 말로 '10년만 젊었더라도…….' 그러고 보니 제 나이 어느덧 일흔하나입니다.

서   그것도 쓰실 것 같은 예감이 드네요. (웃음)

조   마음뿐이지요. 마음이 어찌 나이를 이길 수 있겠습니까. 그 시대를 치열하게 관통해 온 후배 문인들이 적지 않습니다. 그들 몇몇에게 그 시대를 쓰라고 말했었어요. 최근까지도. 그들도 고민하고 있을 테니 기다려봐야죠.

서   의미가 없다고 생각하는 게 아니고 엄두가 안 나겠죠.

조   글쎄요. 엄두가 안 난다……. 어차피 문학은 길 없는 길입니다. 쪽배로 바다를 건너는 일이고, 낙타도 없이 사막을 건너는 일입니다. 그 외롭고 고통스러운 길을 오로지 혼자서 걷는 데 의미가 있는 것이 문인의 삶이고 작가의 삶 아닙니까. 인생이란 자기 스스로를 말로 삼아 끝없이 채찍질을 가하며 달려가는 노정입니다. 그리고 또, 인생이란 두 개의 돌덩이를 바꿔 놓아가며 건너는 징검다리입니다. 하물며 작가의 길이란……

서   시대나 안목의 문제가 아니고 작가들의 삶의 방식의 문제라고 보시는 거죠.

조   치열성과 열정의 부족이에요.

중국시장이라는 '정글'

서   『정글만리』라는 제목이 인상적입니다. 책을 안 읽은 사람은 정글만리가 뭘까, 정글이라는 게 뭘 뜻하지 하다가 책을 펼쳐보고서야 그것이 치열한 삶의 현장이고, 특히 자본주의 현실이라는 것을 알게 됩니다. 자본주의라는 것이 접근하기에 따라서는 시장이다, 혹은 공장이다, 봉건적인 것이 해소된 꽤 합리적인 체계다 등 여러 가지 안목이 있잖아요. 그런데 선생님은 정글로 하셨거든요. 그래서 작품에 주는 영향이 아주 클 것 같아요. 인물 설정이나 인물들의 동선이나 생각 이런 것들이 정글이라는 관점 때문에 많이 달라질 것 같은데. 정글이라는 개념은 선생님이 자연스럽게 붙이신 거죠?

조   처음에는 제목이 그게 아니고 가제로 '붉은 땅 푸른 꿈'이었습니다. 사회주의 체제로 자본주의 꿈을 꾼다는 의미였습니다. 빨간색은 중국공산당의 상징색이고, 중국사람들이 신앙적으로 좋아하는 색깔이거든요. 그런데 그게 아무래도 너무 설명적이고, 꼭 수필집 제목 같고 그래서 중도에 폐기처분했습니다. 그리고 여러 가지 제목 중에서 '정글만리'로 낙찰한 것입니다.

제목 얘기가 나왔으니까 하는 말인데, 이 세상의 모든 작가들은 제목 때문에 남모르는 고심을 하고 또 하는 것 아니겠습니까. 우리 문학 하는 사람들 사이에서 정설처럼 되어 있는 말이 있지 않습니까. '작품의 제목이 그 작품의 절반을 규정하고, 첫 문장이 그 나머지 절반을 규정하고, 마지막 문장이 그 나머지를 규정한다.' 그래서 그런지 제목에 대한 고심담들이 수없이 많습니다. 저도 이번에 '정글만리'에 이르기까지 100여 개의 제목을 짓고, 지우고, 또 짓고, 지우고를 되풀이했습니다.

많은 분들이 왜 '정글만리'인지 궁금해합니다. 아프리카나 아마존 강 탐험기도 아니고 말입니다. 이 말을 하니 생각나는 얘기가 있습니다. 『태백산맥』 때였습니다. 어떤 독자가 편지를 보내왔습니다. 자기는 등산 애호가인데, 『태백산맥』이라는 책이 태백산맥 등반기 같은 것인 줄 알고 샀다는 것입니다. 그런데 읽어나가다 보니 엉뚱한 얘기더라는 겁니다. 그러나 재미있어서 계속 따라 읽다 보니 2권을 사고, 3권까지 다 읽었는데, 그다음 책은 언제 나오느냐는 것이었습니다. 『정글만리』도 어느 정글 탐험기로 알고 사신 분이 있을지도 모르겠군요. 그런 분도 읽다 보면 중국이라는 자본주의 시장 정글을 만나게 되겠지요.

중국, 그 나라는 2010년에 G2가 된 것을 기점으로 그전의 '세계 공장'에서 '세계 시장'으로 경제구조를 전환시키기 시작했습니다. 내수 소비를 진작시켜 경제 체질을 강화하겠다는 정책인 것입니다. 경제력 신장에 따른 당연하고도 현명한 선택이 아닐 수 없습니다. 중국의 소비시장, 그 규모가 어떤 것일까요? 중국 인구는 14억입니다. 그 소비시장이 얼마나 넓고 큰 것인지 인구 겨우 5천만인 우리로서는 정확히 상상할 수나 있을까요. 그걸 한마디로 어떻게 묘사할까 고민하다가 저는 '망망대해'라는 단어를 선택하는 것으로 독자들의 상상력이 발동되기를 바랐습니다. '망망대해의 소비시장' 그 이상의 말을 찾아낼 수가 없었습니다. 한 번이라도 바다를 바라본 사람이라면 '망망대해'의 그 넓고 넓음을 알 테니까요. 14억 명이 라면 하나씩만 먹어도 14억 개를 팔 수 있고, 14억 명이 껌 하나씩만 씹어도 14억 개를 팔 수 있습니다.

그 넓디나 넓은 시장에 세계 500대 기업의 97퍼센트가 진출해 있고, 우리나라도 대기업부터 중소기업까지 수만 개가 나가 있습니다. 헤아릴 수 없이 많은 세계의 기업들이 우리 남한의 100배 크기인 중국 대륙에서 총소리 나지 않는 경제전쟁을 벌이고 있습니다. 그 전쟁에는, 모든 전쟁이 그렇듯 약육강식과 적자생존의 정글법칙만이 존재할 뿐입니다. 강자만이 살아남는 망망대해의 인간 정글, 그것이 14억 중국시장이었습니다. 그리고 만리장성은 중국의 상징 아닙니까. 그래서 '정글'과 '만리'를 복합시키게 된 것입니다.

서   2012년 한국의 국제무역량 통계를 보면 국가별 수출입 총액에서 미국이나 일본을 제치고 중국이 한국과의 교역량에서 1위입니다. 놀라운 것은 2, 3, 4위인 미국, 일본, 홍콩과의 교역량을 다 합한 것보다 중국과의 교역량이 더 많습니다. 선생님의 소설이 한국의 현재에 대한 탐구이면서도 중국을 주요 배경으로 넣고 기업의 중국 지역 영업사원을 주인공으로 설정한 어떤 필연적인 이유를 알 것 같습니다. 중국시장에서 한국이 일본에 비해 유리하다고 하셨는데, 중국 사람들이 보기에 한국이 괜찮다고 생각하나요?

조   예, 중국사람들의 한국에 대한 인식은 두 가지 측면에서 아주 좋습니다. 첫 번째는 한국 상사원들이 공통적으로 보여주고 있는 영업 태도가 중국 사회 전체에 아주 좋은 인상을 심어주면서 한국에 대한 인식까지도 좋게 만드는 이중 효과를 내고 있었습니다. 우리나라 상사원들이 보여주는 대표적인 열성과 성실함은, 그 누구든 중국말을 거침없이 잘한다는 것입니다. 딴 나라 말을 능통하게 한다는 것, 그건 한마디로 '성실한 노력'의 표본 아니겠습니까. 기본적으로 영어를 다 할 줄 아는 그들은 중국 땅에서 영업을 시작하면서 영어 사용은 제쳐두고 새롭게 중국말 공부를 본격적으로 한 것입니다. 그런데 우리나라 상사원들과 좋은 대조를 이루는 게 외국 여러 나라 상사원들입니다. 그들은 하나같이 영어를 쓰면서 중국인 통역의 힘을 빌립니다. 거기에는 일본도 포함됩니다. 그들이 통역을 따로 채용하면서 인건비 부담을 느끼면서도 중국어를 배우지 않는 이유가 무엇일까요? 편하려고? 그건 부차적인 것입니다. 그들은 중국을 멸시하고 무시하기 때문에 중국말을 배우려 하지 않습니다. 그런 그들의 자만과 오만을 중국사람들이 모를까요? 그럴 리가 없지요.

　여기서 생각해야 할 것이 있습니다. 이제 세계 각국의 상품들은 거의 기술 격차가 없는 시대가 되었습니다. 물건의 질이 비슷비슷할 때, 영어 통역을 쓰는 일본 비즈니스맨의 상품과, 중국어를 능통하게 잘하는 한국 비즈니스맨의 상품 중 어느 것을 살까요? 이 우문은 곧 우리나라 상사원들이 갖는 우월한 경쟁력을 입증하는 것입니다. 그들은 중국말만 잘하는 것이 아닙니다. 중국의 역사와 문화까지도 통달하고 있는 수준입니다. 그건 그들이 중국인들에게 밀착되기 위해서 끊임없이 노력하고 있다는 증거인데, 중국에서 이보다 강력하고 효과적인 비즈니스의 무기는 없습니다. 중국인들은 비즈니스맨을 대할 때 상품의 질보다는 사람의 됨됨이를 유심히 뜯어보고 따지고 하는 그들 고유의 특질을 가지고 있기 때문입니다.

　저는 그런 상사원들을 많이 대하면서 적이 놀라고, 크게 감동하지 않을 수 없었습니다. 그리고 저의 부족한 인식을 채우는 계기를 갖게 되었습니다. 무슨 말인고 하니, 전에는 기업을 생각할 때 저의 의식 속에는 생산직 근로자들의 존재만 있었지, 그 생산품을 판매하는 비즈니스맨의 존재는 없었습니다. 생산만 중시하고 판매는 중시하지 않은 인식 부족이었지요. 그런데 이번 작품의 취재를 하면서 비로소 상사원들의 중대성, 그들의 노고와 힘의 소중함을 알게 된 것입니다. 그러므로 기업이란 생산자와 판매자라는 좌우의 날개의 힘을 입어 커

나가는 존재다 하는 인식을 확실하게 한 것이지요.

그리고 한국에 대한 인식의 두 번째는 '한류'의 효과였습니다. 중국 사람들의 한류에 대한 관심과 궁금증은 계층이나 지적 수준의 차이 같은 것과 상관없이 아주 컸습니다. 텔레비전 드라마를 필두로 해서 각종 스포츠, 가수들······. 그들이 갖는 궁금증은, '어떻게 인구 5천만 밖에 안 되는 작은 나라가 그럴 수 있는가' 하는 것이었습니다. 저는 그 질문을 여러 번 받았고, 그 이유를 속 시원히 밝혀줄 수 없어서 아쉽고 안타까웠습니다. 그들이 갖는 한국사람들에 대한 인상이나 평가는, '자기가 맡은 일을 열심히 한다, 아주 성실하다, 한국사람들은 자질이 우수한 민족 같다', 이렇게 긍정적입니다. 그러나 부정적인 것도 없지 않습니다. '자대(自大)가 심하다.' 잘난 척한다는 것입니다. 우리나라 사람들이 가지고 있는 중국에 대한 인식은 '짝퉁 천국이다, 가난하다, 게으르다', 이 세 가지입니다. 그게 바로 '자대'에서 나온 것 아니겠습니까. 빨리 고쳐야 할 태도입니다. '아주 대단한 강소국이다.' 이것이 대체로 중국사람들이 가지고 있는 우리나라에 대한 인상이면서 평가입니다.

우리는 일본의 식민지 치하에서 350여만 명이 죽었습니다. 그런데 중국은 항일투쟁에서 그 10배인 3,500여만이 죽었습니다. 그런데도 일본은 진정한 사죄를 하기는커녕 난징대학살을 중국이 조작하는 거라느니, 정치인들이 신사참배를 강행하느니 해서 계속 중국의 감정을 긁어대고 있습니다. 이런 역사 상처에 대한 민족적 동질감까지 있으니 일본은 중국시장에서 자꾸 밀려나는 반면 우리는 갈수록 확대되는 것은 가장 자연스러운 일 아니겠습니까.

서   자본주의에서 시장은 '정글'이라 보셨는데 정글에서는 아무튼 강자가 이기는 거잖아요. 중국이 언젠가는 자본주의 논리에 따라서 제거해야 할 대상이라든지 완전히 압살해야 될 대상으로 한국을 생각하고 있을 수도 있지 않을까요? 지금 기술력이 높은 데까지 올라와 있죠?

조   중국의 기술력에 대해서는 객관적으로 냉정하게 인식할 필요가 있습니다. 1964년에 원자폭탄을 만들었고, 지금 유인 로켓을 쏘아올리고 있는 실정입니다. 따라서 그들의 제반 기술은 선진국들과 비교해 '격차'가 거의 없는 상태에 이르러 있습니다. 거기다가 과학도들과 석·박사들이 매해 50만 명 이상 배출되고 있습니다. 또한 그들은 이미 2천여 년 전에 60~70미터에 이르는 거대한 탑들을 만들어냈고, 그것들은 지금까지도 건재해 있습니다. 어디 그뿐입니까. 많은 왕조가 바뀔 때마다 어마어마한 규모로 지어낸 궁전들을 보십시오. 그들의 핏속에는 그런 DNA가 면면히 흘러내리고 있었기 때문에 신속하게 기술을 습득해 세계가 깜짝 놀랄 만큼 빠르게 자기네 나라를 G2에 올려놓은 것입니다. 중국의 인민 전체가 잘살고자 하는 열망으로 열심히 일하고 있기 때문에 중국은 줄기차게 발전해 나아갈 것이고, 그럼 머잖아 한국도 중국시장에서 입지를 잃을 날이 올 수도 있습니다. 그래서 저는 중국과의 밀월 관계가 1차로 앞으로 20~30년 정도 갈 거라고 전망한 것입니다. 그러나 중국이 모든 분야에서 우리 수준에 오른다고 해서 관계가 끝나지는 않을 것입니다. 왜냐하면 우리보다 훨씬 수준 높은 미국이나 유럽 여러 나라들에 우리가 수출할 수 있는 상품은 계속 있기 때문입니다. 양의 차이만 있을 뿐 중국과는 영속적으로 선린우호의 경제 관계를 유지해 나가리라고 생각합니다. 서로에게 서로가 필요한 것이 경제 관계입니다.

서   소설에 보면, 본능을 훼손하지 않고 놔두는 게 지혜로운 거였다는 류사오치의 말이 나오는데, 그 본능이 치고 올라와서 중국 자본주의의 동력이 되고 있다는 표현을 하셨습니다. 자본주의라는 건 어떻게 보면 그런 게 다 제거되고 치밀한 계산과 합리성으로 이루어진다고 생각했는데 본능적인 면과 자본주의적인 계산의 결합이 이렇게 되는 거구나 하는 느낌이 들었습니다. 정글이라는 것도 그런 면에서 본능적인 부분이 자본주의와 결합되어 있는 양상인 것 같습니다. 그런 건 좀 독특한 해석이라고 생각 안 하십니까?

조   자본주의야말로 인간의 본능과 가장 잘 궁합을 맞춘 짝 아닙니까. 일찍이 인간의 본성을 정의한 것에 오욕(五慾)이라는 게 있습니다. 그건 재물욕, 식욕, 성욕, 명예욕, 수면욕 아닙니까. 그 첫 번째로 꼽힌 재물욕이 뭡니까. 부자 되고 싶은 것, 곧 사유재산 욕구 아닙니까. 자본주의는 그 본능을 최대한 보호·보장했기 때문에 싸우지도 않고 사회주의에 승리했고, 사회주의는 그 본능을 말살·제거하려 했기 때문에 스스로 몰락해 버린 것 아닙니까. 사유재산 욕구란 모든 노동력 창출의 원동력이고, 모든 인내의 모태입니다. 그 마력에 대해서 소설에도 나오잖아요. 사유재산권을 인정하니까 똑같은 농토의 첫해 수확량이 전해의 두 배가 아니라 여섯 배가 되었다고요. 그게 인간의 마성이기도 하지요. 그 사실을 확인한 덩샤오핑이 중국의 역사를 뒤바꾼 개혁개방 단행을 결심했던 것 아닙니까. 인간은 본질적으로 자본주의적 속성을 가진 존재고, 자본주의는 시대의 변화에 따라 변모·적응해 가며 인류사와 함께 그 생명이 영원하리라고 생각합니다.

서   그런데 그 순간 그걸 좀 조정하고 통제하고 싶은 욕구 같은 게 생기잖아요.

조   당연히 조정하고 통제해야지요. 지금 말한 '시대의 변화에 따라 변모·적응해 나간다'는 게 법적 조정과 통제를 의미하는 거지요. 그 지혜로운 조정과 통제가 없이는 몰인정한 자본의 속성은 천민화의 횡포를 부리게 됩니다. 그 천민성의 극복이 복지제도의 강화고, 유럽 일부 국가에서 성공적으로 시행하고 있는 사회민주주의, 민주사회주의가 바로 그것 아니겠습니까. 이 세상의 모든 인간들은 세 가지의 공통점을 가지고 있습니다. 태어나는 것, 죽는 것, 그 누구도 완벽할 수 없는 것. 그 완벽하지 못함이 조정이나 통제를 안 하면 악마성을 드러내게 됩니다. 자본주의는 언제나 다듬어 써야 하는 도구입니다.

자본주의와 윤리

서   심지어 우리나라의 현 정권도 선거운동 과정에서 복지를 강화하겠다고 했거든요?

조   예, 지난 대선 때 대통령 후보들이 서로 다투듯 복지를 내세웠지요. 그만큼 사회적 요구가 강한 것이 그것이고, 그만큼 복지의 틀이 허약하기 때문이고, 그만큼 재벌들의 횡포가 문제적이라는 의미이고, 그 해결이 바로 사회 안전망 구축이기 때문인 것이지요. 그러나 경제민주화도, 복지 강화책도 벌써 용두사미가 되어가고 있습니다. 심히 우려스러운 현상입니다.

서   자본주의를 운용할 때, 저는 자본주의라는 거대한 시스템이 인간을 자기 의지나 주체성과 관계없이 휩쓸고 지나가기 때문에 윤리를 떠나서 그 체제에 필사적으로 적응하는 사람만을 만든다고 생각하는데, 선생님 작품에는 꼭 판단력 있는 윤리적인 주체들이 등장해서 이 체제에 거리를 두고 이러잖아요. 그것이 자본주의 속성과 어떤 관계가 있을까 고민을 했었거든요. 그런데 사실은 자본주의를 극복하거나 수정해 나가는 것이 이론이 아니고 그런 인간들이기 때문에, 어떻게 보면 윤리적 시각을 자꾸 개입시키는 것이 자본주의가 잘못된 길로 가는 것을 막을 대안일 수도 있겠다는 생각도 듭니다. 선생님 소설에 그런 점이 좀 강하다는 것 느끼시죠?

조　　예, 소설이라는 것이 단순히 흥미롭거나 재미난 얘기만 쓰는 것이 아니니까요. 일찍이 문화사가들은, 작가는 그 시대의 산소다, 그 시대의 스승이다, 그 시대의 나침판이다, 라고 정의했거든요. 왜 그리 거창하고 황송스러운 칭호를 부여했을까요. 그건 작가가 가져야 하는 사회적 소명이나 역사적 책무 같은 것들을 강조하기 위해서였을 것입니다. 그건 또한 소설이 갖는 사회적 영향력이 그만큼 크다는 의미이기도 할 것입니다. 소설이 인간과 사회에 대한 총체적 탐구라는 관점으로 볼 때 작가는 온갖 요소들을 다 갖추지 않으면 안 됩니다. 역사학자다운 냉철한 눈, 철학적 통찰과 초월적 이성, 성직자다운 헌신과 너그러운 마음, 교육자와 같은 계몽성, 다큐멘터리 사진작가 같은 냉정한 투시력과 소재에 대한 접근력, 끝없이 이야기를 풀어내는 이야기꾼의 재치 있고 슬기로운 입담, 이런 것들이 화학적으로 융합되어 생겨나는 생명체가 소설이지요. 그러니 소설가들이란 효과 있는 온갖 방법들을 다 동원해 가며 자기가 하고 싶은 얘기를 독자들에게 가장 효과적으로 전달하려고 건전한 음모를 꾸미는 존재들입니다. 그러니까 사회적·역사적 갈등이나 문제점이 큰 얘기를 쓰는 작가들일수록 그 해결을 위한 윤리적 주체를 등장시키는 것은 지극히 당연하고 자연스러운 일이 아닐까 합니다.

서　　선생님 소설에서, 미국이나 유럽의 경제붕괴, 금융위기 같은 것들이 중국에서도 있을 거라고 생각했는데 어느덧 그것을 훌쩍 지나가버렸다, 돌파해 버렸다, 이런 말씀을 하셨거든요? 그런데 미국이나 유럽은 자본주의 역사가 오래됐으니까 그게 심각하게 누적되다가 지금 폭발한 것으로 보이는데, 중국도 그럴 가능성이 있지 않을까요?

조　　그렇습니다. 중국이 안고 있는 문제점은 미국이나 유럽 같은 문제점과는 전혀 다른 국면의 문제가 아주 심각한 상태라는 것입니다. 그게 두 가지인데, 첫째가 당원들과 공무원들의 도를 넘은 부정부패의 문제입니다. 그 상태가 직위가 높아질수록 심해지는 건 당연지사인데, 그 대표적인 것이 충칭(중경) 당서기 보시라이 사건입니다. 그는 변호사인 아내와 함께 수십조 원의 부정을 저질렀고, 미국 유학 중인 아들이 30억 원이 넘는 차를 타고 다니게 했습니다. 한 끼에 1위안짜리 국수도 제대로 못 먹으며 일거리를 찾아 헤매는 농민공(농촌에서 도시로 모여든 일용직 노동자)들이 2억 5천만인 나라에서 말입니다. 그 사람뿐만 아니라 전 주석 후진타오나 전 총리 원자바오도 천문학적인 부정을 했다고 외국 신문들이 그 액수까지 밝히고 있는데도 정권이 바뀌면서 덮고 넘어가고 말았습니다. 공무원들의 부정부패는 층층이 이루어지고 있는데, 어느 지방 고급 관리는 얼나이(첩)를 146명이나 거느려 최고 기록을 세우는 형편입니다. 그런데 그 사나이는 그 많은 첩들의 이름이나 제대로 기억하는지 모르겠다는 우스갯소리가 떠돌 지경입니다. 법적 제약을 받는 공무원들이 그 모양이니 아무런 제재를 받지 않는 부자 사업가들은 어떻겠습니까. 어떤 부자는 아파트 한 동 전체에 얼나이들을 두고 있다고도 합니다. 그래서 '예쁜 여자들 절반은 관리나 부자 들의 얼나이가 되고, 나머지 절반은 술집으로 간다'는 말이 있을 정도입니다. 그리고 두 번째 문제는 날로 심해져가는 계층 간의 소득 격차입니다. 천민자본주의의 필연적 현상인 그 부익부 빈익빈의 문제는 심각한 사회불안 요소 아닙니까. 현재 농민공이 2억 5천만인데, 계속 추진되고 있는 개발정책으로 도시화가 촉진되어 앞으로 5년에서 10년 이내로 농민공이 또 2억 5천만이 불어나게 되어 있습니다. 그 5억 인구가 그들이 소망하는 대로 정규직을 얻으면 중국의 경제는 또다시 폭발적 발전을 하겠지만, 그렇지 못하고 계속 농민공으로 떠돌면서 불만이 쌓여가면 어떻게 되겠습니까. 그들은 당원과 관리 들의 타락을 다 알고 있고, 달라질 가망 없는 빈부 격차의 슬픔도 깊이 느끼고 있습니다. 그 두 가지 문제는 중국이 안고 있는 가장 위험한 시한폭탄입니다. 정권을 새로 맡은 시진핑은 그 중대성을 잘 알고 개혁을 추진하겠다고 천명했습니다. 두고 지켜볼 일입니다. 마오쩌둥이 '정치혁명'을 했다면, 덩샤오핑은 '경제혁명'을 했고, 이제 중국의 역사는 '사회혁명'을 이룩할 세 번째 인물을 요구하고 있습니다. 그 세 번째 인물이 그 두 가지 문제를 슬기롭게 해결한다면 중국공산당은 100년은 건재할 것입니다. 그러나 그렇지 못하면 무슨 일이 닥칠지 모릅니다. 백성을 굶주리게 하면……, 그 고전적 교훈이 오늘의 중국을 노려보고 있습니다.

서   지금 자본주의가 인간의 삶을 위해 존재해야 한다는 윤리적인 차원의 말씀을 하시고 계십니다. 이를 위해 자본주의의 병폐에 대해 비판하고 계시는데 자본가들의 윤리성도 문제가 되겠군요.

조　　자본가들의 윤리성……, 그것 참 골치 아픈 문제 아닙니까. 자본가들에게 윤리성이 있는가? 이건 영원히 풀릴 길 없는 인간사의 주제 중에 하나가 아닐까 합니다. 돈의 무한대 마력과, 인간의 끝을 모르는 욕망, 이 두 가지가 얽혀 존재하는 게 자본가들인데, 그들에게 윤리성을 기대한다는 것은 호랑이가 양순하기를 바라는 것이고, 조폭이 자비롭기를 바라는 거나 마찬가지 아닐까요. 그들의 무시무시한 탐욕에 대해서 우리의 속담은 기막히게 갈파하고 있습니다. '바다는 메워도 사람 욕심은 못 메운다.' 그래서 필수적으로, 필연적으로 필요한 것이 법의 규제인데, 정치 수준이 낮은 나라일수록 그놈의 '정경유착'이 심하니 자본가의 윤리성이란 기대 난망이지요. 우리나라도 그렇지만 중국은 그 늪에 깊이 빠져 있는 것 같습니다.

서　　우리 식으로 하면 정경유착을 철저하게 뿌리 뽑고 부익부 빈익빈을 극복한다, 그게 중국 자본주의 문제를 푸는 관건이겠어요.

조　　예, 중국은 지금 굉장히 어려운 국면에 와 있습니다. 자본주의와 함께 자유주의 물결은 날로 거세게 밀려들고, 대중교육 수준은 높아지고, 민주주의 의식은 자꾸 강화되고, 민주화 투쟁 인사들은 늘어나고, 하층민들의 불만은 증대되고……, 이런 상황들이 상호작용을 일으키며 에스컬레이터 효과를 나타낼 위기에 처해 있는 게 앞으로의 중국 상황입니다. 최상층부도 그런 복합 위기를 잘 알고 있을 테니 무언가 대책을 세우겠지요. 그들은 세계가 놀랄 만큼 개혁개방을 성공시킨 능력자들이기도 하니까요. 21세기 초반을 장식할 그 연극을 지켜보는 것도 흥미로운 일이 될 것입니다.

서   그런데 이 경제난국을 푸는 데 전부 경제적 처방만 가지고 하거든요? 윤리적 시각을 도입하는 게 그래서 필요한 것 같아요. 선생님 관점이 어떻게 보면 자본주의 경제학자들이 가지고 있지 않은 것이거든요.

조   전혀 안 가지고 있죠.

서   그들은 그걸 무시하죠. 그러니까 경제 문제를 푸는 게 경제 문제뿐만이 아니라는 걸 알아야 될 것 같아요. 거기에 대한 해답 같은 게 선생님 소설의 시선에 들어 있다는 게 참 독특한 것 같습니다. 제가 다른 글들을 보면 어떤 작품은 헤겔의 논리학에 해당하는 규모의 인식론을 가지고 있다든지 하면서 자기들끼리 자기 작품들을 자연스럽게 비교하거든요. 그런 것처럼 우리 작품들도 최소한 규모가 큰 작품들이 가지고 있는 인식론 같은 것을 견주고 그래야 된단 말이에요. 상호 유산을 가지고 말이죠. 그런 면에서 저는 선생님 소설의 시선이 문제를 푸는 데 굉장히 중요한 시선이라고 생각합니다.
   소설에 대해 또 한 가지를 말씀드리면, 중국에서 동북공정이나 일본과의 문제를 내세우는 이유가 그게 그렇게 중요해서라기보다 중국 인민들을 양쪽으로 포박하기 위한 작전이라는 말씀을 하셨습니다.

애국주의, 포퓰리즘 이런 것들을 부추기면서. 그것도 자본주의의 일환이라는 인식을 선생님은 중국에 투사하셨습니다. 그걸 읽으면서 선생님의 다음 소설이 어느 쪽으로 나가게 될 것인가에 대한 뭔가 불길한 예감도 들고, 나중에 진짜 잡혀가시는 거 아닐까 하는 생각도 들었습니다. (웃음) 미국과 한국, 또 한국 자체 내의 문제도 선생님 구상에 있을 것 아니에요. 그게 본격적으로 터지면 지금까지의 전사를 보건대 또 한 번 하시긴 하실 것 같은데 잠깐 언질을 주실 수 있겠습니까? 사실 우리나라 자본주의 문제도 심각하잖아요.

조 예, 『정글만리』를 읽은 어떤 교수가, "선생님, 중국에 입국 금지 조치 당하시는 것 아닐까요?" 하는 말을 했습니다. 사실 저는 책을 내놓고 가장 궁금했던 것이 '중국 대사관의 반응이 어떨까' 하는 것이었습니다. 그런데 석 달이 다 지나가고 있는 지금까지 아무런 반응도 들을 수가 없습니다. 그런 상태로 중국 출판사와 번역 출판 계약이 진행되었습니다. 모든 출판물에 대한 사전 검열이 이루어지는 중국에서 무삭제 출판이 가능할 것인지, 삭제가 되면 어느 부분이 얼마나 될지, 출판물의 짝퉁은 대개 일주일이면 나온다는데 『정글만리』 짝퉁도 나올까, 중국 독자들의 반응은 어떨까, 궁금한 게 한두 가지가 아닙니다.

그리고 우리나라의 자본주의 문제……, 그 심각도 또한 중국 못지않죠. 가장 다급한 것이 비정규직 문제입니다. 전체 노동자 1,800여만 중에서 절반에 육박하는 895만이 비정규직입니다. 똑같은 일을 하고도 임금을 절반 이하로 받는 게 비정규직입니다. 그런데 대기업들은 계속 부자가 되고 있습니다. 국가가 적극적으로 나서서 이 사회불안 요소를 해결해야 하는데 그런 노력이라고는 전혀 없이 이명박 정권에서는 오히려 '부자 감세'를 해주었습니다. 그리고 경제민주화를 공약으로 내세웠던 현 정권도 그런 노력은 실종 상태인 것 같습니다. 이러니 이 나라 자본주의도 계속 사회불안을 조장해 대는 지뢰지대로 돌진하고 있는 형국입니다. 중국만 손가락질하고 있을 태평세월이 아닙니다. 그나마 미국이 뻐기는 것은 군사력만 강해서가 아니지요. 기업들이 막대한 비자금을 조성하는 반사회적 범죄를 저지르지 않고, 인턴사원제는 있으나 고질적인 비정규직은 없고, 그리고 빌 게이츠나 워런 버핏 같은 자본가들이 믿을 수 없을 정도의 막대한 돈을 사회환원하고 있기 때문입니다. 그런 미행은 카네기, 록펠러, 하워드 휴스 같은 기업인들로 이어지는 100년 넘은 미국의 전통입니다. 그게 미국의 국력을 이루는 요소지요.

서　　그런데 금융위기가 왔습니다.

조　　그렇습니다. 미국발 세계 금융위기는 미국의 약은 이중성을 잘 보여주는 대표적인 사건인 거죠. 영리하신 신자유주의자들이 힘들게 제조업 하지 않고 세계를 무대로 돈놀이를 해서 쉽게 돈을 벌 수 있다고 나섰다가 벼락 맞은 것이 세계 금융위기 아닙니까. 신자유주의의 참패는 '제조업 없이는 경제신장은 있을 수 없다'는 고전경제학의 교훈을 다시금 확인한 21세기 초입의 거대한 사건이었지요. 미국이 몰락할 지경의 날벼락을 맞고 오바마는 응급처방으로 중국에 진출해 있던 미국의 제조업체들을 다시 불러들이기 시작했지요. 그러나 밤일하려는 노동자가 없고, 중국보다 다섯 배 이상 많은 임금으로 미국이 위기를 돌파할 수 있는 묘수란 있을 수 없는 거지요. 쉽게 돈 벌기 위해 그런 이중성을 구사하게 된 것도 자본주의가 야기시킨 마성의 발호였던 거지요.

서   맞아요. 그러니까 자본주의를 윤리적으로 본다는 차원의 논의를 비판하는 사람들이 있죠. 과학적으로 봐야 한다, 시장의 경쟁논리로 봐야 한다고들 하는데, 이걸 극복하는 논리야말로 윤리적인 것 말고 없다, 그게 자본주의를 구제하는 방법이라는 거죠. 선생님이 쓰신 글 있잖아요. 『박태준』. 그런 마음으로 쓰신 거 아니에요? 그 위인전에 박태준 씨가 재산을 기부한 얘기가 나오는데요.

조   예, 아름다운재단에 10억을 기부했죠. 그러나 그보다 더 중요한 것은 오늘의 한국 경제를 만드는 데 결정적 기여를 한 포스코를 탄생시켜 놓고도 주식을 단 한 주도 갖지 않고 퇴직을 했다는 점입니다. 한 분기마다 1조씩 흑자를 내는 철강회사를 평생을 바쳐 만들어 놓고 빈손으로 회사를 떠난 것입니다. 그게 어디 쉬운 일입니까. 그때 그분이 공로주를 몇 퍼센트쯤 갖고자 했다면 그건 당연한 것으로 받아들여졌을 겁니다. 그만큼 사회는 그분의 공적을 인정하고 있었지요. 그런데 그분은 아무것도 탐하지 않고 빈손이었습니다. 유일한 선생 이후에 두 번째로 받들 수 있는 인물이 박태준이었던 거죠. 어느 경제학자가 유일한 선생께서 환원한 재산을 요즘 돈으로 환산해서 1조 5천억 정도라고 했습니다. 그런데 박태준 회장이 공로주를 1퍼센트만 받았더라면 그 당시 금액으로 4~5천억 정도고, 요즘 액수로는 3조쯤 되리라 합니다. 그 거액을 깨끗이 외면한 마음, 우리에게도 그런 분들이 있다는 게, 그래서 허망하지 않고, 허전하지 않습니다. 우리나라 기업인들이 사회에 대해 공통적으로 가지는 불만이 뭔지 아시죠? 세상 사람들이 자기들을 불신만 하지 존경하지 않는다는 것이라 합니다. 그들이 뻔뻔한 것인지 아둔한 것인지 알 도리가 없습니다. 우리나라, 더불어 행복한 사회가 되기란 아직아직 멀었지요?

서   선생님 작품을 읽다 보면 자본주의의 미래라든지 정의사회에 대한 어떤 지침이라는 느낌도 듭니다.

조   예, 제가 보기로는 우리 인류가 처한 두 가지 중대 문제가 있습니다. 하나는 지구온난화로 일컬어지는 환경 파괴이고, 다른 하나는 독주하는 자본주의의 비인간화입니다. 두 가지 다 인간 생존과 직결되어 있는 문제입니다. 그래서 저는 끈 하나, 종이 한 쪽, 봉투 하나도 꼭 재활용을 합니다. 70억 인류가 다 같이 그렇게 하면 당장 환경 오염을 절반으로 줄일 수 있다는 신념을 가지고요. 그래서 대도시의 거대한 건물들의 전깃불도 자정이 넘으면 꺼야 한다고 칼럼을 쓰기도 합니다. 그게 원전을 줄일 수 있는 첩경이니까요. 그런데 세상은 들은 척도 안 합니다.

마찬가지 믿음으로 자본주의의 병폐에 대해서도 계속 작품을 쓰는 것입니다. '문학이란 인간의 인간다운 삶을 위하여 인간에게 기여해야 한다.' '태백산맥문학관'에 쓰여 있는 문구입니다. 저는 어리석게도 문학은 세상을 변화, 발전시킬 수 있다고 믿고 있습니다. 그 방향을 향해서 줄기차게 쓰다 보면 사람이 사람을 소중하게 생각하고 아끼는 세상이 오게 되리라는 믿음을 버릴 수가 없습니다. 그게 참된 작가의 길이라는 생각과 함께.

소설 구성의 문제의식

서   이런 문제는 한국이나 중국이나 마찬가지겠네요. 한국 자본주의와 중국 자본주의는 이제 서로 깊숙이 엮여 있다고 생각되고, 문제들도 어느 정도 공유하는 부분들이 있습니다. 송재형하고 리옌링이 손잡고 결혼하는 장면, 그게 양국 관계의 소망스러운 미래를 상징하는 거겠죠?

조   예, 그것이 제가 바라는, 소설에서 말하고자 하는 미래상입니다. 40대 후반의 전대광이 경제전쟁의 최전선에 나서 싸우는 돌격대고 전위부대라면, 그 세대들이 닦아놓은 토대 위에서 앞으로

20~30년은 20대와 30대 들이 송재형과 리옌링이 진정한 사랑을 나누 듯이 그런 식으로 서로 신뢰를 쌓아가며 선린우호의 관계를 유지해 나 아가야 한다는 의미로 소설의 마지막 장면을 그렇게 상징한 것입니다.

서   일제 말기에 조선인과 일본인의 결혼을 장려한 적도 있잖아 요. 그때는 조선인의 정체성을 내선일체의 이념에 귀속시키려는 의도 였는데 이 작품의 송재형은 베이징대 유학생으로 자신의 민족적 정 체성을 유지하면서도 리옌링과 결합하고 있습니다. 또 이 인물이 역 사학도라는 것도 윤리적 시선을 갖춰야 한다는 점을 강조하신 것으 로 보입니다. 『한강』에서도 마지막에 두 사람이 결합된 장면이 보기 좋았습니다. 미래의 비전을 함축하고 있다는 생각이 들어서요.

조   예, 리옌링과 송재형이 역사학도인 것 또한 소설적 효과를 극 대화하고, 중국과 한국, 중국과 한국과 일본 사이에 얽힌 역사적 문제 의 객관성을 확인하고 확보하고자 함이었습니다. 송재형과 리옌링이 건강하고 건설적인 한·중의 미래를 상징한다면, 『한강』에서의 유일민 과 임채옥, 두 사람의 끈질긴 결합은 민족통일의 상징이지요. 그들 두 사람이 수많은 난관과 고통을 겪고 이겨낸 다음에야 결합할 수 있었 듯이 기필코 올 우리의 통일도 그런 과정을 거치지 않으면 안 된다는 의미를 담고자 했습니다.

서   『정글만리』는 일단 읽기 시작하면 분량에 비해서 빨리 읽힌다는 말들을 합니다. 『한강』이나 『태백산맥』도 그랬었지요. 그런데 이 번에는 네이버에 연재를 하신 거잖아요. 인터넷 연재라 조금 다른 느 낌은 없으셨어요?

조　예, 그전의 잡지나 신문의 연재 때와는 분명 다른 점이 있었 습니다. 첫째는 독자들의 반응이 즉각즉각 나타났고, 둘째는 전 세계 에서 동시에 연재를 읽고 있다는 사실입니다. 인터넷의 힘은 글로벌 시대라는 것이 무엇인지 실감나게 확인시켜 주었습니다. 컴퓨터를 전 혀 다룰 줄 모르는 저 같은 컴맹, 21세기의 원시인은 상상도 할 수 없 고, 믿을 수도 없는 신기한 체험이었습니다.

서　학생들은 네이버에 작품이 언제 업데이트되는지 그때그때 알 더라고요. 또 인터넷으로 보니까 색다르다고 하고요. 그런데 인터넷에 서 보는 건 무료인데도, 책이 나오니까 팔린단 말이에요. 그것이 선생님 소설의 힘 아닐까요. 아무튼 잡게 되면 한꺼번에 쭉 읽을 수 있는 흡입 력 같은 게 있습니다. 이번 소설에도 장면 전환뿐만 아니라 전체적으로 긴박감이 느껴지고 긴장의 끈을 놓지 않게 만드는 힘이 있어요.

조　예, 그건 소설가 누구에게나 요구되는 작법상의 문제일 것입 니다. 가장 상식적이고 기본적인 문제로, 문자는 말의 약점인 시간과 공간의 제약을 극복, 해결하기 위해서 만들어낸 발명품입니다. 그 문 자는 두 가지의 특성을 가집니다. 영속적으로 남겨진다는 것과, 내가 생각하는 바를 타인에게 전달한다는 것입니다. 그 전달은 곧 '읽혀야 하는 것'입니다. 모든 글은 읽히려는 목적으로 쓰는 것인데, 읽히지 않는다면 그건 글일 수 없고, 또한 남겨지지도 못합니다. 이 기본적 사실이 모든 글 쓰는 자들의 멍에고 올가미일 것입니다. 더구나 소설은 학술논문들과는 달리 '재미'가 그 구성요소의 하나로 큰 비중을 차지하고 있지 않습니까.

그런데 저는 대하소설을 한 편이 아니라 세 편을 연달아 쓸 구상을 하고 있었습니다. 그러니까 『태백산맥』 제목을 정하면서 『아리랑』과 『한강』의 제목도 동시에 정했던 것입니다. 그런 상황에서 제 앞을 가로막는 가장 큰 난제가 있었습니다. '대하소설은 뒤로 갈수록 지루해진다.' 세간에 떠도는 이 말은 이미 정설처럼 되어 있었습니다. 그 말 속에는 생략된 말 한마디가 음험하게 도사리고 있었습니다. '……그러니까 뒷부분은 읽지 않는다.' 끝까지 읽혀지지 않는 소설……, 그보다 더 큰 실패작은 없을 것입니다.

소설을 실패하려고 쓰는 것이 아니지 않습니까? 이 지면이 문학지이니까 이 대목의 얘기를 좀 본격적으로 했으면 합니다. '충고란 그동안 있어왔던 우정에 대한 배신'이라는 말이 있기는 하지만, 저의 이 체험담이 문학을 하고자 하는 젊은이들에게 다소나마 도움이 될 수도 있지 않을까 해서입니다.

세 편의 대하소설을 쓸 작정을 한 저의 앞에 태산처럼 버티고 있는 난관이 '지루하게 써서는 안 된다!'였습니다. 그럼 제일 먼저 해야 할 일은 '왜 대하소설들은 뒤로 갈수록 지루해지는가'에 대한 원인을 규명하는 것입니다. 그 이유는 간단하고 자명합니다. 대하소설은 그 길이 때문에 집필기간이 무한정 길어져 10년을 넘기고, 더하여 20년도 넘기게 됩니다. 그럼 작가가 늙어가고, 나이 들어가면서 자신도 모르게 긴장이 이완되어 가고, 그러다 보면 스스로 지치고……, 소설은 지루한 함정에 빠질 수밖에 없게 됩니다.

지루한 소설—그걸 인내해 가며 읽을 오늘날의 독자는 하나도 없습니다. 현대란 시대는, 라디오도 텔레비전도 없이 몇 개월씩 눈 쌓이고 혹독한 추위의 동토에 갇혀서 어쩔 수 없이 긴 읽을거리를 찾아야 했던 200년 전의 러시아가 아닙니다. 오늘날 소설 읽기를 방해하는 문화의 적들이 얼마나 많습니까. 그 첫 번째 적이 라디오일 것입니다. 그다음이 영화고, 또 그다음이 텔레비전이고, 텔레비전은 다시 컬러로 변신했고, 그다음에 나타난 막강한 괴물이 컴퓨터와 인터넷이고, 그것은 온갖 잡다하고 야한 내용물을 담고 소설에서 독자들을 강탈해 가더니 급기야 스마트폰이며 뭐며 뭐며 하는 것들로 진화, 변신해 가면서 소설 살해에 나서고 있습니다.

그리고 텔레비전만 해도 채널을 바꾸는 데 다이얼을 돌리던 시대에서 리모컨으로 바뀐 것이 벌써 20년이 넘었습니다. 텔레비전을 보다가 재미가 없으면 리모컨 단추를 콕 누르는 데 시간이 얼마나 걸립니까? 1초가 아니라 0.1초일 것입니다. 사람들의 감각은 그렇게 예민하게 길들여져 있고, 재미를 찾는 그 습관에는 '인내'라고는 전혀 없습니다. 재미를 찾아 리모컨을 0.1초에 조작하는 그 냉정한 습관은 그대로 책 읽기에도 적용됩니다. 다른 작가들은 어떻게 생각하는지 모르겠으나 저는 그런 의식을 명료하게 가지고 있었습니다.

'대하소설을 쓰는 일은 그 0.1초의 습관과 싸우는 일이다!'

소설의 마지막 페이지가 끝날 때까지 그 방정맞을 정도로 신속한 0.1초의 습관을 발휘하지 못하도록 하는 게 대하소설을 쓰는 일이라고 생각했습니다. 0.1초의 습관과의 싸움—거기서 이기는 방법을 찾아야 했습니다. 처음의 긴장을 끝까지 유지하기, 스스로 지치지 않기, 이것을 이루어내는 방법은 딱 한 가지뿐이었습니다.

최대한의 시간 단축!

처음의 긴장을 끝까지 유지시키려면 최대한 시간을 단축시켜 가며 집중적으로 몰두하는 방법밖에 없다는 판단이었습니다.

많은 분들은 제가 대하소설 세 편을 20년 동안 썼다는 사실과, 그 세월 동안 술을 한 번도 안 마셨다는 사실 같은 것을 믿을 수 없어합니다. 그건 바로 시간을 단축하려고 했던 몸부림, 예, 몸부림의 결과였습니다.

무슨 얘기인고 하면, 시간을 최대한 단축시키려면 먼저 '하루 집필량'을 정해야 했습니다. 그게 하루 35매(200자 원고지) 정도였습니다. 그 양은 자고 먹는 시간을 빼놓고는 죽기 살기로 써야만 해낼 수 있는 양이었습니다. 알피니스트가 바람이 몰아치나 눈이 퍼부으나 정상을 향해 그저 한 걸음씩 걸어가듯이 저는 바보 멍청이처럼 날이면 날마다 원고지에 매달려 하루 목표량을 채우려고 기를 썼습니다. 그래서 만든 것이 '집필 도표'입니다. 원고지를 반으로 잘라 그 뒷면에다 한 달 30일을 10단위 세 줄로 표시합니다. 그리고 매일매일 두 줄로 숫자를 표시해 나갑니다. 위에는 일일 집필량, 아래는 누계입니다. 그건 제 스스로에게 채찍질을 가하는 행위이고, 고문입니다. 하루도 빠지거나 거르는 일 없이 써나가기 위해서 제 스스로에게 올가미를 씌운 것입니다. 그런 상황의 연속이니 어떻게 취하도록 흔쾌하게 술을 마실 수 있겠습니까.

우리 문인들, 술 한번 걸판지게 잘 마시지 않습니까. 저도 말술을 밤새워 마실 수 있는 경력의 소유자입니다. 그런데 그렇게 마시려면 하루가 없어집니다. 그다음엔 숙취에 시달리며 또 하루가 흘러갑니다. 그리고 글을 쓸 수 있는 컨디션이 회복되려면 또 하루를 보내야 합니다. 그럼 술 한 번 마시고 사흘을 탕진하는 것입니다. 그래서 없어진 원고 매수가 얼마죠? 적게는 90매, 많게는 100매 이상입니다. 그렇게 열 번이면 소설 한 권을 잡아먹는 꼴이 되고 맙니다.

그래서 저는 술을 한 번도 안 마시고 『태백산맥』 『아리랑』 『한강』을 써냈고, 그러고 보니 20년 세월이 흘러 있었습니다. 그 세월이 어떻게 흘러갔는지 의식이 없습니다. 다만 숱 많던 머리가 대머리가 되어버린 것이 세월이 흘러갔다는 것을 일깨워주고 있었습니다.

그렇게 세월을 보낸 결과는 세 가지 반응으로 나타났습니다. "소설을 아껴가며 읽었다." "세상을 보는 눈이 달라졌다." "자식에게 물려주려고 가보로 간직하고 있다." 독자들의 이런 말씀에 저는 그저 감읍하고 황송해하며 저의 고생이 충분히 보상받았음을 확인합니다.

그리고 그후로도 작품을 쓸 때는 더욱 집중하고 몰두하기 위해서 세상과 완전히 절연 상태에 들어갑니다. 왜냐하면 자꾸 늙어가기 때문에 더 치열해지지 않으면 작품마저 늙어버릴 수 있기 때문입니다. 『정글만리』의 흡입력이나 긴박감은 그런 노력의 결과가 아닌가 합니다.

이 세상 사람들은 모두 가혹한 자본주의 노동과 경쟁 속에서 지칠 대로 지쳐 있습니다. 소설 읽기란 그런 그들의 영혼을 흔들어 깨우는 일입니다. 그 지친 영혼들이 감동케 하려면, 그들의 영혼을 훔치려면 어떻게 해야 하겠습니까. 그 누구든 하루 평균 8시간의 노동을 합니다. 작가는 그들의 두 배, 16시간의 노동을 해야만 그들의 눈길을 책으로 돌릴 수 있다는 것이 저의 기본적인 생각입니다. 저의 모든 작가적 노력은 거기에 뿌리발을 하고 있습니다.

이 부분의 얘기가 너무 길어지기는 했습니다만, 여기에 연관된 얘기를 다 하자면 이보다 열 배는 더 길어지게 되는데, 그나마 줄였다는 것을 다행으로 여기시기 바랍니다. (웃음)

서   쓰는 시간을 단축시켜야 한다는 말씀은 인상적입니다.

조   예, 언젠가 어느 기자가 집사람한테 "작가로서 조 선생의 생활은 어떠냐"고 물었어요. 집사람의 대답이, "먹고 자고 쓰고의 연속"이라고 했습니다. 시인다운 압축 표현이었죠. 시간을 단축시키기 위해서 그 외에 다른 방법이 뭐가 있겠습니까.

서   아무튼 선생님이 절제된 생활을 하신다는 것은 워낙 유명합니다.

조 절제……, 그건 작가의 길을 바르게 가기 위한 최소한의 노력인 거지요. 많은 사람들이 묻습니다. 그렇게 많은 글을 쓸 수 있는 비결이 무엇이냐고. 저는 그 질문을 받을 때마다 그들이 기대하고 있는 멋진 대답을 하지 못하고 아주 실망스럽기 짝이 없는 대답을 합니다. '노력'이라고. 저는 이제껏 저의 재능을 믿지 않고 노력을 믿어왔습니다. 제가 70 평생을 살아오면서 가장 싫어하는 것 중 하나가 자기 재능에 대해서 겸손이 없는 것입니다. 이 세상에는 자기 재능에 대해서 지나친 자만에 빠져 있거나 시건방을 떠는 사람들이 뜻밖에도 많습니다. 그런 사람들은 어떤 흉내는 곧잘 낼 수 있어도 진정한 자기의 것을 만들어내지는 못합니다. 그 어떤 분야에서든 최고의 위치에 다다른 사람들은 하나같이 자기 나름의 뼈를 깎는 노력을 바쳤음을 확인할 수 있습니다. 저는 늘 그런 사람들을 삶의 스승으로 삼고 있습니다, 그들의 나이는 고하간에. 인생이란 단 한 번을 살다 가는 것뿐인데 허튼짓해가며 낭비하고 탕진할 틈이 없는 거지요.

한국과 중국의 공존을 위하여

서 정치인들도 선생님 책을 많이 사본다고 하죠? 등거리 외교라는 그 부분에서는 이 책이 시사하는 바가 큰데, 우리나라 정치인들이 이걸 잘 이해하고 활용하면 좋겠습니다.

조˙   모르겠습니다, 그들에게 무슨 도움이 될지. 어쨌거나 우리나라는 냉전 시대와는 전혀 다른 상황에 처해 있습니다. 안보는 미국, 경제는 중국, 이 어려운 상황 속에서 어떻게 국익을 위한 등거리 외교를 할 것인가. 이건 우리 앞에 놓인 최대의 과제입니다. 그 어느 때보다도 슬기롭고 지혜로운 외교술을 구사해야만 하는데 어찌 될지…….

서   이 소설이 한중 친선에도 큰 공헌을 한 것 같습니다.

조   그렇게 되었으면 좋겠습니다. 중국은 우리와 긴 역사를 통해서 그야말로 '애증'이 엇갈리는 세월을 살아왔습니다. 문화의 동질성과 종족의 유사성과 감성과 사상의 소통성이 강하니까 서로 진정한 노력을 하면 함께 번영해 가는 21세기를 살 수 있을 것입니다. 지금 중국의 부상에 뒤따라 인도의 10억 인구도 경제력을 발휘하려고 힘을 모으고 있습니다. 그들도 머잖아 가시적 효과를 나타내게 될 것입니다. 그들 두 개의 나라, 24억 인구가 한뜻으로 뭉쳐 일어나면 지구는 어떻게 되겠습니까. 토인비가 예견한 대로 황인종의 시대가 도래할 날이 머지않았습니다. 우리도 철저히 준비하지 않으면 안 될 것입니다.

서   선생님 소설에는 한국인의 중국 인식에 대한 비판도 자주 나옵니다.

조   예, 우리나라 사람들의 중국 인식은 너무나 편파적이고 일방적입니다. '짝퉁 천국이다, 더럽다, 게으르다', 이 세 가지로 중국을 다 안다고 생각합니다. 그건 참 경박하고도 위험한 인식입니다. 그들은 고속철만큼 빠른 속도로 변화, 발전하면서 짝퉁도 줄어들고, 더러운 것도 깨끗해지고, 게으른 것도 부지런해지고 있습니다. 중국이 세계 경제전문가들의 예상을 40년이나 앞당겨 G2가 된 것은 중국사람들이 얼마나 부지런하고 열성적으로 일했는지 보여주는 좋은 증거 아닙니까. 특히 우리는 중국보다 잘산다고 교만스럽게 뻐겨서는 안 됩니다. 중국은 14억 인구로 평균을 내면 1인당 GDP가 4,500~5,000달러 정도지만, 개혁개방을 일찍 한 동부연안의 대도시들만 골라 1인당 GDP를 따지면 2만 달러가 넘는 인구가 이미 2억입니다. 우리 5천만 인구와 대비해 보십시오. 이래도 중국사람들 앞에서 자대(自大)를 할 수 있습니까. 그리고 그들의 문화의 깊이와 넓이도 진지하게 살펴보고 이해하려는 마음을 가져야 합니다. 『정글만리』가 그러한 일들에 조금이나마 가교 역할을 할 수 있다면 더 바랄 게 없겠습니다.

서   예, 말씀 잘 들었습니다. 오랜 시간 동안 수고하셨습니다. 『정글만리』를 통해서 한국과 중국의 현재의 문제와 공존의 미래에 대해 우리 사회가 더 깊고 넓게 고민하게 되기를 기대합니다.

서경석 : 문학평론가 | 문학계간지 《자음과모음》

글길 만 리를 돌아가니
'진짜' 중국이 보이더라

66 기업인들의 사회 환원 또는 사회적 책임 인식이 보편화할 때
자본주의는 그 천민성을 극복하고 건강하고 건전해질 수 있습니다.
그건 곧 자본주의의 건재일 뿐만 아니라
인간사회의 평온과 안정을 보장하는 길이 됩니다. **99**

오래전 중국의 수많은 이름 없는 백성들의 피와 땀으로 쌓아놓은 성곽이 만 리였다. 그로부터 2천 년이 흐른 뒤 중국으로 나아간 한국 기업인들이 헤쳐가야 했던 정글같이 험난한 대륙 진출의 길이 또 만 리였다. 그리고 그 이야기를 그려낸 조정래 작가가 지금껏 돌아온 '글길'이, 중국 취재여행만도 한 달씩 길게 여덟 번, 4~5일씩 짧게 여덟 번, 모두 열여섯 차례였다는 그 신산했을 취재의 노정이, 일일이 손으로 원고지를 채워가며 한 글자만 틀려도 찢어버리고 다시 정서하며 글을 써왔다는 그 문학적 산고의 과정이 다시 만 리였다. 조정래 선생을 만나 소설 『정글만리』 이야기를 들어보았다.

안서현(이하 안) 안녕하세요, 선생님. 중국을 무대로 한 선생님의 소설 『정글만리』가 최근 여러 주 연속 베스트셀러 자리를 지키면서 그야말로 '낙양의 지가'를 올리고 있습니다. 선생님께 이 신작 장편소설에 대한 이야기를 청해 듣고자 이렇게 모시게 되었습니다.

먼저 제가 질문을 하나 올리겠습니다. 흔히 선생님의 『태백산맥』 『아리랑』 『한강』이 3대 대하소설을 가리켜 '한국 현대사 3부작'이라고 부르지 않습니까. 그런데 『정글만리』를 읽으면서 저는 이런 생각이 들었습니다. 『한강』이 우리의 과거 경제성장기를, 『허수아비춤』이 우리의 현재 자본주의적 삶의 모습과 그 이면을, 그리고 『정글만리』는 우리 경제의 미래와 그 과제를 다루고 있으니 이를 묶어 '경제 3부작'이라고 할 수 있지 않을까 하고 말입니다. 『정글만리』에서 선생님은 중국이 몇 년 안에 G1이 됨으로써 경제적 지형이 변화할 것이라는 가정하에 우리 경제의 나아갈 길을 제시하고 계시니까요. 그동안 분단 문제가 선생님의 문학의 본령이었다면 이제는 자연스럽게 '경제'로 선생님의 관심이 옮아왔고 또 이 작품에서 일단의 완결을 맞고 있지 않은가 합니다. '경제'로 시선을 돌리신 이유가 있다면 무엇인지 여쭈어보고 싶습니다.

조정래(이하 조) 허, '경제 3부작'이라고 하는 통찰과 분석이 신진 평론가답게 아주 신선하고 예리합니다. 꿈보다 해몽이 좋더라고, 그렇게 정리하고 보니 아주 그럴 법합니다. 내가 꼭 그렇게 의도한 것은 아니지만, 경제란 바로 우리의 생존의 문제이고, 그러므로 가장 중대하고 치열한 문제입니다. 또한 소련의 몰락과 함께 자본주의는 전 지구적 경제체제가 되었습니다. 그런 상황 속에서 경제 문제를 소설의 소재와 주제로 삼는 것은 너무 당연하고도 자연스러운 일이 아닌가 합니다. 그 속에 우리 인간들의 모든 문제들이 얽히고설켜 갈등하고 충돌하고 있으니까요. 소설이 가장 문제적인 인간사를 쓰는 것일진대, 오늘날 정면으로 직시해야 할 것이 경제 문제 아니겠습니까.

다만 50~60년 전과 지금이 다른 것은, 그때는 땅을 중심으로 한 농업경제 시대였고 지금은 공업 생산품을 중심으로 한 산업경제 시대라는 것이지요. 그때, 해방을 맞은 상황 속에서 아주 중대한 정치 사건이 있었습니다. 그게 무엇인고 하니, 해방 직전 이미 일본의 패망이 예견되고 있었을 때, 해방 조국 건설을 준비하던 세 세력이 있었습니다. 국내에 박헌영과 여운형이, 해외에는 김구가 있었지요. 이 세 세력은 서로 멀리 떨어져 있어서 전혀 상의할 수가 없었는데도 모두 똑같은 '건국 강령'을 만들었습니다. 앞으로 새 국가를 세우게 되면 어떤 문제를 우선시할 것인가를 담고 있었는데, 그 첫 번째가 친일파 척결이었고, 두 번째가 토지개혁이었습니다. 놀랍게도 그 세 세력의 건국 강령은 두 가지 문제의 순서까지 일치했을 뿐만 아니라, 토지개혁의 방법까지 똑같았습니다. 무상몰수 무상분배. 그건 그들이 정치의식이 투철해서도 아니고, 그들의 정치 안목이 탁월해서도 아닙니다. 그때의 민심이 그 두 가지 문제가 실현되기를 강력하게 원하고 있었기 때문입니다. 다시 말하면 그 두 가지 문제 해결을 정책으로 내세우지 않으면 그 어떤 세력도 신생 조국의 정권을 잡을 수 없다는 사실이었습니다.

우리는 해방 상황을 다시 주시할 필요가 있습니다. 그 당시 국민의 80퍼센트가 농민이었고, 그 80퍼센트가 소작농이었습니다. 그런데 소작료 비율이 지주 대 소작인 20:80이 아니면 30:70이어야 하는데 일제의 지주 중심적 착취정책에 의해서 그 반대였습니다. 그러니 소작인들은 아무리 농사를 뼈빠지게 지어도 20~30퍼센트밖에 돌아오지 않는 데다, 놋그릇까지 싹싹 공출당하는 혹독한 전쟁까지 치르고 난 후였으니 그들의 생활이란 그야말로 초근목피로 근근이 연명하는 상태에서 무상몰수 무상분배의 토지개혁 열망은 해방 조국에 거는 절대적 기대였지요. 모든 정치 세력들은 80퍼센트 백성들의 그 뜨거운 바람을 건국 강령의 깃발로 세웠던 거지요. 해방 정국에서 토지개혁이 얼마나 뜨거운 정치 문제였고, 그 왜곡으로 얼마나 큰 정치 충돌과 갈등이 야기되었는지는 『태백산맥』에서 이미 다 그려놓은 그대로입니다.

그런데 이제 시대가 바뀌어 산업경제의 시대가 되었습니다. 농업경제 시대의 지주가 기업으로 바뀌면서 새로운 양상의 충돌과 갈등이 벌어지고 있습니다. 경제 문제는 이렇듯 우리의 생존과 직결되면서 언제나 인간사회의 화두요 숙제로 큰 자리를 차지하고 있습니다. 그 중대사를 문학이 어찌 피해갈 수 있으며, 외면할 수 있겠습니까.

온 국민이 노예적 삶을 감수하며 이룩해낸 경제발전의 시대를 『한강』에 썼고, 국민들의 피땀 어린 노력에도 불구하고 부익부 빈익빈의 천민자본주의의 폐해가 극심해지고, 재벌들의 횡포가 국가권력까지 위협하는 가공스러운 상황을 『허수아비춤』에 그렸고, 급변하는 세계 경제 상황 속에서 우리 경제가 저성장의 위기에서 탈출할 수 있는 재도약의 기회는 중국에서 오게 되리라는 판단 때문에 『정글만리』를 쓰지 않을 수가 없었습니다.

안   네, 그런 필연적인 작가 인식에 의해『정글만리』가 쓰였다는
느낌을 작품을 읽으면서 강하게 받게 됩니다. 중국에 진출한 한국 경
제인들의 활약상이 흥미진진하게 그려지고 있는 그 생동감이나 박진
감이 바로 수많은 독자들로 하여금 이 소설을 집어들게 하고, 또 손
에서 놓지 못하게 하는 매력이고 마력이라고 할 수 있습니다. 먼저 그
인물 형상부터 살펴보는 것이 흥미로울 것 같습니다. '전대광'이라는
인물은 상사원으로서 중국시장을 읽어내는 기민한 감각과, 자신의 직
장을 그만두고 과감하게 독자적 사업에 뛰어드는 도전정신을 보여주
고 있습니다. '모든 것이 크게 빛난다'는 뜻의 그의 이름부터가 자못
의미심장하고, 작가의 의도를 내비치는 상징성을 띠고 있습니다. 그는
정글인 중국시장의 최전선에서 용감무쌍하게 경제전쟁을 치뤄내고
있는 한국의 모범적 상사원을 대표하는 인물입니다. 그리고 또 한 사
람, '하경만'이 있습니다. 그는 중소기업인으로서 사회에 대한 책임과
함께 한·중의 동반성장 의지를 실현시킬 수 있는 인물로 설정된 것으
로 보입니다. 그는 어느 사회에서나 필요한 모범적 기업 문화를 체현
하는 인물이 아닌가 합니다.

조   그렇습니다. '하경만'은 '전대광'과는 또 다르게 아주 중요한
인물입니다. 그런데 그 사람은 작가가 창조한 인물이 아니고 실제 인
물을 모델로 한 겁니다. 제가 취재 도중 칭다오에서 사업을 하고 있는

'하덕만'이라는 분을 만났고, 그분이 실천해 온 사업가로서의 현지 적응 노력과 진정한 상생의 사업 경영에 큰 감명을 받았습니다. 그분의 사업 성공은 좋은 상품 생산에 앞서 현지인들과의 화합과 공생의 신뢰에서 비롯되었습니다. 그분은 중국에 진출한 수많은 한국 기업인들을 대표할 수 있는 모범적 기업인이었습니다. 저는 그래서 그분에게 소설의 한 인물로 쓰게 해달라고 양해를 구했습니다. 그분은 흔쾌하게 허락했고, 저는 그분의 이름 가운데 자 '클 덕(德)' 자를 '경사 경(慶)' 자로 바꿔 소설에 등장시키게 되었습니다. 앞으로 사업을 해나가는데 경사가 '만 번' 있으라고. 그 인물에 관한 소설 내용의 70퍼센트 정도가 실제로 그분이 실천하고 있는 바를 그대로 쓴 것입니다. 그리고 나머지 30퍼센트가 작가가 상상력으로 이야기를 꾸며 엮은 것이지요. 그분을 군이 등장시켰던 것은, 한국의 중소기업, 그리고 대기업들까지도 그분이 한 것처럼만 하면 절대 망할 일 없이 누구나 성공할 수 있다는 사실을 환기시키고, 입증시키고 싶었기 때문입니다. 우리나라의 수많은 중소기업들이 중국에 진출해서 초기에는 잘들 하다가 차츰 세월이 지나면서 재미를 못 보게 되고, 갈등이 생기고, 손해가 나고, 급기야 야반도주하는 일들이 빈번하게 벌어지고, 그게 다 중국 잘못이라고 우리 신문에 보도되고, 우리나라 사람들의 중국에 대한 인상이 자꾸 나빠지고……, 그런 상황에서 그 진상 파악을 위해 일부러 칭다오를 찾아간 것입니다. 그래서 만난 것이 하덕만 사장입니다. 그분을 만나게 된 것은 운이 좋았던 것이고, 큰 행운이었습니다. 소설에 쓰인 대로 그분처럼만 하면 누구나 성공할 수 있고, 중국으로부터도 열렬한 환영을 받을 수 있습니다. 모든 한국 기업들에게 귀감이 되고 모범이 될 수 있는 훌륭한 분입니다.

그 인물을 통해 전하고자 했던 것은 기업인의 사회 환원 실천입니다. 중국에서 돈을 벌었다면 그 돈의 10퍼센트는 못 되더라도 1퍼센트는 꾸준히 중국을 위해 쓰라는 것입니다. 이 사회 환원은 어느 사회에서나 요구되는 사항이고, 문제가 되는 사항 아닙니까. 그리고 현지인들을 내 경제, 내 가족과 같은 진정한 마음을 가지고 대하라는 것입니다. 그럼 주변의 중국인들이 솔선해서 공장을 지켜주고, 중국 지방정부는 지역사회 기여를 고마워해 감사장도 주는 화해가 이루어지게 됩니다. 그건 얼마나 훈훈한 인간사회의 건설입니까. 그런 신뢰가 쌓여 중국에서는 엄단하는 '대만 독립' 문제에 연루된 한국사람 '정동식' 사장이 감옥살이하지 않고 추방 조치만으로 일을 마무리하는 힘까지 발휘할 수 있게 되지 않습니까.

안   그 '대만 사건'은 실제 일어났던 일입니까?

조   아, 아닙니다. 그 부분은 작가의 완전한 창작입니다. 다만, 그런 사건이 일어났을 때 그런 영향력을 발휘할 수 있는가를 하 사장한테 확인했습니다. 그 대답은 가능하다는 것이었습니다.

안   대만 문제가 그렇게 중대하고 민감한 것입니까?

조   그렇습니다. 중국에서는 어겨서는 안 되는 3대 금기사항이 있습니다. 첫째 마오쩌둥에 대한 비난이나 험담, 둘째 중국공산당에 대한 불신이나 비판, 셋째 대만 독립의 지지가 그것입니다. 대만은 본토에 비해 아주 작은 섬이라 외국 사람들은 대만 문제를 그냥 가볍게 생각할 수 있습니다. 그러나 중국사람들에게는 엄청난 문제입니다. 왜냐하면 대만이 독립하는 날에는 그 여파가 바로 티베트와 신장위구르 독립으로 직결되게 됩니다. 대만, 티베트, 신장위구르가 독립하게 되면 어떻게 되는지 압니까? 중국은 영토의 65퍼센트를 잃게 됩니다. 그걸 용납할 리가 있겠어요? 절대 안 될 문제지요.

저는 그런 민감한 사안도 환기시킬 겸, 그 에피소드를 통해서 중국인들의 마음을 여는 방법, 그리고 그들과의 관계에서 진실과 신뢰를 쌓아간다면 위기 상황에서도 늘 탈출구는 있으리라는 사실을 여러 계층의 독자들에게 일깨우고 싶었던 것입니다.

우리는 우리나라에 진출해 많은 돈을 버는 외국 기업들, 특히 명품 회사들을 향해 연말이면 사회 기부에 인색하다고 지적하고 있습니다. 그러기는 중국사람들도 마찬가지입니다. 몇 년 전에 쓰촨성에서 대지진이 일어나 그 인명 피해와 물적 피해가 엄청나지 않았습니까. 그 당시 총리 원자바오와 주석 후진타오가 현장에 달려가 피해 인민들을 위로하기에 심혈을 기울였고, 신속한 복구를 위해 최선을 다하는 모습을 보였습니다. 그 분위기에 맞추어 중국에 진출해 있는 세계적 대기업들이 줄줄이 복구비 기부에 나섰습니다. 그런데 맥도날드가 중국 인민들의 표적이 되고 말았습니다. 기부금이 너무 적었던 것입니다. '너희들이 지난 20여 년 동안 벌어간 돈이 얼마인데 겨우 요것을 낸단 말이냐. 중국사람들을 뭘로 보는 것이냐.' 이런 공격이 인터넷을 통해 삽시간에 퍼졌고, 그 공격은 바로 불매운동으로 뭉쳐졌습니다. 중국의 불매운동의 일사불란함은 세계적으로 유명합니다. 14억 인구가 순식간에 한 덩어리가 되는 기적 같은 일이 벌어집니다. 그게 바로 사회주의적 훈련에서 오는 중국의 특성 중의 하나입니다. 질겁을 한 맥도날드는 기부금을 수십 배로 불렸고, 다른 외국 기업들도 부랴부랴 기부금을 늘리느라 정신이 없었다는 일화가 있습니다. 물론 우리나라 큰 기업들도 앞다투어 액수를 늘리느라 분주했던 것은 예외가 아니었지요. 기업들의 사회적 기여는 어느 나라에서나 피할 수 없는 현대사회의 중대 문제가 되어 있습니다.

안　예, 기업인들은 달가워하지 않겠지만 소비자들은 점점 똑똑해지고 있고, 사회 인식도 자꾸 고양되고 있으니 그건 시대적 필연이라고 생각합니다.

조　그렇습니다. 기업인들의 사회 환원 또는 사회적 책임 인식이 보편화할 때 자본주의는 그 천민성을 극복하고 건강하고 건전해질 수 있습니다. 그건 곧 자본주의의 건재일 뿐만 아니라 인간사회의 평온과 안정을 보장하는 길이 됩니다. 기업들만 무한대로 살찌는, 계층 간의 불균형이 갈수록 커지는 사회는 결국 충돌과 몰락이라는 극한 상황을 맞을 수밖에 없습니다. 그런 비극을 막기 위해서도 기업들은 사회 기여에 신경 쓰고, 앞장서야 합니다.

안   예, 옳은 말씀이십니다. 우리 기업들이 귀담아듣기 바랍니다. 그러니까 『정글만리』에서 '전대광'과 '하경만'은 상사원과 기업인을 대표하는 쌍두마차라 할 수 있을까요?

조   예, 잘 보았어요. '전대광'이 총소리 나지 않는 경제전쟁에서 최전선에 나선 돌격대나 전위대로서 개척정신, 도전정신을 보여준다면, '하경만'은 중국과 중국인들과의 상생과 공존 즉 선린우호의 한 모범을 보여주는 전형성을 띠고 있는 것입니다. 중국이라는 무한히 큰 경제무대에서 둘 다 아주 중요한 주인공이 아닐 수 없습니다.

안   예, 소설가 지망생들은 지금 선생님 말씀을 통해 '전형성을 띤 인물들'을 어떻게 창조해 내는지, 그 창작방법론까지 함께 배울 수 있는 기회가 되고 있습니다. 그리고 또 한 명의 주인공, '김현곤'은 중국의 역사와 문화에 대한 진지한 관심을 보여주는 인물입니다. 그 인물은 포스코의 주재원으로 등장합니다. 『한강』에도 나왔던 것처럼 선생님의 소설에서 모범적 경제인의 모델은 포스코의 고(故) 박태준 회장입니다. 선생님께서 청소년들을 위한 위인전도 쓰신 바가 있지요. 이렇게 『정글만리』에서도 '포스코' 회사가 실명으로 등장하고 있다는 점도 그래서 의미 있게 느껴지는데요. 또 동북항일연군의 손녀딸인 조선족 여성이 포스코 시안 지사에 찾아와 구직하는 장면 등이 소설에 그려져 있어 포스코라는 기업이 지니는 역사적 의미가 새로운 느낌으로 부각되고 있습니다. 우문인지 모르겠는데, 그런 일이 실제로 있었습니까? 너무 사실같이 실감이 나서…….

조　허허, 젊은 평론가 선생께서 생김대로 너무 순수하고 순진하시군요. 그거야말로 전적으로 작가의 상상력의 소산이지요. 포스코의 '시안 지사'도 아예 없는 것을 만들어낸 것이니까요.

안　어머나……., 꼭 있는 줄 알고 깜빡 속았습니다.

조　예, 그렇게 깜빡 속이는 게 소설 아닙니까. 모르지요, 내 소설을 읽고 시안의 중요성을 깨달은 포스코가 '시안 지사'를 차리게 될지도. 그렇더라도 내가 '아이디어 제공비'를 요구하지는 않을 것입니다. (웃음) 나는 늘 민족기업으로서 포스코가 천 년, 만 년 잘 되어가기를 바라고 있으니까요.

안　네, 중국의 '서부대개발'에 발맞추어 포스코에서 어서 시안에 지사를 차려 새 시장을 개척해 나갔으면 좋겠습니다. 그러니까, 한국 경제의 미래에 있어서도 고 박태준 회장과 포스코가 여전히 중요한 본보기가 될 수 있다고 보시는 생각에는 변함이 없으신 거지요?

조　물론입니다. 만약 포스코가 없었더라면 지금 우리나라의

1인당 GDP 2만 5천 달러 시대는 없었으리라는 것이 제 생각입니다. 아닙니다, 제 생각만이 아니고 모든 경제 전문가들이 그렇게 동의하고 있는 사실입니다. 한마디로 말하자면 포스코가 없었더라면 우리나라의 가전산업, 자동차산업, 조선산업, 각종 기계산업 그리고 IT 산업까지 오늘날처럼 발전하지 못했을 것은 분명한 사실이기 때문입니다. 수출 주력 상품들을 생산해 내는 그런 산업이 비약적으로 발전한 것은 포스코가 국제가보다 저렴한 가격으로, 또 지속적으로 철을 공급한 결과입니다. 그 중대한 일을 가능하게 했던 것이 박태준 회장입니다. 그건 참으로 대단한 업적이었기 때문에 저는 그분이 돌아가셨을 때 조사에서 '한국 경제의 아버지'라고 칭송했고, 그분의 묘비, 비문을 짓기도 했습니다.

안   선생님께서 조사를 쓰시고, 비문까지……. 선생님께서 그렇게까지 인정하시다니, 박태준 회장은 참 행복한 분이시기도 합니다. 어쩌면 박 회장님은 선생님께서 인정하는 유일한 기업인이 아니십니까?

조   아닙니다. 또 한 분이 있습니다. 유한양행을 사회에 헌납한 유일한 선생입니다. 모든 기업인들이 다 그 두 분의 뒤를 따라갈 수는 없는 일이지만, 차츰 그 수가 많아지기를 진정으로 바라고 있습니다.

안   네, 그렇게 되면 얼마나 좋겠습니까. 그런데 동북항일연군의 손녀딸인 조선족 여성이 포스코 시안 지사를 찾아와 구직을 하는 설정은 어떤 의미가 있는 것입니까?

조   허, 그건 나한테 물을 게 아니라, 독자들이 평론가에게 묻고, 평론가인 안서현 씨는 거기에 답해야 하는, 안서현 씨 몫 아니겠소? (웃음)

안   어머, 선생님…….

조   예, 거기에는 두 가지 목적이 있어요. 첫째는 포스코의 민족 기업으로서의 정신과 그 역사성을 환기시키고자 함이고, 둘째는 동북항일연군을 통해 한국과 중국이 어떤 공통의 역사 체험을 가지고 있는지를 밝히고 싶었습니다. 한국과 중국이 경제 동반자로서 앞으로 사이좋게 살아가려면 두 나라의 민족 수난 시기에 함께 힘을 합쳐 적과 싸운 역사 체험을 상기시키는 게 그 첩경이니까요. 그런데 '동북항일연군'이라는 존재에 대해 역사학 전공자들을 제외하고는 일반인들은 거의 모르고 있습니다. 그건 당연한 일이지요. 동북항일연군은 중국공산당과 한국 사회주의 독립운동가들이 함께 연합전선을 펴 만주 일대를 장악하고 일제에 맞서 수천 번의 전투를 벌인 군사 조직입니다. 그 역사적 공적 때문에 중국은 '중화인민공화국'을 세운 다음 55개 소수민족 중에서 최초로 우리 민족의 거주 중심지인 연길에 '조선족자치주'를 세우게 해주었고, 대학도 TV 방송국도 최초로 설립해

주었습니다. 같이 피 흘린 역사 체험이 미래를 엮어가는 데 민족적 동질감으로 효력을 발휘할 수 있기 때문에 일부러 그런 설정을 했던 거지요. 이러한 일도 소설이 해내야 할 중요한 역할의 하나일 것입니다. 역사책의 딱딱함을 극복해 소설이 흥미롭고 자연스럽게 해낼 수 있는 효과 아니겠어요.

중국을 바라보는 안목과 통찰

안   그렇군요. 역사 문제에 관해서는 잠시 후에 다시 질문 드리기로 하고, 우선 이런 질문으로 이야기를 이어가보겠습니다. 선생님께서 아까 일부 인물은 실제로 만난 현지 기업인을 모델로 삼아 그려낸 것이라고 말씀해 주셨는데요. 소설 안에 등장하는 많은 사례들도 거의 실화입니까? 예컨대 중국에서 소위 '대박상품'을 좇는 상사원들의 이야기가 나오지 않습니까? 그 상품들은 실제 사례에 바탕을 둔 것인지요? 가령 수(壽) 자와 복(福) 자가 수놓인 빨간 내의라든지, '소황제 소공주 분유' 같은 것 말씀입니다.

조   왜, 그런 것이 궁금합니까? 그런 것들은 나의 완전한 발명특허, 지적재산권입니다.

안   어머, 정말이세요?

조   뭐 놀랄 것 없습니다. 작가란 소설적 효과, 형상화를 위해서 그런 잡다하고 요상스러운 것들까지 생각해 내야 하는 사람들 아니던가요. 그래서 작가를 '잡가'라고 하기도 하는 거겠지요. 어디 그뿐입니까. 빨간 지갑에 돈을 상징하는 고유상표를 도안하는 것하며, 십자가에 못 박힌 고난의 예수상을 옥에 조각하고, 콩알만 한 옥구슬에 예수 얼굴을 조각하는 팔찌 같은 것도 다 내 발명특허입니다. 그러나 내가 중국에 특허 등록을 하지 않았으니 어떤 독자든지 그 아이디어를 차용하면 무상으로 특허권을 양도할 의향이 있습니다. (웃음)

안   어쩌면……. 그런 희망자가 생길 수 있을 것도 같습니다.

조   예, 그럴 수 있습니다. 왜냐하면 소설을 쓰기 전에 그런 아이디어들에 대해 중국 현지의 상사원들에게 그 시장성을 점검해 보았습니다. 그런데 다들 어떻게 그런 생각을 해냈느냐고 깜짝 놀라면서, 그런 상품이 나오면 틀림없이 '대박'이 날 거라고 했습니다. 그런데 그 상품 개발을 하면서 한 가지 특이한 경험을 했습니다. 그건 다름이 아니라, 빨간 명품 지갑의 상표를 도안하는 데, 중국사람들의 돈을 상징하는 8자에 다시 부귀영화를 상징하는 배꽃 '리화(梨花)' 여덟 송이를 그려서 8자를 두 번 겹치도록 했습니다. 그 의미는 '이 지갑을 가지면 부자가 되고 또 부자가 된다'는 뜻이지요. 그래서 나는 글로 쓰기 전에 그 모양을 구성 노트에다 먼저 도안을 했습니다. 8자를 옆으로 누이고, 그 두 개의 동그라미 상하좌우에 네 송이씩의 배꽃을 배

치해 잎과 줄기로 연결하는 그림을 아주 정성스럽게 그렸지요. 그러고 나서 글로 묘사를 해나갔는데, 네이버 연재가 끝나고 책이 출간된 다음에 출판사에서 '일러스트북'이라는 것을 가져왔어요. 그건 연재하는 동안 시각적 가독력을 높이기 위해서 소설 중간중간에 그려 넣은 삽화였어요. 그것들을 모아 독자들을 위한 서비스로 만들어낸 것이 그 일러스트북이었어요. 무심코 그걸 넘겨 가다가 한 페이지에서 나는 깜짝 놀랐어요. 그건 185페이지에 있는 빨간 지갑이었는데, 펼쳐진 지갑 아래 새겨진 '梨花 상표'가 내가 구성 노트에 그렸던 것과 100퍼센트 똑같은 거예요. 그 신기함이라니! 작가의 마음과 삽화가의 마음이 글을 통해서 일치한 것이었습니다. 그때 느낀 것이 있습니다. 불교에서 말하는 '이심전심'이란 바로 이런 것이로구나 하는 깨달음이었습니다.

작가 도안

일러스트

안 　선생님께서 묘사를 얼마나 잘 하셨으면 그랬겠습니까.

조 　아하, 뇌물 쓰고 아부해서 손해 보는 일 없다고 했습니다. (웃음)

안 　선생님, 아부가 아닙니다. 선생님이 그리신 것과 그 삽화를 한 번 봤으면 좋겠습니다. 선생님께서 고등학교 시절에 화가 지망생이 었다는 것은 글을 통해서 알고 있었지만……, 지금도 그림을 그리신 다니…….

조 　왜, 70 넘은 늙은이라 그림을 못 그릴 줄 알았소? 이런 얘기 가 나올 줄 알았더라면 그 두 가지를 가지고 나오는 건데. 차차 보게 되겠지요. 그런데 얘기가 나와서 하는 말인데, 나는 소설 쓰는 일보다 어쩌면 사업가 기질이 더 강한지도 모르겠어요.

안 　무슨 말씀이신지요……?

조 　다른 게 아니라, 내가 세 번째 대하소설 『한강』을 쓰려고 미 국 취재여행을 갔었어요. 그런데 뉴욕의 어느 식당에 갔더니 불고기 판에 불을 붙이는 라이터 길이가 20센티 넘게 기다란 게 여간 편리한 게 아니었어요. 그때 퍼뜩 떠오른 생각이, '저거 한국에 가져가면 장사 가 되겠다!' 하는 거였어요. 그래서 아내한테 그 얘길 했더니 들은 척 도 안 하고 묵살해 버리는 거였어요. 그리고 또 베트남에 취재를 갔었지요. 지저분한 길거리식당에서 아침을 먹었는데, 그게 베트남 특유의 '쌀국수'였어요. 그런데 그게 식당의 지저분함을 잊을 정도로 맛이 그만이었어요. 쌀로 국수를 만든다는 것도 생전 처음 듣는 희한한 얘기였고, 그 종류가 300가지가 넘는다는 것은 더욱 놀라웠어요. 그때 또 떠오른 생각이 뭐였겠어요. '이것도 한국에 가져가면 돈벌이가 잘 되겠다!'였지요. 그때는 다행히 아내가 없었어요. 그런데 그 긴 라이터가 한국의 식당마다 필수품으로 등장하기까지 20년이 걸렸고, 베트남 쌀국수 식당들이 서울 장안에 범람하며 호황을 누리기까지도 20년 세월이 걸렸어요. 한·일 수교가 이루어지고, 일본사람들이 본격적으로 우리나라에 오기 시작했던 1970년대에 그들이 쉽게 한 말이 '서울 거리에는 돈이 굴러다닌다'는 것이었어요. 그만큼 팔아먹을 물건이 많다는 것이었지요. 내가 보기로는 지금 중국이 그래요. 중국을 투시하고, 중국사람들의 내심을 갈파하면 사업을 크게 일으킬 수 있는 것들이 많아요. 14억 인구가 망망대해로 출렁거리는 소비시장, 그곳을 바라보면서 작가로서 어설프게 개발해 본 상품들이 앞에 말한 그런 것들이었어요. 그리고 중국 여성들은 이제서야 화장에 눈뜨기 시작했어요. 14억 인구 중에 여자가 7억, 그중에서 화장을 하고자 하는 여자들이 3~4억, 그런데 예뻐지고 싶은 욕구에 비해 화장술이 백지상태예요. 그리고 패션도 이제 시작이에요. 좁은 땅에서 복작거릴 일이 아니지요. 우리나라 사람들 '솜씨' 하나는 타의 추종을 불허할 만큼 탁월하잖아요. 괜히 중국이 '우리 경제의 미래'라고 하는 게 아닙니다.

안　　네, 중요한 말씀입니다. 그런데 '자크 카방'이라는 프랑스 명품회사 직원도 꽤나 중요한 의미를 띠고 등장하고 있습니다. 그 인물을 통해서도 선생님은 여러 가지 얘기를 전하고 있는 것 같은데요.

조　　예, 그 인물도 중요한 역할을 하지요. 첫째 중국의 전통 깊은 장인 문화에 대한 인식을 하게 하는 것입니다. 그가 골동품 시장에서 발견하는 물건들이 있습니다. 그것들은 이름 없는 장인들이 신기를 발휘해서 탄복할 만큼 섬세하게 조각해 낸 생활공예품들입니다. 그건 수천 년에 걸쳐 이어져 내려온 중국 문화의 넓이와 깊이를 보여주는 것들입니다. 저는 중국의 그 문화를 이해하기 위해서 어느 곳에 가나 제일 먼저 찾아가는 곳이 골동품 시장입니다. 그곳은 어디나 지저분하기 짝이 없는데, 그 먼지 구덩이 속에 때 덕지덕지 낀 골동품들이 몇백 년인지 모를 세월을 품고 잠들어 있습니다. 그걸 유심히 살피고, 하나씩 골라내는 기쁨, 그것이 중국의 저 깊은 심층을 탐색하는 일입니다. '자크 카방'이 눈길 맵게 응시하는 거북껍질 함이나, 박쥐 떼의 군무를 조각한 필통 등은 바로 내가 사서 들고 온 것들입니다. 우리나라에서는 구경조차 할 수 없는 귀품들이지요. 그리고 두 번째의 '자크 카방' 역할은, 서양의 명품회사들이 그런 중국 장인들의 솜씨를 이용해 헐값으로 상품을 생산해 수백 배 비싼 값으로 파는 명품 상술을 보여주고 있지요. 세 번째는 서양인의 시선을 통해서 한·중·일 동양 삼국의 속 깊은 서양 열등감인 오리엔탈리즘을 야유하고 비웃게 해 황인종들의 무조건적인 서양 편향을 되돌아보게 하는 것입니다.

안　네, 한 인물을 통해 그렇게 다각적인 역할을 하게 하는 것이 소설 기법적으로 퍽 인상적이었습니다. 현장 취재를 왜 해야 하는지 다시금 느끼게 됩니다. 짝퉁시장의 '품질보증'이라는 간판이나, 에드거 스노의 묘도 다 취재의 소산 아닙니까?

조　예, 그렇습니다. 중국의 수도 베이징 한복판에 자리 잡고 있는 짝퉁시장 슈수이제는 중국이 얼마나 '짝퉁 천국'인지를 보여주는 상징물로, 세계적으로 명성을 떨친 명소입니다. 2008년 베이징 올림픽 개막식에 참석한 세계 선진국의 대통령이며 총리들이 자기네 고급 상품들이 얼마나 가짜로 만들어지고 있나 감시하려고 갔다가 오히려 쇼핑을 하고 나오는 바람에 그 명성이 세계화되어 버린 것이지요. 현대식 6층 건물 전체가 가짜로 넘쳐나는데, 그런 짝퉁시장을 버젓이 열어놓고 가장 규모 큰 국제행사인 올림픽을 열다니, 그게 바로 '중국배짱'입니다. 88올림픽 때 개고깃집을 없애느라고 허둥지둥, 허겁지겁했던 우리로서는 도저히 이해할 도리가 없는 것이 그 '중국배짱'이지요. 그 '배째라' 하는 배짱 앞에서 상표권을 가진 선진국들은 두 손 다 들어버렸고, 중국은 낯 두껍고 태연자약하게도 일본을 물리치고 G2가 되기에 이른 것입니다. 그런 중국사람들의 심층을 깊이 파악하고 이해하기 위해서 우리는 더 많은 노력을 하지 않으면 안 됩니다.

그 세계적 명소 슈수이제를 빼놓는 것은 중국에 대한 예의가 아니라서 (웃음) 정중하게 찾아갔지요. 그 '짝퉁 백화점', 구조부터가 참 기막히고 숨막힙니다. 비좁고 긴 골목이 수십 개, 그 골목마다 서로 마주보며 작은 가게들이 촘촘히 박혀 있습니다. 그 골목마다 사람들은 와글바글 넘쳐나고, 그 많은 가게마다 젊은 아가씨들이 둘씩 나서서 목청껏 손님을 불러댑니다. 정신이 하나도 없는 분위기인데, 한눈 팔았다가는 돈을 몽땅 쓰리당한다고 안내자가 자꾸 주의를 줍니다. 한국 여행자들이 거기서 여권까지 잃어버린 일이 한두 번이 아니라는 겁니다. A급으로 취급받는 한국 여권은 암시장에서 오백에서 천만 원까지 거래된다니 짝퉁시장 쓰리꾼들에게는 한국 여행객들이 VIP가 아닐 수 없지요. 나는 애초에 짝퉁상품을 살 맘이 없었으니까 양복 양쪽 속주머니에 신경 쓰며 시장 구경을 해나갔지요. 그러다가 문득 걸음을 멈추어야 했습니다. 저 멀리 높이 걸려 있는 네 글자, 그건 '품질보증'이었습니다. 그 크고 새빨간 네 글자는 얼마나 선명하고 당당한지 몰랐습니다. 짝퉁시장에 '품질보증'이라는 간판! 세계 어느 나라에서 이런 광경을 볼 수 있겠습니까. 그게 중국입니다. 그런데 나를 안내한 게 조선족 아가씨였는데, 그 여성은 그곳을 몇십 번 오갔으면서도 그걸 보지 못했다는 겁니다. 그녀는 한참 동안 고개를 갸웃갸웃했습니다.

안   짝퉁시장의 '품질보증', 그건 '진짜 가짜'라는 뜻인데, 그런 간판을 내거는 중국사람들의 그 복잡하고 난해한 속마음을 알아낸다는 건 그야말로 '정글' 탐험이 아닐까 싶습니다.

조   예, 아주 말 잘했어요. 그게 정확한 표현이에요. 그리고, 에드
거 스노의 묘도 직접 취재해서 묘사한 거지요. 그가 쓴 『중국의 붉은
별』을 80년대 중반에 읽고 인상이 깊었고, 마오쩌둥이란 존재를 최초
로 유럽 쪽에 알린 그 고마움을 못 잊어 마오는 베이징 대학 캠퍼스
에 그의 묘비를 세웠던 것도 인상적이어서 찾아가보고 싶었어요. 그
런데 그 묘가 너무 초라하게 방치되어 있어서……. 거기다가 작가의
새로운 상상력을 접목시킨 거지요.

안   역시 작가적 통찰력을 통해 보면 그 사회의 양식이 오롯이
다 드러나 보이는 것은 물론, 그곳 사람들의 심성과 욕망까지도 눈에
환히 보이게 마련인가 봅니다. 그러한 중국을 바라보는 안목과 통찰
이 담겨 있기 때문에 『정글만리』는 평소에 소설책을 별로 읽지 않는
기업인이나 직장인들까지도 많이 챙겨 읽고 있다고 합니다. '중국 입
문서'나 '중국 영업 지침서'라고 소문이 나면서 기업계에 때아닌 독서
열풍을 불러일으키고 있다고 합니다. 선생님께서도 독자들의 그러한
반응을 실감하신 일이 있으십니까?

조   예, 네이버에 연재할 때 벌써 그런 반응은 나타났습니다. 중
국 주재원들이, "작가는 어떻게 중국에 사는 우리들보다 더 아는 것
이 많으냐. 중국 얘기를 중국에서 읽으니까 더 실감난다"고 독후감을

올리기 시작했습니다. 그리고 퇴직하는 '전대광'이 새로 온 후배 '강정규'에게 업무 인수인계의 한 방법으로 중국인들과의 비즈니스에 대해 종합적, 압축적으로 가르쳐주지 않습니까. 그런 부분이 중국 경험이 짧은 현지 상사원들에게 교과서가 되고 있다고 하더군요. 그런 게 소설의 사회적 역할 중의 한 가지일 수 있고, 작가로서 실감 나는 보람이기도 하겠지요. 소설은 그저 그냥 재미난 이야기나, 말랑말랑한 연애 얘기나 쓰는 게 아니니까요.

또 어느 독자는 중국에 15년을 살았어도 진시황의 병마용 속의 병사와 말들이 2천 년이 넘도록 어떻게 그 모양을 그대로 유지한 채 고스란히 출토될 수 있었는지 그 비밀을 몰랐었는데 이번에 『정글만리』를 통해서 비로소 알게 되었다며, 소설에서 새롭게 배우는 게 많아 참 좋았다고 했어요. 그건 황토에 옥가루를 섞어 고열을 가했기 때문에 철보다 더 강한 물질이 되어 2천 년 세월을 흙 속에 묻혀 있었어도 끄떡이 없었던 것이죠. 만리장성이나 60~70미터의 옛탑들에 쓰인 짙은 회색 벽돌들도 그와 똑같은 방법으로 만들어진 것입니다.

중국에 대한 총체적 이해가 필요하다

안   네, 『정글만리』를 통해 소설의 기능, 그리고 소설의 폭넓은 사회적 기여에 대해 새삼스럽게 다시금 생각해 보게 되었습니다. 선생님의 작품들은 언제나 그랬지만, 이번 작품은 특히 '문학성', '순수' 같은 허위의식에 사로잡혀 심한 자폐증을 앓고 있는 문단 일각을 가격하는 강한 충격을 주고 있습니다. 자폐증으로 독자를 잃어버린 문학은, 이 무더위 속에서도 왜 그 많은 독자들이 『정글만리』에 열광하는지를 심각하게 생각해 봐야 할 것입니다. 근자에 작가들이 모여 앉은 자리에서 으레껏 터져 나오는 불평불만은 사람들이 너무나 책을 읽지 않는다는 것입니다. 그런 일방적인 타박을 언제까지 하고 있을 것인지 참 딱하기도 합니다.

『정글만리』이후 한국인들은 중국의 문을 여는 열쇠를 갖게 되었다, 이렇게도 표현할 수 있지 않을까 싶은데요, 그 밖에도 이 소설을 통해 독자들은 사회주의가 깃발만 남기고 자본주의로 중심이동을 한 중국의 변화를 읽을 수 있었고, 동시에 중국이 가진 저력, 그리고 그것이 현대화되고 있다는 사실도 충분히 실감하게 된 것 같습니다.

특히 선생님께서는 주로 중국 국민들에게서 그러한 중국의 저력을 발견하고 계시는 것으로 생각됩니다. 때로는 "런타이둬(人太多, 사람이 너무 많다)"라고 해서 자조적인 의미를 띠기도 하지만, 바로 그러한 수많은 중국 국민들의 존재가 곧 중국 국력의 원천이기도 한 것 같습니다.

이전에 선생님의 소설에서 '민중'의 형상화가 중점적 과제였다면, 『인간연습』과 『허수아비춤』에서는 '시민'이 등장하고, 그리고 『정글만리』에서는 '직업인'이라고 할 수 있을 것 같습니다. 콩알 정도 크기의 염주알에도 여섯 승려를 새기고 그 양쪽에 소나무 두 그루까지 새겨 넣는, 그리고 옥으로도 예수상을 깎아내는 정교한 솜씨를 지닌 중국

장인들이 역사적 주체로서 강조되고 있다는 느낌을 받았습니다. 그렇게도 볼 수가 있을까요?

조　예, 좋습니다. 그런데 그 세 계층이 각기 다른 것이 아니고 문학적 입장에서 보자면 다 같은 것입니다. 『태백산맥』『아리랑』『한강』에서 계속해서 그리고 있는 것이 민중입니다. 백성, 곧 이름도 없고 권력도 없으면서 꿋꿋하게 일정 지역을 지켜내며 살아온 무리들 말입니다. 그 변함없는 존재에 대해서 시대와 상황의 변화에 따라 백성이니 국민이니, 인민이니, 시민이니, 명칭을 바꿔 불러온 것이지요. 이번에 『정글만리』에서도 중국의 절대다수를 이루는 백성, 사농공상에도 들어가지 못하고 천민 취급을 당했던 무수한 이름 없는 백성들의 장인정신에 대해서 그렸지요. 중국 5천 년의 거대하고 찬란하고 감동 어린 문화는 바로 그들의 인내와 피땀으로 이루어진 것입니다. 역대 왕조와 지배집단들은 그들 위에 군림하고 억압하고 착취하면서 문화 창조적 행위는 하나도 한 것이 없었습니다. 오늘날 중국의 제조업이 세계를 제패했습니다. 그게 단순히 인건비 싼 수많은 노동력 때문일까요? 아닙니다. 그건 너무 일면적 단견입니다. 제조업이 무엇입니까. 그건 다른 말로 하면 '솜씨산업'입니다. 예민하고 재빠른 손재주가 있어야만 양질의 상품을 생산해 내고, 넓은 시장을 확보할 수 있는 것입니다. 중국 제조업이 삽시간에 전 세계 시장을 제패한 것은 개혁개방으로 폭발한 사유재산 욕구＋긴 역사 속에서 면면히 이어져 내려온 장인 문화의 DNA＋싼 인건비, 이 삼위일체의 결과라 할 수 있습니다. 이런 소설가적 견해에 아직 이의를 제기한 사람이 없습니다. 결국 우리나라나 중국이나, 세계 어느 나라나 역사의 길을 닦는 노역을 담당한 주역은 백성이고 민중이었다는 것이 인류사 공통의 사실입니다.

그런 중국의 역사 위에 지배계층에 대한 비판을 올렸습니다. 백성을 지배하며 그들은 억압과 착취를 일삼고, 전쟁까지 일으켜 국민을 죽음으로 내몰았습니다. 중국 역사의 삼대 폭군을 다룬 것도 지배집단의 횡포와 만행이 얼마나 극심했는가를 보여주려는 것이었습니다. 그들은 바로 진시황, 수 양제, 당 현종인데, 그들의 첫 번째 공통점은 어마어마한 수의 궁녀를 거느린 것입니다. 수 양제와 당 현종은 1만 명씩이었습니다. 그때 백성들의 수가 대략 3천만, 그중에 1만 명의 여자들이 황제를 위해 대기 상태로 아무 일도 안 하고 빈둥빈둥 놀며 호의호식을 하는데, 양식이며 옷감들이 풍족하도록 대주어야 했으니 백성들이 얼마나 뼛골이 빠졌겠어요.

어디 그뿐인가요. 그들의 두 번째 공통점은 초대형 토목공사 전개로 무지막지하게 백성들을 부역에 동원한 것이지요. 진시황은 그 유명한 만리장성을 쌓기 시작했고, 수 양제는 대운하 건설로 장정들을 한꺼번에 3백만 명씩 동원했어요. 그리고 당 현종은 양귀비와 호화극치의 환락을 즐기느라고 으리으리한 아방궁을 짓는가 하면, 지금 보아도 놀랄 만큼 사치스러운 옥 목욕탕을 여기저기 지었습니다. 수 양제는 재위 12년 동안에 궁에 머물렀던 것은 고작 1년밖에 되지 않았고, 나머지 기간은 내내 대운하를 오르내리며 흥청망청 풍류가무에 빠져 살았어요. 그 행차를 따르는 신하들의 배가 수천 척이었고,

그가 머무는 곳의 지방관들은 그가 흡족해할 만큼의 잔치를 베풀고, 온갖 선물을 바쳐야 했지요. 그 대접이 소홀한 지방관은 여지없이 관직 박탈이었고요. 그리고 더 가관인 것은, 그는 겨울에 나뭇잎이 다 떨어져버리는 것을 몹시 싫어해 겨울에도 나뭇가지에 봄처럼 꽃이 피고 잎이 파릇파릇 돋게 만들라고 명령했어요. 그런데 그 말도 안 되는 명령을 중국사람들은 다 해결해 냈어요. 온갖 천들을 다 동원해 꽃을 피워내고, 잎들을 오려서 매단 거지요. 4천여 년 전부터 세계 최초로 비단을 발명해 낸 중국이었기 때문에 가능했던 일이지요. 그런데 그 DNA가 어떻게 발현된지 아십니까? 지금 세계의 조화시장은 중국이 완전히 장악하고 있어요. 그러고 보니 수 양제는 폭군만이 아니라 오늘의 중국이 잘살 수 있는 DNA를 길러준 공로자이기도 하군요. (웃음) 중국이 조화로 벌어들이는 돈이 얼마나 많으면 홍콩 최고의 부자가 조화 공장 사장이겠어요.

안　네, 중국 조화들은 정말 생화하고 구별이 안 될 정도로 기막힙니다. 근데 더 기막힌 건 선생님의 소설적 상상력입니다. 수나라와 오늘의 DNA 발현! 수천 년을 오락가락하시니까요. 그리고 옛 황제들뿐만 아니라 현대의 황제 마오쩌둥도 슬쩍 어깨를 치듯 그 약점을 지적하고 계시잖아요. 그 위트 같은 예리함이 '작가의 감각이란 이런 것인가' 하고 멈칫하게 되고, 감탄하게 됩니다.

조　아, 그 대목이 눈에 잡혔군요. 마오는 이미 신(神)이 된 인물이지만, 내 눈에는 그가 인민을 경시하는 게 보이고, 거슬렸어요. 내가 1990년에 처음 중국에 가 만리장성에 올랐는데, 마오쩌둥의 그 유명한 시구 '不到長城非好漢(불도장성비호한, 장성에 오르지 않으면 사내대장부가 아니다)'을 보는 순간 그만 기분이 언짢아지는 거예요. '만리장성을 쌓으며 죽어간 사람들이 얼마나 많은데. 인민을 위해 혁명을 했다는 사람이 어떻게 수없이 죽어간 사람들의 참혹한 신음소리는 듣지 못하는가' 하는 생각이었지요. 그래서 그때 생각을 이번 소설에 '이 장성에 올라 무수한 사람들의 신음과 통곡을 듣지 못하면 참된 대장부가 아니다'라고 썼어야 한다고, 아마 마오는 군인이라서 시인의 가슴이 없었던 모양이라고 '전대광'을 통해 슬쩍 건드렸던 거지요. 중국에 20년 살았다는 어느 상사원이 자신은 전혀 생각해 보지 못한 사실이라고 하면서 쑥스럽게 웃더군요. 상사원이 그런 것까지 다 생각해 버리면 소설가는 뭘 먹고 살게요. (웃음)

안   네, 저도 소설을 읽고서야 깨달았습니다. 수많은 사람들이 다 그렇지 않을까 하는 생각이 듭니다. 그런데 마오쩌둥에 대한 중국인들의 신화화에 대해서도 동시에 다루고 계신데, 그러한 중국의 분위기에서 마오쩌둥에 대해 조금이라도 비판적인 내용을 넣기는 쉽지 않았을 것 같은데요.

조   네, 그런 점이 늘 작가들이 부딪히게 되는 장애고, 어려움이지요. 그러나 저는 『태백산맥』을 쓰면서 하도 많이 겪고, 정면돌파하고 했던 문제들이라 별 망설임 없이 써나갔지요. '작가는 진실만을 말해야 하는 존재'라는 명제를 되뇌면서요.『정글만리』는 단순히 중국의 경제발전에 관해서 말하고자 하는 소설이 아니기 때문입니다. 그에 앞서 중국을 객관적으로 총체적으로 이해할 수 있게 해야 하는 것이 우선적인 문제였으니까요. 왜냐하면 우리나라의 경제 미래를 건실하게 이끌어나가기 위해서는 중국과의 관계가 돈독해져야 하고, 그 길을 모색해 보고자 하는 것이『정글만리』의 주제고, 글을 쓰는 목적이거든요.

그런데 우리나라 사람들은 중국에 대해서 너무 일방적이고 편파적인 편견들을 가지고 있는 것이 문제입니다. '짝퉁 천국이다, 게으르다, 더럽다', 이 세 가지로 중국을 다 안다고 생각해 버립니다. 그러나 그건 너무나 빗나가고 있는 관점입니다. 지금 중국은 무서운 속도로 매일매일 변화하고 있고, 우리의 그런 관점은 수교가 시작된 20년 전에 형성된 것이 그대로 고정되어 있기 때문입니다. 서양사람들이 우리나라의 변화를 보고 '정신을 차릴 수가 없다'고 합니다. 그런데 중국은 우리나라보다 10배 빠른 속도로 변화하고 있습니다. 우리보다 빠른 속도로 경제발전을 이룩한 것이 그 좋은 증거 아닙니까. 그런 중국을 20년 전의 관점으로만 보고 있으니 얼마나 많은 착오를 범하고 있는 것입니까.

중국은 급속도로 짝퉁이 줄어들고 있고, 대도시의 청결은 이미 우리 수준과 같고, 그들은 거대한 대륙에 적응하느라고 '기다리는 것에 능한 체질'로 인내심이 강할 뿐 결코 게으르지 않습니다. 그들이 게을

렀다면 세계 경제학자들의 예상을 뒤집고 40년이나 앞당겨 G2가 될 수 있었겠습니까. 그래서 우리의 편견을 바로잡고 중국을 객관적으로 심층적으로 이해해야 할 필요가 있기 때문에 중국의 역사까지 폭넓게 얘기하려고 노력했지요. 저 고대부터 현대까지, 진시황에서부터 마오쩌둥까지, 상하이부터 시안까지, 중국 문화의 넓이와 깊이를 이해해야만 중국사람들과 그 삶을 바르게 이해하고 가까워질 수 있으니까요.

안 　네, 아주 중요한 말씀입니다 과거에 머물지 않고 국가적 미래까지 생각하며 소설을 쓰시다니, 『태백산맥』에서부터 강하게 느껴온 것이지만, 『정글만리』에 이르러서는 선생님은 다른 작가들과 많이 다르다는 것을 확실히 느낄 수 있었습니다. 그런데, 중국은 우리의 경제 미래뿐만이 아니라 민족의 절대 과제인 통일 문제와도 직결되어 있지 않습니까?

조 　예, 아주 중요한 지적을 했습니다. 6·25 휴전협정서에는 우리나라는 빠지고 없고, 세 나라만 조인을 했습니다. 북한·중국·미국이지요. 우리나라는 전쟁 당사국이면서도 그 자격이 상실되는 엄청난 역사적 사태가 벌어진 것입니다. 그런 일을 저지른 사람이 누구일까요. 당시 대통령 이승만이었습니다. 그는 무조건 휴전을 반대했고, 관제데모인 '궐기대회'까지 뻔질나게 벌여가며 '북진통일'을 외쳐대게 했습니다. 그러나 휴전이 기정사실로 굳어지자 그는 마지막 배짱을 부려 휴전협정서에 조인을 거부했습니다. 그 경박하고 어리석은 단견 때문에 통일 문제를 본격적으로 논의하는 시점이 오게 되면 우리나라는 '국외자'의 신세에 놓이게 됩니다. 이승만은 6·25가 발발하자마자 서울 시민들을 버린 것은 물론이고 국무위원들도 모르게 혼자 한강을 건너 줄행랑을 쳤고, 대전에 도망온 그는 국군이 인민군을 물리치며 북진하고 있으니 모두 안심하라는 대통령 성명을 라디오를 통해 방송하고는, 그날 밤 아무런 예고도 없이 한강대교를 폭파해 버렸습니다. 다리가 끊어진 줄도 모르고 피난길에 오른 서울 시민들은 어둠 속에서 속절없이 한강으로 곤두박히며 죽어가야 했습니다. 그 수가 자그마치 800여 명에 이릅니다. 그리고 후퇴하는 국군들이 퇴로를 차단당해 곤욕을 치르며 또 억울하게 희생되어야 했습니다. 그런 비겁과 무책임을 저지른 대통령 이승만은 휴전협정서 조인을 거부해 두번째 무책임으로 대한민국을 민족통일의 역사적 문제 앞에서 무자격자를 만드는 씻을 수 없는 죄를 저질렀습니다. 이러한 사실을 아는 국민들은 많지 않습니다. 젊은 세대들일수록 모르고 있습니다. 그러나 통일 과제는 젊은 세대들이 짊어져야 하는 역사의 짐입니다. 그러니 그런 사실을 분명히 알고 있어야지요. 그리고 통일 문제에서 우리의 발언권을 강화하기 위해서도 중국과의 관계를 친밀하고 돈독하게 해야 합니다. 통일 문제를 해결해 나아가는 데 있어서 중국은 미국과 똑같이 비중이 큰 나라라는 인식을 분명히 해야 합니다. 냉전 시대의 습성으로 미국 의존주의가 아직까지도 우리 사회를 지배하고 있고, 특히 지식인들은 미국 유일주의에 거의 다 빠져 있는데, 그것이야말로 위험하기 짝이 없는 환상이고 착각입니다. 현재 미국의 힘이 지배하고 있는 IMF에서 중국이 G1이 되는 것이 '2016'쯤일 거라고 전망하고 있습니다. 이런 급변하는 현실을 직시하지 않고 미국 의존주의에 빠져 있다가는 통일 문제는 자꾸 꼬일 수밖에 없습니다.

안　선생님 말씀을 들으며 정신이 번쩍 드는 느낌입니다. 저도 평소에 그런 역학 관계를 별로 생각해 본 적이 없기 때문입니다. 어쨌거나 이승만 대통령의 그런 감정적 행위가 얼마나 큰 민족적 실책이 되었는지 새삼스럽게 느끼게 됩니다. 그런데 사회 일각에서는 그런 사람을 '건국 대통령'이라고 다시 떠받들고 나오니 참 난해합니다. 전쟁이 벌어졌는데 국민들을 버리고 혼자 도망간 것도 난해하구요.

조　예, 이승만은 난해한 것이 한두 가지가 아닌 사람입니다. 그는 국난을 당해 국민을 버리고 도망간 3대 통치자 중에 하나입니다. 임진왜란 때 선조가 의주로 줄행랑을 쳤고, 병자호란 때 인조가 남한산성으로 내뺐고, 그리고 6·25 때 이승만 대통령 각하이십니다. 임금님들이 버리고, 대통령이 버린 나라를 찾겠다고 나선 것은 이름 없는 백성들이고 국민들이었습니다. 예나 지금이나 통치자들의 공통점은 교활하고 뻔뻔한 것입니다. 참 가상한 능력자들이지요.

안　네, 다시 『정글만리』로 화제를 돌리겠습니다. 『정글만리』 속의 중국 모습을 읽다 보면 여러 곳에서 한국과 중국의 문화적 유사성을 발견하게 됩니다. 그중 한 예로 한국의 '인연' 즉 학연, 지연, 혈연을 중시하는 풍토와 마찬가지로 중국에서는 '꽌시(关系; 關係)'를 중시하는 문화가 있는데요.

조　　그렇습니다. '꽌시'는 중국 사회, 중국식 인간관계의 중요한 특질이지요. 5천여 년 세월에 걸쳐 엮어져 내려온 것이기 때문에 쉽게 변하기 어렵겠지요. 다른 나라 사람들, 특히 서양사람들이 그런 이질적인 문화를 대하면서 중국이라는 '정글'에서 만나는 또 하나의 장애물로 난감해질 수가 있겠지요. 그러나 중국도 서양사람들과 교섭해야 하는 사업들이 많아 '꽌시'에서 벗어나려고 애쓴다는 말도 들었습니다. 국가적 이익에 방해가 된다고 생각하면 적응력 빠르게 행동하는 것이 중국공산당 조직이고 체질이라는 거지요. 그리고 정도의 차이만 있을 뿐 중국식 '꽌시'는 어느 나라에나 존재하는 거지요. 미국의 하버드나 버클리 출신들의 엘리트주의, 영국의 캠브리지나 옥스포드 출신들의 사회 장악, 일본의 도쿄 대학 출신들의 아성 쌓기, 한국의 서울대 출신들의 국가 지배력, 그것 참 극복하기 어려운 인간사회의 고질병이지요.

그런 중국의 특색과 아울러 한국과 중국이 서로 호감을 갖고 가까운 사이가 되기를 바라면서 한중 문화의 유사성도 얘기하고 싶었습니다. 죽을 사(死) 자와 발음이 비슷해서 넉 사(四) 자를 기피하는 것이라든지, 복이 쏟아지기를 바래 복 복(福) 자를 거꾸로 써붙인다든지, 큰절을 최고의 예의를 갖추는 것으로 치는 것들이 그런 것이지요.

얼마 전 제주도 어느 호텔에 가니 전에 있었던 4층이 엘리베이터에서 없어졌어요. 그게 웬일인가 했더니 중국사람들이 4자를 싫어해서 아예 없애버렸다는 거예요. 중국 관광객들이 봇물 터지듯 밀려들기 시작하는데 그들이 투숙하기 꺼리는 4층을 굳이 고집할 이유가 없는 거지요. 3층에서 바로 5층이 되면 호텔이 한 층 더 높아져 규모가 더욱 커 보이기도 하고, 눈치 빠르게 대응을 아주 잘한 거지요. 우리나라의 거의 모든 엘리베이터가 '4'층을 'F'로 표시하는 것도 죽을 사 자의 액운이 끼칠까 봐 피하려는 심리현상의 생생한 증거지요.

그리고 중국을 '짝퉁 천국'이라고 비웃고 비하하는데, 정작 핸드백 짝퉁 기술을 중국에 전수시킨 사람이 우리 한국사람이라는 것도 굳이 밝혔습니다. 우리나라도 몇 년 전까지 별수 없었으니 무조건 중국 우습게 보지 말자는 뜻이지요. 짝퉁시장 슈수이제의 짝퉁들도 제각기 다 등급이 있는데, 가장 비싼 명품 핸드백 특A급은 다 우리나라 기술자가 만든 거라고 합니다. 우리나라 사람들이 서슴지 않고 자랑하는 우리의 손재주가 그렇게도 중국에 수출되고 있고, 날로 신장하고 있는 우리의 경제발전에는 그런 사람들의 노고도 들어 있는 겁니다. 그런 기여도 기여는 기여니까요. 음양이 얽히고설켜 이루어지는 세상사의 오묘하고 절묘함입니다.

안　　아, 그래서 그 사람의 역할이 나오는 파트의 소제목이 '사람은 다 보물'이었군요?

조　　예, 눈치 빨라서 좋소.

한국과 중국, 상생의 길을 모색하라

안　그럼 이쯤해서 경제 문제와 함께 『정글만리』 속 이야기의 또 하나의 중요한 축을 이루고 있는 역사 문제에 관해서 본격적으로 질문을 드려볼까요. 선생님께서는 방금 말씀하셨듯이 이 소설에서 한중의 문화적 유사성을 보여주시고, 나아가서는 한중 국민들이 역사적 동질감을 인식하게 되는 과정을 그리고 있습니다. 역사학도 '송재형'의 입을 빌려 중국과 우리가 역사적 동반자로서 진취적 관계를 맺어나가야 한다는 말씀을 하셨는데요. 공통된 수난의 역사 경험을 공통분모로 삼아 상호이해, 상호우호의 관계를 맺자는 뜻입니다. 미국과 일본이 상대적으로 부정적인 의미를 부여받는 데 비해 중국은 호혜와 동반의 관계로 나아가야 할 중요한 국가로 등장합니다.

선생님께서 외국을 서사의 무대로 삼은 것이 처음은 아닙니다. 그러나 이전의 『아리랑』이나 『사람의 탈』의 경우에 늘 이러한 공간은 우리 민족의 수난과 저항의 공간으로 그려졌습니다. 그런데 이번에 이 작품에 그려진 중국은 다른 민족과의 동반과 공생의 공간이기도 합니다. 범박하게 말씀드려서 저항적 민족주의에서 개방적 민족주의로 옮아가신 것이라고 보아도 좋을까요?

조　호오, 젊은 평론가답게 또 신선하고 예리한 판단이군요. 『아리랑』을 거쳐 『사람의 탈』까지 읽었소? 작가의 기본적 소임이 '쓰는 것'이라면, 평론가의 기본적 소임은 '읽는 것' 아니겠소. 그런데 두 분야에서 다 그 기본 소임을 꾸준하게 충실히 하지 않아 조로현상에서 벗어나지 못하는 것이 한국문단의 큰 병폐요. 우선 열심히 읽는 모습을 보여줘 고맙고, 반갑소.

저항적 민족주의에서 개방적 민족주의라……. 개방적 민족주의에 한 가지를 더 붙이면 어떨까요. 공생적 민족주의. 우리가 강대국으로부터 수난을 당할 때 우리는 저항적 민족주의로 무장해 싸웠던 것이고, 이제는 세계화의 시대에 국제무대에서 활동하는 건실한 나라가 되었으니 당연히 개방적이고 공생적인 민족주의로 상대국들과 호혜 평등을 누리면서 평화로운 인류의 삶을 위해 많은 기여를 하며 살도록 해야지요. 히틀러 식의 공격적, 파괴적, 폐쇄적 민족주의가 아니고 방어적, 공생적, 개방적 민족주의로 서로가 존중하고 보호하는 정신을 실천하면 21세기는 분명 20세기와 다른 역사를 펼칠 수 있을 것입니다.

안　　네, 선생님 견해에 동의합니다. 이 소설에서 한국과 중국이 역사적 동질성을 확인하는 또 다른 계기는 일본 제국주의에 대한 경험입니다. 『정글만리』에서는 난징대학살 사건이 중요하게 다루어지며, 댜오위다오(일본명 센카쿠) 등을 둘러싼 중일 영토분쟁 문제도 여러 번 언급됩니다. 한·중·일 관계의 여러 복잡한 지점들을 드러내 보여주고 계신 셈인데요.

조　　예, 일본이 과거 침략사에 대해서 독일의 빌리 브란트 수상이 유태인 위령비 앞에 무릎을 꿇고 세계를 향해 진정으로 사죄한 것처럼 하지 않고 여지껏 해온 대로 앞으로도 계속 망언과 방자한 행동을 일삼는다면 한·중·일 세 나라의 관계는 악화 일로를 걷게 될 것입니다. 일본은 진심의 사죄를 하지 않고, 2차대전 전범들까지 모셔 놓은 신사에 권력 수뇌부들이 계속 참배하는 오만방자한 행위를 하는 것만이 아닙니다. 강제로 끌려가 성노예로 짓밟힌 당사자들이 뻔히 살아 그때 당했던 고통들을 통렬하게 증언하고 있는데도 '강제로 끌어간 일이 없으니 그 증거를 내놓으라' 하고, 중국에 대해서는 40만 명을 죽인 난징대학살을 '중국이 조작해 대는 것'이라고 적반하장으로 나와 한국과 중국사람들의 민족적 자존심을 짓밟고 또 짓밟아 대며 분노케 하고 있습니다. 일본의 그런 안하무인의 오만방자한 행동은 왜 나오는 겁니까? 한국과 중국을 깔보고 업신여기기 때문입니다. 그런 일본을 상대로 '동북아 공동체', '동북아 경제연합' 하자고요? 그런 건 어림 반푼어치도 없는 소립니다. 그건 공상과 환상을 넘어 망상입니다. 일본은 한국과 중국을 경멸하고 멸시하면서 자기들은 EU에 가입해야 한다는 세미나를 하는 위인들입니다. 1999년에 도쿄에서 있었던 일입니다. EU 국가들이 어리둥절해 서로에게 EU의 뜻을 물어야 할 지경의 쇼를 벌이는 일본입니다.

그런 일본이 세계에서 가장 큰 시장인 중국에서 어찌 될 것인가. 중국은 일본을 어떻게 대할 것인가. 우리는 일본과 중국 사이에서 어떻게 해야 할 것인가. 이 문제가 중대한 것은 우리와 일본은 중국시장에 수출해야 할 상품이 거의 똑같기 때문입니다. 그 총소리 나지 않는 치열한 경제전쟁 속에서 우리가 찾아내야 하는 묘수가 무엇일까요?

중국과 동질감을 느끼고 공감대를 형성할 수 있는 그 무엇. 그건 바로 일본에게 침략당해 핍박과 유린과 학살의 고통에 시달린 공통의 역사 체험입니다. 그 씻을 수 없는 상처와 굴욕의 역사 체험을 통해 공감하는 동병상련. 그것처럼 감정의 일체감을 이루는 일도 없습니다.

그 공통의 역사 체험을 통해 공감을 일으키는 동병상련을 형상화하기 위해서 그려낸 것이 댜오위다오 문제로 송재형과 리옌링이 함께 시위를 하는 장면이지요.

안　네, 송재형이 먼저 "댜오위다오는 중국땅, 독도는 한국땅!" 하고 구호를 외치자, 리옌링이 바로 받아 "독도는 한국땅, 댜오위다오는 중국땅!" 하고 구호를 외치는 장면에서 그만 가슴이 뭉클해지고, 눈물이 울컥하는 것을 느꼈습니다. 그리고 그다음 장면, 일본 대사관을 향해 달걀 세례를 퍼부어대는데, 그 달걀이 '짝퉁'이라는 대목에서 그만 푹 웃음이 터지며 기분 상쾌하고 가슴 후련해지는 걸 느꼈습니다. '네까짓 것들은 짝퉁 달걀이나 뒤집어써야 될 종자들이야!' 하는 야유가 문득 들리는 것 같으면서, 그 순간에 '짝퉁 달걀'을 던지게 만든 작가의 해학과 위트가 신선함과 통쾌함을 동시에 느끼게 하는 감각에 놀라지 않을 수가 없었습니다. 작가의 나이를 전혀 느낄 수 없는 싱싱한 감각도 놀라웠고, 역사책이나 다른 글로는 도저히 이루어낼 수 없는 그 소설적 효과에 또 놀랐습니다. 그런 형상화가 주는 실감과 감동이 바로 소설을 읽는 재미이고, 소설의 존재 이유일 것입니다. 그런 실감나고 감동스런 장면들이 수없이 나오면서 소설이 손에서 놓을 수 없도록 빨리 읽히는데, 그것이 선생님 소설의 강점이고, 마력인 것 같습니다. 강한 스토리텔링의 힘, 소설마다 그것이 어떻게 가능한 것인지, 연구자로서는 수수께끼의 하나입니다.

조   이거, 점수가 너무 후한 것 같소. (웃음)

안   아닙니다. 면전이라서, 그리고 말이라서 제대로 표현이 다 안되고 있습니다. 차츰 글로 자세히 쓰려고 합니다. 그런데, 시위만이 아니라 일본 천황의 항복선언문 전문이 수록되어 있습니다. 그것 또한 큰 의미가 있는 것 같았습니다.

조   예, 잘 봤어요. 거기에는 두 가지 뜻이 담겨 있습니다. 첫째는 일본이 진정으로 사죄하지 않는 오만방자함의 뿌리가 그 항복문에 감추어져 있기 때문이고, 둘째는 우리나라 사람들 거의 전부가 그 항복문의 내용을 모르고 있기 때문입니다.

안   네, 그 항복문에 대한 분석을 바탕으로 '일본은 절대 사죄하지 않을 것이다'라고 쓰셨지요. 최근 일본이 급속도로 우경화하고 있지 않습니까. 마치 그러한 상황을 예견하고 계셨던 것 같았습니다.

조   예, 일본 문제를 다루고 있는 장(章)의 소제목이 '용서는 반성의 선물'입니다. 잘못을 저지른 자가 진정으로 사죄를 해야 비로소 피해자는 용서를 할 수 있는 것입니다. 빌리 브란트가 무릎을 꿇고 사죄를 하자 유태인들은 '용서한다. 그러나 잊지는 않는다'는 민족적 동의를 표했던 겁니다. 그런데 일본은 사죄는커녕 적반하장으로 뻔뻔스럽게 나오니 한국과 중국은 '용서하지도 않고 잊지도 않는다'는 태도를 굳세게 견지해야 합니다.

그래서 저는 난징대학살이 얼마나 잔혹한 일본의 만행인지를 보여주려고 그 기념관의 객관적 자료들을 사진 찍듯이 일일이 묘사했습니다. 그 수많은 생생한 증거들이 있는데도 일본은 중국이 조작한 거라고 계속 떠들어댑니다. 그때마다 중국사람들의 마음이 어떻게 되겠습니까. 민족적 자존심이 짓밟히는 분노로 14억 인구가 일본을 향해 증오를 뿜어내고 있습니다. 10여 년 전부터 중국은 '중화민족 부흥'이라는 깃발을 들어올렸습니다. 그것은 '굴욕의 세기를 극복하자!'는 구호와 짝을 이루고 있습니다. '굴욕의 세기'란 아편전쟁에서 영국에 패배한 것을 계기로 중국 대륙의 동부연안 지역을 서구 열강들에게 조차지로 내줄 수밖에 없었고, 그 반식민지 상태에 이어 급기야 일본에 본격적 침략까지 당해 동북지방 만주 일대와 상하이 난징까지 빼앗기며 굴욕을 당했던 지난 100년을 가리키는 것입니다.

경제력의 폭발과 함께 세계 강국으로 치달아가는 중국은 14억 인구를 한 덩어리로 단결시킬 필요를 느꼈습니다. 그래서 과거의 굴욕감을 상기시켜 민족적 자존심을 자극하고, 눈으로 확인할 수 있는 경제발전의 자신감을 강국의 힘으로 연결시키면서 지난 국가 주석 후진타오는 '중화민족 부흥'을 소리 높여 외쳐댔던 것입니다. 그 외침에 대한 인민들의 호응은 엄청났습니다. '우리는 더욱 잘살 수 있고, 미국보다 더 강국이 될 수도 있다.' 이 대중적 자신감이 국가적 일체감으로 뭉치고, 폭발한 것이지요. 그 좋은 증거가 댜오위댜오의 분쟁 때 일시에 전국적으로 일어났던 반일 시위였습니다. 시위는 일본 자동차들을 불태우고, 일본 음식점들을 공격하고, 대사관 영사관으로 몰려가고, 일본 상품 불매운동까지 벌어졌습니다.

우리나라 사람들은 더러 일본 고위층들의 신사 참배 때마다 중국에서 민감하게 반응하는 것을 잘 이해하지 못하기도 합니다. 그건 '우리만 당했다'고 생각하고, 중국이 얼마나 당했는지 별 관심이 없어서 생기는 일입니다. 우리는 36년 동안 350여만 명이 죽어갔습니다. 그런데 중국은 그 10배, 3,500만 명이 죽었습니다. 우리는 소수의 독립운동가들이 투쟁했을 뿐인데, 중국은 정규군을 가지고 일본군과 3천 회가 넘는 전투를 벌였기 때문입니다.

안　네, 그런 동질의 역사 체험이 현실의 영토 갈등으로 확산되는 스토리의 전개는 너무 자연스럽고, 강한 설득력으로 감동이 컸습니다. 그 연장선상에서 '송재형'과 '리옌링'의 결합을 통해 한국과 중국의 상생의 길을 상징적으로 보여주신 마지막 장면 역시 무척 인상적이었습니다. 그 한 장면을 통해서도 독자들에게 많은 것을 성공적으로 전달하고 계신다고 생각됩니다.

선생님께서 아까 항복선언문을 일부러 전문 삽입하셨다고 하시지 않았습니까? 그런데 저는 그렇게 느껴진 대목이 한 군데 더 있었

습니다. 개성공단에 대한 칼럼을 소설 안에 삽입시키셨잖아요. 처음
에는 이런 칼럼도 있다고 언급하고 넘어가나 보다 했는데, 일부러 그
칼럼을 전부 실은 것도 독자들에게 이러한 메시지를 꼭 전해야겠다
는 의도 때문이 아니었습니까? 소설의 서사를 조금 지연시키는 한
이 있더라도 말입니다. 독자들이 알아야 할 것에 대한 이야기들, 독
자들로 하여금 현실에 대한 개안을 시켜주려는 선생님의 의도가 보
입니다. 그만큼 이 소설에서는 교육적인 중국 담론들이 두드러지는
것 같습니다. 소설의 교육적 기능에 대하여 특별한 철학을 가지고
계신지요?

조   소설이 내포하고 있는 교육성이나 계몽성에 대해서 현대소
설은 극도의 알레르기 반응을 보입니다. 저도 독자를 무식한 대상으
로 규정하고 무조건 가르치려고 드는 전 시대적 계몽성은 단호히 거
부합니다. 그러나 소설은 그 형상화와 전달 효과를 극대화시키기 위
해서 온갖 표현 방법들을 총동원합니다. 그 방법들 중의 하나로 교육
성이나 계몽성이 동원된다는 것은 자연스러운 일이라고 생각합니다.
그런 기법적인 경우마저도 침소봉대하여 '시대착오적 계몽소설'이라
고 몰아대는 수가 있는데, 그런 의식은 좀 병적인 신경과민이 아닌가
합니다. 『태백산맥』은 반공주의로 무장된 사회 속에서 '분단극복의
소설'을 쓰려다 보니까 그 효과를 위해서 수없이 많은 방법의 기법들
이 동원되고 있습니다. 그래서 어느 평자는 '『태백산맥』은 소설 기법
의 연구서이기도 하다'는 평을 쓰기도 했습니다.

그리고 '소설은 인생에 대한 총체적 탐구'이니 이야기를 전개하다 보면 불가피하게 교육적이거나 계몽적인 대목이 나오지 않을 수가 없습니다. 그런 건 '소설은 유익해야 한다'는 사회적 기능에 충실한 것이니 넓게 이해하고 받아들이면 될 것입니다. 일본에게 그 처절한 식민지 굴욕을 당하고도 일본의 항복문을 모른다는 것은 한국인으로서 수치고, 기본자격 상실입니다. 이번 기회가 좋으니까 자연스럽게 알리자 하는 생각도 크게 작용했지요. 그것도 아주 바람직한 소설의 기능 중의 하나라고 생각하는데, 그런 걸 두고 소설의 계몽성 운운해 가며 소설의 가치를 절하하려고 든다면 나는 단호히 거부하겠습니다. 그런 사람들은 그런 사람들끼리 흐물거리며 야들야들한 얘기나 쓰면서 자기만족에 취해 살면 됩니다.

그런데 그 개성공단 칼럼은 누가 쓴 글일까요?

안   그야 물론 선생님께서 쓰셨지요. 그 사실을 미리 알지는 못했지만, 그 대목을 보고 선생님이 쓰신 칼럼일 거라는 생각이 들어 소설에서 '전대광'이 하는 것처럼 인터넷에서 검색을 해보았습니다.

조   그랬군요. 2004년에 썼던 칼럼이지요. 그 칼럼이 보통 칼럼의 두 배 길이인데, 왜 그 긴 것을 굳이 소설 속에 넣었다고 생각하세요?

안   저어……, 제1감으로, 장기적 안목에서 평화통일을 위한 기반 구축의 한 방법을 제시했고, 그걸 다시 독자들이 숙고해야 한다고 생각하시는구나 하는 생각이 들었습니다. 저도 그 칼럼을 10년 가까이나 지나 처음 읽으면서 선생님의 견해에 동감했고, 그런데 그 옳은 말씀이 정치가들에 의해서 하나도 실천되지 않고, 오히려 남북한 상황은 더욱 심각하게 파탄 상태에 빠져 있는 것을 보면서 참 안타깝고 걱정스럽고 그렇습니다.

조　　네, 안서현 씨가 잘 봤어요. '장기적 안목에서 평화통일을 위한 기반 구축'을 하자는 거지요. 그러면 1차적으로 북한 인민들의 생활고 해결에 도움이 될 수 있고, 2차적으로는 통일 비용을 차츰차츰 줄여나갈 수 있는 방법이지요. 그러나 그것까지만 보면 안 됩니다. 한 가지가 더 있습니다. 개성공단 같은 것을 북쪽의 서해안과 동해안을 따라 다섯 개씩 더 세우면 북한 여성노동자들의 일자리를 거의 다 해결하게 돼 굳이 딴 나라에서 일자리를 구할 필요가 없게 됩니다. 그 딴 나라란 바로 중국이고, 북한이 중국의 일자리를 얻게 되면 그건 심각한 문제로 연결되기 때문입니다. 앞에서 지적한 대로 중국은 '6·25 휴전협정문'에 조인한 나라입니다. 그런데 북한사람들이 중국의 일자리를 얻게 되면 '북한의 중국 예속'은 급속도로 강해지게 됩니다. 그건 심각한 통일 장애 요인이 될 수밖에 없습니다.

그런데 지난 몇 년 동안 남북 관계가 계속 악화되는 가운데 그 우려했던 사태가 현실이 되고 말았습니다. 중국은 지난 20년 동안 줄기차게 고도의 경제성장을 하면서 그에 따른 건강한 인플레이션 현상이 일어났습니다. 그건 자연스러운 인건비 상승으로 작용했고, 중국 기업들은 5~6년 전부터 싼 인건비를 찾아 주변국들로 공장 이전을 본격화하기 시작했습니다. 그 주변국에 베트남, 캄보디아, 버마를 비롯하여 북한도 포함되게 된 것입니다. 중국 기업들은 압록강과 두만강변의 만주땅에다가 공장들을 세웠고, 그곳에 북한의 젊은 여성들이 대략 15만여 명이나 개성공단과 비슷한 인건비를 받고 일을 하고 있습니다. 그 수가 날로 늘어날 것은 너무나 뻔한 일이지요. 인건비 싼 데다 열대지방 사람들보다 부지런하고 손재주 뛰어나니 어느 기업이 싫어하겠어요. 그런 현실을 보면서 착잡한 마음으로 그 칼럼을 수록하지 않을 수가 없었습니다.

안   선생님 말씀 듣고 보니 새롭게 속이 상합니다. 정치인들이란 뭘 하는 것인지, 선생님께서도 많이 속상하시겠어요.

조   2007년 남북정상회담 때 함께 북한을 다녀왔는데, 그때 이루어진 '10·4 선언'이 이명박 정권에서 가차 없이 무효화되는 것을 보면서 더 상할 속도 없었지요. 정치하는 사람들과 문학하는 사람과는 언제나 세상을 보는 눈이 다릅니다. 어쩔 수 없는 일이지요.

안   네, 그래서 예로부터 문인들은 예지자, 현자로 대접받았지만 정치가들은 현실주의자 또는 기회주의자들로 규정되지 않았습니까. 그 차이는 아마도 영원할 것 같습니다. 그런데 선생님, 『정글만리』에는 그 칼럼 말고도 여러 가지 수수께끼랄까, 숨은그림찾기가 들어 있지 않습니까.

조   그렇지요. 그런 것도 소설 기법의 '상징과 생략' 중의 하나이
지요. 가령 신임 상사원 '강정규'가 퇴사하는 선배 '전대광'의 떠나가
는 뒷모습을 보면서 "부디 그가 성공한 타잔이 되기를" 빌지요. 그런
데 그가 목표로 하는 '신상품 빨간 내의 5만 벌'을 다 팔았는지 어쨌
는지 소설이 끝날 때까지 아무 말도 없지요. 그가 성공했을까요, 실패
했을까요?

안   네, 성공했습니다.

조   어떻게 알았지요?

안   소설의 마지막 장면에 그 열쇠가 감추어져 있었습니다. 그의
조카 '송재형'이 예비 처가에 인사를 드리러 갈 때 준비한 선물이 호
랑이 두 마리만 수놓아져 있는 빨간 내의가 아니라 그 아래 황금색
실로 수 자와 복 자까지 수놓아져 있습니다. 그런데 딸이 한국 남자
와 사귀는 것을 극력 반대하던 '리엔링'의 아버지가 '송재형'의 큰절을
받고 마음이 좀 풀리는 기미더니 그 특이한 빨간 내의를 보고는 완전
히 마음이 풀리고 맙니다. 그런 기막힌 상품이니 신년이면 해마다 빨
간 내의를 사는 1억 2천여만 소비자들을 상대로 '전대광'의 빨간 내의
5만 벌이 완전 매진되는 건 너무 쉬운 일이지요.

조 　예, 족집게 무당이 따로 없군요. 그리고 혼혈 사업가 '왕링링'이 계획부도를 내고 도주했는데, 그녀 밑에서 사장 노릇을 했던 '쿠퍼'와 '완옌춘'이 그녀를 배신합니다. 그런데 그 두 사람이 얼마 가지 못하고 갑작스런 사고로 사망합니다. 그들의 죽음은 어떻게 된 것일까요? 정말 우연적 사고일까요, 아니면 사고사로 가장된 것일까요?

안 　그건 '왕링링'이 죽인 것입니다. 선생님은 하버드 대학생들이 공부에 지친 머리를 잠깐씩 쉬기 위해 추리소설을 많이 읽는다는 힌트를 살짝 보여주고 계십니다. 그 대목에서 배신자에게 가차 없이 보복을 가하는 사업가 '왕링링'의 냉혹함을 느끼며 섬찟했습니다. 그것 또한 약육강식과 적자생존의 법칙만이 존재하는 '정글만리'를 섬뜩하게 실감할 수 있었습니다.

조 　안서현 씨 같은 독자만 있다면 소설 쓰는 고통이 절로 풀리겠어요. 그리고 '소황제 소공주 분유'의 모델로 쓰고 싶어 했던 여배우가 누군지 찾아내는 것도 독자들의 흥밋거리가 될 수 있겠지요.

중국과 일본, 그리고 한국의 미래에 대한 이야기

안 　선생님께서는 소설 속에 독자들의 몫을 늘 남겨두신다는 것을 알 수 있는 대목들입니다. 다 이야기하지 않고 독자들이 스스로 책 속에서 해석의 길을 찾아올 수 있도록 실마리를 던져놓고 기다리는 것이 또 색다른 기법입니다.

조　예, 그런 장치를 통해서 독자들과 연속적으로 교감할 수 있고, 독자들은 그런 수수께끼를 풀면서 독서의 즐거움과 흥미를 배가시킬 수 있겠지요. 그리고, '송재형'이 큰절을 올려 예비 장인의 얼어붙은 마음을 일차적으로 풀리게 하는 건 한국과 중국 문화의 동질성을 보여주고자 함입니다. 그건 비즈니스맨들도 그런 문화의 동질성을 찾아가면 중국의 '꽌시의 벽'을 넘어설 수 있는 길이 열릴 것이라는 걸 일깨우고 싶었던 거구요.

안　한국과 중국의 동반 관계를 암시하는 마지막 장면 속에 그러한 문화적 코드까지도 숨겨놓아 더욱 상징적인 장면이 되었습니다. 두 나라의 미래지향적 관계에 초점을 맞추는 효과까지 가져왔고요.

조　그렇게 느꼈으면 제 의도가 십분 성취된 것입니다. 그런데 『정글만리』는 중국만을 이야기하는 소설이 아닙니다. 한국과 중국 그리고 일본의 얘기까지도 포함하고 있습니다. 일본은 아시아를 무시하고 무조건적인 서양추종주의의 그 유치하고 치졸한 열등감을 치유하지 못하면 국가적 장래가 없습니다. 과거에 저지른 역사의 죄를 하루 빨리 진정으로 사죄하고 아시아 국가들과 진심으로 교류해야만 그들의 미래에 빛이 들 것입니다. 그들은 중국시장에서 도태되기 시작한 것을 직시해야 할 것이며, 그 도태는 인도네시아, 필리핀, 베트남, 캄보디아, 말레이시아, 버마, 싱가포르 같은 나라에서 가속화되어 나갈 것입니다. 그 모든 나라들은 중국을 본받아 경제개발 추진에 제각기 힘을 모으고 있고, 그들이 발전을 이룩해갈수록 일본은 팔아먹을 상품들이 줄어들면서 도태는 가속화될 수밖에 없습니다. 그런데 과거사 문제까지 국가적 감정으로 작용되면 일본은 G3에서 G10까지 추락할 수 있습니다. 한때 세계시장을 제패했던 소니의 침몰이 한 기업의 자만과 오만의 결과였듯이 일본의 진정한 반성 없는 자만과 오만의 행태는 결국 일본의 침몰을 불러올 겁니다.

안   네, 제발 일본이 선생님의 명확한 경고를 귀담아들었으면 좋겠습니다. 그뿐만 아니라 소설의 마지막 부분에서 중국 문필가 저우유광의 말을 인용하면서 "중국은 세계의 중심이 아니라 세계의 일원이 되어야 한다"는 메시지 전달도 미래 중국의 위상을 규정하고, 충고하고 있는 것으로 무척 인상적이었습니다.

어느덧 『정글만리』와 관련해서는 마지막 질문이 되겠습니다. 어느 언론 인터뷰에서 들은 내용입니다만, 선생님께서는 이번 소설의 소재를 벌써 1990년에 취하셨고, 그후 한 달 정도의 장기로 여덟 번, 4~5일 정도의 단기로 또 여덟 번, 도합 열여섯 번이나 중국을 오가셨고, 취재수첩도 무려 110여 권이나 된다고 하니, 선생님은 그야말로 '취재의 달인'이시고, 소설을 쓰기 위해 피 한 방울까지 다 짜내신다는 느낌을 받습니다. 특히 문학 지망생들을 위해 왜 그렇게 치열하게 취재를 하시는지, 그리고 그 엄청난 취재 분량을 좀더 구체적으로 말씀해 주시면 고맙겠습니다.

조　　허, '취재의 달인'이라! SBS의 〈생활의 달인〉이라는 프로를 내가 제일 좋아하긴 하지만 '취재의 달인'이란 말을 들을 줄은 몰랐소. 한마디로 말하면 '소설을 잘 쓰기 위해서', '남다른 소설을 쓰기 위해서', '독자들이 재미있고 값지게 읽게 하기 위해서' 취재에 최선을 다하는 것입니다. 시대도, 무대도 특정된 것이 없이 제멋대로 쓸 수 있는 연애소설이나 공상소설이 아닌 한 취재는 불가피하고 필연적인 것입니다. 시대가 분명하고, 무대가 확실한 소설일 때는 단순한 상상만으로는 소설이 되지 않습니다. 소설은 상상의 소산이되 시대와 무대가 명확하면 거기에 맞는 사실과 진실을 확보하지 않으면 안 됩니다. 그것을 구분하지 못하면 허황된 이야기를 황당하게 지껄이다가 독자들에게 외면당하는 쓰레기 더미를 생산할 수밖에 없습니다.

저의 『태백산맥』『아리랑』『한강』이 취재를 하지 않고서는 진실을 형상화할 수 없는 소설들이고, 『허수아비춤』이나 『정글만리』도 마찬가지입니다.

'취재'……, 글쎄요, 그건 참 외롭고 고달픈 작업입니다. 새 작품을 위해 취재를 시작할 때마다 그 막막함과 암울함이란……, 말로 다 표현할 수가 없습니다. '내가 이 짓을 왜 또 시작하는가……', '어쩔 수 없지. 다 타고난 팔자인 걸……' 이러면서 그 팍팍한 첫 걸음을 떼어 놓습니다. 나도 취재가 필요 없이 제멋대로 쓰는 연애소설을 한 번 써

보는게 소원입니다. (웃음)

『정글만리』의 취재 분량이라. 20여 년 동안에 중국을 오간 것은 아까 말했고, 그 취재수첩들이 21권, 지난 6~7년 동안에 신문이나 잡지에 보도된 중국 관련 기사 스크랩이 취재수첩으로 90권, 중국 통사를 비롯해서 중국 경제를 다룬 저서들이 80여 권, 그것들을 다 섭렵한 다음에 포스트잇을 붙여가며 다시 읽은 책들이 20여 권, 그 자료들을 종류별로 분류, 정리한 대학노트가 2권, 구성노트·인물노트·줄거리노트 각 1권씩, 그렇게 해서 준비가 완료되었다고 확인이 될 때 마침내 글쓰기에 돌입합니다.

『정글만리』가 3권, 200자 원고지로 3,600매입니다. 그걸 쓰는 데 얼마나 걸렸을 것 같습니까?

안   글쎄요……, 하루에 일정한 집필량을 정해놓고 마라톤을 하듯 하루도 쉬지 않고 매일 쓰신다는 말은 들었습니다만…….

조   6개월 예정해서, 3일 앞당겨 끝냈습니다.

안   어머나 세상에……. 선생님 연세가……?

조   방년이 아니라 노년 71세에 한 일이옵니다. (웃음)

안   정말 말문이 막힙니다. 선생님은……, 젊은 작가들이 괜히 두려워하는 것이 아닙니다. 선생님은 그야말로 우리 문단의 '젊은 원로'이자 또한 스승이십니다. 오늘도 전혀 지치시지 않고 이렇게 긴 시간 좋은 말씀 해주셔서 정말 감사합니다. 선생님의 자상한 말씀이 독자들의 작품 이해에 큰 도움이 될 것입니다. 긴 시간 내주셔서 정말 감사합니다. 부디 건강하시고, 다음 작품 또 기다리고 있겠습니다.

조   예, 도움이 되었으면 좋겠습니다. 안서현 씨도 수고하셨어요.

안서현 : 문학평론가 | 월간문예지 《문학사상》

작가의 소임,
작가의 노력

66 제가 보기에는 아무리 짧게 잡아도
앞으로 20~30년 동안은 중국이 우리의 가나안입니다.
고생은 좀 되겠지만, 중국은 우리 젊은이들에게
젖과 꿀이 흐르는 땅입니다. 99

송지헌(이하 송) 안녕하세요. 〈명불허전〉의 송지헌입니다.

조은유(이하 유) 안녕하세요, 조은유입니다.

송 조은유 아나운서, 책 많이 읽으십니까?

유 예, 많이 읽으려고 마음은 먹으면서도 실천은 잘 되지 않습니다.

송 책을 자주 읽지 않아도 오늘의 주인공은 다 아실 겁니다. 한반도의 척추 '태백산맥'을 따라 우리의 분단 비극을 그려내고, '아리랑'에 서린 우리의 한을 통해 식민지 통한을 엮어내고, '한강'의 기적이 이루어진 피땀의 세월을 올올이 소설로 직조해 낸 분……, 이 정도면 힌트를 너무 많이 드린 것 아닌가요.

유   딱 감이 오는데요. 서점에 가면 이분의 책들이 아주 길게 줄
지어 서 있지요.

송   우리 근현대사를 아우르는 깊이 있고 무게 있는 중후한 작
품들을 써내신 주인공이시지요. 〈명불허전〉, 오늘은 소설가 조정래
선생님을 모시고 이야기 나눠보겠습니다. 어서 오십시오. 이분께 더
다른 무슨 수식어가 필요할까 싶군요. 『태백산맥』『아리랑』『한강』그
리고 『정글만리』의 작가 조정래 선생님 모셨습니다. 나와주셔서 고맙
습니다.

조정래(이하 조)   예, 안녕하십니까.

송   선생님 건강의 비결 중 하나가 '국민건강체조'라는데, 요즘도
체조로 건강을 유지하십니까?

조   예, 평생 해나갈 운동입니다. 오늘 아침에도 6시에 착실하게
그것을 하고 여기 나왔습니다.

송   그 누구도 쉽게 디디지 못했던 한국 현대사의 길을 과감하
게 원고지에 담아내신 분, 조정래 선생님과 함께 오늘의 〈명불허전〉

을 채워나갈텐데요. 먼저 조은유 아나운서가 선생님의 그간 살아오신 길을 정리했습니다.

유   그간의 소설을 통해 저희에게 무한한 상상력과 함께 우리의 험난하고 처절했던 역사를 통해 수많은 생각의 뿌리를 심어주신 조정래 작가님을 알기 위한 오늘의 키워드는 '감옥'입니다. 좀 뜻밖이시죠.
1943년 전남 순천 선암사에서 태어난 조정래 작가님은 나라 잃은 설움과 광복의 기쁨, 그리고 이어진 한국전쟁까지 모두 어린 시절에 겪으셨습니다. 험난한 세월을 거치며 문학의 꿈을 키워가던 중 동국대 국문과에 입학, 당시 총학생회 학예부장을 맡으며 거의 모든 격문을 도맡아 쓰셨고, 이 시기 같은 과의 김초혜 시인을 만나, "내가 이 세상에 태어나 가장 잘한 일"이라고 자신 있게 말하는 결혼까지 하기에 이릅니다.
고등학교 선생님과 잡지사 주간, 그리고 출판사를 직접 운영하면서도 놓지 않았던 소설 창작은 수많은 작품을 거쳐 1989년에 완간한 『태백산맥』에서 그 찬란한 문학의 꽃을 활짝 피우게 됩니다. 그런데, 민족 분단의 비극과 그 극복을 그린 이 소설로 국가보안법 위반 혐의를 받아 감옥에 가실 뻔했습니다. 그 사건은 만 11년 동안의 투쟁을 통해 무혐의 처분을 받아냄으로써 그 누구도 해내지 못했던 분단 극복의 대로를 닦아낸 역사적 위업을 성취했다는 평가를 받았습니다.
그런 사회적 압력에도 굴하지 않고 우리 현대사에 대한 강한 의지를 지켜 『아리랑』『한강』에 이르기까지 현대사를 새로운 시각으로 엮어낸 소설들을 계속 집필하셨습니다. 그 기간만 해도 무려 20년입니다. 작가님 스스로 이 기간을 '글감옥에 살았다'고 말씀하실 만큼 인고의 시간을 보내신 겁니다. 그리고 이후에는 현실 문제를 다룬 『허수아비춤』 『정글만리』 등을 발표, 세상을 향한 바른 외침을 원고지에 한 글자씩 또박또박 새겨 넣는 일을 하고 계십니다.

송　예, 작가님의 작품 한 가지만 제대로 이야기 하려 해도 오늘 한 시간이 모자랄 겁니다. 그중 빼놓을 수 없는 소설 『정글만리』가 지난해 여름에 출간됐는데, 1년이 채 안 된, 겨우 8개월 만에 100쇄를 돌파했습니다. 그런데 이 100쇄 돌파는 작가님께는 첫 번째가 아니라 4번째라고 합니다. 그게 도대체 무엇 무엇이고, 그 감회는 어떠신지요.

조　예, 『태백산맥』이 100쇄 돌파가 2번, 『아리랑』이 1번, 그리고 『정글만리』까지 4번인 거지요. 감회라……, 그건 다 독자들께서 제 책을 많이 읽어주셔서 갖게 된 기쁨이고 보람입니다. 그 사랑이 어떤 문학상을 받는 것보다도 크고 순수한 문학상이기도 할 것입니다. 그 큰 영광을 주신 모든 독자 여러분들께 진심으로 감사드립니다.

유　예, 도대체 어떤 소설이기에 8개월 만에 100쇄를 찍어낼 정도로 폭발적인 돌풍을 일으키고 있을까요. 시청자 여러분들의 궁금증을 풀어드리기 위해 그동안 『정글만리』가 받은 사회적 평가와 찬사를 시간 순서대로 요약해서 소개해 드리겠습니다. 2013년 10월 7일 문화계 인사 60인이 선정한 '2013년 출판부문 1위.' 10월 24일 《중앙일보》·교보문고가 공동 선정한 '2013년 올해의 책 10.' 11월 26일 제23회 한국가톨릭매스컴상 수상. 12월 9일 출간 5개월 만에 100만 부 돌파 최단 기록. 12월 11일 한국예술평론가협의회 선정 제33회 '올해의 최우수 예술가상' 수상. 12월 14일 《동아일보》가 선정한 '2013년 올해의 책.' 12월 20일 예스24 네티즌 선정 '2013년 올해의 책' 1위. 12월 21일 《조선일보》가 선정한 '2013년 올해의 책.' 12월 26일 인터파크도서 '제8회 인터파크 독자 선정 2013 골든북 어워즈'에서 골든북 1위, 골든북 작가 부분 1위. 12월 30일 알라딘 독자 선정 '2013년 올해의 책' 1위. 2014년 1월 8일 《매일경제》·교보문고 공동 선정 '2014년을 여는 책 50.' 1월 10일 국립중앙도서관 통계, '2013년 도서관에서 가장 많이 이용한 도서' 1위.

송　아, 정말 그 성과가 어마어마하고 엄청나군요. 한 작품이 어떻게 이렇게 많은 호평과 찬사를 받을 수 있는지 그저 놀랍고, 기적 같기만 합니다.

유　네, 저도 그런 기분인데, 그런데 여기 그 분명한 응답이 있는 것 같습니다. 선생님께서는 지난 1990년부터 20년 동안 이 소설을 준비해 오셨다면서요? 그렇게 노력하고 정성을 바치셨으니 그런 놀라운 반응이 나타난 것 아닐까요. 선생님께서는 그때 이미 중국이 오늘날과 같은 경제대국이 될지 예상하셨습니까?

조¹   예, 그건 과히 어려운 일이 아니었습니다. 왜냐하면 당시의 소련과 중국을 비교하면 그 답이 정확하게 나오기 때문입니다. 소련은 중국보다 두 배 가까이 큰 영토에, 인구는 2억이 될까 말까 그랬습니다. 그런데 인민들이 굶주리다 못해 결국 소련은 역사 속으로 사라져갔습니다. 그러나 중국은 소련보다 6배나 더 많은 12억 인구를 배불리 먹이고도 남아 쌀을 수출까지 하고 있었습니다. 그뿐 아니라 상점마다 생필품들이 가득가득 쌓여 있고, 과자며 사탕 같은 것은 말할 것도 없었고 샴푸까지도 넘쳐나고 있었습니다. 중국의 그 풍요로움은 덩샤오핑이 과감하게 추진한 개혁개방 10년의 결과였습니다. 10년의 경과가 이럴 때 앞으로 10년, 20년 후에는 어떻게 될까? 그건 21세기 전 지구적인 사건인 동시에 우리나라와 직결된 문제다. 소설을 쓰자! 이런 판단을 하며 새 소설 소재를 얻게 된 것입니다.

송   제목이 특이하게도 『정글만리』입니다. 그 의미가 좀 난해하고 복잡한 느낌입니다.

조   예, 중국은 2010년에 일본을 물리치며 G2 자리를 차지해 세계를 기절시킬 만큼 놀라게 했습니다. 그걸 계기로 그들은 그전의 '세계 공장'에서 내수를 활성화시키는 '세계 시장'으로 경제체질을 바꾸기 시작했습니다. 중국의 소비 촉진이란 무엇일까요? 14억 인구가 소비자가 되는 세계 최대 시장의 등장을 의미합니다. '명품 싹쓸이'를 하는 구매력 강한 그 시장은 세계 대기업들의 식욕을 동하게 만들었지요. 그래서 세계 500대 기업의 97퍼센트 이상이 중국에 진출하기에 이르렀고, 우리나라 기업들도 대기업부터 시작해 중소기업들까지 5만여 개가 나가 있습니다. 끝도 한도 없이 넓은 14억의 소비시장은 오로지 강자만이 살아남는 약육강식과 적자생존의 정글법칙만이 존재하는 냉혹한 경제전쟁의 '정글'이며, 용과 함께 중국의 상징물인 만리장성에서 만리를 따와 '정글만리'라는 복합 고유명사를 만들어낸 것입니다.

유　네, 책을 읽어가면서 '정글만리'가 생생하게 느껴집니다. 그리고 중국의 역사, 여러 기업들이 서로 얽히고설키는 각축전, 중국 관료와 사업가들의 온갖 타락상, 중국 사회의 이런저런 세태와 그들의 풍속과 습관 등 정말 중국을 손바닥 안에 놓고 보는 듯합니다. 그런 것이 어떻게 가능한지요?

조　예, 수많은 분들이 그런 점을 궁금해합니다. 그러나 하나도 궁금해할 것이 없습니다. 아무리 힘이 센 맹수라도 먹잇감을 사냥할 때는 그것이 사슴이든 토끼든 상관없이 혼신의 힘을 다한다고 합니다. 작가도 다를 게 없습니다. 그 소재를 소설로 완벽하게 형상화할 수 있을 때까지 최선을 다해 취재하고 연구하고 파악해야 합니다. 그렇지 않고서는 독자들을 만족시키는 작품을 써낼 수가 없습니다. 제가 지난 20년 동안 중국을 총체적으로 파악하려고 노력했던 결과가 『정글만리』로 태어난 것이라고 생각하시면 될 것입니다.

송   작가만의 외로운 고난이랄까 고뇌 같은 것이 어떤 파장으로 느껴져오는 것을 느낍니다. 독자들에게 감동적인 글을 써내기 위해서는 작가들이 얼마나 큰 고통을 겪으며 혼신의 힘을 다하는지 독자들은 감히 알기 어렵습니다. 금메달을 따는 최정상에 오르기까지 각종 운동선수들이 얼마나 고통스러운 훈련을 해냈는지 일반인들은 잘 모르듯이 말입니다. 소설 속에 나오는 것처럼 정말 기업 간의 보이지 않는 싸움이 그렇게 치열한가요?

조   물론입니다. 지금 세계시장에서 모든 상품들의 기술 격차가 거의 다 없어졌습니다. 그 비슷비슷해진 질 때문에 경쟁은 더욱 치열해질 수밖에 없습니다. 기술 격차가 심할 때는 상품의 우수성을 내세워 상품을 팔기가 쉬웠습니다. 그러나 기술 격차가 없어지면 오로지 '비즈니스 능력'으로 상품을 팔 수밖에 없습니다. 그 비즈니스 능력이 충돌하는 것, 그것이 곧 치열한 경제전쟁을 유발하는 거지요. 이런 난관에 부딪힌 대표적인 나라가 일본입니다. 한때 세계시장의 제왕 자리를 누렸던 소니의 몰락이 그 좋은 예입니다.

그리고 소설에 쓴 것보다 훨씬 더 치열한 부분들을 지면 관계로 못 쓴 게 많습니다. 핵심기술을 노리는 산업스파이 세계, 기업 부도에 따른 고급 두뇌들의 집단적 국가 이동, '헤드헌터' 조직의 국제적 암약, 부실 기업을 통째로 인수해 필요한 기술을 다 빼내고 내버리기 등을 다 생략해야 했습니다.

유   아니, 그런 걸 다 썼더라면 소설이 더욱 흥미진진하고 박진감 있었을 텐데요. 아깝게 왜 생략하셨어요?

조   예, 시장의 치열함과 기업의 비정함을 훨씬 더 생동감 있게 느낄 수 있고, 소설의 흡입력이 더 강해지고, 독자들은 흥미진진한 재미를 느낄 수 있을 것입니다. 그러나 그쪽으로 너무 치우치면 소설의 균형이 깨지고, 목적하는 바가 희석되거나 모호해질 수 있습니다. 이야기의 흥미로운 전개가 소설의 주제를 침해하는 건 지극히 바람직하지 못한 일이니까요.

송   그럼, 그런 것들도 다 취재해 놓고 못 쓰고 버리게 되는 겁니까?

조   예, 그렇습니다. 취재가 진행되면서 소설의 구성도 함께 이루어집니다. 이런저런 취재를 하면서 여러 가지 얘기에 따라 동시에 작가의 머릿속에서 소설의 얼개가 짜여지는 거지요. 아, 이 얘기는 이렇게 쓰자, 옳지 이 얘기는 어디로 확대하자, 이 얘기는 저 인물에 연결시키자, 이 얘기는 풍자적으로 처리하자 하는 식으로 말입니다. 그런 순간순간의 구성 아이디어를 따라 취재는 최대한 많이, 최대한 자세하게 하는 것이 원칙입니다.

유   순간순간 구성이 된다니……, 머리가 얼마나 좋으시면 그리 되는 것인지……, 저희로선 상상할 수가 없습니다.

조　　뭐, 머리가 좋아서가 아니라 직업이 그것이라 그냥 저절로 되어 가는 것입니다. 머리 구조가 그쪽으로 좀 색다르다고 할까요.

송　　그래서 예술가들을 특이한 능력을 가진 존재들로 분류하는 것 아니겠습니까. 참 이해하기 어려운 불가사의한 능력들이지요. 그런데 선생님, 최대한 많이, 최대한 자세하게 취재하셔서 소설에 사용하는 것은 몇 퍼센트나 되십니까.

조　　예, 그게 그러니까……, 대체로 60퍼센트 정도 될 것입니다.

유　　어머나, 아까워라. 그럼 나머지 40퍼센트는 버리는 것인가요?

조　　예, '상징과 생략' 그리고 '취사선택'은 소설 작법의 2대 원칙입니다. 버릴 것은 과감히 버려야지요. 그러나 그것들이 완전히 쓰레기로 없어지는 것은 아닙니다. 그 체험들은 작가의 의식과 영혼 속에 잘 갈무리 되어 있다가 꼭 필요한 때가 되면 여러 가지 형태의 글로 되살아나 제자리를 차지하게 됩니다.

송　　예, 그것 역시 알 듯 말 듯 아리송한, 예술가들에게나 가능한 일이 아닐까 합니다.

조　　예, 일찍이 릴케가 시인이 되고자 하는 젊은이에게 보낸 편지가 있습니다. '끝없이 여행하고 체험하라. 그리고 그 온갖 사실들을 다 잊어버려라. 그러나 그것들이 필요할 때 그것을 생생하게 되살려낼 수 있어야 한다.' 그 재생 능력이 없으면 글 쓰는 사람이 될 수 없다는 것이지요. 그 '끝없이 여행하는 것', 그것들이 가르쳐주고, 일깨워주는 것들은 교과서에 전혀 없는 것들이죠. 그래서 교과서의 것들을 달달 잘 외우는 학교의 우등생들은 예술가가 되기 어렵고, 글 잘 쓰기 어렵다는 말이 나온 것인지도 모릅니다. 뇌 구조가 좀 다른 것, 그것이 예술하는 사람들의 특이성인지도 모르지요.

유　네, 짐작은 하겠습니다. 그런데 선생님께서는 이미 사전 취재를 통해 중국에 대해 많은 것을 알고 중국에 가셨잖아요. 그럼에도 불구하고 중국에 가보니 이런 것들은 참 희한하거나 색달랐다 하는 게 있었을 것 같은데요.

조　예, 물론 있지요. 책이나 신문, 잡지 같은 것을 아무리 많이 읽어 사전에 자료들을 모아도 현장에 가지 않고서는 알 수 없는 것들이 수두룩합니다. 소설은 현실을 재구성하거나 형상화시키는 스토리텔링이지 논문이나 기사가 아니기 때문에 그런 것에서 제외되거나 취급하지 않는 좀 특이한 것들을 필요로 합니다.
　구체적으로 예를 들면, 'BMW 뒷자리에서 울지언정 자전거 뒷자리에서 웃지 않겠다.' 또는 '남자는 여자를 때리면 무조건 즉각 구속되지만, 여자가 남자를 때리면 아무 문제가 되지 않는다. 그래서 맞고 사는 남편들이 많다.' '가난은 부끄러운 것이지만 몸을 파는 것은 부끄럽지 않다.' '위에 정책이 있으면 우리에겐 대책이 있다.' 바로 이런 것들이 현장 취재에서 얻을 수 있는 것입니다. 그런 것들은 소설 속에서 세태의 실감을 생생하게 살려내는 생명력을 발휘합니다. 첫 번째와 세 번째는 돈이면 최고라고 생각하는 중국사람들의 의식을, 두 번째는 비틀린 여권신장의 실태를, 네 번째는 정부정책에 편법의 요령으로 피해가는 중국의 세태를 실감나게 보여주는 언사들입니다. 그런 것들을 구할 수 있기 때문에 현장 취재는 필수적인 것이 됩니다.

송   예, 무슨 말씀인지 확실하게 이해가 되었습니다. 한마디로 중국의 세태와 민심을 알 수 있는 그런 말들이 통계 숫자나 나열하며 점잔 빼는 책들에 나올 리가 없지요. 그런데, 그런 기막힌 얘기인데도 그대로 쓰기가, 좀 난처하거나 거북하거나 해서 그 '취사선택'에서 탈락시킨 것은 뭐 없으신지요?

조   예, 없을 리가 없죠. 중국의 성(性) 개방은 우리의 상상을 초월해서 서양을 찜 쪄 먹을 지경입니다. 저도 중국을 왕래하면서 알게 된 것인데, 눈먼 돈 많이 생기는 고급 관료나 부자들의 축첩이 무한대로 이루어지고, 혼전 동거가 서너 번씩 이루어지는 것이 예사인 것까지는 소설에 썼습니다. 그런데 여자들의 성도 얼마든지 자유로워 경제력만 있으면 애인을 맘껏 거느릴 수 있는 거였습니다. 거기까진 그런가 보다 했는데, 여자가 다 큰 열대여섯 살 된 아들을 데리고 자기보다 어린 남자애인을 함께 만난다는 것입니다. 이건 도저히 소설에 장면화시킬 수가 없었습니다. 왜냐하면 제가 도저히 이해할 수도, 납득할 수도 없었기 때문입니다. 소설화란 먼저 작가가 그 어떤 사실과 동감화가 이루어진 다음에 쓰이는 것입니다. 그런데 그 사실은 제 상상력으로는 도저히 상상할 수 없는 일이어서 아쉽고 아깝게도 뺄 수밖에 없었습니다. (웃음) 그리고 또 하나, 우리 주재원 부인들이 과외비 올려놓은 사태입니다. 우리나라 어머니들께서는 그와 똑같은 일을 오래전에 벌써 미국에서 저질러 비웃음거리가 된 일이 있습니다. 미국에서는 객관적으로 인정된 신동들에게는 유명한 음악인들이 찾아다니며 개인교수를 한다고 합니다. 그런데 이민 간 우리나라 주부들께오서는 그 유명인들에게 수천 달러씩 돈을 떠안기면서 자기 아이들을 가르쳐달라고 매달린 것입니다. 물론 그 아이들은 신동은커녕 수재도 아니었습니다. 그래서 돈다발이 오가는 혼탁한 미국의 과외시장이 만들어졌다는 얘기 혹시 들으신 적 없습니까?

유　네, 몇 년 전에 얼핏 들은 적이 있습니다.

송　그런데 그런 일이 중국에서도 벌어진 모양이군요?

조　예, 대도시 상하이나 베이징에서 벌어지고 있는 일인데, 음악이 아니라는 것만 다를 뿐입니다. 그런데 그 사실이 너무 창피스럽고 야비한 우리의 치부라 차마 쓸 수가 없었습니다. 저기, 『한강』을 쓸 때 한 가지를 덮어버렸던 것처럼.

유   『한강』에서는 또 뭐였는데요?

조   참 낯 뜨겁게 민망한 얘기가 하나 있습니다. 그러나 이건 돈
이 얽혀 있지 않고, 약자끼리 서로 도운 민족애가 있기나 합니다. 무
슨 얘기인고 하니, 저 옛날 '외화 획득'의 성스런 과업을 성취하려고
광부 간호사를 서독에 파견했을 때의 일입니다. 그때 우리나라 젊은
남녀들이 아주 성실하게 일한 덕에 서독에서는 재계약을 했고, 그리
되자 영주권 발급 요구가 생기기 시작했어요. 성실한 노동자들이니
서독 정부에서는 영주권을 안 줄 리가 없었지요. 그런데 그 일에는 절
차상의 요식행위가 있었어요. 소정의 시험을 통과해야 하는 거지요.
그 시험이 별로 어려울 게 없다고는 해도 독일어가 서툰 사람들에게
는 큰 난관이 아닐 수 없는 일이었지요. 그 시험을 치르는 것은 한국
사람들만이 아니라 터키도 있었고, 포르투갈도 있고 그랬어요. 그런
데 그 두 나라 사람들은 떨어지는 사람들도 많은데 한국사람들은 어
느 도시에서나 시험을 치렀다 하면 백발백중 전원 합격이었던 겁니다.

송   예, 알았습니다. 다 커닝을 했군요!

조   예, 맞혔습니다. 잽싸게 요령 잘 부리는 한국사람들 주특기를
유감없이 발휘한 것입니다.

유   어머나, 간호사들도요?

조   놀라지 마세요. 다급한데 여자들이라고 체면 차릴 여유가 어디 있겠어요. 미국과 중국에서 과외비 올린 게 누구였죠?

송   그 커닝 사실을 선생님께서는 차마 쓸 수 없으셨군요.

조   어쩌겠습니까, 팔은 안으로 굽는 것을.

유   그런 에피소드들도 있었군요. 저는 소설이란 작가의 상상력만으로 이루어지는 줄 알았는데 선생님 말씀을 구체적으로 듣고 보니 독자들을 감동시키는 소설을 써내려면 적극적으로 취재를 해야 한다는 것을 새롭게 알았습니다. 그렇게 독자들을 열광시키는 소설, 그건 바로 조정래 작가님이 남다르게 바친 열정의 결과임을 알았습니다. 이렇게 좋은 소설, 우리만 읽을 순 없죠. 중국에서도 번역본이 나온다면서요?

조   예, 4월 출간 예정이었는데 좀 늦어져 8월에 보게 될 것 같습니다. 모르겠어요, 번역이나 제작 과정에서 늦어지는 것이 아니라, 하도 부정부패한 관리와 당원들의 흉을 많이 봐서 사전검열에서 미운털이 단단히 박힌 게 아닌지. (웃음) 처음부터 어떤 부분들이 삭제당하는 건 감수하기로 하고 출판계약을 했습니다. 3,600매에서 한 300매 정도 없어졌다고 해서 소설이 망쳐지는 건 아니니까요. 삭제가 좀 되더라도 중국 독자들에게 제 소설을 읽히고 싶어요. 외국인이 중국을 어떻게 보고 있는지도 그들이 알아야 하니까요. 그래서 중국사람들이 우리나라를 바르게 이해하고 가까워지는 계기가 되면 더 바랄 게 없으니까요. 중국은 '짝퉁 천국'답게 책이 재미있으면 열흘쯤이면 짝퉁이 나온다는 겁니다. 『정글만리』도 짝퉁이 나올 것인지 어쩐지 그게 가장 궁금한 일이 되었습니다.

송　예, 짝퉁이 꼭 나올 것 같은 예감이 듭니다. 그런데 이미 130만 부가 넘어 수십만 명의 독자들이 읽었습니다. 작가로서 독자들이 놓치지 말고 꼭 새겼으면 하는 게 있다면 어떤 점인지요?

조　『태백산맥』을 비롯한 다른 소설들이 다 과거의 시점에서 과거를 소재로 쓰였다면, 『정글만리』는 현재를 소재로 해서 미래적 전망을 내세우고 있는 것이 다릅니다. 많은 독자들이 주인공 '전대광'에게 주목하고 있음을 느낍니다. 그러나 그건 소설의 겉모양만 본 것이지 속무늬까지는 보지 못한 상태입니다. 물론 『정글만리』에서 '전대광'은 절대적 힘으로 소설을 이끌고 가는 중요 인물입니다. 추진력 강하고, 신의 있고, 마음까지 화통하여 사나이다운 매력이 넘칩니다. 그런 그는 중국이라는 '인간정글'을 온몸으로 헤쳐나가는 현실적인 돌격대고 전위대입니다. 그는 한국의 모든 상사원들의 상징이고 표본입니다. 그가 개척해 나가는 현실의 길은 현실로 그치는 것이 아니라 미래로 이어진 길입니다. 그 미래의 길을 이어받아야 하는 인물은 누구일까요? 그의 조카 '송재형'입니다. '송재형'이 '리옌링'의 부모가 반대하는 결혼을 끝내 성사시키는 것으로 소설은 마지막을 장식합니다. 그건 한국과 중국의 미래를 상징하기 위한 구성입니다. 그 두 남녀의 결합은 앞으로 두 나라 사람들이 그들 연인의 진정한 사랑처럼 '이성애적 사랑의 진정성으로' 사귀게 되면 두 나라의 미래는 무지갯빛일 거라는 사실을 일깨우고 싶었습니다.

『정글만리』는 미래지향적 소설이기 때문에 40~50대보다는 20~30대가 더 많이 읽기를 바랐고, 제가 만약 소설을 쓰지 않는 30대라면 서슴없이 중국행 비행기를 타겠다고 진작 언급했습니다. 가나안이 따로 있는 게 아닙니다. 제가 보기에는 아무리 짧게 잡아도 앞으로 20~30년 동안은 중국이 우리의 가나안입니다. 고생은 좀 되겠지만, 중국은 우리 젊은이들에게 젖과 꿀이 흐르는 땅입니다. 20~30대가 『정글만리』를 읽고 그 사실을 깨달아 중국으로 인생행로를 결정한다면 더 바랄 게 없겠습니다.

유   선생님의 확신이 굉장하신데, 그 근거가 무엇인지 묻고 싶은 젊은이들이 있을 것 같습니다.

조   예, 두 사람의 확실한 모델이 있습니다. 첫째는 액세서리 공장 사장 '하경만'이고, 둘째는 상사원 생활을 청산하고 자기 사업을 시작해 첫 번째부터 '대박'을 터뜨리는 '전대광'입니다. 하경만은 3만 달러를 가지고 중국에 들어가 15년 만에 그 천 배인 300억 부자가 된 실제 인물입니다. 그리고 '전대광'은 빨간색 내의를 특화시켜 5만 벌을 단숨에 매진시켜 버립니다. 그리고 소설에 다 쓰지 못했지만 사업을 크게 성공시킨 중년들이 너무 많습니다.

송   선생님께서는 손자들 사랑이 유별나신 것으로 소문나 있습니다. 손자들에게도 중국행을 권하시겠습니까?

조   예, 이미 권했습니다.

유   아니, 손자가 그렇게 큰가요?

조   아닙니다. 큰놈이 지금 중학교 2학년입니다. 그런데 그놈이 다니는 학교가 좀 유별나서 그런지 어쩐지 작년에 벌써 제2외국어를 선택해야 한다는 겁니다. 그래서 저는 두말할 것 없이 "중국어!" 했고, 손자놈도 이의 없이 "알았어요, 할아버지" 하고 화답했습니다. 그리고 그다음에 만날 때마다 "중국어 공부가 어떠냐?" 하고 꼭 묻습니다. 그럼 말수 적은 손자놈이 싱그레 웃으며 "재미있어요" 합니다. 그럼 저는 덧붙입니다. "재면아, 앞으로는 영어보다 중국어가 더 중요해질 수도 있다. 두 가지 다 열심히 해라. 그것만 자신 있게 해버리면 세계 어디든 자유롭게 갈 수 있다." 그러면 손자놈이 낮고 얌전하게 대답합니다. "네 알아요, 할아버지." 중2 데리고 별소리 다 한다고 하시겠습니까? 걔가 대학 졸업하고 성인 노릇 하는 데는 7~8년밖에 남지 않았습니다. 그런 세월은 눈 깜짝할 사이에 지나가는 것 아니던가요.

송 예, 할아버지께서 옳은 교육 시키시고 계신 것입니다. 보통 할아버지들로서는 하기 어려운 교육이지요.

유 그럼요. 행복한 손자들이지요. 그런데 선생님, 이제 얘기를 좀 『태백산맥』쪽으로 옮겨보면 어떨까 합니다. 『태백산맥』은 선생님께서 자란 고향을 배경으로 하고 있잖아요. 그러면 어린 시절의 실제 경험들이 어느 만큼 녹아들어 있기도 한 것입니까?

조 예, 여러 가지 것들이 저의 생체험이라고 할 수가 있습니다. 대표적인 것들로는, 여순사건 때 어린 아이의 발마저 들여놓을 틈이 없을 정도로 탄피들이 깔려 있던 재판소 광장, 반공교육을 위해 읍사무소 앞마당에 전시되어 있었던 상처와 피범벅이 된 빨치산들의 시체, 문풍지 떠는 추운 겨울 새벽에 울려오던 빨치산들의 총소리, 봇도랑 맑은 물 속에서 수천 마리의 토하(민물새우)들이 휘돌고 맴돌며 그려내는 군무, 갯벌 밭에서 게잡이를 하다가 온몸이 개흙투성이가 되도록 싸움박질을 하는 아이들, 일일이 셀 수가 없을 정도입니다. 그 시절에 보고 겪은 일들은 지금 바로 눈앞에서 벌어지고 있는 것처럼 전혀 시차가 없이 제 의식 속에 생생하게 아로새겨져 있습니다.

송 충격이 큰 경험들일수록 그 기억은 평생을 간다는 정신의학의 진단이 바로 그런 것 아니겠습니까. 그런데 선생님, 혹시 그 갯벌밭에서 난투극을 벌이는 아이들 속에 선생님이 있었던 건 아닙니까?

조 아니, 어찌 그리 귀신입니까! 싸움이야 하면 진 일이 없었어요.

유 어머나, 선생님이 온몸에 개흙투성이가 되어 싸우다니요! 그때 그 싸움판을 본 어른들은 그 아이들 속에 '오늘날의 조정래 선생님'이 끼여 있으리라고는 까맣게 몰랐을 것 아닙니까.

송 당연하지요. 그래서 옛날부터 어린 아이들을 함부로 대하지 말라는 가르침이 있잖아요. 선생님께서는 어렸을 때 싸움에 진 일이 없었던 그 기백이 그대로 뻗쳐 그 많은 작품들을 써내신 겁니다.

조 글쎄요, 한 번 마음먹은 일은 끝끝내 해내고야 말겠다는 의지는 굳센 편이지요.

유 선생님, 그런데 『태백산맥』 집필을 시작한 것이 80년대 초였습니다. 신군부 정권이 등장하고, 반공은 더욱 강화되는 분위기 속에서 북한이나 이념에 관련된 이야기는 함부로 꺼낼 수 없는 엄혹한 시절이었습니다. 그런데 빨치산들의 투쟁을 다룬다는 것……, 조심스럽지 않으셨나요?

조   예, 보통 신경 쓰인 게 아니었지요. 아무렇지도 않았다고 한다면 그건 새빨간 거짓말이겠지요. 오죽했으면 잡지 연재 2회분을 쓰다 말고 새벽 1시가 넘은 시간에 아내한테 다짐을 받았겠습니까. "내가 생각하는 대로 소설을 써나가다 보면 틀림없이 정치적 위해를 당할 것이다. 애를 데리고 견뎌낼 수 있겠느냐." 이 말을 물은 저보다 갑자기 이런 질문을 받고, "아무 걱정 말고 쓰고 싶은 대로 써라. 작가가 쓰고 싶은 것을 쓰지 않는다면 어떻게 작가라 할 수 있겠는가." 이런 대답을 해야 했던 아내는 얼마나 놀라고 겁이 났겠습니까. 아내는 평소에도 강아지는 물론이고 개미까지도 무서워할 만큼 겁이 많은 사람이었는데. 그러면서도 이런 대답을 할 수 있었던 건 아내가 함께 문학을 하는 시인이었기 때문에 가능했을 겁니다. 갈등과 모순 많은 역사와 시대 속에서 문학이 무엇을 해야 하는지 알고 있었으니까요.

아내의 그런 다짐을 받고서도 저는 소설을 써나가는 동안 내내 '자기 검열'을 피할 수 없었습니다. 빨치산 대목을 써놓고 잠이 들었다가는 끌려가고 고문당하고 하는 악몽에 시달리다가 벌떡 일어나고, 책상으로 쫓아가 다시 지우고 고치고……, 그러기를 6년 넘게 하다 보니 신경성 위궤양에 걸려 두 군데나 곧 천공이 될 지경이 되고 말았습니다.

송   그럼에도 불구하고 끝내 이 작품을 쓰신 이유가 있다면, 뭘까요?

조   "한국문학의 원류와 본류는 분단문학이다. 그러나 분단문학으로 끝나서는 안 되고 분단극복문학이어야 한다." 이건 대한민국의 문학평론가들이 이의 없이 동의해서 시인과 작가들, 특히 작가들에게 던져놓은 화두입니다. 이 말은 일반 독자들에게는 알쏭달쏭한 것입니다. 그러나 모든 문인들은 그 뜻이 무엇인지 환히 알고 있습니다. 민족의 분단과 통일은 우리 민족 성원 모두에게 짐 지워진 역사의 과제니까 이 기회에 그 알 듯 말 듯 모호한 의미를 알아둘 필요가 있을 것입니다.

한마디로 요약하면 '분단문학'은 '국가보안법이 용인하는 범위 내에서 분단을 소재로 다룬 작품'이고 '분단극복문학'은 국가보안법이 제한하는 범위를 벗어나고 넘어서서 분단을 소재로 다룬 작품'을 말합니다. 다시 말하면, '분단문학'은 아무리 써보아야 '반공문학'일 뿐이며, '분단극복문학'은 시너 통을 짊어지고 불구덩이로 뛰어들어가는 차이입니다. 그런데 그 길을 가야 하는 것이 작가의 운명이고 숙명입니다.

유   아, 선생님께서는 운명이고 숙명인 그 길을 오로지 혼자 가시기를 결심하셨군요. 그리고 모든 고초를 끝끝내 이겨내셨기에…….

송   예, 우리의 분단 현실 속에서 작가의 길이 얼마나 험하고 고통스러운 것인지 새삼스럽게 느끼게 됩니다. 그런데 선생님, 작품을 쓸 당시, 89년에 완성될 때까지 6년 반 동안에는 별일이 없었는데, 뜬금없이 1994년에 국가보안법 위반 혐의로 수사를 받기 시작했습니다.

조　　예, 1994년……, 돌이켜보니 까마득한 세월 같기만 합니다. 그러니까 그때 임권택 감독에 의해 『태백산맥』이 영화화되었습니다. 그러자 그동안 울분에 차 있었던 반공단체들이 더는 못참겠다 하고 정식으로 고발을 하고 나선 것이죠. 여덟 개의 반공단체들이 영화를 상영하는 영화관을 폭파하겠다, 불지르겠다 하며 고발장을 냈으니 검찰은 기다렸다는 듯 조사를 하고 나섰지요. 『아리랑』을 쓰고, 『한강』을 쓰면서 계속 조사를 받은 그 세월이 자그마치 11년, 2005년에야 무혐의 처분을 받아낸 것입니다. 그 세월을 어떻게 살아왔는지 다시 생각해도 아득하고 감감하기만 합니다.

유　　그런 몸고생 마음고생을 어떻게 말로 다 표현할 수가 있겠습니까. 선생님의 그런 고통과 인내와 투쟁이 마침내 『태백산맥』을 '정당한 작품'으로 재탄생시키면서 유일한 '분단극복문학'을 이룩해냈고, 분단역사에 새로운 길을 내는 위대한 일을 해내신 것 아닙니까. 그래서 『태백산맥』은 시대가 흘러가도 꾸준히 독자들을 만나면서 지난해에는 뮤지컬로 제작되어 무대에 올랐습니다.

조　　예, 순천국제정원박람회의 성공적 개최를 기념하는 작품으로 제작되어 순천 공연을 마치고 서울까지 원정공연을 온 것이었습니다. 서울에서는 다른 극장도 아닌 '국립극장'에서 공연되었습니다. 그 건너편에는, 저를 빨리 법적 조처를 시키라고 성화를 댔었던 자유총연맹이 자리 잡고 있었습니다. 원작자 무대인사를 하려고 섰는데 그

감회가 참으로 묘했습니다. 그래서 이제야 비로소 '사회 성숙'이 되었음을 느낀다고 한마디 했습니다.

송　　예, 역사는 그렇게 서서히 발전해 나간다는 것을 실감할 수 있어서 좋습니다. 『아리랑』도 뮤지컬 무대에 오를 예정이라고 하는데, 그전에도 선생님 작품을 영화나 드라마로 만든 경우는 적잖았지 않습니까. 소설을 드라마나 뮤지컬로 바꾸는 것에 대해 선생님의 생각은 어떠신지요?

조　　예, 신시컴퍼니 박명성 대표가 광복 70주년인 내년 7월에 개막하려고 지금 준비에 최선을 다하고 있습니다. 저도 기대하면서 기다리고 있습니다.

일찍이 『황토』가 영화화되었고, 『유형의 땅』『불놀이』『황토』가 TV 드라마가 되었고, 『아리랑』이 연극으로 공연되었습니다. 예, 시대가 본격적인 '대중문화의 시대'가 되었습니다. 건전하고 건강한 대중문화의 신장과 발전을 위해서 여러 가지 형태로 무대에 올려지는 것은 바람직한 일이 아닌가 합니다. 공연문화가 독서문화로 연결되는 상호작용을 할 수도 있으니까요. 그런데 방대한 양의 원작을 제한된 시간 안에 제대로 살릴 수 있을까는 어쩔 수 없이 남는 숙제겠지요. 그러나 주제의 핵심을 놓치지 않고 각색을 한다면 무대예술의 효과에 의해서 원작의 의미가 바람직하게 전달될 수도 있습니다. 대중문화 시대의 풍요로움을 위해서도 소설의 무대화는 많을수록 좋지 않을까 합니다.

유   선생님의 작품은 사실 국내에만 머물지 않습니다. 『태백산
맥』은 일본에서 완역되었고, 『아리랑』과 『태백산맥』은 프랑스에서
연달아 완역되었습니다. 다른 중단편과 장편까지 합치면 다 셀 수가
없을 정도로 많은데, 한국의 대하소설이 이렇게 완역본으로 출간된
것은 두 나라에서 다 처음 있는 일이라고 합니다. 저는 우리 역사를
외국인들이 공감할까 싶은 생각이 드는데, 실제로 외국 독자들의 반
응은 어떤지 궁금합니다.

조   예, 일본에서는 한때 대학 총장들 사이에서 『태백산맥』을 읽
지 않으면 대화에 낄 수 없는 분위기였다고 하고, 프랑스에서는 어느
지식인이, "우리는 한국이 일본에게 이렇게 잔인하고 가혹하게 당한
줄을 전혀 몰랐다. 이건 우리 모두의 책임이다" 하는 독후감을 피력
했습니다. 일본은 장기간에 걸쳐 유럽 쪽에 자기 선전을 해왔고, 유럽
인들은 그 일방적인 선전을 그대로 믿었던 것을 뒤늦게 반성한 것입
니다. 이런 효과가 소설을 쓰는 보람 중의 하나인지도 모르겠습니다.

송   그런데요, 사실 학교에서도 근현대사는 자세하게 다루질 않
습니다. 이런 상황에서 선생님께서는 근현대사에 집중해 소설을 집필
하신 이유는 무엇인지요?

조   두말할 것 없이 역사는 끝나버린 과거가 아니라 현재를 비추
는 거울이고, 미래를 밝혀주는 등불입니다. 그래서 독립투사이며, 역

사학자인 단재 신채호 선생께서 '과거를 망각한 민족에게는 미래가 없다'고 일갈하신 것입니다. 그리고 그 과거가 우리처럼 슬프고 비참할수록 똑똑히 기억하고 있어야만 또 그런 비극의 역사를 되풀이하지 않을 수 있습니다. 그런데 인간의 여러 가지 본능 중에 하나가 '망각'입니다. 정신의학에서 인간에게 망각이 없었다면 인간의 99퍼센트는 미치게 될 것이라고 했습니다. 우리는 그 망각을 어떤 문제의 해결이라고 착각합니다. 꼭 기억해야 할 역사를 그 '망각의 착각'에 빠지게 방치한다면 어찌 되겠습니까. 단재 선생의 경고가 또다시 현실로 닥쳐오겠지요. 그런 참극을 막기 위해서 역사 공부는 필수적인 것이고, 소설 또한 역사 공부의 딱딱함과 건조함을 피해 다른 방법으로 역사의 상처와 고통을 일깨우고, 추체험케 하는 것이고, 그것이 소설가의 여러 임무 중에 또 한 가지라 생각합니다.

그런데 영어 공부를 잘 시키기 위해 역사 시간을 줄인 것이 이 나라입니다. 그런 일을 벌인 것은 세계에서 유일하게 우리나라뿐입니다. 그것이 이명박 정권이 세운 3대 업적 중의 하나입니다.

유　나머지 두 가지는 무엇입니까?

조　첫째 국민들의 그 아까운 혈세 22조를 퍼부어대 '4대강 죽이기'에 성공한 것, 셋째 '뼛속까지 친미와 친일'을 하면서 중국을 도외시해 한·중 관계를 냉랭하게 만들어버린 것입니다.

송   네, 역사 교육을 경시하는 건 참 곤란한 문제라고 여겨집니다. 그러면 선생님의 개인사로 말머리를 돌려서, 선생님께서는 부친의 권유로 하마터면 출가를 해서 승려가 될 뻔했습니다. 만약 승려가 되셨더라면 두 가지 큰 사건이 생길 뻔했습니다. 감동적인 그 많은 작품들이 존재하지 못했을 것이고, 부인이신 시인 김초혜 선생님은 어찌 되셨겠습니까.

조   그거 별문제 될 것 없습니다. 아버지가 조계사 승적 168번을 가지고 오셨으니까 안국동 옆 조계사로 출가를 했으면 당연히 동국대 불교학과로 진학을 했을 것이고, 동대에 가면 그 손바닥만 한 캠퍼스 안에서 세련된 멋쟁이 여학생이 딱 눈에 띄었을 겁니다. 남녀가 서로 마음이 끌리는 이성을 알아보고 불꽃이 튀는 데는 단 2초가 아니라 0.2초밖에 안 걸린다고 합니다. 그런데 저는 특히 운동신경이 발달한 사람이니까 0.1초밖에 안 걸렸을 겁니다. 그런데 부처님의 인연설에 의하면 부부의 인연은 '3천 년 인연', 즉 전생 천 년, 현생 천 년, 후생 천 년으로 이루어진다고 합니다. 그런 귀한 인연 속에 부처님께서 김초혜를 동대 캠퍼스에 보내셨으니 제가 어찌 감히 그 선처를 거역할 수 있겠습니까. 애인도 얻었겠다, 간절하게 소설 쓰고 싶은 마음을 버릴 수 없겠다, 남은 길은 단 하나, 파계뿐이잖습니까. 저는 분명 파계해서 오늘의 자리에 와 있었을 겁니다.

유   참 멋있으십니다. 3천 년의 인연으로 만나신 김초혜 선생님.

아내이자 문학 동반자인 김초혜 선생님이 내리신 선생님에 대한 평가
는 어떠신지요.

조   예, 간접적으로 내린 평가가 있습니다. 그게 뭐냐면, 집사람
이 2008년에 큰손자가 초등학교에 들어가자 평생 마음에 새기며 살
아야 될 삶의 지침을 하루 책 한 페이지 분량으로 해서 1년 365일 하
루도 빠뜨리지 않고 편지를 썼습니다. 그걸 최근에 『행복이』라고 제목
을 붙여 책을 냈습니다. 그 어느 날의 편지에, '이 세상에서 가장 강한
사람은 기운이 제일 센 사람이 아니라 자기와의 싸움에서 이긴 사람
이다. 네 할아버지처럼' 했습니다. 그리고 또 어느 날에는 '네 할아버
지는 남들이 가지 않는 길을 앞서 가면서 새 길을 내신 분이다' 했어
요. 더 무엇을 바라겠습니까.

송   할머니가 할아버지를 손자에게 롤모델로 제시하고 계시니
정말 더 바랄 것 없이 평가받고 계시는 겁니다. 참 행복하시겠습니다.
지금까지 6만여 매를 쓰셔서 그 높이가 선생님 키의 서너 배를 넘는
다고 합니다. 종이 한 장, 한 장이 쌓여 5미터 50센티미터 높이가 된
것입니다. 앞으로 얼마나 더 불어나겠습니까?

조   글쎄요⋯⋯, 앞으로 십이삼 년 동안에 10권쯤 더 쓸 계획을
하고 있으니, 그런대로 건강이 유지되기만 하면 1만 5천 매가 더 늘어
나겠지요.

유　　지금도 이렇게 건강이 좋으시고, 절제력까지 강하시니 틀림없이 그 계획이 이루어지리라 믿습니다. 이렇게 건강을 유지하시는 특별한 비결이 있으십니까.

조　　뭐 특별한 것이 없고, 아주 평범한 방법들을 미련하도록 철저히 지켜서 건강하게 살고 있습니다. 첫째 채식, 소식, 꼭꼭 씹어 먹기. 둘째 일찍 자고 일찍 일어나기. 셋째 국민건강체조와 산책. 이것을 하루도 어기지 않고 매일 합니다. 국민건강체조를 외국에 취재 가서도 호텔 앞이나 큰길가에서도 하니까요. 그러니까 이 나이에도 어디가 결리거나 아픈 데가 전혀 없지요. 굳이 돈 들여가며 운동하는 걸 이해할 수가 없어요.

송　　선생님을 뵈니 수도자 앞에 앉아 있는 느낌입니다. 다음 작품은 어떤 것인지 살짝 귀띔해 주실 수 있으십니까?

조　　예, 파탄상태에 빠진 우리의 교육 문제에 대해서 쓰려고 합니다. 6월부터 취재를 시작하고, 내년 6월이면 독자들께서 책을 보실 수 있게 될 것입니다.

유　　네. 교육 문제, 참으로 심각합니다. 선생님께서는 또다시 우리 사회의 심각한 환부를 향해 날카로운 메스를 들이대려고 하시는군요. 어느 평론가가 선생님을 '젊은 원로'라고 평했습니다. 그만큼 작품 창작에 대한 열정이 강하시다는 의미인데, 뵙고 보니 참 잘 내린 평가라는 생각이 듭니다. 나이를 초월한 선생님의 열정을 무슨 파장이 밀려오는 것처럼 여실히 느끼며 저희들도 몸가짐을 새롭게 하게 됩니다. 이 컴퓨터 만능 시대에 선생님께서는 지금도 원고지에다가 한자, 한 자 꾹꾹 눌러가며 육필로 작품을 써내십니다. 그것도 선생님만의 열정의 표현이라고 할 수 있는데, 꼭 그렇게 하시는 이유가 분명히 있을 것 같은데요.

조　　물론입니다. 컴퓨터로 쓰면 시간은 10배, 아니 100배 빨라지고, 팔도 아프다 못해 전체가 마비되는 일도 안 당하게 되겠지요. 그러나 그 빠른 기계의 속도에 실리다 보면 문장의 밀도감이 떨어질 뿐만 아니라 소설이 필요 이상으로 길어지게 됩니다. 소설은 예술작품이고, 예술작품은 짧은 시간에 대량생산해야 하는 공산품이 아닙니다. 온 정성 다 바치는 장인들의 가내수공업, 그것이 예술작품이고 소설입니다. 얘기가 나왔으니 한 가지 웃지 못할 가관을 말하지 않을 수 없군요. 소설가들이 전부 컴퓨터로 소설을 쓰는 건 그 길이가 기니까 그럴 수 있다고 할 수 있습니다. 그런데 시인들마저 컴퓨터로 시를 쓴다는 겁니다. 이게 말이 됩니까. 시는 보통 A4용지 한 장, 길어야 두 장입니다. 시상을 백지에 또박또박 쓰고, 그것을 고치고 또 고치고, 다시 백지에 옮겨 적어 고치고 하는 것이 시간을 따지지 않는 시 쓰기 작업입니다. 그런데 속도전에 필요한 컴퓨터로 시를 쓰다니요. 유행하는 문명의 이기에 시인들마저 휩쓸려 그 비싼 컴퓨터를 사서 자판을 두들기고 앉았으니, 그 근엄한 모습이 화급한 용무가 없는 초·중·고등 학생들이 마치 공부의 필수품이나 되는 것처럼 제각기 스마트폰을 들고 다니며 아까운 시간 무한정 낭비해 공부에 지장을 초래하고, 게임 중독이 되어 병원을 찾아가고 하는 현상과 좋은 쌍을 이루는 것입니다. 세상이 어떻게 변해도 저는 죽는 날까지 손으로 꼬박꼬박 써나갈 겁니다.

송   말씀 듣고 보니, 그렇군요. 그뿐만 아니라 선생님께서는 절대 안 하는 것 두 가지가 더 있다고 들었습니다. 골프 안 치기, 핸드폰 안 갖기. 거기에도 어떤 분명한 이유가 있을 것 같은데요.

조   예, 물론 명백한 이유가 있지요. 골프라는 것, 그것 참 망종 운동이지요. 그것처럼 시간 낭비, 돈 낭비가 막대한 운동이 어디 또 있겠습니까. 한 번 치러 나가면 하루가 없어집니다. 그리고 비용으로 평균 30만 원씩이 든다고 합니다. 소설 쓰는 시간 아끼려고 술도 끊었는데 운동에 어떻게 하루를 몽땅 낭비해 버립니까. 또 한 번에 30만 원씩을 써 없앨 돈이 있으면 그 돈을 참여연대를 비롯한 시민단체에 후원금으로 내겠습니다. 저는 쉼 없이 하는 맨손체조와 산책으로 끄떡없이 건강을 유지하고 있고, 글 쓰는 일은 골방에 혼자 앉아 있는 일이니 사교도 필요 없어서 골프와는 인연 맺을 일이 없습니다.
    핸드폰, 그것도 작가에게는 흉물이지요. 수많은 사람들이 "갑갑하지 않느냐"고 이해할 수 없다는 반응을 보입니다. 작가는 혼자 있어야만 많은 작품을 쓸 수 있는 존재인데, 왜 내가 어디 있는지 세상이 다 알아야 합니까. 쓸데없는 전화 하루에 열 번 받으면 하루가 다 가 버립니다. 아까운 인생, 그런 낭비를 왜 해야 합니까. 그래도 손해 보는 일 없고, 꼭 필요한 전화는 백 번이라도 걸려와 연결이 되게 되어 있습니다.

유 갑갑한 건 다른 사람들이군요. 그 단호한 선생님의 삶의 방법이 참 멋있습니다. 선생님께서는 아들과 며느리에게 『태백산맥』을 필사하라고 했습니다. 그런데 최근에 독자들의 필사본이 태백산맥문학관에 전시되는 특이한 일이 벌어졌습니다. 어떻게 된 일인지 많은 분들이 궁금해하십니다.

조 예, 몇 년 전에 어느 강연회에서 어떤 여성독자가 자기도 『태백산맥』을 필사하면 문학관에 전시해 줄 수 있느냐고 메모지를 내보였습니다. 왜냐하면 문학관에는 네 벌의 『태백산맥』 원고가 쌓여 있거든요. 1층에 저의 것, 2층에 아들과 며느리 것, 그 옆에 '조사모(조정래를 사랑하는 모임)' 독자 119명이 쓴 것. 그 메모를 보며 멈칫했는데 다음 순간 '문학사랑방'이 떠올랐습니다. 관람객들의 쉼터 겸 작가와의 만남의 장소인 그곳에 전시 공간이 있었던 겁니다. 그래서 '그러마'고 대답을 했지요. 그러면서도 속으로는 '쓰긴 뭘 써. 마음뿐이지' 생각했습니다. 그런데 2~3년인가 지나 그 독자가 필사본을 출판사로 보내온 겁니다. 그리고 어떻게 소문이 났는지 다른 독자들도 그 뒤를 이어 쓰기 시작한 겁니다. 그래서 지난 3월 말 경에 6명 필사자들에게 감사패 전달식을 가졌습니다.

송　　아, 여섯 명 씩이나 그 긴 소설을 필사한 것입니까. 이건 참 믿을 수 없이 감동적인 일입니다. 그건 선생님에 대한 최고의 존경의 표현이기도 한데, 선생님께서는 얼마나 행복하십니까.

유　　네에, 한 권 짜리도 아니고 열 권짜리를! 그것도 한 명이 아니라 여섯 명 씩이나! 세계에 이런 일이 있을까요?

송　　아마 없지 싶습니다.

조　　예, 저는 너무 과분한 선물을 받은 것이고, 송 아나운서의 말씀대로 뭐라 말할 수 없이 행복합니다. 저는 지금까지 독자들이 보내준 최고의 찬사로 세 가지를 꼽습니다. '세상을 보는 눈이 달라졌다.' '아껴 가면서 읽었다.' '자식한테 물려주기 위해 가보로 간직하고 있다.' 여기에 네 번째로 독자들의 필사본이 합해지게 되었습니다.

유　　네에, 네 번째로 들어갈 만한 일입니다. 그건 기네스북에 오르게 될지도 모를 일이거든요. 선생님은 문학관도 이미 두 개나 세워져 있지 않습니까?

조 예, 전북 김제에 '아리랑문학관', 전남 벌교에 '태백산맥문학
관'이 있습니다. 무대가 된 지역의 지자체에서 세운 것들입니다.

송 언제 시간 내서 꼭 가보도록 하겠습니다. 특히 필사본들을
꼭 보고 싶습니다. 그럼 마지막 질문을 드리기로 하겠습니다. 작가들
이 꼭 새겨야 할 마음가짐이 무엇인지 말씀해 주십시오.

조 자기 자신의 재능을 믿지 말고 노력을 믿어라.

송 긴 시간 여러 가지 좋은 말씀 대단히 감사합니다.

유 참 재미있고 유익한 시간이었습니다. 정말 감사합니다.

조 예, 감사합니다.

송지헌·조은유 : 아나운서 | OBS 〈명불허전〉

오늘, 우리가
발견해야 할 것

66 일찍이 문화사가들은 작가를 일러
'시대의 산소이며 등불이고 나침반'이라고 했습니다.
가장 첨예하고, 가장 고통스럽고, 가장 모순 많은 문제들을
정면으로 응시하고 아파하라는 의미일 겁니다. 99

작가 조정래의 소설 『정글만리』가 2013년 10월 14일 현재 판매 70만 부를 돌파했다. 인문학과 문학 서적이 2천~3천 부만 팔려도 베스트셀러에 오르는 극심한 출판계 불황을 감안하면, 70만 부란 그야말로 천문학적인 판매 부수다. 금년 1월부터 포털 사이트 네이버에 연재돼 6개월 만에 탈고된 이 소설이 이토록 강한 흡입력을 보이리라고는 누구도 예상치 못했다.

1천만 회가 넘는 누적 조회수를 보일 때 어느 정도 돌풍을 예감하긴 했지만, 바로 그 엄청난 조회수 때문에 종이책 판매는 크게 기대할 수 없는 것 아니냐는 전망이 나오기도 했다. 인터뷰를 시작하면서 바로 그 대목을 물었다. 조 씨 역시 인터넷 연재가 책 판매에 미칠 영향이 궁금했다고 한다.

"아들이 그랬어요. 그렇게 많은 사람이 접속해 읽었으니 종이책 판매는 크게 기대할 수 없는 것 아니냐고요. 출판사 사람들의 예상은

달랐습니다. 완독한 사람들은 극히 적을 것으로 보고 있더군요. 전업
주부 등을 제외하곤 일반인들은 거의 완독하지 못했을 것이란 분석
이었지요. 완독률이 0.1퍼센트 정도에 불과할 것이라 봤던 겁니다. 포
털 사이트 연재와 종이책 판매라는 출판사의 연계기획이 결국 성공
한 것이 아닌가 합니다."

『정글만리』의 첫 장인 '깨끗한 돈, 더러운 돈'이 열리는 공간은 중
국의 경제수도 상하이의 국제공항이다. 한국에서 의료사고를 치고,
빚더미에 올라앉아 도망치듯 중국으로 건너온 성형외과 의사 서하원
과 그를 돕는 상사맨 전대광이 등장한다. 도입부부터 작가는 중국의
'민낯'을 여지없이 드러낸다. 경제대국으로 성장하고 있는 중국이지만
그들이 얼마나 '몐쯔(체면)'를 중시하는 나라이며, 국제공항조차 얼마
나 시끌벅적한 소음으로 가득하며, 빈부 간의 격차가 얼마나 까마득
한 나라인지를 묘사해 나가면서.

중국에 대한 한국인 고정관념 해체한 소설

하지만 이야기가 진행될수록 한국인들이 품어온 중국에 관한 고정
관념은 하나씩 허물어지기 시작한다. 작가는 중국이 우리보다 더 빠
른 고속철을 손수 만들어내고, 100층이 넘는 최신식 고층 빌딩을 척
척 지어 올리며, 인공위성을 발사하는 나라이며, 우리나라 인구보다
도 많은 2억 명의 중산층을 지닌 경제대국이라는 사실을 인정하게

만든다.

이 노 작가의 중국 오디세이는 물론 수많은 중국 관련 전문서적을 제치고 현존하는 최고의 '중국입문서'로 자리 잡았다. 10월 15일 현재 9주째 베스트셀러 1위. 무라카미 하루키의 신작 소설『색채가 없는 다자키 쓰쿠루와 그가 순례를 떠난 해』가 30만~40만 부 판매에 머물며 10위권 밖으로 처진 것과 좋은 대조를 이룬다.

조 씨는 1983년부터 《현대문학》과 《한국문학》에 『태백산맥』을 연재하기 시작, 1989년 원고지 1만 6,500매 분량의 대작을 완성했다. 숨고를 틈도 없이 두 번째 대작에 도전, 1990년부터 다시『아리랑』을 집필하기 시작해 1995년에 탈고했다. 2만 매 분량이었다. 3년 뒤인 1998년부터 2002년까지는 1만 5,000매 분량의『한강』을 썼다. 20년 동안을 '글감옥'에서 살았던 것인데, 그는 그 감옥이 황홀했다고 말했다. '황홀한 글감옥'에 살았다니 글쟁이로서 큰 행복을 누린 셈이다. 그가 이룬 성취는 대단한 집중력과 엄격한 자기 관리, 작가적 사명감과 소명의식 없인 이룰 수 없는 위업이다.

그는『태백산맥』연재 이후 30년 동안 술을 마시지 않았다. 청탁 불문 두주불사, 밤새 마시던 젊은 시절의 술버릇을 깨끗하게 청산했다. 집필 중에는 아무도 만나지 않았다는 것인데, 사람 좋아하고 놀기 좋아하는 기질의 남도의 예인에게 그 점은 아마도 적지 않은 고통이었으리라. 그가『태백산맥』을 쓰느라 아버지의 임종도 지키지 못했던 것은 유명한 일화다. 『아리랑』집필 때는 오른팔과 손가락 끝까지 완전히 마비돼 침을 맞아가며 썼고, 『한강』을 끝내고 대수술을 해야 했던 이유는 너무 오래 앉아 있어서 탈장이 생겼기 때문이다. 30년간 금주했다는 건 아무래도 믿기지 않아 채근해 물었더니 그 실상을 고백했다.

"저녁 술자리를 딱 끊은 건 맞아요. 그런데 반주까지 끊은 건 아닙니다. 47도짜리 안동소주에 수삼을 넣어 우린 인삼주를 밥 먹을 때 한 잔씩 했지요. 그게 그야말로 약주가 되었던 것 같습니다. 마오쩌둥과 덩샤오핑이 장수한 이유 중의 하나가 좋은 술로 반주했기 때문이랍니다. 특히 생선 먹을 때 한 잔씩 하는 것 참 별미지요. 독하게 한 잔 먹고, 깨끗하게 깨는 반주로 오히려 술을 절제하는 습관을 들였어요."

그는 젊은 시절부터 다양한 운동을 즐겼고, 특히 역도를 통해 근육질의 몸매를 다듬었다. 지금도 그 시절의 사진을 보면 잘 발달된 이두박근과 임금 왕(王) 자가 또렷한 복근이 인상적이다. 매끈하고, 날렵하고, 강인한 육체다.

목표를 향한 매진의 정신이 강렬하고, 투철하게 계획된 삶의 사이클을 지속하는 데는 거의 달인의 경지다. 건강 유지에 대한 관심은 '과도한 집착'으로 보이기도 하는데, 그가 밝힌 향후 10년간의 집필 계획을 보면 그 오해가 풀린다. 도대체 건강하지 않고는 도저히 이루지 못할 목표다.

조 씨는 『정글만리』서문에, '이제 세 권의 소설을 마친다. 다시 새 작품을 향해 새 길을 떠날 짐을 꾸려야겠다'고 적었다. 앞으로 10년 동안 장편 1권짜리 두 편, 3권짜리 두 편, 단편집 하나, 산문집 하나를 펴낼 계획이다. 그가 쓰는 '글월의 장강'이 흘러 도대체 언제 바다에 이를 것인가? 육체의 소멸에 이르기까지 그가 결코 붓을 꺾지 않을 것이란 예감이 드는 것은, 절륜한 그의 건강과 함께 '쓰지 않고는 배길 수 없는' 그의 작가 본능 때문이다.

임마누엘 칸트의 일상을 방불케 한다는 그의 하루가 궁금해 좀 자세히 보여주기를 청했다. 이야기를 듣고 보니 그의 하루는 "나약한 문인이 될 수는 없다"는 청년 시절의 각오가 실천을 통해 압축되고 압축된, 하나의 격자 속 정물화와 같은 시간이다.

"아침 6시에 일어나는데, 한 번도 누가 깨워서 일어난 적이 없습니다. 7시에 아침식사, 12시 30분에 점심식사, 오후 6시 30분에 저녁식사를 합니다. 초·중·고등학교 때 누구나 했던 국민보건체조를 열심히 하고요, 소식과 채식 원칙을 철저히 지킵니다. 식사 시간은 1시간 30분, 숟가락을 절대 쓰지 않고 젓가락으로만 밥알을 세듯 천천히 먹습니다. 『태백산맥』을 쓸 때는 하루에 200자 원고지 35매, 이번 『정글만리』를 쓸 때는 25매를 썼습니다. 『정글만리』 연재 6개월 동안 하루도 어기지 않았고요. 규칙적인 산책에, 젊은이도 따라오기 어려울 만큼 속보로 걷습니다. 한 번 정한 원칙은 절대로 무너뜨리지 않는다는 것을 삶의 철칙으로 삼고 있어요."

그의 계획은 늘 장기적이다. 중국에 관한 소설을 쓰겠다고 결심한 것도 한·중 수교가 이뤄진 1992년보다 2년 먼저이니 이미 20년이 넘는 일이다. 그가 중국에 천착한 것은 중국의 5천 년 역사가 일궈낸 문화적 저력과 함께, 중국인의 실사구시적 경제 본능과 기업가 정신이었다. 진보적 언론인 고(故) 이영희가 '마오쩌뚱 방식 중국 사회주의'의

가능성에 주목했다면, 조 씨는 연암 박지원이 당대의 청나라를 바라본 바로 그 시각, 중국의 경제적 역동성과 거대한 잠재력에 주목했다.

중국 노동자들의 DNA 안에 흐르는 유구한 중국 문화

지난 2천 년 간의 세계 경제사를 돌아볼 때 중국은 무려 1,800년 간이나 GDP 1위 국가를 유지했고, 그 지위를 빼앗긴 세월은 200년에 불과했다고 본다. 미국과 중국, 즉 G2 체제로 세계의 패권지도가 재편되었지만, 중국이 G1의 국가로 도약할 시기를 그는 아주 짧게, 10년 안에 도래할 것으로 설정한다. 그는 고대 중국의 탑 이야기로 그 저력을 설명했다.

"1,500년 전 중국의 주요 도시에 건설된 거대한 탑들을 보세요. 그 높이가 60~80미터에 달했습니다. 지금으로 치면 100층짜리 초고층 마천루입니다. 당시 그런 문명을 조직적으로 건설한 국가는 지구상에 존재하지 않았습니다. 피라미드를 건설한 이집트 문명은 단절됐지만 중국 문명은 그 전통을 면면히 이어오고 있었던 겁니다. 그 탁월한 문명의 설계와 장인적 DNA는 100년도 안 되는 사회주의 실험으로 단절되지 않는다고 저는 봤던 겁니다. 지금 상하이·광저우·톈진·칭다오에 건설되는 엄청난 물질문명을 한번 보세요. 20년 전 중국의 도로 포장률은 5퍼센트였지만 지금은 완전히 역전되어 포장되지 않은 도로가 5퍼센트에 불과합니다. 중국 노동자들의 DNA 안에는 중국의 유구한 문화가 스며 있어요. 그 저력을 무시해선 안됩니다. 선악의 차원을 떠나 지구 문명의 대전환을 이미 중국이 감지하기 시작한 겁니다."

그가 가장 우려하는 것은 한국인들의 왜곡된 중국, 중국인관이다. 아니 왜곡보다 더 위험한 것은 피상적 시각이다. 왜곡은 의도적인 것이지만 피상적 시각은 의도하지 않은 것이므로 수정이 더 어렵다고 보는 듯하다. 부분적인 사실을 전면의 진실로 오해하는 것이다. 그가 보기에 한국인의 대표적인 중국관은 3가지로 요약된다. 중국은 짝퉁 천국이고, 중국인은 게으르며, 지저분하다는 것이다. 그는 이명박 전 대통령도 굴절된 중국관의 소유자로 규정한다.

"이명박 대통령, 그 사람 대통령으로서 문제가 한두 가지가 아닌 사람입니다. 그 사람이 대통령이 되자마자 꼭 정신 나간 사람처럼 허둥지둥 헐레벌떡 한 일이 태평양을 건너 미국을 찾아간 겁니다. 지금 6·25전쟁이 터진 것도 아니고, 전쟁 후에 구호물자를 받을 때도 아닌데 명색이 일국의 대통령이 체면이고 뭐도 없이 그렇게 정신없이 달려가다니, 참 한심스럽고, 자존심 상했습니다. 2008년 당시 부시 미국 대통령은 실정에 실정을 거듭해 '바보 부시'라는 비웃음을 당하며 극심한 임기 말 레임덕을 겪고 있었습니다. 그런 한물가버린 대통령을 한시라도 빨리 만나기 위해 새 대통령이 허둥거리는 그 경박함이라니, 참으로 '국격' 떨어뜨리는 일이 아닐 수 없었고, 요즘 젊은이들 유행어로 '쪽팔리는' 일이 아닐 수 없었습니다. 그렇게 허겁지겁 찾아간 부시와 한 일이라고는 골프장에서 부시 태우고 혀 날름거리며 카트 운전수 노릇 해준 것밖에 없습니다. 그리고 몇 달 안 있어 공화당은 민주당에게 정권을 빼앗겼고, 부시는 미국 역사상 '최악의 대통령'으로 뽑히는 영광을 안았습니다.

이명박은 미국 다음으로 취임 두 달 만에 일본을 방문해 그들이 말하는 '천황'을 만났습니다. 그런데 공개된 사진이 참 가관 아니었습니다. 일본 천황께오서는 뻣뻣이 서 있고, 대한민국의 대통령은 황송한 듯 공손하게 고개를 숙여 인사드리는 장면이었습니다. 그게 도대체 무슨 황당한 일입니까. 그거야말로 그가 유식한 척해가며 꾸며낸 일본식 조어 '국격'을 박살내는 짓 아니었습니까. 하도 어이가 없고 기가 막혀 그 사진을 오려내 코팅을 해놓았습니다. 강제로 끌려가 성노예로 유린당한 당사자 할머니들이 생생히 살아 그 가혹했던 고통을 처절하게 증언하고 있는데도 일본 집권자들은 뻔뻔하게 얼굴을 치켜들고, '강제로 끌어간 일 없으니 증거를 내놓으라'고 하고 있습니다. 모든 자료는 저희들이 몰아잡아 숨겨놓고 있으면서 말입니다. 그리고, 피해 당사자들이 있는데 더 무슨 증거가 필요합니까. 또 우리나라를 강탈하면서 저희들 소유로 한 독도를 저희들의 '고유 영토'라고 억지 주장을 해대며, 그 사실을 싣는 교과서를 점점 늘려가는 일본을 상대로 정상회담을 하러 간 대한민국의 대통령이 일왕 앞에서 그게 취할 태도입니까.

그런데 미국 방문 때처럼 아무런 외교적 성과도 거두지 못하고 유람식 정상회담을 하고 일본에서 돌아온 이명박은 뜬금없이 일왕의 한국 방문 가능성을 꺼냈습니다. 그게 유일한 성과인 것처럼. 그 엉뚱한 말이 아무 호응도 얻지 못하고 흐지부지돼서 칼럼 같은 걸 쓰는 수고를 할 필요가 없어서 다행이었습니다만, 말이 나왔으니 한 가지 분명히 못 박아둘 것이 있습니다.

일왕이 대한민국을 방문하는 것은 좋습니다. 그러나 거기에는 꼭 지켜야 할 한 가지 조건이 있습니다. 그는 대한민국에 와서 첫 번째로 서대문형무소 자리를 찾아가야 합니다. 일제가 36년 동안 우리 독립 투사들을 잔인무도하게 수없이 죽이고 고문한 그 자리에 무릎 꿇고 엎드려 진정으로 사죄해야 합니다. 독일의 빌리 브란트 수상이 유태인 위령비 앞에서 했던 것처럼. 그 속죄행을 하지 않으려면 일왕은 대한민국에 와서는 안 되고, 올 수 없도록 단호하게 막아야 합니다. 역사의 범죄 앞에서 진정한 사죄가 없으면 용서란 있을 수가 없는 일이고, 진정한 화해나 화합도 이루어질 수가 없는 것이 절대불변의 철칙입니다. 일본과 우리는 현실적 필요에 의해서 왕래하고 교역할 뿐, 일본이 그동안 해왔던 것처럼 계속 오만과 비양심적인 행위를 되풀이하는 한 그들과는 영원히 비우호국으로 지낼 수밖에 없습니다. 그들에게 당한 핍박과 유린의 36년 역사는 앞으로 최소한 360년 동안 우리의 정체성이 되어야 합니다. 우리의 5천 년 역사 속에서 그보다 더 큰 굴욕과 고통은 없었으니까요.

이명박의 그런 미·일 중시 의식은 시대 변화를 전혀 인식하지 못한 냉전 시대의 사고 그대로였습니다. 중국이 유엔의 안전보장이사회의 상임이사국이 되고, 대한민국과 조선민주주의인민공화국이 유엔에 동시에 가입하고, 중국의 개혁개방이 박차를 가하며 자본주의로 치닫고, 소련이 저무는 20세기와 함께 역사 속으로 사라져버리고 하는, 그 급변하는 세계정세를 전혀 인식하지 못했으니 중국은 안중에도 없고, 미국과 일본을 찾아다니느라 부랴부랴 정신이 없는 채 국익에는 아무런 도움됨이 없이 아까운 국민들 혈세만 축낸 것이지요.

아는 건 '삽질'뿐이라서 그랬는지 이명박은 재임기간 5년 내내 중국에 대해서는 냉담했습니다. 이명박의 그런 태도에 대해서 중국에서는 '도자기점에서 쿵후를 하는 자들'이라고 한국을 평했습니다. 그 표현이 얼마나 힐난하고도 적확합니까. 도자기점에서 쿵후를 하면 도자기들이 다 어찌 되겠습니까. 그 비유 속에는 '돈은 중국에서 벌고 안보는 미국 편을 든다'는 한국에 대한 의심과 감정이 들어 있는 것입니다. 그때 우리나라 수출 총량의 25퍼센트를 차지한 것이 중국이었습니다. 미국은 16퍼센트 정도였고요. 그리고 중국은 세계를 깜짝 놀라게 하며 2010년에 G2의 자리에 올랐습니다. 그런 엄청난 충격이 무슨 의미인지도 몰랐는지 이명박은 중국과의 관계 개선을 하려는 노력은 전혀 없이 아까운 국민의 혈세 22조를 퍼부어대며 수수천만 년 동안 자연이 공들여 가꾸어낸 네 개의 큰강을 죽이기에만 혈안이 되어 있었습니다. 이명박의 그런 친미와 친일에 대해서는 국회부의장이었던 그의 형 이상득이 아주 잘 보여주고 있습니다. 이상득은 미 대사에게 '이명박 대통령은 뼛속까지 친미·친일이니 그의 시각에 대해선 의심할 필요가 없다'고 했음이 내부 고발 사이트 위키리크스에 의해 뒤늦게 폭로되지 않았습니까. (《한겨레》 2011년 9월 7일자)

지금도 기업인들이 말합니다. '이명박 시절에 사업하기 참 어려웠다(중국에서).' 다시는 그런 세월이 와서는 안 됩니다. 왜냐하면 중국은 단순히 우리의 경제 파트너만이 아닙니다. 우리가 기필코 해결해야 할 역사적 책무인 민족통일과도 중국은 직결되어 있습니다. 중국은 6·25전쟁의 휴전협정서에 조인한 당사국의 하나라는 사실을 우리는 절대 잊어서는 안 됩니다. 우리가 평화통일을 하려면, 그 일을 용이하게 풀어나가려면 미국의 힘과 똑같은 힘을 가진 중국의 협조도 얻어내야 하는 게 역사 현실입니다. 이런 문제를 거시적으로 생각한다면 어찌 미·일에 치우치며 중국을 경시할 수가 있습니까. 그건 외교적으로 악수 중에 최악수입니다. 중국의 문제는 이 나라 정치인들에게 던져진 최대의 화두이며, 반드시 풀지 않으면 안 되는 최고의 숙제라는 사실을 분명히 말해 두고 싶습니다."

조정래 식 중국관에 의거하면 박근혜 대통령의 취임 후 외교 행보는 평가할 만한 것이다. 그는 신임 대통령이 미국 다음으로 일본을 먼저 방문하는 관례를 깨고, 중국을 먼저 방문한 것은 상징적 의미가 크다고 본다. 일본 정부의 그간 부적절한 행동으로 인해 한·일 관계가 후퇴하였기 때문이기도 하지만, 동시에 박 대통령이 한·중 관계를 중시한다는 것을 보여줬기 때문이다. 아베는 아마도 한·중 양국이 연합하여 일본을 배척하는 구도를 형성하지 않을까 우려하고 있을 것이다. 박근혜 정부 중·일 외교에 대한 조 씨의 평가가 궁금했다.

"지금의 일본 아베 총리는 역대 그 어떤 총리보다도 가관입니다. 부시 앞에서 철 덜 든 소년처럼 촐랑거리면서 엘비스 프레슬리가 기타 치는 폼을 흉내 낸 고이즈미가 제멋대로 신사 참배를 해 한국과 중국의 감정을 자극해 댔는데, 아베는 그보다도 훨씬 더 우경화로 치달아가고 있습니다. 그들의 '평화헌법' 9조를 고쳐 전쟁할 수 있는 일본을 만들겠다고 큰소리 쳐대는 가운데 우리의 정신대 문제와 독도 문제에 대해서 갈수록 우리 민족의 자존심을 짓밟는 발언을 해대며 우리의 분노를 자극하고 있습니다.

그러면서 아베는 또 전혀 다른 얼굴로 한·일 정상회담을 빨리 하자고 자꾸 조르듯 하고 있습니다. 그런 아베를 향해 '실리 없고 진정성이 담보 되지 않은 정상회담은 할 필요가 없다'고 거절 의사를 분명히한 박근혜 대통령의 태도는 대한민국 대통령으로서 마땅히 해야 할일을 제대로 하고 있는 것입니다.

그리고 우리나라 대통령들이 새로 취임하면 으레 외교 행로가 첫째 미국, 두 번째가 일본으로 되어 있었습니다. 그런데 박 대통령은 그런 관례를 깨고 미국 다음으로 중국을 선택했습니다. 외교의 저울추를 평형상태로 맞춰서 중국의 비중을 높인 것은 아주 바람직한 일이었습니다. 그의 그 살아 있는 국제감각은 일거양득의 효과를 나타냈습니다. 이명박이 망쳐놓은 중국과의 관계를 일거에 회복하면서 중국의 자존심을 세워주었고, 자만에 빠져 있는 일본에게 보기 좋게 일격을 가해 일본 우경화에 제동을 건 것입니다.

박 대통령의 중국 선택에 대해 중국의 국가주석 시진핑은 극진한 환대로 답했습니다. 한국과 중국이 그야말로 화기애애하게 그렇게 손을 맞잡는 것은 단순히 두 나라 관계가 돈독해지는 것만이 아닙니다. 오만불손하고 방약무인인 일본을 고립시켜 그 고질적인 못된 버릇을 고치게 하는 효과도 내게 할 수 있습니다. 일본은 20만이 넘는 우리나라 처녀들을 끌어가 성노예로 삼고 나서 거의 다 죽음으로 몰아넣은 것만이 아닙니다. 중국 난징에서는 아무런 저항도 하지 않는 사람들을 사나흘 동안에 40만 명이나 처참하게 학살했습니다. 그런 만행의 증거가 생생하고 뚜렷한데도 일본은 우리를 향해 "강제로 끌어간 일이 없다, 증거를 대라" 하며 복장을 지르고, 중국을 향해서도 "난징학살을 한 일이 없다. 중국이 조작하는 것이다"고 해서 중국사람들이 분해서 펄펄 뛰게 만들고 있습니다. 그뿐이 아니지 않습니까. 한국의 독도와 중국의 댜오위다오를 강탈했던 것이 엄연한 역사적 사실인데도 자기네 고유영토라고 억지소리를 해대며 분쟁을 일으키고 있습니다. 일본이 왜 그런 뻔뻔스런 짓을 거침없이 할까요. 한마디로 한국과 중국을 무시하기 때문입니다. 일본은 지난날 두 나라를 쉽게 침략했던 그 기억에 사로잡혀 그렇게 안하무인으로 행동하는 것입니다. 그 자존심 상하는 꼴을 언제까지 당하고만 있을 것입니까.

우리가 일본에 수출하고 있는 것은 5~6퍼센트에 지나지 않습니다. 일본에서 더 이상 가져올 기술도 없습니다. 세계적으로 기술 격차가 없어지는 시대가 되었고, 동남아 주변국들도 중국의 발전에 자극받아 산업화에 발벗고 나서기 시작했습니다. 이런 상황 급변에 따라 일본의 경제 침체는 더욱 가속화될 것입니다. 이게 일본의 못된 버릇을 고칠 절호의 기회가 될 수 있습니다. 일본이 G5, G10으로 추락하는 상황 속에서 우리와 중국이 중심이 되어 일본에 피해를 입은 아시아 여러 나라들이 결속을 해 일본을 국제무대에서 왕따시키는 전술을 구사해야 합니다. 그럼 일본은 국제적 고립으로부터 살아나기 위해서 태도를 고치지 않을 수 없을 것입니다. 한국과 중국의 관계가 돈독해 지는 것은 경제 한 가지만이 아니라 일본과의 관계까지 개선시킬 수 있는 기회가 될 것입니다. 인구 14억의 세계 최대 대국, 그 나라는 지난 5천 년 동안 우리와 국경을 맞대고 애증이 쌓여왔고, 일본보다는 훨씬 더 문화적 동질감도 큽니다. 중요한 상대이니 진심으로 대해 서로 좋은 진정한 우호국의 관계를 맺어가야 할 것입니다. 이제 그 시작입니다."

지난 6월 중국 방문 기간 동안 박 대통령은 칭화대 연설 등에서 중국 고전을 인용하며 중국 문화에 대한 소양을 과시했다. 중국어 연설은 외교관례 등의 문제로 조율하기 쉽지 않은 주제였을 것이다. 박 대통령의 칭화대 연설은 약 5분 동안 이어졌다. 그는 인사말에서 "이곳 칭화대의 교훈이 '자강불식 후덕재물'이라고 알고 있습니다"라고 말해 박수를 받았다. '자강불식 후덕재물(自強不息 厚德載物)'이란 말은 '쉬지 않고 정진에 힘쓰며 덕성을 함양한 뒤 재물을 취한다'는 뜻이다. 20여 분의 전체 연설 가운데 약 20퍼센트를 중국어로 소화했다. 방중 전부터 청와대는 연설을 한국어로 할지 중국어로 할지를 놓고 고민하다 '한국어에 중국어를 일부 곁들인다'는 원칙을 세웠다고 한다.

『정글만리』는 조정래의 목소리가 선명하게 들려오는 소설이다. 이번에 그 목소리는 우리의 이웃에 있는 중국이 곧 세계 1위의 경제대국이 될 것이며, 한국에게는 그것이 둘도 없는 기회이자 위기가 될지도 모른다는 서늘한 경고다.

조정래는 소설적 상상력을 협소하게 만든다며 1인칭 소설을 비판해 온 작가다. 그래서 그의 소설은 늘 3인칭이다. 게다가 주인공이 한 명만 등장하는 소설은 드물다. 『정글만리』도 장이 바뀔 때마다 다른 인물을 하나씩 비춘다.

중국 지식인, 미국식 '중국 패권주의'에 반대

이 방대한 소설에서는 중국의 상사맨 전대광과 김현곤, 베이징대 학생인 송재형과 연인인 리옌링, 일본 상사원인 이토 히데오와 도요 토미 아라키, 동양계 미국인 사업가 왕링링과 한국인 건축가 앤디 박, 중국의 신흥부자인 리옌링의 아버지 리완싱 등이 각자의 서사를 만들어나간다. 미국의 패권주의, 서양인의 편협한 중국관, 한·중·일 3국의 관계를 토로하기 위한 서사적 장치다. 그러나 그가 줄기차게 주장하는 '중국 바로보기' 슬로건 안에는 만만치 않은 함정이 도사리고 있다. 이른바 '중국 패권주의'의 문제다. 미국 패권주의가 문제라면 중국 패권주의 역시 문제가 아니 될 수 없는 것이다. 이 점을 물었다.

"예, 중국의 패권주의, 그것 문제가 아닐 수 없습니다. 중국이 느닷없이 G2가 되어 깜짝 놀란 세계의 시선이 중국으로 집중되면서 함께 부상한 것이 중국의 패권주의입니다. '그럼……, 중국이 세계의 패권을 쥐는 날이 오지 않을까!' '그렇게 되면 세상은 어떻게 되나……?' 이런 긴장감 뒤에 감추어져 있는 건 새로운 패권자에 대한 두려움입니다.

그런 우려와 두려움은 괜한 것도 아니고, 신경과민 반응도 아닙니다. 거기에는 일정한 근거가 있습니다. 중국의 G2 등극은 세계적 경제학자들의 예상을 40년이나 앞당긴 것이었습니다. 그리고 미국 자본의 영향력하에 있는 IMF가 전망하기를 중국이 G1이 되는 건 빠르면 2016년이라고 예상하고 있습니다. 이건 G2가 된 것보다 더 사람을 놀라게 하는 예상입니다. 중국이 미국을 제치고 세계의 경제 최강국이 된다면……, 그럼 세계의 헤게모니는 중국이 장악한단 말인가! 이것은 반사적으로 나오게 되어 있는 궁금증이고 의문입니다. 미국이 보여준 선례가 있으니까요.

그런 데다가 그동안 중국이 해왔던 몇몇 가지 행동들이 궁금증을 더욱 키우고 두려움까지 갖게 하는 것입니다. 주석 후진타오가 경제발전에 박차를 가하기 위해 내세웠던 '중화민족 부흥'은 '지난 100년의 굴욕의 세기를 극복하기 위하여'라는 뜻이 담겨 있습니다. '대국인 중국의 자존심을 회복하여 새로운 강국을 만들자!'는 그 의미 때문에 경제발전의 자신감과 함께 14억 중국인들은 흥분된 일체감을 느끼는 것입니다.

그리고 두 번째가 세계 최고의 외화보유액을 자랑함과 동시에 중국은 아무 거리낌 없이 해마다 군비를 늘리며 무기 현대화를 추진하고 있습니다. 세 번째가 실패를 한 번도 하지 않고 유인우주선을 쏘아올려 미·러와 대등한 과학기술을 과시함과 동시에 무력의 우주화까지 내보이고 있습니다. 그다음이 미국의 허를 찔러 아프리카와 남미의 자원 확보에 신속한 장악력을 보이고 있습니다. 그건 무슨 특별한 외교술 때문이 아니라 세계 최고의 외환을 보유한 괴력의 효과가 그렇게 나타나고 있습니다.

이러한 사실들을 종합하면 중국의 패권 시도는 괜한 헛소리가 아니고, 그들의 패권주의가 두렵기 시작하는 건 당연한 일일 것입니다. 그리고 패권의 유혹이나 탐욕은 인류사 수천 년에 걸쳐서 권력 가진 정치가란 자들이 아주 쉽게 빠졌던 탐욕의 덫이었습니다. 이 세상의 모든 전쟁은 탐욕의 유혹에 사로잡힌 정치가들이 일으킨 것입니다. 그들의 탐욕은 '나만은 세계를 지배하는 패권을 쥘 수 있다'는 어리석은 착각으로 전쟁을 일으키고, 그리고 번번히 실패했습니다. 알렉산더나 칭기즈칸까지 올라갈 것도 없이 가까이 나폴레옹의 참담한 실패에서 배우지 못하고 히틀러가 똑같은 방법으로 참패했고, 같은 시기에 저지른 일본의 만행도 똑같은 어리석음 아닙니까.

중국의 정치 지도부가 앞으로 더욱 강성해지는 경제력을 믿고 어떤 탐욕을 부리게 될지는 아무도 모릅니다. 그래서 G1을 위협받고 있는 미국은 벌써 중국 견제를 공개화하며 '아시아 회기'를 시작하지 않았습니까. 중국은 군사력 증강을 시작한 현재 상태가 미국의 10분의 1 정도입니다. 미국의 견제가 갈수록 강화되면 중국도 자기들 뜻대로 하기는 어려워질 것입니다. 그리고 또 하나의 견제 세력은 중국 국내에 있습니다. 중국의 지식인 사회에서는 이미 군사적 패권주의에 반대하는 기류가 역력하게 형성되고 있습니다. 그 내용을 한마디로 요약하자면 '중국은 세계의 중심이 되려 하지 말고 세계의 일원이 되어야 한다'는 것입니다. 역시 지식인들은 현명하고, 평화로운 인류의 미래를 설계하고 있습니다.

정치인들이 지식인들의 그런 제언을 귀담아들으며 G1이 된 중국을 경제적·문화적 패권국가로 이끌어간다면 그보다 더 좋은 일은 없을 겁니다. 그건 인류 사상 유례가 없는 일이니까요. 그런 흐름만 확고해진다면 문화력 강한 우리나라와는 더 바랄 것 없이 좋은 파트너로서 동반 번영의 길로 나아갈 수 있을 것입니다. 그렇게 되기를 바라고, 믿고 싶습니다."

조 씨는 2010년부터 중국 취재를 본격 시작했다. 100권에 가까운 국내외 중국 관계 서적을 읽었고 90권의 신문 스크랩을 만들었다. 중국에 8차례나 장기 체류하며 무수한 인간 군상을 만났다고 한다. 그 같은 노력을 통해 그는 중국의 실상을 알게 됐다. 무엇보다 객관적 입장을 확보해서 중국을 바라보게 된 것이 값진 소득이었다.

"중국과의 수교가 어느덧 20년이 넘어섰습니다. 우리나라 사람들은 그동안 여행도 많이 다녀왔고, 특히 수많은 기업들이 싼 인건비를 찾아 중국에 진출했습니다. 그럼에도 우리나라 사람들은 중국에 대해서 대부분 바르게 알고 있는 것 같지가 않습니다. 대개 열흘이 넘지 않는 여행 한두 번으로는 장님들 코끼리 만지는 식일 뿐이니 더 말할 것이 없고, 기업 활동을 통한 중국 이해는 더욱 문제가 많습니다.

최근 몇 년 동안에 우리나라 언론에서는 중국에 진출한 중소기업들의 어려운 현황을 많이 보도했습니다. 그런데 그 보도에 적잖은 문제들이 있습니다. 왜냐하면 거의가 '우리 편들기' 식으로 팔이 안으로 굽는 보도를 하고 있기 때문입니다. 그런 외국과의 관계에서 으레 나타나게 되는 어쩔 수 없는 현상이기는 합니다만, 상호 관계가 완전히 끝나버린 것이 아니라 앞으로도 계속되어야 하는 현실에서는 그런 일방적이고 편파적 보도는 오히려 해가 될 위험이 큽니다.

15~16년 전부터 중국 진출의 러시를 이루었던 우리의 중소기업들이 여러 가지 여건들이 좋지 않아져 야반도주가 속출하고 있다! 이건 우리나라 사람들 누가 듣거나 기분 상하고 걱정되지 않을 수 없는 문제입니다. 그런데 그 이유가 중국 정부의 잘못 때문이라는 식으로 보도가 되면 그런 기사를 읽고 중국 정부에 대해 감정이 상하지 않을 사람은 아무도 없을 것입니다. 그러나 객관적으로 그 이유와 원인이 무엇인지 따져 들어가면 그건 전혀 중국 정부의 잘못이 아님이 드러납니다.

중국 정부는 처음에 외자 유치를 위해서 중국에 진출하는 크고 작은 기업들에 대해서 여러 가지로 우대하고 혜택을 주었습니다. 그 대표적인 것이 공장 부지를 무상이나 헐값에 내주고, 법인세도 어느 기간 동안 감면해 주었습니다. 그런 호조건 속에서 사업을 시작한 초창기에 한국 기업들은 모두 톡톡하게 재미를 보았지요.

그런데 첫 번째 터진 문제는 우리 중소기업들의 단순기술(면장갑·라이터·나무젓가락·이쑤시개·봉제·양말·내의 등등)을 중국인 직원이나 공원들이 빠르게 습득해 가지고는 따로 공장을 차리고 나서는 것이었습니다. 그들은 강력한 경쟁자로 둔갑해 도전해 오는 것입니다. 그들의 그런 변신은 한국 기업들로서는 '의리 없는 배신자들'이지만, 중국 정부로 볼 때는 중국의 지상과제인 '개혁개방의 선봉'이니 그런 애국자들에게 지원을 아낄 리가 있습니까. 외국 기업들에게 베푼 혜택보다 더 좋게 사업자금 융자까지 지원해 줍니다. 그것은 어느 나라 정부나 해야 하는 '자국민 보호'의 기본 임무입니다. 그런 호조건으로 무장한 도전자들은 또 하나의 강력한 무기를 휘두르기 시작합니다. 어느 만큼 숙련된 '공원들 빼가기'가 그것입니다. 똑같은 월급을 받더라도 기왕이면 '같은 중국사람 공장에서 일한다'는 이 동류감 앞에서, 말이 서툴고 의사소통이 잘 안 되는 한국 기업인들은 속수무책으로 당하게 됩니다. 자유경쟁을 하는 상황에서 경영자의 스카우트나 근로자의 직장 선택의 자유는 아무 잘못일 수가 없는 일입니다.

고난은 거기서 끝나지 않습니다. 그 도전자들은 제2차 도전을 해오는 것입니다. 생산품을 싸게 팔아대는 '저가 전략'입니다. 한국 기업들은 이 상황에 부딪히면 정신을 잃을 만큼 흥분하고 좌절감을 느끼게 됩니다. 이런 기막힌 상황은 새로운 것이 아니라 이미 우리가 40여 년 전에 써먹었던 경험입니다. 60년대 중반부터 한국의 싼 인건비를 탐내 일본의 보세가공품들이 그야말로 쓰나미처럼 밀려들었습니다. 그때 우리는 재빨리 단순기술들을 익혀 싼값으로 일본에 역수출해서 인건비를 팔아먹는 것보다 훨씬 더 많은 이익을 냈던 지혜를 발휘했던 것입니다. 우리를 돌이켜보면 후발 주자들의 발전 과정은 다 똑같습니다.

그러나 중국에서의 악조건은 거기서 끝나지 않았습니다. 경제발전이 해마다 10퍼센트가 넘는 고공행진을 함에 따라 근로자들의 인건비는 오르기 마련입니다. 그리고 처음에 일자리만 달라고 허겁지겁했던 공원들이 노조를 결성하고 나섭니다. 그런 데다가 결정적인 난관이 앞을 가로막고 나섰습니다. G2에 등극한 중국은 국가의 위신과 체통을 세우려는 듯 적극적인 국민 복지정책을 들고 나왔습니다. 그건 다름 아닌 '4대 보험 전면실시'입니다. 중국에 있는 모든 기업들은 4대 보험을 실시하지 않으면 안 되게 된 것입니다. 이 악제 앞에서 수많은 우리의 기업들은 '중국에서는 더 볼 것 없다, 뜨자' 해서 그 야반도주라는 것이 급증하게 된 것입니다. 4대 보험 실시 또한 중국 정부의 잘못이 아니라 경제가 발전한 만큼, '국민을 행복하고 편하게 살려야 하는' 국가의 당연한 책무를 시작한 것뿐입니다.

이러한 사실들을 자세히 보도해야 하는데 우리 언론들은 너무 '우리 편들기'에 열중한 것이지요. 그 결과는 한국과 중국이 서로가 서로를 불신하고 서운해하는 감정만 커지게 할 뿐입니다. 결코 바람직하지 못한 현상이지요. 저는 그런 사실들을 규명해 내느라고 다른 지역들보다 칭다오에 더 오래 머물렀지요. 칭다오가 우리 중소기업들의 밀집지역이니까요."

조 씨는 중국사람들이 전 세계 시장을 제패하는 이유 중의 하나로 '박리다매' 전략을 꼽았다. 단위당 이익이 적게 나도 많이 팔면 충분히 보상받을 수 있다는 사고방식이다. '중국산 저가 상품'이란 표현 안에는 '저임금에 기반한 조악한 싸구려'라는 폄훼가 들어 있지만 중국인 특유의 무서운 '박리다매' 전략이 숨어 있다는 것을 보지 못한다는 것이다. 그의 말을 듣고 보니 '박리다매'야말로 시대를 초월한 상술의 기본이며, 고품질의 추구와도 배치되지 않는 개념이다. 더구나 박리다매는 일자리를 창출하고 소비자를 행복하게 하니 경제 주체 모두에게 이익이 된다. 중국인들은 우리가 골머리를 싸매고 찾고 있는 창조경제의 원리를 복잡하게, 먼 곳에서 찾는 게 아니라 가장 단순한 원리 속에서 발견하고 있다는 조 씨의 지적이다.

"이익은 줄고, 날로 사람 구하기는 어려워지고, 4대 보험의 압박까지 가해져오고……, 한국 기업들의 선택은 단 하나가 되게 됩니다. 야반도주! 공장을 팽개치고 줄행랑을 쳐 중국을 빠져나오는 겁니다. 중국에서 더 사업해 보았자 옛날 같은 재미 보기는 틀렸고, 밀린 임금과 세금 다 물기는 싫고……. 중국사람들 무서워요. 야반도주는 다 잡을 수 있지만 굳이 잡지 않는다는 겁니다. 중국 공안은 국민 개개인의 몸에다 칩을 심어놓았다고 할 정도로 모르는 것이 없다고 소문나 있습니다. 그런 공안이 야반도주를 묵인하는 것은 그들이 남겨놓고 간 공장과 시설을 중국인에게 공매하는 것으로 사건을 마무리 짓기 위한 것입니다.

그런 기업 환경의 변화에 대해서 중국 정부를 욕하는 한국 기업인들이 꽤나 많습니다. 그건 참 딱한 이성적 판단력의 부족이고, 이기적인 감정의 노출일 뿐입니다. 그들이 원하는 바대로 하자면 중국은 발전해서는 안 되고, 언제까지나 20여 년 전의 상태로만 있어야 합니다. 그게 어디 있을 수 있는 일입니까. 우리가 지치지 않고 경제발전을 해왔듯이 중국도 줄기차게 경제발전을 해나갈 것이라는 사실을 인정해야 합니다. 그리고 이익이 적더라도 '중국의 시장'이라는 것에 주목해야 합니다. 14억 인구가 출렁거리는 넓고 넓은 시장입니다. 그게 얼마

172

나 어마어마하고 거대한 시장인지 깨달아야 합니다. 지금 그들의 평균 1인당 GDP는 4,800~5,000달러 정도입니다. 그런데 그들 모두는, 우리가 그 열망에 사로잡혀 있듯, 5만 달러 선진국을 열망하며 한 덩어리로 뭉쳐 박차를 가하고 있습니다. 그렇게 되기까지 20년이 걸릴지, 30년이 걸릴지 모릅니다만 그 세월 동안 중국은 우리의 '황금시장'이 될 수 있다는 것이 저의 판단이고,『정글만리』에서 제시하고 있는 미래 전망의 핵심이기도 합니다."

역시 작가는 직관적으로 접근하는 통찰이 있다. 변하지 않는 것은 없고, 변화는 새로운 상황에 대한 인간의 선택을 강요한다. 어떤 선택을 할 것인가? 그는 묻는다. 그리고 평생 그가 추구했던 예술의 본질 속에서 한·중 관계, 무역과 상호 교류의 일반원리를 추출하기도 한다.

스승 미당 서정주와 친일문학 문제로 갈등

"모든 예술은 상투성과의 싸움입니다. 이미 존재하는 것들과의 싸움이라는 뜻이지요. 그전에 있었던 모든 작품들과 싸워서 이겨야 하는 것은 물론이고, 심지어 자기 자신이 어제 쓴 작품까지도 이겨야 하는 극복의 대상인 것입니다. 새로 생산해 내는 작품마다 그 어떤 것과도 같지 않고 '완전히 새로운 것'이어야 하는 것, 그것이 '창작'이라는 말뜻 아닙니까. 자신이 이룩한 것이 태산 같은 거대한 성채라 할지라도 그것을 깨부수는 용기를 발휘해야 하는 것, 그것이 작가의 숙명이고 운명입니다. 그 길을 돌파해 가며 새로운 작품을 창작해 낼 수 있을 때 진정한 작가가 될 수 있는 것 아니겠습니까. 우리의 중국에 대한 관념도 마찬가지가 아닐까 합니다. 10년 전, 5년 전의 중국관을 가지고 어떻게 그들을 진정으로 이해할 수 있고, 진심의 감정 교류를 할 수 있겠습니까. 우리나라의 경제발전 속도에 세계가 놀라며 기적이라고 한다고 했는데 그 말은 이제 중국 앞에서 빛을 잃게 되었습니다. 중국은 우리보다 더욱 빠른 속도로 경제발전을 이룩하며 G2가 되었고 세계 경제학자들의 '경착륙'이니 '연착륙'이니 하는 경제 전망을 비웃으면서 계속 고공행진을 하고 있습니다. 그 거세고 억센 힘에 중국의 변화는 무서운 속도로 진행되고 있습니다.

출퇴근길에 넓은 길들을 가득가득 채웠던 수많은 자전거들의 유연한 흐름이 완전히 사라져버린 대도시의 거리들, 10층짜리 건물을 보기 어려웠던 대도시의 하늘을 가득 채우다시피 하고 있는 초고층 빌딩들의 숲, 비닐 덮개가 찢어져 속의 판자가 다 드러난 의자에 수없이 엉덩방아를 찧으며 하루 종일 달려가야 했던 천 리 길이 매끈하게 포장되어 서너 시간 만에 주파해 버리는 것. 모든 것이 그렇게 나날이 급변하고 있는 것이 중국인데…… 중국에 대해 그 언젠가 보고 느꼈던 것, 그것이 굳어져버린 '관념의 성채', 이미 실체가 사라지고 없는 자기중심적인 중국 인식이나 이해를 이젠 깨끗하고 과감하게 버려야 한다는 겁니다. 그것이 제가 소설을 통해서 말하고 싶었던 여러 가지 중요한 메시지 중의 하나입니다."

시인이자 그의 아내인 김초혜 선생과의 인연을 물었다. 조 씨는 문단 내에서도 유명한 '공처가'로 통한다. 그는 이 사실을 부인하지 않았다. 공처가를 넘어 '경처가'란 오래된 농담을 불러온다면, 그때의 '경'자는 '놀랄 경(驚)'이 아니라 '공경할 경(敬)'자가 되는 것이다. 그는 대하소설 『한강』을 마치면서 작가의 말에 '내 소설 절반은 아내가 쓴 것이나 마찬가지다'라고 썼다. 김초혜 시인과의 연애과정과 영감을 주고받은 문학적 동반자로서의 삶은 그 자체로 한 권의 장편소설 감인데, 두 사람 모두의 스승이기도 한 미당 서정주 시인은 그 소설의 주요 등장인물이 되어야 하리라.

조정래와 김초혜는 동국대 국문과 동문으로 학창시절 만난 캠퍼스 커플의 원조다. 당시 대학생 김초혜는 이미 문단에 등단한 시인이었다. 동대 국문과 교수였던 미당 서정주 시인이 김초혜의 시재(詩才)를 높이 사 그를 문단으로 이끌었다.

"아내 김초혜는 당시 국문과로서는 전국 제일로 꼽혔던 동국대 국문과의 통합문학서클 '동국문학회'의 최초의 여학생 회장이었습니다. 물방울무늬 플레어스커트에 흰 하이힐, 긴 머리에 얼굴이 하얗던 그가 좁은 동국대 캠퍼스에서 어떻게 보였겠습니까? 그에게 만년필을 빌려 말문을 트고, 링컨의 초상화를 그려 선물해 환심을 샀지요. 펜촉으로 링컨의 얼굴을 극사실화로 그려나가기 시작했는데 날마다 조금씩, 이마의 주름 하나를 묘사하기 위해 눈썹보다 더 가는 선들을 수백 번 그렸던 기억이 납니다. 슬픈 듯 형형한 링컨의 눈을 표현하기 위해 바들바들 떨리는 손으로 며칠씩 눈을 부릅떴습니다. 장편소설 20권을 읽을 시간을 그 그림 그리기에 투자한 겁니다."

그 링컨 초상화는 지금 전북 김제의 아리랑문학관에 걸려 있다.

결혼 후 조정래 부부는 새해를 맞을 때마다 스승 미당을 찾아 세배했다. 미당은 아내를 등단시킨 스승으로 결혼식 주례도 섰다. 정초 미당의 집에는 수십 명씩의 세배객이 몰렸다. 미당은 특유의 느릿느릿한 전라도 말투로 조정래 부부를 세배객에게 소개했다고 한다.

"어허 인사들 하시게. 여기는 장래가 아주 촉망되는 여류시인 김초혜 씨, 그리고 옆은 남편, 문청 조정래 군."

"미당 선생님은 술이 거나하게 취했지만 빈틈이 없었습니다. 김초혜는 시인이니까 '씨'이고, 조정래는 아직 문학청년에 불과하니 '군'이란 호칭을 붙인 겁니다. 저는 아내 덕에 기성 문인 20여 명과 동석해 술잔을 드는 '출세'를 하고 있었던 거죠. 그러나 미당 선생의 그 엄격한 차별은 제게는 수모이기도 했지요. 그런 차별을 무려 5년이나 겪어야 했습니다. 아내보다 5년 늦은 28세가 되어서야 소설가로 등단했기 때문이죠."

가장 감동할 때조차 굴복하지 않는 것이 작가의 영혼

그 무렵 같이 등단한 작가가 조해일·윤흥길·황석영 등이다. 미당 선생과 조정래 부부는 둘도 없는 사제의 정을 맺었지만 '친일 행적' 문제를 둘러싼 조정래와 미당의 갈등은 미당이 죽기 직전까지 끝내 해소되지 않았다. 일제의 민중 수난사를 대하소설로 그렸던 『아리랑』의 작가로서, 조 씨는 미당의 친일 행적에 눈감을 수 없었다. 문단의 거목이자 자신과 아내의 스승이었기 때문에 조 씨의 내면적 갈등은 더욱 깊었다. 그들에게 과연 어떤 일이 있었던 것일까?

"1984년부터 5년간 《한국문학》의 편집을 맡았을 때 일이 터졌습니다. 1985년 해방 40주년을 맞아 특집을 하나 기획했어요. 일제시대 친일의 글을 썼던 문인들에게 자신의 내면과 일제시대 당시의 정황을 고백하고 사죄하는 기획이었습니다. 변명도 좋고 반성문도 좋고, 어쨌든 친일 행적의 문인들을 자유롭게 하기 위해서는 그 같은 통과의례가 필요한 것 아닌가 하는 취지에서 시작한 기획이었죠. 미당 선생도 당연히 포함되었습니다. 제가 미당 선생을 찾아가 말씀드렸죠. '선생님 변명도 좋습니다. 분량도 200장이건 300장이건 상관없습니다. 그런데 마지막 문장만큼은 민족과 역사에 대하여 내가 죄인이니 속죄한다고 쓰십시오'라고요. 미당 선생은 대로해서 두 시간 동안이나 저를 꾸짖었습니다. 그렇게 화를 내시는 모습을 본 적이 없었어요. 제게 '너는 임마, 대학 시절부터 반골이었잖아!' 하시며 꾸짖는데……. 폭포처럼 쏟아지던 분노를 접하고 어떠한 말로도 그분을 설득할 수 없다는 걸 깨달았죠."

일제시대 미당은 예컨대 「마쓰이 오장 송가」와 같은 시에서 '우리의 육군항공 오장 마쓰이 히데오여 / 너로 하여 향기로운 삼천리의 산천이여 / 한결 더 짙푸르른 우리의 하늘이여'라고 읊었다. 정작 조 씨가 스승 미당에게 극도의 섭섭함을 느낀 것은 일제시대 때의 행적보다 전두환 정권에 대한 적극적인 찬양과 옹호 발언 때문이었다.

"일제치하의 미당의 친일은 용서될 수는 없으나 백보 양보해서 개인적인 입장에서 그나마 이해해 보려고 노력할 수는 있습니다. 앞길이 구만리 같은 젊은 나이, 사내의 욕망은 크고, 정신적으로 다 성숙하지는 못하고, 잃은 나라는 언제 찾게 될 것인지 기약은 없고, 독자층 빈약한 현실에서 문학을 하자니 생활고는 닥치고, 그래저래 고심하다가 에라 모르겠다 하는 심정으로 일본군 찬양의 붓을 들었을 수도 있습니다. 그렇다고 그 민족 앞에 지은 죄가 합리화되는 것은 아닙니다. 그런 과정을 구구하게 입에 올릴수록 그건 기회주의와 비겁만 키우는 치사한 변명이 될 뿐입니다. 그 죄를 사함받는 길은 진정으로 이마를 땅에 부딪히며 열 번이고, 백 번이고 사죄하는 것뿐입니다.

그런데 미당은 그런 속죄 행위는 전혀 하지 않은 채 1980년 5월 광주에서 피로 범벅된 그 처참하고 흉악한 살육극이 벌어진 다음에 상상을 초월하는 행위를 저질렀습니다. 전두환을 위시한 신군부 세력이 국가 권력을 장악하고 나선 다음, 미당은 제5공화국의 대통령을 칭송하는 시를 쓴 것입니다. '단군 이래로……' 온갖 극찬의 미사여구들이 동원된 그 시는 광주의 충격에서 벗어나지 못하고 있는 세상을 향해 던진 '배신의 핵폭탄'이었습니다. 모든 문인들은 경악을 넘어서 문학하는 것 그 자체를 치욕이요 죄라고 여겨 차마 고개를 들 수가 없었습니다.

그의 집에 욕이며 저주를 퍼부어대는 전화가 빗발친다는 소문이었습니다. 돌이 날아와 유리창이 박살나는가 하면, '똥정주'라고 쓴 종이가 붙은 똥이 든 비닐봉지가 마당에 떨어졌다고 했고, 고창에 세워진 그의 시비의 이름이 알아볼 수 없도록 쪼아졌다는 소문이 퍼지고 있었습니다. 그렇게 해가 지나고 흉흉한 소문들이 그런대로 가라 앉고 있었습니다. 그는 안심을 했던지 광주에 문학 강연을 갔습니다. 그런데 어떤 젊은이가 행사장 앞에서 그에게 칼을 들이댄 것입니다. '이 말당아, 너도 인간이냐!' 젊은이의 부르짖음이었습니다. 옆 사람들의 제지로 그는 위기를 모면했지만, 그다음부터 그의 호는 미당(未堂)에서 말당(末堂)으로 바뀌었습니다. '똥정주'도 모자라 '인간 말종'으로 취급당한 것입니다. 그런 멸시와 함께 그동안 덮여 왔던 그의 친일 행적이 풀풀 냄새를 풍기며 들춰지기 시작했습니다. 전두환을 찬양하고 나서는 그의 천박한 행위는 저 일제시대부터 뿌리발을 해온 것이라는 '근원 찾기'였던 셈이지요.

그러나 세월 따라 인간은 망각을 해가는 동물입니다. 미당의 전두환 찬양도 시나브로 잦아들고 잊혀져가고 있었습니다. 그렇게 몇 년이 지나가고 있는데 미당은 또 느닷없이 일을 저질렀습니다. 그는 1987년에 전두환의 56회 생일 축시를 또 쓰고 나선 것입니다. 상상을 초월하는 휘황찬란한 미사여구로 치장된 그 시는 아첨과 아부의 절정을 이루고 있었습니다. 그때 서정주 시인의 나이는 72세였습니다. 그 일을 계기로 미당의 친일 행적은 본격적으로 파헤쳐지고, 그가 썼던 친일의 글들이 샅샅이 햇빛 아래 드러나게 되었습니다. 미당은 그야말로 '긁어 부스럼을 만든' 거지요. 돈을 얼마를 받고 그 시를 썼다고 소문이 분분했지만, 그 내막이야 당사자들이나 알 뿐 오늘날까지 밝혀지지 않은 비밀이지요. 어쨌든 한 가지 분명한 사실은 돈 때문에 일흔 두 살의 시인은 합법성 결여된 쉰여섯 살의 대통령 생일 축시를 써서 영혼을 판 것입니다."

처음으로

한강을 넓고 깊고 또 맑게 만드신 이여
이 나라 역사의 흐름도 그렇게만 하신 이여
이 겨레의 영원한 찬양을 두고두고 받으소서

새맑은 나라의 새로운 햇빛처럼
님은 온갖 불의와 혼란의 어둠을 씻고
참된 자유와 평화의 번영을 마련하셨나니

잘 사는 이 나라를 만들기 위해서는
모든 물가부터 바로 잡으시어
1986년을 흑자원년으로 만드셨나니

안으로는 한결 더 국방을 튼튼히 하시고
밖으로는 외교와 교역의 순치를 온세계에 넓히어
이 나라의 국위를 모든 나라에 드날리셨나니

이 나라 젊은이들의 체력을 길러서는
86아세안 게임을 열어 일본도 이기게 하고

또 88서울올림픽을 향해 늘 꾸준히 달리게 하시고

우리 좋은 문화능력은 옛것이건 새것이건
이 나라와 세계에 떨치게 하시어
이 겨레와 인류의 박수를 받고 있나니

이렇게 두루두루 나타나는 힘이여
이 힘으로 남북대결에서 우리는 주도권을 가지고
자유 민주 통일의 앞날을 믿게 되었고

1986년 가을 남북을 두루 살리기 위한
평화의 댐 건설을 발위하시어서는
통일을 염원하는 남북 육천만 동포의 지지를 얻으셨나니

이 나라가 통일하여 흥기할 발판을 이루시고
쉬임 없이 진취하여 세계에 웅비하는
이 민족 기상의 모범이 되신 분이여!

이 겨레의 모든 선현들의 찬양과
시간과 공간의 영원한 찬양과
하늘의 찬양이 두루 님께로 오시나이다

미당은 작고하기 전 자신의 잘잘못에 대하여는 말을 아낀 채 "일제가 그렇게 빨리 패망하리라고는 생각지 못했다"고 변명인지 뭔지 모를 말을 했다. 솔직한 발언으로 볼 수도 있었으나 역시 대중의 공감을 얻기는 어려웠다.

"그때 선생이 제가 드린 말씀을 귀담아들으셨다면 지금 그에 대한 평가는 달라졌을 겁니다. 제가 만든 말 중에 '용서는 반성의 선물'이란 표현이 있습니다. 그때 잘못을 인정하셨다면 그분은 용서받았을 것이고, 지금 최고의 시인으로 존경을 받았을 겁니다. 허물이 없는 인간이 어디 있겠습니까? 임종하기 전 기자들이 병상을 찾아 친일 행적에 대한 소명을 듣고자 했지만 그분은 '어이 기자 양반들, 잘 좀 봐주시게' 하면서 끝내 진지한 태도를 보이지 않았습니다. 그분의 뛰어난 시적 재능과 성취를 생각할 때 정말 안타까운 일이고, 제 가슴에는 하나의 큰 멍울로 그분의 초상이 남아 있습니다."

작가 조정래는 평생 작품의 '형식'보다 '내용'을 추구했다. '어떻게 쓰느냐'보다 '무엇을 쓰느냐'를 고민했던 작가다. 최근 "무라카미 하루키를 읽으며 문청 시절을 보냈다"는 젊은 작가들을 크게 일갈했던 것도 '무엇을 쓸 것인가'를 고민한 리얼리스트의 반응이라 할 수 있다.

청소년 교육 문제가 다음 소설의 주제 될 것

최근 한국의 소설이 공동체의 운명에 눈 감은 채 왜소한 자아 몰입의 늪에 빠져 있는 것도 그에겐 걱정으로 남아 있다. 인간은 혼자일 수 없고 서로 관계를 맺는 존재이며 그 관계의 얽히고설킴이 사회고, 그 속에서 벌어지는 문제적 이야기들을 형상화하는 것이 소설이라는 것이 그의 작품론이다.

"저는 젊은 날 문학을 시작할 때부터 빅토르 위고와 같은 작가가 되고 싶었어요. 사회·역사 의식을 문학성과 가장 잘 조화롭게 형상화한 모범적인 작가였기 때문이죠. 빅토르 위고는 모든 비인간적인 것에 저항하면서, 인간의 인간다운 삶을 옹호한 작가였습니다. 영국이 셰익스피어를 내세우며 독일을 무시하고, 프랑스를 향해 으스댈 때 영국의 그 오만과 자만을 꺾은 것이 독일의 괴테였고, 프랑스의 빅토르 위고였습니다. 저는 1983년에 처음 프랑스에 갔었는데, 그때 발견한 것이 프랑스가 그들의 자존심으로 내세우는 두 인물이 나폴레옹과 위고라는 사실이었습니다. 프랑스 역사 속에서 위대한 업적을 남긴 각 분야의 인물들을 가려 뽑아 모셔놓은 지하묘지 판테온에 부인이 함께 묻힌 것은 위고뿐입니다. '그 위대한 인물을 내조한 공'을 인정했기 때문입니다.

그렇게 추앙받는 위고의 다음 한마디는 문학성 운운해 가며 사회성이나 역사성을 외면하거나 경시한 채 심한 자폐증에 빠져 있는 우리나라 문인들에게 좋은 경종이 될 것입니다. '예술은 아름답다. 그러나 진보를 위한 예술은 더욱 아름답다.' 그러나 스물 넘은 사람에게 충고를 하는 것만큼 어리석은 일도 없다는 말이 있습니다. 그렇지요. 인생도 문학도 자기 스스로 깨닫고 인식하는 것만큼 살고 쓰고 하다가 떠나가는 것이겠지요.

빅토르 위고 얘기를 하다 보니 떠오르는 에피소드가 한 가지 있습니다. 저의 『아리랑』이 프랑스에서 완간되었을 때의 일입니다. 파리 시내 안내를 맡은 유학생이 갑자기 시립미술관에 좀 들려달라는 것이었습니다. 왜냐하면 우리나라 유학생이 시립미술관에 초대를 받아 전시가 시작되었는데, 동양 유학생이 시립미술관의 전시 초대를 받는 건 아주 어려운 일이니까 선생님께서 잠깐 들려 격려를 해주시면 큰 힘이 될 것이기 때문이라는 것이었습니다. 미술관은 가까웠고, 미술 감상은 파리에서 가장 잘 어울리는 일이기도 해서 그렇게 하기로 했습니다.

미술관에는 한지를 이용한 특이한 그림이 전시되고 있었습니다. 화가와 인사를 하고 나서, 그녀와 함께 있는 프랑스 여성과도 인사를 하게 되었습니다. 그 프랑스 여성은 다름 아닌 미술관 관장이었습니다. 『아리랑』 번역자 지겔메이어와 변데레사 부부는 그 관장한테 나를 '한국의 빅토르 위고입니다' 하고 소개했습니다. 그 갑작스러운 말에 나는 당황했는데, 그때 마침 그 말이 사실이라고 입증이라도 하는 듯한 일이 벌어졌습니다. 전시장에는 사람이 한 40~50명이 있었는데, 내가 왔다는 말을 듣고 유학생 20~30명이 우르르 몰려들었던 것입니다. 그때 관장이 자기 사무실로 부리나케 달려가 책 한 권을 가지고 나왔습니다. 그리고 표지를 넘겼습니다. 그 속표지 양쪽 면에는 수많은 사람들의 사인이 빼곡하게 차 있었습니다. 그런데 관장이 오른쪽의 중앙을 손가락으로 짚으며 '여기다 사인해 주세요' 했고, '어머나,

이건 미테랑 대통령 사인이잖아요!' 변데레사가 놀라서 말했습니다. 미테랑의 사인 옆의 좁은 공간에다 '영원한 예술의 나라, 파리의 하늘 아래서'라고 쓰고 그 아래에다 사인을 했습니다. 그러자 우리를 에워 싸고 있던 유학생들이 요란하게 박수를 치기 시작했습니다. 그런대로 그 유학생 화가에게 격려의 효과는 보여준 셈이었습니다."

앞으로 무엇을 쓸 것인가를 물었을 때 조 씨는 몇 년 전 집에 불을 질러 가족을 모두 사망케 한 중학생을 면회해 만나고 싶다고 했다. 다음 작품의 주제는 청소년 교육의 문제가 될 것이란 암시다. 이 중학생은 사진 찍기를 좋아해 사진예술가가 되고 싶었는데, 부모는 그에게 법관이 되기를 희망하며 공부를 강요했던 모양이다. 비극의 얼개에 청소년 교육의 문제가 첨예하게 얽혀 있다는 판단이다.

"일찍이 문화사가들은 작가를 일러 '시대의 산소이며 등불이고 나침반'이라고 했습니다. 가장 첨예하고, 가장 고통스럽고, 가장 모순 많은 문제들을 정면으로 응시하고 아파하라는 의미일 겁니다. 다음에 쓰고자 하는 교육 문제도 그 범주에 들어가는 것일 겁니다. 지금 우리의 교육은 파탄 상태에 빠져 있습니다. 이 사회의 모든 사람들이 그 사실을 다 알고 있습니다. 그러면서도 '내 아이만 뒤지게 할 수는 없으니까' 하며 아이들을 고액 학원으로 내몰고 있습니다. 너나 없이 팽배한 이기주의에 사로잡혀 무한경쟁의 열차에 실려 달려가고 있는 겁니다. 그 열차가 너무 과속이라 나라도, 부모들도, 사회도 열차를 정거시킬 도리가 없는 겁니다.

우리나라는 OECD 34개국 중에서 자살률이 1위이고, 그중에 청소년들의 자살이 절반을 향해 해마다 불어나고 있습니다. 성적 때문에 생때같은, 시퍼런 청소년들이 15층 아파트에서 뛰어내리고 있습니다. 그들을 떠미는 것은 누구인가요. 아이들의 개성과 재능은 무시한 채로 무한경쟁의 사회 속에서 '출세' 하기만을 바라며 아이들을 억압하고 몰아치는 부모들 아닌가요. 아이들을 그 맹목적 억압과 속박으로부터 벗어나게 해주고 싶습니다. 그들이 개성과 재능의 양쪽 날개로 푸르른 창공을 맘껏 날 수 있는 자유를 찾아주고 싶습니다. 그 길을 향해 새 출발을 하려 합니다. 그 작품은 아마 내년 6월쯤이면 독자들을 만나게 될 것입니다."

한기홍: 선임기자 | 《월간중앙》

"독일 실패 배우지 않고 4대강 끝내 파괴하다니……"

베른하르트 교수 인터뷰

독일 카를스루에 대학의 한스 헬무트 베른하르트 교수는 원래 운하 및 보를 설계하는 하천 개발 전문가였다. 그는 1976년 라인 강에 이페츠하임 보가 지어진 뒤 홍수의 양상이 달라졌다는 주민의 관찰과 호소에 귀 기울이다 하천 복원 전문가로 돌아섰다.

4대강 사업 진행 중에 한국에 와서 4대강을 돌아보고 이번에 4대강 사업이 끝난 현장을 살폈다. 어떤가?

2년 반 전 한국에 와서 4대강에서 진행되는 공사 현장을 돌아보며 이렇게 될 줄 어느 정도 예상은 했지만, 슬프다. 나는 한국에서 4대강 파괴가 어떻게 가능했는지, 왜 독일의 실패에서 배우지 못했는지 묻고 싶다. 답답하다. 2년 반 전에 나에겐 희망이 있었다. 강력한 반대 의견을 담은 보고서를 써서 (4대강 반대 단체들을 통해) 법정에도 제출했다. 이제는 너무 늦은 것 같다. 나는 더는 도움이 안 될 것 같다. 이제 당신들이 변화를 위해 노력을 해야 한다.

과거 인터뷰에서 독일에서는 4대강 사업과 같은 진행이 불가능하다고 말한 적이 있다. 어떤 점 때문인가?

무엇보다 법적, 제도적 요인 때문이다. 2000년에 마련된 유럽연합

(EU) 물관리 지침은 회원국에 강 생태계를 보존·향상시키라고 요구한다. 정부가 그에 어긋나는 물정책을 펴면 시민들이 용납하지 않는다. 결국 문제는 시민의식인데, 이는 실패를 겪어야 만들어진다. 실패를 통해 배운 시민의식이 중요하다.

4대강은 복원이 정답이라는 의견을 내놨다. 4대강 복원 또는 재자연화는 어떤 방식으로 하는 것이 좋을까?

우선 보를 여는 것이 첫 단계이고, 두 번째 단계는 강바닥이 채워지게 하는 것이다. 보를 열고도 충분한 침전물이 상류에서 내려오지 않으면 인공적으로 침전물을 채워 강을 먹여 살려야 한다. 낙동강을 오가며 보면 강변에 준설토가 많이 쌓여 있다. 그것을 다시 강에 집어넣어야 한다.

수문을 열면 역행침식이 가속화하지 않을까?

그럴 수 있다. 따라서 수위가 평준화되는 것을 고려하며 통제된 개방을 하는 것이 좋다.

복원이 최선의 방법이라면 4대강 공사를 한 것과 마찬가지로 생태복원 공사를 하자는 의견도 있을 수 있다. 어떻게 생각하는가?

보만 헐고 나머지는 자연에 맡겨야 한다. 자연은 설계할 수 없고, 설계하려고 해서도 안 된다.

김정수 : 선임기자 | 《한겨레》 2014년 3월 24일자

조정래에게
길을 묻다

66 어차피 고달프지 않은 인생은 없고,

힘겹지 않은 삶은 없어요.

그런 인생살이 속에서 희망을 만드는 건 우리들 자신이에요.

그리고 절망을 이기는 건 희망입니다.

희망은 우리의 삶을 추동하는 힘입니다. 99

인터뷰는 박근혜 대통령이 선출된 대선 투표 1주년을 이틀 앞둔 2013년 12월 17일에 진행됐다. 철도노조가 파업에 돌입하자마자 코레일 측이 4,356명의 노동자를 직위해제한 지 9일 만, 줄줄이 추가 직위해제 발표가 나던 참이었다. 국가기관의 대선 개입, 노조 탄압, 공공기관 민영화를 비롯한 크고 작은 문제들이 시민들을 괴롭힌 절망적인 1년이었지만, 선생은 박근혜 정부를 평가하기를 미루었다. 선생은 인간이 완벽하지 못함을, 그래서 민주주의는 더디고 힘겹다는 어려움을 잘 알고 있었다. 그럼에도 뼛속까지 민주주의자였다. 그래서 시민의 결집된 힘이 더디지만 옳게, 그 모든 것을 바로잡을 것을 믿었다. 12월 28일 총파업 집회가 열린 서울광장에 십만 시민이 모일 것을 미리 내다보기나 한 듯이. 다사다난하여 안부를 묻기조차 조심스러운 수상한 시절, 길을 찾는 길조차 헤아리기 어려운 시절. 서민, 노동자는 사철 추운 이 시대를 어떻게 나는 것이 좋을지 소설가 조정래에게 물었다.

안녕하세요?

안녕 못 해요. (웃음)

왜 안녕 못 하세요?

이렇게 사회가 시끄럽고 마음이 불편하니까 안녕 못 하지요. 사회 문제가 이렇게 중첩되어서 나타날 줄은 몰랐는데, 북한 문제는 북한 문제대로 골치 아프고, 철도노조 8천 명을 직위 해제를 했으니 저걸 어떻게 할 거며, 서민들 생활은 또 어떻게 할 건지 원. 밑에서부터 문제가 생기기 시작했고, 저것이 파급되어 천여 개의 시민단체가 연합하고, 그렇게 되면 전 국민적인 문제가 되어 버리잖아요. (정부가) 정치 감각이 많이 떨어진 거 같은데…….

박근혜 대통령이 당선된 지 1년이 되었어요.

지금 1년밖에 안 됐으니까 뭐라고 평가하기 어렵긴 한데, 너무 많은 사회적 문제가 야기되고 있어요. 서민의 생존이 걸린 문제들이 이렇게 많이 터지고 있으니 상황은 심각한 상황이지요.

한국 사회, 어떻게 볼 것인가

요즘 한국 사회 정치, 어떻게 보세요?

정치 불구, 정치력 미숙, 이 두 마디로 잘라 말할 수 있어요. NLL 문제와 국정원 문제, 두 가지를 가지고 장장 일 년 세월을 허송해 버렸어요. 화급하고 절박한 민생 법안 수백 개를 쌓아둔 채로. 그렇게 해서는 안 되는 일이지요.

NLL 문제를 가지고 물고 뜯고 찢으면서 1년 세월을 질질 끌었는데, 나온 결과는 뭡니까. 아무것도 없잖아요. 처음 시작부터가 정쟁을 하기 위한 미숙한 술수들이었으니 당연한 결과인 거지요. 일국의 국민의 생명과 재산을 책임지는 대통령이 NLL 문제를 그렇게 사적인 방식으로 해결할 리가 없잖아요. 또 설령 대통령이 그런 발언을 했다 한들, 국민 전부가 국경이라고 확고하게 믿고 있는데 그게 대통령 혼자 힘으로 바꿀 수 있는 겁니까. 대통령은 5년 임기의 계약직일 뿐이에요. 왜 거기에 그다지도 큰 의미를 두는 겁니까. 상식 이하의 인식 부족이지요. (이렇게까지 정치 불구 상태를 끌어온 데 대해) 여야가 똑같이 책임을 져야 합니다.

국정원 문제는 박근혜 대통령은 덕본 일 없다고 하고 특검도 하지 않는 가운데 국군사이버사령부, 국가보훈처 등 국가기관이 총체적으로 선거에 개입한 정황들이 계속 드러나고 있어요.

양파 까듯이 한 꺼풀 한 꺼풀 벗겨지고 있는 실정이지요. (대선 개입 국정원 댓글 수가) 처음에는 몇백에서 시작하더니, 검찰 수사가 계속되면서 점점 숫자가 불어나 이제 몇만이라잖아요. 처음부터 솔직하게 잘못된 일이었다고 시인하고 사과했으면 간단하게 끝날 문제 아니었습니까. 선거 하다 보니까 과잉 충성을 부르는 일이 있었다, 죄송하게 됐고, 다시는 그런 일이 일어나지 않도록 대처하겠다. 그랬으면 이렇게까지 시간 소모하지 않고, 국력 낭비도 하지 않고, 국민의 지탄도 안 받았을 것 아닙니까. 그 해결책을 국외자인 작가는 아는데 왜 당사자인 그들은 모를까요? 대의를 보지 않으려는 소아의식에 사로잡혀 있기 때문이지요. 정치의 책임의식을 빨리 되찾아 지금이라도 늦지 않았으니 서둘러 수습해야 합니다.

정치가 제 역할을 하지 못 하는 가운데 경제민주화 법안들은 전혀 논의가 되지 않고 있습니다.

한마디로 국민 무시이고, 국민 기만이지요. 내가 보기에 경제민주화의 가장 시급한 문제는 비정규직 해결입니다. 우리나라 전체 근로자 1,800만 명 가운데 895만여 명이 비정규직입니다. 똑같은 일을 하고도 월급을 절반밖에 못 받는다! 그 박탈감과 소외감과 적대감이 어디로 가겠어요. 그건 바로 우리 사회의 불안 요소로 작동하게 됩니다. IMF 사태로 생겨난 그 비인간적인 차별을 더 이상 방치하면 안 됩니다. 모두가 즐겁고 행복할 수 있는 삶, 화평한 사회, 안정된 국가가 되려면 국민 생존의 문제 해결이 가장 화급한 정치 화두입니다. 정부, 여야가 공통으로 책임져야 할 중대사입니다.

말씀하신 사안을 비롯한 경제민주화나 평등에 대한 요구는 소위 진보적인 사람들의 주장인 동시에 시대적 요구이기도 합니다. 그럼에도 불구하고 현 정권은 보수 정권이 잡고 있고, 지지율도 굉장히 높게 나오고 있습니다. 왜 그런 걸까요?

아직 1년밖에 안 됐기 때문에 '좀 더 두고 보자' 하는 기대 심리가 작용하고 있는 게 아닌가 싶습니다. 그러나 그 지지에 자만하면서 절반 임기를 넘기게 되면 그때는 영 달라질 겁니다. 국민은 냉정하고, 민심은 혹독한 겁니다. 6·25 이후의 최대 국난인 'IMF 사태'를 불러온 김영삼과, 그 아까운 국민의 혈세를 20조가 넘게 퍼부어 '4대강 죽이기'에 성공한 이명박을 국민들이 어떻게 취급하는지, 그게 좋은 실례입니다.

인사 물갈이가 필요한 건 아닐까요? 2014년엔 지방선거도 있고요.

지방선거를 정권의 중간 평가라고 하는 말들도 더러 있지만, 동의하고 싶지 않아요. 금년 6월이 '중간 평가' 시기도 아닐뿐더러, 지방선거는 각 지방의 각기 다른 필요와 여건에 따라 인물을 뽑기 때문이지요. 지방선거 결과가 각 당에 조금씩의 영향은 미치겠지만 중앙 정치 상황은 그 나름의 형태로 움직일 겁니다. 어느 정권이나 성공적 집권을 위해서는 인사 물갈이는 지속적으로 이루어져야 합니다.

그런데 지금 이 정부의 대응을 보면 뜻이 다른 사람들은 종북으로 몰아서 아예 입을 닫게 하고 있습니다.

그것 참 치졸한 정치 모함이고, 국민 모독입니다. 국민들은 이제 그런 말에 신물이 나고 있어요. 그게 슬픈 분단 상황을 악용하는 보수 집권층의 손쉬운 정치 공세지요. '공산당, 빨갱이'로 몰다가 그게 안 먹히니까 '친북'으로 말을 바꾸고, 그것도 시효가 떨어지니까 '종북'이라고 신조어를 만들어냈지요. 시대착오적인 북한 왕조를 그 누가 따르겠어요. 국민 모독 그만해야 해요.

　일부 국민들은 종북몰이에 혹하기도 하는데요. 그래서 서울광장에서 시민들이 집회를 하면 옆에서 맞불 집회를 열어 반미, 종북이라고 몰아대고 방해를 하고요.
　그런 10퍼센트 정도의 '일부'가 무슨 문제가 되겠어요. 그런 반대 행위를 하는 사람들이 있는 것, 그게 민주주의 사회예요. 그들이 옳지 않더라도, 그 다양성을 인정하는 것이 민주주의 아닙니까. 호응하는 세력이 없으면 그들은 자연히 소멸되게 되어 있어요. 전혀 신경 쓸 것이 없이 절대 다수를 위한 올바른 소리만 줄기차게 외쳐대면 그것이 승리로 가는 길이에요.

　10퍼센트라고 말씀하셨는데, 언론에서는 50 대 50으로 비춰지거든요.
　예, 보수 언론들이 그렇게 하는데, 그거 염려할 것 없어요. 가장 민감한 국민 반응이라고 치는 택시 기사들의 얘길 들어봐요. 보수 언론의 보도를 믿는 사람은 열에 한둘밖에 안 돼요. 지금 10퍼센트도 용납할 수 없다는 당신의 발상이야말로 독재적 발상 아닌가요? (웃음) 그 10퍼센트를 빨리 개화(?)시키기 위해서 참여연대는 참여연대의 일을 더욱 열심히 하세요.

　역사 인식을 바로 할 것을 늘 강조하고 계신 것 같습니다. 왜곡 지적을 받았던 역사 교과서의 채택률이 0퍼센트가 되었습니다. 감회가 어떠신지요?
　사필귀정입니다. 저는 그렇게 되리라 믿고 있었어요. 그게 우리나라 국민들의 수준이고, 현명함이고, 우리 모두가 헛살아오지 않았음을 입증하는 것입니다. "과거를 기억하지 못하는 민족에게는 미래가 없다"고 하셨던 단재 신채호 선생께서 저승에서 크게 웃으시는 소리가 들립니다.

사회적으로 짚어볼 만한 중요한 문제들을 작품에서 다루고 계신데요, 차기작에서는 무엇을 쓰실 건가요.

파탄 상태에 빠진 우리의 교육 문제를 다루려고 합니다. 교육은 사람을 재창조하고, 사회를 화평하게 하고, 나라를 융성시키기 위해서 하는 것인데, 우리의 교육은 부모들의 탐욕주의 때문에 개성을 무시하고 재능을 말살하는 암기 위주식 경쟁 교육으로 치달아가면서 사교육이 창궐하는 교육 지옥, 망국 교육이 된 것입니다. 더 이상 묵과할 수 없는 상황이 되었습니다.

당신이 하대치고 외서댁이다

선생님 소설 속의 인물 중 『태백산맥』의 하대치와 외서댁, 『아리랑』의 공허와 필녀, 『한강』의 유일표와 강숙자를 들어 '바르고 굳센 민중성을 갖춘 인물'을 아낀다고 하셨습니다. 현실에 그런 인물이 있나요.

많고 많지요. 사회적인 문제로 자기의 인권과 생존권을 박탈당하거나 위협당하는 사람들은 다 『태백산맥』의 하대치나 외서댁 아닌가요. 그래서 그들이 『태백산맥』의 주인공 아닙니까. 또한 참여연대의 존재 이유도 그런 사람들을 벗 삼고 편들기 위한 것이니 항심을 가지고 줄기차고 끈질기게 해나가야 합니다. 그건 새로운 종교의 길이기도 합니다.

작품에서도 그렇고, 오늘 하시는 말씀도 그렇고 민중의 승리에 대해 뿌리 깊이 믿고 계신 것 같습니다. 이런 믿음의 근원은 무엇인가요?

역사에 그 답이 있습니다. 동서양 5천 년의 인류사에서 불변의 공통점 하나가 있습니다. 백성이나 국민을 헐벗고 굶주리게 하거나 강압적으로 억누르면 그 왕조나 권력은 반드시 망한다는 사실입니다. 수천년 전의 숱한 왕조들의 생성과 몰락이 그 증거고, 근년에는 소련에 이어 중동의 카다피까지 그 사실을 입증해 주었습니다. 그 새로운 역사의 창조자들이 누굽니까. 이름 없는 수많은 사람들, 바로 민중입니다.

그런데 세상에 나쁜 사람이 너무 많지 않나요?

아니, 그렇지 않아요. 대한민국은 길거리에서 모금을 하면 몇십억, 몇백억이 예사로 걷히는 나라예요. 대한민국 국민들은 정서적으로, 인간적으로 나보다 약한 사람, 나보다 가난한 이웃들을 도와야 한다는 아름다운 인식과 의식을 기본적으로 갖추고 있어요. 전 세계를 돌아봐도 이런 나라는 별로 없어요. 그건 우리 사회가 나쁜 사람보다는 좋은 사람들이 훨씬 더 많다는 좋은 증거 아니겠습니까. 그런 좋은 일들을 서로 고양시켜 가며 확대해 나가면 우리 사회는 더욱 좋아질 겁니다.

보수와 진보를 막론하고 이 시대에 지금 우리 시민들이 좇아야 할 가치라면 무엇이 있을까요?

인간의 발견. 그래서 인간의 존엄과 인간의 가치를 서로서로 인정하고 존중하는 사회 분위기를 만들어가야 합니다. 그것이 가장 중요한 삶의 덕목일 것입니다.

"내가 참여연대 이사요"

참여사회연구소 창립 때부터 지금까지 쭉 이사직을 맡고 계십니다. 혹시 참여연대에 얽힌 재미있는 이야기가 있을까요?

참여연대 살림살이 좀 낫게 해보자고 자기 것 자기가 사는 캐리커처전, 사진전 개최하고, 소장전에 소설 육필 원고 내놓고 했던 때가 을씨년스러우면서도 그립습니다. 앞으로도 그런 것 더러 해야지요. 목돈 모금하기 쉬우니까. (웃음)

참여연대 창립 초기부터 함께하게 된 계기가 있었나요?

박원순 변호사께서 내가 (국가보안법 위반 혐의로) 고발당했을 때 내 담당 변호사였어요. 그 인연으로 참여연대 함께 만들었고, 아름다운재단까지 또 함께했어요. 아름다운재단 2주년 때이던가 제가 축사를 했고, 그때 노무현 정부에서 총리를 교체하는데 박원순 변호사도 하마평에 오르고 있었어요. 그래서 화장실에서 일 보면서 내가 말했어요. 정치는 절대 하지 마라. 시민운동가의 순결이 더럽혀질 뿐만 아니라 정치란 반드시 오류를 남기게 되기 때문이다. 그 말에 박원순 변호사는 절대 안 한다고 약속을 했어요. 그런데 몇 년이 지나 화장실의 맹세는 허무하게 깨지고 말았어요. (웃음) 그러나 지금 시장 노릇 잘하고 있으니 다행이고, 작가인 내가 정치를 한다면 웃기는 일이지만, 법대 출신 박 변호사가 정치인이 된 건 아주 자연스러우니까, 잘된 일이지요.

《참여사회》독자 대부분은 이미 참여연대 회원들이세요. 그분들에게 조금 더 나아가 '뭔가'를 하라고 제안해 주실 것이 있을까요?

세끼 밥을 늘 맛있게 먹듯이 참여연대를 지치지 마시고 계속 도와주시기 바랍니다. 후원금을 보내실 때 아버지, 어머니께서는 혼자 가지 마시고 꼭 자식들의 손을 잡고 은행에 함께 가세요. 그게 살아 있는 인간 교육이고, 산수 문제 하나 더 풀고, 영어 단어 하나 더 외우는 것보다 백배 천배 의미 있는 일입니다. 시민단체를 후원하는 것은 우리 사회를 사람답게 사는 세상으로 정화시키는 것이며, 나 자신을 인간답게 승격시키는 가장 가치 있고 존엄한 행위입니다. 동포 여러분, 지치지 말고 후원하시라. (웃음)

새해가 참여연대 창립 20주년입니다. 방향을 어떻게 새롭게 잡는 것이 좋을까요?

새롭게 잡을 필요 없어요. 해온 그대로 하되 좀 더 집중적으로, 지속적으로, 적극적으로, 치열하게 해나가기 바랍니다. 그래서 국민이 참여연대의 존재를 잊지 않도록, 늘 새롭게 느끼도록 해나가야 합니다. 지속적으로 강렬하게 활동함으로써 '아, 저 사람들이 우리 대신 고생하고 있구나. 도와야지' 하는 생각이 들도록 하면 최상입니다.

희망을 이야기하자

박근혜 정부가 이렇게까지 할 것을 예상하셨나요?

아니오. 당장 내일도 모르고 살아가는 게 인생사인데 어떻게 예상했겠어요. 실험 기간 끝났으니 이젠 좀 잘했으면 좋겠어요.

그래도 정부 출범 시에는 기대를 하셨나요?

아니오. 저는 그 어떤 정권에도 아무 기대도 안 해요. 왜냐하면 정치라는 것은 반드시 오류를 남기게 되어 있기 때문입니다. 다만 감시 감독을 잘하기 위해서 언제나 정신을 차리고 주시하고 있습니다.

최소한의 소임은 하려나요?

모르겠어요. 뭐, 두고봅시다.

정부의 최소한의 소임이 어떤 것이라고 할 수 있을까요?

국민의 60~70퍼센트가 행복하고 즐겁게 살면서, '아, 나는 정말 사는 보람이 있어'라고 느끼게 하면 성공한 정치겠지요. 60~70퍼센트가

'나 미치겠네. 못 살겠어. 엎어졌으면 좋겠어' 하게 되면 그건 실패한 정치고. 100퍼센트를 만족시킬 순 없는 일이죠. 그건 하느님도 못할 일이니까.

기대를 하지 않으셔서 오히려 희망이 있다고 보시는 것 같아요.

글쎄요. 그럴지도 모르지요. 어차피 정치와 종교는 '2대 필요악'으로 규정되어 있습니다. 국가라는 것을 없애버릴 수 없듯이 정치도 없앨 수 없는 채로 너무 많은 권력을 주고 있으니 인간사의 비극이 아닐 수 없지요. 그러나 인간은 슬기로운 면이 강하니 그런 정치를 바른 쪽으로 몰아가는 힘도 있어요. 그걸 믿고 있습니다.

안녕하지 못하다고 하셨잖아요? 요즘 좌절하는 사람들이 많은데, 시민들이 어떤 마음으로 살아내면 좋을까요.

어차피 고달프지 않은 인생은 없고, 힘겹지 않은 삶은 없어요. 그런 인생살이 속에서 희망을 만드는 건 우리들 자신이에요. 그리고 절망을 이기는 건 희망입니다. 희망은 우리의 삶을 추동하는 힘입니다. 새해 새 희망을 꿈꾸며 모두 힘내며 굳세게 나갑시다. 우리는 우리들의 삶의 주인입니다.

송윤정 : 참여연대 간사 | 《참여사회》

작가는
시대의 나침반이다

66 작가는 인생을 총체적으로 탐구해야 한다.
역사를 통해 과거를 알고,
사회를 통해 현재를 인식하여 미래를 조망하는 것이다. 99

조정래 작가는 하드코어다. 새로 낸 책 『정글만리』는 원고지로 3,615장이다. 바닥에 쌓으면 어른 가슴 높이에 이른다. 『태백산맥』 『한강』 『아리랑』 등 그동안 쓴 소설을 원고지로 쌓으면 몇 층짜리 건물 높이에 맞먹는다. 그는 컴퓨터 대신 원고지에 펜으로 글을 쓰고, 휴대전화조차 없다. 설 연휴 빼고 1년 362일, 매일 열두 시간 넘게 서른 장씩 글을 쓴다. 그는 이런 생활을 '황홀한 글감옥'이라고 표현했다. "세상 사는 결국 노동이고 모든 노동은 치열함을 요구할 뿐 감상을 허용하지 않는다"는 것이다. 조정래 작가는 오전 여섯 시에 일어나 운동을 하고 아홉 시에 서재로 '출근'해 집필에 몰두한다. 뻐근하면 보건체조를 한다. 술은 한 모금도 안 마시고, 새벽 두 시까지 글을 쓰고 잔다. 그를 찾아온 문학 지망생들은 "이렇게 해야 소설이 되는 거라면 작가의 꿈을 접겠다"며 무릎을 꿇는다. "내가 미쳐 있어. 새것을 배우는 기쁨, 그리고 내 글을 많은 이가 더불어 읽어주는 희열이 날 미치게 해."

스스로를 채찍질해 가며 달리는 천리마, 조정래 작가를 만났다. 그는 "한국문학이 죽고 있다. 장편까지도 온통 1인칭 사소설이 판을 치고, 무라카미 하루키만 본뜨고 있다. 후배들은 제발 우리 역사와 현실을 치열하게 다뤄 달라"고 힘줘 말했다. 박근혜 대통령에게도 비정규직 해결, 남북 관계 개선, 정파를 초월한 인재 등용을 당부했다.

분단 문제를 다루다

서양에는 톨스토이의 『전쟁과 평화』, 헤밍웨이의 『누구를 위하여 종은 울리나』 등 전쟁의 상흔을 그린 대작이 많습니다. 그러나 국내에선 한국전쟁이나 4·19 혁명, 5·18 민주화운동을 다룬 위대한 작품을 찾기 힘든데요. 이유가 뭘까요?

300여 명에 달하는 우리 평론가들이 한국문학의 주류는 분단문학임을 강조한다. 그러나 문제는 국가보안법이 있다는 사실이다. 국가보안법을 넘어서야 사실에 근거한 진실된 작품을 쓸 수 있다. 그러나 그 시도는 맨몸으로 가시넝쿨, 탱자 울타리를 뚫고 가야 하는 일이다. 작가 모두가 혁명가적 용기를 가질 수는 없는 일 아닌가.

글을 쓰시면서 국가보안법 때문에 어떤 고충을 겪으셨나요?

『태백산맥』을 쓰기 시작하면서 정치적 위해를 당할 각오를 했다. 그 새롭게 쓰려는 욕구의 반응이었는지 1부가 출간되자마자 곧 베스트셀러가 되었다. 《뉴스위크》는 "앞으로 10년 내에 이런 작품이 나오지 못할 것"이라고 호평했다. 그러나 국내 현실은 엄중했다. 나를 좌파로 몰아붙였고 새벽 한두 시면 "죽이겠다, 집을 폭파한다"는 협박전화가 줄기차게 걸려왔다. 결국 1994년에 국가보안법 위반으로 고발당했다. 11년 뒤 노무현 정부가 들어서고 나서야 무혐의 판정을 받았다.

위험한 줄 알면서도 『태백산맥』을 쓰신 배경이 있나요?

서른여덟 살에 내 삶을 찾아 나섰다. 1980년 5·18 민주화운동 직후 아내, 아들과 광주를 찾았다. YWCA 건물에 박힌 총탄 자국을 셌다. 350개까지 세다 눈물이 앞을 가려 포기했다. 마음이 아파 잠을 잘 수 없었다. 그 잔혹한 학살극은 바로 분단 현실 때문에 멋대로 벌일 수 있었던 것이다. 40대를 눈물로 보낼 수는 없다고 작정하고 분단 문제와 그 진실을 정면으로 다루는 작품을 쓰기로 결심했다.

『태백산맥』 이후 좌파라는 공격을 받았지만 『한강』에선 고 박태준 회장을 영웅으로 그렸습니다.

작가는 시대 현실을 정직하고 용기 있게 대면해야 한다. 질기고 긴 군부 독재가 국민에 의해 무너졌다. 이젠 국내총생산 2만 달러의 눈부신 경제발전이 어떻게 이루어졌는지를 객관적으로 다루는 것이 작가의 또 하나 소임이라는 생각이 들었다. 일부 정치 세력은 그 오도를 일삼고, 젊은 세대들은 부모 세대들의 피나는 희생을 모른 채 향유하기만 하는 시대가 시작되고 있었다. 경제학자 여러 명을 만나봤다. 포항제철과 중동에서 벌어들인 오일달러가 폭발적인 경제성장의 핵심임을 파악했다. 그래서 박태준 회장을 취재하게 됐고, 큰 감동을 받았다. 박 회장은 육군사관학교 생도시절 '짧은 인생 영원 조국에'란 좌표를 세웠다. 그 좌표에 따라 그는 포항제철을 건설하는 데 평생을 다 바쳤다. 그의 열정은 쇳물이 되어 한국 경제의 거대한 산맥을 만들었다. 나는 소설을 통해 진정한 영웅을 만나는 행운을 누린 것이다.

박태준 회장 비문에 '한국 경제의 아버지'라고 직접 쓰셨는데, 이유는 뭔가요?

그를 취재하면서 강력한 의지와 순수한 애국심을 봤다. 그는 포항제철을 떠날 때 "후임자들이 스톡옵션을 받는다면 할복하겠다"고 했다. 그가 공로주로 1퍼센트를 가져도 세상은 당연하다고 생각할 상황이었다. 그런데 그는 단 하나의 주식도 갖지 않고 빈손으로 포스코를 떠나갔다. 그는 일생을 바쳐 건설한 포스코에서 생산한 철을 값싸게, 그리고 지속적으로 공급해 수출 주력 상품인 가전산업, 자동차산업, 조선산업, IT 산업까지 번성하게 만들어 오늘을 이룩해냈으니 '한국 경제의 아버지'가 아니고 무엇인가. 그런 박태준 정신의 100분의 1만 기업인들이 따라갔어도 오늘날의 심각한 사회문제인 비정규직 문제는 이미 해결되었을 것이다. 비정규직을 대량으로 써서 기업들은 계속 더 살이 찌고 있는데 거기다가 부자감세라니 도대체 무슨 말인가? 부자가 세금을 더 내는 것이 발전한 자본주의의 표본이고 인간적 자본주의의 길이다. 부자감세 해준 나라는 대한민국밖에 없다. 일본으로부터 받은 청구권 자금으로 세운 포항제철도 현재 표류하고 있다. 정신 차려야 한다. 박태준 회장에게 부끄럽고 죄스럽지 않나? 우리 기업인들도 그를 본받아야 한다. 그래야 부자가 존경받고, 선진국이 된다.

중국 철강업체가 박태준 회장 추모사업을 후원하고 있지만 국내에선 그런 노력이 부족해 보입니다.

덩샤오핑이 일본에 "포항제철 같은 회사를 만들어 달라"고 요청했다. 그러자 일본은 "당신 나라에는 박태준 회장 같은 사람이 없어 안 된다"고 거절했다. 이에 중국은 박태준 회장을 경제고문으로 영입해 국빈으로 대접하며 경제 수업을 받았다. 김영삼 전 대통령이 박 회장을 탄압할 때 일어난 일이다. 국내에 박 회장 때문에 돈을 번 사람이 얼마나 많은가? 박 회장이 나라를 위해 일한 게 헛수고가 아님을 우리 정부와 사회가 보여줘야 할 때다. 애국자를 잘 모시는 전통을 세워야 그 뒤를 잇는 애국자들이 계속 나오는 법이다.

작품을 놓고 보수·진보 양측에서 공격을 받기도 하셨습니다. 보수와 진보란 무엇이라고 보십니까?

모든 인간이 갖는 세 가지 공통점이 있다. 그 누구나 한 번 태어나고 한 번 죽으며, 아무도 완벽하지 못하다는 사실이다. 그러므로 사람도, 사회도, 보수도, 진보도 모두 완벽하지 않다. 보수와 진보는 둘 다 모순과 문제점을 갖고 있다. 작가는 그걸 냉정하고 치열하게 파고들어 진실을 말해야 한다. 그러므로 작가가 보수·진보 양측에서 공격받고 불화하는 것은 작가의 피할 수 없는 운명이며, 그건 작가의 진정성과 순수성의 증명서이기도 하다.

작가 정신의 핵심은 무엇입니까?

작가는 인생을 총체적으로 탐구해야 한다. 역사를 통해 과거를 알고, 사회를 통해 현재를 인식하여 미래를 조망하는 것이다. 어느 시대에나 다 문제가 있다. 그런 모순된 현실을 타파하려는 의식을 가져야 위대한 작품이 나온다. 에스파냐 내전에 참여했던 앙드레 말로나 드레퓌스 사건을 고발한 에밀 졸라, 그리스 독립 전쟁에 참전한 바이런은 모두 시대의 아픔을 함께했다. 그 결과 인류에 위대한 작품을 선사했다. 작가는 인간에게 기여할 수 없는 건 쓰지 말아야 한다.

작가란 무엇으로 살아가는 사람인가요?

문화사가들이 내린 작가의 정의는 '그 시대의 스승'이다. 또 그 시대의 등불이며 나침반이라고 했다. 모든 작가가 그렇다는 게 아니라, 위대한 작품으로 업적을 세웠을 때만 그렇게 대접받는다. 그런 정신을 먹이로 삼아서 살아야만 그런 황송한 정의에 근접해 가는 작품을 생산할 수 있을 것이다. 작가에게는 현실적 권력도 재력도 없다. 그러나 진정성을 갖춘 작품을 진실되게 써내면 모든 사람들의 영혼 속에서 영생을 누릴 수 있다.

작가로서 따르고 싶은 롤 모델이 있다면 말씀해 주십시오.

빅토르 위고다. 영국에 셰익스피어, 독일에 괴테가 있다면 위고는 프랑스의 자존심이다. 프랑스 위인들이 묻힌 묘지 '판테온'에 위고만 유일하게 부인과 합장되는 영광을 누렸다. 위고는 "예술은 아름답다,

그러나 진보를 위한 예술은 더 아름답다"고 했다. 소설은 그 시대 인간이 달성해야 할 진실을 이야기해야 한다. 톨스토이는 "민중과 함께 있으라. 그러나 반 발짝만 먼저 가라"고 했다. 작가는 인간을 위한 진실을 말하라는 것인데, 얼마나 멋있는가. 그러나 그 길은 외롭고 험하다.

부인 얘기가 나왔으니 궁금해집니다. 부인 김초혜 시인은 어떤 분이신가요?

시를 못 쓰는 사람이 시인 아내를 맞이해 여왕처럼 모시고 산다. 원고를 쓰면 아내에게 가장 먼저 보여준다. 아내는 내 작품의 첫 독자이자 감시자, 교정자, 충고자다. 나는 아내가 고치라면 반드시 고친다. 반대로 내가 아내의 작품을 보고 "고치라"고 하면 아내는 절대로 안 고친다. "소설 쓰는 사람이 시를 뭘 아냐"면서 말이다. (웃음) 아내는 동국대학교 국문학과 동창생이다. 일등병 시절 면회 온 아내에게 "결혼하자"고 했다. 무일푼이면서 용감무쌍하게 결혼했다. 그때 병장들이 "우리보다 먼저 장가갔다"며 나를 곡괭이 자루로 50대를 때려 쓰러졌다. 아내는 내가 가난하고, 힘들고, 핍박받을 때 작가 정신을 독려하고, 힘이 되어준 천금 같은 사람이다.

학창 시절 작가로 성장하는 데 도움을 준 스승이 있었습니까?

황순원 선생이다. 후배들에게 흠을 보이지 않는 삶을 사셨다. 작품도 좋았다. 무엇보다 문단정치를 하지 않으셨다.

작품을 구상할 때 취재를 많이 하시는 것 같습니다.

정확하고 치밀하게 취재한다. 전공자도 만나고, 역사학자도 만난다. 그리고 작품의 무대가 되는 곳은 발로 뛰어다니며 철저하게 확인한다. 작가의 그런 성실은 기본이며, 그런 노력 없이 독자들이 감동하기를 바라는 건 적당히 연습해서 금메달을 따려는 허황된 행위와 같다. 톨스토이도 위고도 철저히 취재하고 글을 쓴 작가다.

집필은 어떤 방식으로 하십니까?

팽팽한 긴장을 유지하기 위해 매일 25~30매를 집중해서 쓴다. 아침 6시에 일어나 운동과 식사를 한 뒤 9시에 서재로 출근한다. 새벽 두세 시까지 죽을힘을 다해 쓴다. 20년 동안 세상과 절연하고 대하소설 세 편을 썼다. 그때 술을 끊었다. 술을 마시면 이틀 뒤까지 꼬박 사흘을 숙취로 날려버리게 되기 때문이다. 그리되면 원고 100매가 사라진다. 그렇게 열심히 썼더니 오른팔 전체 마비, 위궤양, 탈장 등 온갖 직업병이 다 찾아왔다.

죽기를 각오하고 쓰라

노벨 문학상에 대해서는 어떻게 생각하십니까?

매년 노벨 문학상 수상자가 발표될 때마다 나는 굴욕감을 느낀다. 우리가 노벨상에 너무 주눅 들어 있지 않나 싶다. 노벨상을 냉정하게 바라볼 필요가 있다. 수상자의 90퍼센트가 백인이다. 버락 오바마 미국 대통령이 2009년 노벨 평화상을 받았을 때 "왜 받게 됐는지 나도 모르겠다"고 하지 않았나? 노벨상에 연연할 게 아니라 우리 문학을 스스로 사랑하고 키우는 데 더 관심을 기울여야 한다.

현재 한국문학을 평가해 주십시오.

1990년대 이후 한국 소설이 왜소해지고 있다. 장편소설이 전부 1인칭이다. 1인칭 '나'를 통해서만 다른 주인공들이 움직이게 된다. 그러니 인물들의 자율성이 박탈되고, 소설의 스토리텔링이 허약해지고, 결국은 장편소설이 소설이 되지 못하고 멈춰지게 된다. 장편은 자연히 복잡하고 무거운 주제를 다루게 된다. 그래서 스케일이 커지고 수많은 주인공이 등장하게 한다. 그런데 1인칭으로 쓰니……. 공동체나 사회의 모순, 우리 역사를 치열하게 다룬 작품이 거의 없다. 요즘 신인들이 일본 작가 무라카미 하루키의 작품을 모범 교재로 삼는다니, 글쎄, 걱정이다.

후배 작가들에게 한마디 해주십시오.

천재는 1퍼센트의 영감과 99퍼센트의 노력으로 이루어진다는 말이 너무 좋아 나는 평생의 길잡이로 삼아왔다. 영혼을 담아 치열하게 노력하길 바란다. 괴테의 말처럼 80세가 돼도 소년의 마음을 가져야 한다. 90세를 넘긴 작가라도 작품에선 나이를 알 수 없도록 해야 한다. 좋은 영화가 나오면 1,000만 명이 보고, 뮤지컬도 100만 명쯤 보는 시대다. 좋은 작품이 없는 것이지, 국민이 책을 안 읽거나 소설을 싫어하는 게 아니다. 죽기를 각오하고, 죽음이 보일 때까지 노력하라. 시대의 등불이 되고 나침반이 되고 싶으면 말이다.

우리나라의 대통령이 해결해야 할 문제는 어떤 것이 있습니까?

세 가지다. 우선 비정규직 문제 해결에 앞장서야 한다. 우리 국민이 불행한 첫째 이유가 비정규직 문제이다. 정부와 여야가 힘을 모아 정규직 전환 운동을 일으키길 바란다. 둘째, 남북 관계 개선이다. 김대중·노무현 전 대통령이 닦은 평화통일의 길을 이어가야 한다. 개성공단과 이산가족 상봉, 금강산 관광을 재개하고 압록강변과 동·서 해안에 제2, 제3의 개성공단을 세워야 한다. 셋째는 인사다. 제대로 교육받고 공부한 능력 있는 인재는 많다. 대통령은 마음을 크게 열어 정파를 초월해 국가적 인재들을 활용해야 한다.

요즘 '행복한 인생'이 전 국민의 화두로 떠오른 것 같습니다.

돈이 없어 비행기 타고 제주도에 못 간다고 불행해하지 말라. 배를 타고 가면 비행기로는 못 보는 아름다운 산하를 볼 수 있다. 망망대해와 수평선, 아름다운 석양을 볼 수 있다. 많이 갖는 것, 높이 빨리 가는 것 대신 자신의 속도로 인생을 살면 아름다운 것을 수없이 만난다. 그러면 행복해질 수 있는 거다. 자신이 좋아하는 일을 자신의 속도로 해나가기 위해선 독서를 권한다. 독서는 앉아서 하는 여행이고, 여행은 서서 하는 독서다.

마지막 질문을 드리겠습니다. 인생이란 무엇인가요?

자기 스스로를 말로 삼아 끝없이 채찍질을 가하며 달려가는 노정이다. 그리고, 두 개의 돌덩이를 바꿔 놓아가며 건너는 징검다리다. 매순간 긴장하고, 가장 하고 싶은 일에 최선을 다하는 것이다. 그러면 목표는 이뤄진다. 설령 목표를 이루지 못해도 후회 없는 인생이 된다. 〈생활의 달인〉이라는 프로그램을 좋아하는데, 필부도 노력하면 신을 능가하는 능력을 갖게 된다는 메시지가 담겨 있기 때문이다.

━━ 작가는 시대의 등불이며 나침반이다. 언제나 시대의 현실과 부조리를 대면하고, 정직하고 용기 있게 고발해야 한다. 조정래 작가는 이러한 사명에 충실한 작가다. 1인칭 체험담 소설이 주류를 이루는 문단에서 조정래 작가의 한마디는 작가를 지망하는 사람들에 대한 일침이기도 하다. 인간은 역사를 통해 과거를 알고 사회를 통해 현재를 인식하여 미래를 조망하는 존재다. 그리고 작가는 이러한 과정을 가감없이 고발하고 모순된 현실을 타파하려는 의식을 가져야 한다. 위대한 작품은 그렇게 탄생한다.

톨스토이의 『전쟁과 평화』, 파스테르나크의 『닥터 지바고』, 헤밍웨이의 『누구를 위하여 종은 울리나』 등 격동의 역사를 살아간 인간의 얼굴을 그렸다. 시대와 호흡할 때 명작이 나온다. 우리에겐 6·25전쟁으로 수백만의 목숨이 잔혹하게 사라진 역사가 있다. 그런데 왜 세계적인 전쟁 문학, 전쟁을 다룬 문학 작품이 탄생하지 못했을까? 그런 생각을 가지고 있었는데 『태백산맥』이 탄생했다. 조정래 작가는 시대와 치열하게 만났기에 위대한 작품이 나왔다. 마르지 않는 샘처럼 시대를 초월해 영혼을 키우는 작품은 어떻게 탄생할까? 완벽한 사람은 없다. 완벽한 사회도 없다. 그것이 현실이다. 모든 사회와 모든 진영, 모든 사람은 모순을 가지고 있다. 작가는 이것을 치열하게 파고들어야 한다. 조정래 작가는 시대와의 치열한 조우를 몸으로 처절하게 보여주었다.

그는 오전 9시부터 새벽 2시까지 치열하게 글을 쓴다. 글 쓰는 데 방해가 된다는 이유로 술을 마시지도 않는다. 철저한 취재와 연구로 글의 바탕을 마련한다. 감상에 치우쳐 알 수 없는 이야기를 주절거리지 않는다. 철저히 사실에 바탕을 둔 저널리스트처럼 시대와 현장을 보고 그것을 원고지에 옮긴다. 팔에 마비가 와 수술을 받을 때까지 글을 쓴다.

시대의 목격자, 시대의 고발자로서의 위대한 작가는 이렇게 탄생한다. 노력의 중요성을 강조하는 그가 "죽기를 각오하고 쓰라"고 던진 조언은 비단 작가 지망생에게만 해당하는 것은 아닐 것이다. 학생이든 직장인이든 정치인이든 죽기를 각오하고 자신의 일에 매진해야 한다. 일가를 이루려면 말이다.

이광재 : 전 강원도지사 | 《중앙선데이》

민족주의자의
초상

66 식민지 시대의 삶이 노예의 삶이었다면
민족 분단의 삶은 불구의 삶인 것입니다.
민족 분단 상태란 동족이 갈라져
서로를 원수로 대하는 참극인 동시에,
민족의 힘을 분산시켜 주변국들로부터 무시당하고 간섭 받는
이중의 불행에 처하게 됩니다. 99

"민주화 세력 무능이 죽은 박정희를 되살렸다." 소설가 조정래는 노무현 후보자의 대통령 당선 직후인 2003년 1월《월간 말》을 통해 대통령 당선자 노무현에게 이렇게 조언했다. 정확히 4년여의 세월이 흘렀다. 2007년 1월 29일. 서울 소공동에 있는 조선호텔에서는 『아리랑』 100쇄 출간 기념 기자간담회가 열렸다.

기자간담회 직후 따로 만난 조정래에게 과거의 발언을 상기시킨 뒤, 노무현 정부에 대한 현재의 소회를 물었다.

"나는 노무현 후보자의 선거운동 막바지 상황에서 너무 다급해 공개적으로 지지 칼럼을 썼고, 특히 탄핵 정국에서는 두 번씩이나 탄핵의 부당성을 공격하고 야당을 비판하는 칼럼을 썼습니다. 왜냐하면 보수 세력에게 정권이 넘어가면 김대중 정권에서 기초를 닦기 시작한 남북 관계와 우리의 민주주의 정착이 전면적으로 위협당하는 정치 현실이 전개될 것이기 때문이었습니다.

대통령 선거운동 막바지 상황은 이회창 후보가 대통령이 다 되어 버린 것 같은 분위기였습니다. 처음에 미국에서 불러 가더니만, 우리가 질세라 하고 러시아가 불러 갔고, 우린 뭐 못할 줄 아느냐 하듯이 중국이 또 불러 갔습니다. 미리 대통령으로 대접하는 그 속 보이는 짓들은 세 살 먹은 어린애가 봐도 그보다 심한 선거 개입은 없었습니다. 그러니 이회창 후보의 아킬레스건인 두 아들 군대 미필 건을 물고 늘어지는 칼럼을 안 쓸 수가 없었던 거지요.

선거운동판이 엎치락뒤치락해 가면서 아슬아슬 불가능할 것 같았던 노무현 후보가 대통령에 당선되는 이변인지 기적인지가 일어났습니다. 그러나 보수 세력의 집권 방해공작은 집요하고도 끈질겨 결국은 탄핵 정국을 만들어내기에 이르렀습니다. 그건 참으로 말이 안 되는, 의석수 다수를 차지한 야당의 폭거였습니다. 마침 어느 신문에 고정칼럼을 쓰고 있을 때라서 지체 없이 그 부당성을 공박했고, 며칠이 지나 다른 신문에서 청탁이 왔길래 반가운 마음으로 또 필을 들었습니다. 그때 서너 군데 다른 신문에서 청탁이 왔더라도 저는 계속 칼럼을 썼을 것입니다. 그만큼 야당은 부당한 짓을 했었고, 저는 할 말이 많았던 것입니다.

저는 노무현 정권이 남북 관계와 민주화 정착을 잘 해나갈 능력이 있다고 믿었고, 그 일을 올바르게 잘 해나가도록 돕고 싶었습니다. 김대중 5년, 노무현 5년, 그 10년 세월을 잘해 기틀을 튼튼하게 만들어놓으면 그건 우리 민족 100년의 삶을 반석 위에 올려놓는 것이니까요.

그런데 4년의 세월이 흐른 오늘의 상황을 보면서 저의 주위 사람들에게 못내 미안하고, 사회에 대한 책임감 때문에 마음이 무척 우울합니다. 저는 주변의 많은 사람들에게 노무현을 찍으라고 열심히 운동을 했을 뿐만 아니라 탄핵 정국 때는 그들을 미니버스에 싣고 두 차례나 광화문 촛불 시위에 나갔었거든요. 그런데 이제 그 사람들은 '살기 좋아진다고 해놓고는 이게 뭐냐. 우린 속았다' 하며 노골적으로 공박을 해댑니다. 그리고 온 세상 사람들이 그들과 똑같은 실망감과 불만을 토로하고 있습니다. '날이 갈수록 살기가 힘들어지니 무슨 정치가 이런 정치가 다 있느냐' 이런 힐난 앞에서 무슨 말을 할 게 있겠습니까.

대통령 신임도는 날이 갈수록 떨어지고 있고, 거기에 맞걸려 국민들 70퍼센트 이상이 '경제 실패'를 지탄하고 있습니다. 이런 실패에 대해서 이 정권을 내놓고 지지하고 옹호했던 사람으로서 사회를 향해 면목도 없고, 믿어왔던 노 정권 핵심 세력들이 한없이 원망스럽기도 합니다. 어찌해서 자기들 지지 세력마저 등을 돌리게 하고 있는 겁니까.

제가 처음에 괜히 정권 재창출에 신경 쓸 것 없다고 한 것이 아닙니다. 궁극적으로 정권 재창출을 하고 싶어 한다고, 반드시 이루겠다고 몸부림친다고 그 일이 되는 것입니까? 그거야말로 하늘의 뜻 아니던가요. '하늘의 뜻'이라고 하니까 그 추상성 때문에 뜻이 모호하고 대상이 애매해지는데, 그걸 구체적인 언어로 바꾸면 '국민의 뜻' 아닙니까. 국민을 상징적으로 추상화하고, 격을 높여 미화시키느라고 문학적 형상화를 시킨 것이 '하늘'이지요. 그 '하늘'인 '국민'은 언제나 자기들이 '살아가는 문제', '생활과 생존 문제'에 대해서는 민감하게 반응하고, 예민하게 판단합니다. 그들의 촉수가 '경제가 나쁘다'고 감지했으면 그 경제는 나쁜 상태에 빠져 있는 것입니다. 그렇게 불신을 하고 있는 국민들에게 정권 재창출을 하게 다시 도와달라고 하면 도와주겠습니까. 반대로 그들이 만족할 만큼 나라 살림을 잘해놓았으면 지지하지 말라고 해도 그들은 자연스럽게 정권을 재창출해 주게 되어 있습니다. 그게 민심의 속성이고, 민심의 행로입니다.

그런데 지금 우리 앞에 어떤 현상이 벌어지고 있습니까. 안타깝게도 역사적 무덤에 들어간 박정희 대통령이라는 사람은 세월이 갈수록 점점 살아 돌아와 인기가 48퍼센트가 되고, 노 대통령은 지지도가 제일 낮은 현직 대통령이 되는 이런 사태를 보면서 이 착잡한 마음을 어찌해야 좋을지 알 수가 없습니다. 비유컨대 지하 3층에 있던 박정희가 김영삼 정부를 거치면서 지하 2층으로, 김대중 정부를 통과하면서 지하 1층으로 올라오더니, 노무현 정부에 와서는 어느덧 지상으로 올라와버린 형국입니다. 어떻게 이런 일이 벌어질 수 있는지 참 희한하고, 황당합니다. 그 이유야 자명하지 않습니까."

민주화 세력의 무능이 죽은 박정희를 되살렸다

조정래하고는 달리 보수 세력들에게 2007년은 바야흐로 '정치적 대회전'의 시기로 인식되는 듯하다. 그 내밀한 성격에는 차이가 있지만 김영삼, 김대중, 노무현으로 이어지는 14년의 세월은 군부독재 이후 한국 민주주의가 형식적으로나마 진전했던 시기였다. 고려대 최장집 교수는 이 시기를 '민주화 이후의 민주주의'로 명명한다. 형식적 민주화는 쟁취했지만, 민주화에 대한 민중의 집단적 변혁의지가 내용에서는 성숙하지 못하고 오히려 교란되고 있는 시기라는 것이다.

"김영삼, 김대중, 노무현 정부 14년 동안 지난 군부독재와 음으로 양으로 연결되어 있었던 보수 기득권 세력은 표류하는 배처럼 그들의 입지를 잃을 수밖에 없었습니다. 민주화 세력 앞에서 그들은 원죄의식으로 기 꺾이고 움츠러들 수밖에 없었지요. 그런데 국가 권력을 확보한 민주화 세력은 안타깝게도 계속되는 정치 무능을 저질렀습니다. 그 무능은 경제 분야에서 두드러졌고, 국민의 절대다수를 차지하는 서민들의 생활에 주름이 잡히게 하면서 국민적 불만이 커지게 되었습니다. '국민 생계의 불안' 이것처럼 큰 '정치 불안'은 없습니다. 그것은 곧 집권자들을 향한 불평불만으로 표출되게 됩니다. 그 분위기를 타고 기 죽어 있던 보수 세력들이 슬슬 목소리를 높이며 잃었던 기득권을 차츰차츰 확보해 나가기 시작하는 겁니다. 정치란 언제 어느 곳에서나 상대적입니다.

민주화 세력은 민주화 투쟁은 더없이 잘했습니다. 그것은 이 나라를 구한 업적이라고 해도 과언이 아닙니다. 그런데 막상 정권을 담당하면서 정치 무능을 계속 저질러 국민들을 실망시켰습니다. 그 무능에 대하여 민주화 세력은 냉철하게 비판받아야 합니다. 같은 진보 세력이라고 해서 그 무능을 못 본 척하거나, 별것 아니라고 편들려고 한다면 그건 기만이고 국민 모독입니다. 그러나 민주화 세력의 무능을 이용해서 보수 세력들이 국민을 오도한다거나 사회 분위기를 악의적으로 조작하는 것을 허용해서도 안 됩니다."

민주화 세력이 무능했다는 주장은 그 표현의 강도는 다르지만, 보수 세력뿐만 아니라 진보 세력 내부에서도 단골 메뉴로 등장하는 담론이다. 노무현 정부 출범 이후, 보수 세력들은 국가 경영능력을 갖추지 못했다며 노무현 정부와 386 세력을 지속적으로 야멸차게 비판했다. 동시에 이 시기에 이르러 새롭게 출현한 뉴라이트와 기존의 올드라이트는 죽은 박정희를 무덤에서 부활시켰다. 『해방 전후사의 재인식』을 통해, 식민지 근대화론은 적극 긍정되었으며 박정희의 국가 주도형 경제개발 정책의 역사적 정당성은 높이 평가되었다.

심지어 이런 주장은 진보 진영의 이론가인 백낙청 교수에게서도 '아슬아슬한' 동의를 일부 얻었다. 박정희의 정치적 파시즘에는 동의할 수 없지만 한국 자본주의의 전개 과정에서 박정희의 경제발전 전략이 결과적으로 기여한 측면은 인정되어야 한다는 것. 이른바 '박정희 공과론'의 대두였다.

백성이 배가 고프면 죽기 살기로 정권에 덤빈다

그런가 하면 최근에는 좌우의 이념적 스펙트럼과 무관하게 '선진화'

담론이 빈번하게 회자되고 있는 것 역시 흥미롭다. 후진→중진→선진으로 직선적으로 이어지는 발전 단계 인식론이란 야만→반개→문명으로 이어지는 전형적인 식민주의적 사고의 변종인데, 정치적 좌우의 차이와 무관하게 공유되는 '선진화 담론'은 왜 근본적인 성찰의 주요 의제가 되지 않는 걸까.

그런 점에서 나는 노무현 정부가 2만 달러 시대라는 물량주의적 사고에 빠져 있는 것도 사실 염려스러웠다. 동시에 이제는 3만 달러 시대도 가능하다는 보수의 장밋빛 희망도 걱정되는 것은 마찬가지다. 문제는 자본의 동맥경화 현상인데, 실핏줄 같은 가계경제에 기여하지 않는 자본의 양적 증대란 결국 사회적 양극화, 아니 초극화를 더욱 심화시키지 않을까.

"봉건시대에는 임금이 나라의 주인이고 백성들은 모두 그 자식이었습니다. 그러나 그때에도 현인들은 말하기를 '백성은 바다요 권세는 그 위에 뜬 일엽편주'라고 했습니다. 이 의미심장한 말은 또 다른 말 '백성을 헐벗고 굶주리게 해서 성한 권세란 없다'와 상통하고 있습니다. 동서양을 막론하고 인류사 5천 년은 그 두 가지 말을 입증해 주기 위한 세월이라고 할 수도 있습니다. 그 세월 동안 동서양에서 수없이 많은 왕조가 생성과 소멸을 거듭했는데 그 이유는 하나같이 백성들을 헐벗고 굶주리게 했기 때문입니다. '헐벗고 굶주리게 했다'는 말은 왕을 비롯한 권력집단이 부패하고 타락해 백성들을 억압하고 갈취하여 생지옥을 만들었다는 것 아닙니까. 나라라는 것이 없이 인간이 자기가 일해 자기가 먹고 산다면 자연의 혜택과 섭리에 의해 '헐벗고 굶주릴' 일이 없지요. 절대권력인 모든 왕조는 절대부패할 수밖에 없었고, 착취에 시달리다 못해 죽음에 이르게 된 백성들은 '이래 죽으나 저래 죽으나 마찬가지다' 이 절박한 동감과 함께 죽기를 각오하고 권력에 덤벼드는 것입니다. 그것이 백성들의 반란인 민란이고, 그렇게 노도를 일으킨 바다에서 그 어떤 권세도 견디어낼 도리가 없었던 겁니다.

그런데, 지금은 더구나 국민이 권력을 만들어내는 민주사회입니다. 그리고 한국사람들은 5만 달러의 꿈을 향해 지금도 계속 배가 고픕니다. 그런 의식 상황에서 경제가 나빠지면 모든 게 다 잘못된 것처럼 느낍니다. 그 인식이 노무현 정부가 봉착한 크나큰 난관입니다.

노무현 정부는 정권 차원의 민주화 실천도, 사회 차원의 민주화 실천도 그 어떤 정권보다 적극적으로 실효적으로 잘해왔습니다. 대통령 권력의 상징이라 할 수 있는 직속조직인 국정원을 중립화했고, 또한 검찰의 정치 중립을 가시화했고, 사회적으로는 언론의 자유를 보장해 보수신문들이 해방 이후 처음으로 대통령을 맘껏 비판해도 좋은 세상을 만들었고, 모든 시위의 자유화에 따라 진압경찰들의 무기한 휴식상태가 계속되었습니다.

그러나 그런 민주화는 '헐벗음과 굶주림' 앞에서는 전혀 맥을 쓰지 못합니다. 다시 말해 먹고사는 문제는 당장의 현실이고, 민주화는 저 멀리 있는 추상입니다. 이 정부는 IMF 사태가 극복되고, 1인당 GDP 1만 달러대가 넘어가는 상황에서 정권을 받았는데 어떻게 해서 이렇게 국민들의 불평과 불신을 사는 낙제 점수의 경제 상황을 만들어놓았는지 알

226

수가 없습니다. 참 보통 안타까운 일이 아닐 수 없습니다.

그런데 더욱 안타까운 것은 국민에 대한 대통령의 대응 방법입니다. 지금 국민들이 가지고 있는 공통 화제는 '경제가 갈수록 나빠지고 있다. 정부는 도대체 뭘 하고 있는 것이냐' 하는 것입니다. 그 불평 불만에 대해 대통령은 어떻게 대응해야 하겠습니까? '예, 국민 여러분들께서 나쁘다고 체감하시면 나쁜 겁니다. 더욱 노력하도록 하겠습니다.' 이게 정석이고 주권자인 국민에 대한 예의입니다. 그런데 대통령은 '1만 달러대에서 4퍼센트 성장은 아주 정상이다. 경제는 나쁘지 않은데, 배후 세력이 있는 것이다.' 이런 식으로 말을 해버립니다. 이렇게 직설적으로 한마디 해버리고 나면 지지율이 10퍼센트 곤두박질치고, 또 한마디 하고 나면 다시 10퍼센트 곤두박질치고 해서 노무현 대통령은 현직 대통령으로서 지지율이 제일 낮은 대통령이 되고 만 것입니다.

흔히 '정치는 말로 하는 것'이라는 말이 있습니다. 노무현 대통령이야말로 그 말을 여실히 실감시키고 있는 모범이 되고 말았습니다. 그 분은 일찍이 '나는 쇼정치는 하지 않겠다'고 선언했습니다. 그건 솔직함이고 진실함이며, 속임수의 정치는 하지 않겠다는 결의일 수 있습니다. 그러나 절대권력을 행사했던 옛날의 왕들이 가뭄이 들고, 홍수가 나 백성들 삶이 어려워지면 괜히 '짐의 부덕의 소치로······' 하는 방을 붙였겠습니까. 왕의 그 말 한마디에 백성들은 '임금님도 우리의 어려움을 알고 계시는구나. 하늘이 하신 일이지 임금님이 무슨 잘못이 있나. 힘내자고, 참고 견디면 하늘이 또 구해주시겠지.' 이렇게 위안 받고 서로서로를 위로하며 어려움을 이겨내고는 했던 것 아닙니까. 집권자와 국민들의 고통 공감, 그것이 정치의 본령이고, 생명입니다. 노 대통령은 그 점을 혼동하거나 무시하고 있습니다.

그리고 국민들이 경제가 나쁘다고 하는 데는 분명한 이유가 있습니다. IMF 사태로 중산층이 무너졌고, 기업들을 우선 살리기 위해 '비정규직'이라는 것이 수백만 양산되었습니다. 그런데 IMF가 극복되고 나서도 비정규직이 정규직으로 전환되지 않은 채 기업들은 살찌고 있고, 근로자들은 상대적으로 가난한 상태에 빠져 있습니다. 경제가 나쁘다는 국민들의 불평불만은 그 비정규직을 정규직으로 돌리라는 요구입니다. 국난을 극복한다고 정부가 한 일이니 그 수습도 정부가 책임지고 마땅히 해야 할 일입니다. 그런데 노무현 정부는 기업들의 조직적 저항에 부딪혀, 그 일을 강행했다가는 다시 더 큰 경제 난국이 올지도 모른다는 두려움 때문에 비정규직 문제를 엉거주춤한 미봉책으로 넘기고 말았습니다.

이것이 피해 설 수 없는 노무현 정권의 무능이고, 나아가 진보 세력의 무능으로 확대되고 있습니다."

조정래는 진보개혁 진영의 자기 성찰이 무엇보다 중요하다고 말했다. 물론 자신이 지지했던 정치 세력에 대해 스스로 '무능'했다고 비판하는 것이 쉬운 일은 아닐 것이다. 그러면서도 이 비판이 그것을 악용하는 보수 세력에 의해 정략적으로 이용당할 가능성을 지극히 경계했다. 또 자신의 비판이 지난 14년간 민주정부가 펼쳐온 민주화의 진전과 역사적 성과를 폄훼하는 근거로 활용될 수 있는 가능성을 염려한다고 말했다. 나는 조정래와는 다른 약간 생각을 피력했다. 설사 보수 진영이 진보 진영에 대한 비판을 정략적으로 이용할 가능성이 있다고 해도, 이제는 진보 진영 내부의 뼈를 깎는 자기 성찰도 필요한 것 아닌가 하는 생각을 해본 것이다. 그러나 조정래는 신중했다.

"물론 지금 우리 눈앞에 나쁜 부분이 드러나고 있습니다. 하지만 지금은 관찰의 시기입니다. 좀더 기다려도 시간은 늦지 않습니다."

과도한 공포와 혼란의 분위기를 만드는 것은 범죄다

방향을 약간 돌려 노무현 정부에 대한 과격한 비판에서 더 나아가 오늘의 한국 사회를 묵시록적 현실로 이해하는 한 작가의 시각에 대해서도 물었다. 가령 소설가 이문열은 최근에 출간된 『호모 엑세쿠탄스』를 통해 김대중 정부 출범 이후 지금까지 한국 사회를 남북간의 갈등은 물론 남남간의 갈등까지도 증폭된 일종의 '정신적인 내전' 상황으로 보는 비관적 관점을 보여준 바 있다.

"그것은 상당히 주관적인 그리고 악의적인 판단입니다. 그리고 대중들을 상대로, 해서는 안 되는 과장된 발언입니다. 그가 정치인이라면 무슨 말을 해대든 탓할 것조차 없는 일이지만, 그는 소위 '작가'이기 때문에 문제입니다. 작가의 말이란 언제, 어느 때고 균형 잡히고, 객관성을 갖추고, 진실만을 말해야 하는 것입니다. 만약 작가가 정치인과 같은 존재라면 왜 오래전부터 문화사가들이 작가를 일컬어 '그 시대의 산소이며, 등불이며, 나침반'이라고 했겠습니까. 그 황송스런 호칭에는 거기에 어울리는 소임을 다해야 한다는 임무 부여의 뜻을 포함시키고 있는 것 아니겠습니까.

지금 민주·진보 정권의 무능 때문에 앞으로 권력이 보수 쪽으로 넘어간다면 그건 어찌할 도리가 없는 국민의 선택인 것이고, 역사의 필연이 될 것입니다. 그러나 이문열 씨가 말하고 있는 '정신적 내전' 운운하는 것은 그 문제와 전혀 아무런 상관도 없는 그의 편협한 보수 의식의 발동이고, 작가로서 민족의 숙원이고 비원인 통일 문제를 진정으로 생각해 보지 않은 감정적 언사입니다.

분단 60년 가운데 김대중 정권 이후 남북 관계가 이처럼 이성적이고 타협적이고 평화적으로 유지된 적이 언제 있었습니까. 분단 이후 최초로 이루어진 남북정상회담이 어찌 남북 갈등을 조장하여 '정신적인 내전' 상황을 유발한 시점으로 볼 수 있는 것입니까. 그 회담을 계기로 상상으로도 가능하지 않았던 금강산 관광길이 열렸고, 개성공단이 건설되어 그 생산품이 남북 모두에게 이익을 주면서 세계시장에서 판매되고 있습니다. 이보다 더 분명하고 확실한 평화통일의 기반 구축이 어디 있습니까. 그 뜻밖의 성과는 미국의 네오콘, 극우세력들조차 개성공단을 직접 가보고는 '이건 참 건설적이다' 하면서 인정하기에 이르렀습니다. 그런데 어떻게 우리나라의 작가가 그들과 반대로 보면서 엉뚱한 소리를 할 수 있는 겁니까. 바른 이 나라 작가라면, 민족이 평화통일 기반 구축을 위해서 또 다른 '개성공단'을 동서해안을 따라 계속 건설해 나가야 한다고 말해야 옳습니다.

그리고 분단을 정치적, 사회적으로 악용해 오면서 자신들의 기득권을 지켜온 수구·반공주의자들은 그들이 즐겨 써온 '적대적 의존 관계'의 바탕이 무너지니까 남북 화해 협력을 줄곧 헐뜯고 모함해 왔습니다. 그들은 애초에 이성도 민족애도 역사의식도 없는 존재들이었으니까 그렇다고 칠 수 있습니다. 그런데 어찌 작가가 그들의 편에 서서 그들의 작태를 더 충동질하고 오도할 수 있는 겁니까.

작가란 한 사회의 모순과 비인간적인 것을 주도면밀하게 투시하고 냉정하게 판단해서 옳은 쪽으로 반전시키려고 노력하고, 사회의 불안 요소나 동요가 있을 때 그것을 이성적으로 판단해서 바르게 일깨워 주는 사람이지, 그것을 오히려 조장하고 더 확대하는 악역을 하는 존재가 아닙니다. 작가들은 언제나 정직하고 냉철하게 상황을 판단해야 하고, 긴 안목에서 역사를 바라보며 가치 설정을 해야 하고, 비록 자기가 보수라고 하더라도 보수 세력의 그릇된 책동에 대해서, 잘못은 분명히 잘못이라고 지적해야 합니다. 그것이 그 어느 시대 어떤 상황에서든 '불화'할 수밖에 없는 작가의 운명이고, 숙명입니다. 저는 스스로 진보라고 말하지만 민주·진보 세력이 저지르는 잘못에 대해서도 수구·보수 세력의 잘못을 지적할 때와 똑같은 강도로 비판합니다. 그 어떤 정치적 이득이나 권력을 갖고 싶은 욕심이 전혀 없으니 불편할 것도 주저할 것도 없습니다. 그저 작가의 길만 바르게 가고자 할 뿐입니다."

군사정권 30년보다 문단권력 40년이 더 나쁘다

2007년은 대선의 해다. 여느 대선이 있었던 해처럼 정치권의 이합 집산이 분주하게 전개될 것이고, 현실 정치에 대한 지식인들의 발언 도 거세질 것이다. 작가들 역시 정치적 발언의 수위를 조정할 듯한데, 보수주의를 뚜렷이 하고 있는 이문열은 정치적 발언을 자제하겠다고 선언했지만 그것이 쉬워 보이지는 않고, 진보 진영의 작가 황석영은 반대로 정치적 제3세력의 형성을 위해 총대를 메겠다고 선언했다. 작 가의 현실 발언은 어떻게 이해할 수 있을까.

"문인이 현실 정치에 대해서 발언할 수 있습니다. 그러나 정치 세력 들이 자기네 이익을 위해 충돌하며 일으키는 모순이나 문제점들을 감 시 감독하고 지적하기 위해서 발언해야 합니다. 그것은 영원히 변할 수 없는 작가의 의무이자 책임입니다. 그런데 그렇지 않은 발언이 있 을 수 있습니다. 자신의 개인적 이익, 권력욕을 채우기 위해서 발언을 한다면 그건 작가의 양심을 버린 죄악이고, 사회적 범죄를 저지르는 행위입니다. 작가의 정치적 발언이란 자기에게 불리하고 손해가 되더 라도 대의를 위해 객관적으로 해야 합니다. 작가들이 사회적 발언을 하기 위해서는 헌신성과 희생성을 전제로 하지 않으면 진정성이 없습 니다.

정치권력에 대해서 이상하게 열등감을 가지고 있으면서 턱없이 권 력 욕심을 품고 있는 작가들이 더러 있습니다. 그런 사람들은 근본적 으로 정치가와 작가의 길이 얼마나 다른지에 대한 기본인식도 없는 자들입니다. 정치란 권력을 잡기 위해 시시때때로 거짓말을 일삼는 직업입니다. 그런데 문학은 그 반대로 인간의 인간다운 삶을 위하여 끝없이 정의로움과 진실만을 추구해야 하는 직업입니다. 이 정면충돌 하는 일을 어찌 겸할 수 있겠습니까. 할 수 있다고 말하는 자가 있다면 그건 희대의 사기꾼이겠지요.

말을 하다 보니 『태백산맥』 쓸 때가 생각나는군요. 그 소설에 얽힌 얘기가 하도 많아서 다 하자면 몇 날 며칠이 걸릴 테니 다 할 수는 없고, 한 가지만 골라서 하지요. 1부 세 권이 출간되고 2부를 한참 쓰고 있는데 군부독재 타도의 시위가 날로 무서운 기세로 불붙고 있었습니다. 그 열띤 분위기 속에서 주변의 후배 작가 몇이 '선배님은 왜 가투를 하지 않느냐'고 따지듯 물었습니다. '나는 가투보다 더 센 무기를 사용해 더 큰 효과를 노리고 있다'고 대답했습니다. '글로 투쟁한다'는 내 대구에 그들은 떫은 반응을 보였습니다. 그리고 뒤에서 '기회주의적'이라고 술안주를 삼는다는 말이 전해져 왔습니다. 나는 그냥 못 들은 척 『태백산맥』 쓰기에만 골몰했습니다. 그리고 군부독재가 종식되고, 또 몇 년이 흘렀습니다. 나는 국가보안법 위반 혐의자로 고발당해 수사를 받기 시작했습니다. 소위 '문민정부' 아래서 시작된 고초였고, 나에게 가투를 추동했던 후배들은 얼씬도 하지 않았습니다. 대공분실 조사를 거쳐 검찰청 조사까지 계속되는 몇 년 동안 간간이 들려오는 말이 있었습니다. '그때 무슨 뜻인지 잘 몰랐는데, 역시 조 선배님의 말이 맞다.' 뒤에서 후배들이 하는 말이라 했습니다. 작가의 길이란 그런 것 아니겠습니까."

작가가 현실 정치의 비판적 관찰자 몫을 피해서는 안 되지만, 직접 참여에 대해서는 명백하게 선을 그었다. 소설『태백산맥』이야기가 나왔는데, 나는 평소 조정래 문학에 대한 문단의 평가에 의문이 있었다. 조정래는『태백산맥』『아리랑』『한강』을 통해서 한국의 근현대 민족사를 탁월하게 형상화해 왔다. 특히 소설『태백산맥』에서는 해방 직후 서로 다른 계급적 위치와 이념적 지향을 보여준 다채로운 인물들을 등장시켜, 해방 정국의 민족사를 거대한 벽화처럼 그려냈다.

그런데 기이한 것은 이러한 조정래의 문학 세계에 대한 이른바 주류 문단의 평가였다. 특히 그중에서도 '민족문학론'을 주된 문학적 이념으로 하고 있는 창비조차 조정래의 문학 세계를 철저하게 배제해 온 것처럼 느껴졌다. 그것은 마치 1980년의 광주 문제를 지속적으로 천착해 온 임철우의 작품 세계가 비평에서 배제되어 온 것하고도 같은 형국이다. 이러한 문단의 상황에 대한 소회도 물어봤다.

"그거 문단 사람들은 다 아는, 문단의 고질적인 병폐인 패거리 의식 때문 아닙니까. 그 내막과 뿌리를 헤쳐 들어가자면 오늘 하루 종일 얘기해도 모자랄 만큼 복잡하고 긴 사연입니다. 그게 '에꼴'이니 뭐니 하는 유식한 말까지 동원해 가며 치장하고 있지만, 한마디로 요약해 버리면 '패거리 짜서 문단 골목대장 노릇 하기'죠. 그 꼴이 얼마나 비문학적이고 문제적이면 국외자인 강준만 교수가 '문단권력'이란 새로운 말을 만들어내면서 창비와 문지의 문제점들을 지적해 단행본을 냈겠습니까.

물론 그 책이 모든 것을 다 말하고 있는 것은 아니었습니다. 강 교수가 문인이 아니니까 모르고 있는 대목도 있는 거지요. 나는 그 일들을 현장에서 겪으며 상세히 알고 있습니다. 그러나 지금은 소설 쓰기에 바빠서 시간을 낼 수가 없고, 소설을 쓰기 어려워지는 그 어느 땐가부터 그런 이야기들을 회고록 쓰듯, 잡문 쓰듯, 치매를 예방할 겸 소일거리로 차근차근 써나가려 합니다. 참 웃지 못할 얘기들이 많습니다.

강준만 교수가 그 책을 내고 나자 《오마이뉴스》에서 인터뷰 요청이 왔어요. 기자가 '문단권력'을 어떻게 생각하느냐고 물어요. '군사독재 30년만 나쁜 것이 아니라 문단독재 40년은 더 나쁘다'고 했지요. 그랬더니 기자가 깜짝 놀라며 '이대로 써도 됩니까?' 하더라고요. 국외자인 그 젊은 기자까지도 나의 위태로움을 직감하고, 걱정할 정도로 그들의 권력은 막강했던 것입니다. 나는 그저 웃으며 고개를 끄덕였고, 그 기사가 나간 후에 구설수에 꽤나 올랐습니다. 출세하는 방법도 여러 가지입니다. (웃음)

그 패거리 의식은 소아병적이고 폐쇄적이고 편협함으로 뭉쳐져 견고하게 권력화함으로써 한국문학의 큰 병폐가 되어 있습니다. 나는 그 어떤 패거리에 낀 적 없고, 그 어느 섹트에서도 지원받으며 문학한 적이 없습니다. 그게 내 자존심입니다. 어떤 훼방을 당했냐고요? 그걸 굳이 내 입으로 말하고 싶지 않습니다. 몇 달 후에 개관하게 될 '태백산맥문학관'에 그 구체적인 사실 몇 가지가 전시될 것입니다."

민족주의에 대해, 민족문학에 대해

조정래 문학에 대한 이른바 민족문학 진영의 홀대하고는 무관하게, 작가 조정래는 민족사 문제를 계속 천착해 왔다. 앞에서 언급한 근현대사 3부작이 그것을 증거한다. 최근에는 이러한 자신의 관심을 인류사적 과제로 확대시키는 소설 작업을 전개하고 있다. 2006년에 출간된 『인간연습』에서는 강제 전향 장기수가 소비에트의 몰락이라는 현실을 목도하면서, 상실된 정치 이념의 공과를 근원적으로 사유하는 양상을 소설화했다. 《문학동네》에 연재한 바 있는 『오, 하느님』(단행본이 출간된 다음 '특정 종교의 얘기처럼' 오해되는 경우가 있어 『사람의 탈』이라고 제목을 바꾸었다)에서는 강대국의 힘의 논리에 삶의 전 국면이 난파되는 평범한 민초들의 비극을 조명하면서, 전쟁이라는 인류사적 비극을 통찰하고 있다.

조정래의 관심이 이렇게 확장되는 것과 별도로, 현재의 한국 사회 일각에서는 민족주의를 둘러싼 논란이 뜨겁다. 특히 한국의 보수주의자들이 민족주의를 규탄하는 데 앞장서면서, 반공주의의 기치를 내세우는 것은 흥미로운 부분이다. 뉴라이트로 불리는 새로운 정치 세력 역시 민족주의 문제에는 알레르기 반응을 보인다. 그래서 가령 과거사를 둘러싼 역사 해석의 갈등이 벌어지고, 친일청산 문제가 난관에 부딪히고 국사 해체론이 제기되는가 하면 영어 공용어론이 제출되기도 한다. 조정래에게 이런 현상은 어떻게 인식되는지 궁금했다.

"민족주의에 대해서 왜 지탄과 공격이 자꾸 심해지고 있는지 우리는 똑똑히 투시해야만 합니다. 언제나 그 어떤 주장이 반복, 강화될 때에는 거기에는 반드시 목적성이 내포되어 있습니다. 민족주의에 대한 공박이 새롭게 강화되고 있는 것은 신자유주의의 세계화와 직결되어 있습니다. 이미 그 마각을 드러내기 시작한 신자유주의란 무엇입니까. 옛날식으로 제조업에 의존하지 않고 전 세계를 무대로 자본시장을 활성화시켜 경제발전을 도모한다는 것 아닙니까. 그건 다시 말하면 강대국들이 과거의 '영토식민지화'를 바꿔 이제는 '자본식민지화'를 꾀하는 것이었습니다. 곧 경제 약소국들을 향해 '자본 침략'을 감행하는 것입니다.

그런데 강대국들은 과거의 '영토식민지' 시대에 겪은 '공통 체험'이 있습니다. 그건 다름이 아니라 피지배 국가들의 저항이었습니다. 그 저항의 무기는 바로 '민족주의'였습니다. 그 '저항적 방어적 민족주의'의 힘은 제국주의의 화력이 이겨낼 수 없도록 강력하고 끈질긴 무기였습니다. 결국 제국주의 강대국들은 2차대전 이후에 모두 식민지를 포기하고 물러가야 했습니다. 그 식민지 지배가 남긴 것은 강대국에 대한 세계적 반감과 불신이었습니다.

그래서 강대국들이 새롭게 바꾼 방법이 '경제 침략'인 자본식민지화고, 그 본격적인 작전 개시가 신자유주의 세계화 아닙니까. 그 작전에서 실시하는 장애물 제거 작업이 바로 민족주의의 공격과 해체 시도입니다. 과거에나 현재에나 강대국들의 기본 체질과 본성은 제국주의이고, 약소국들이 거기에 저항할 수 있는 가장 강력하면서 유일한 무기가 민족주의니까요.

그 끔찍한 내막을 모르고 강대국의 민족주의 공격에 앞장서며 앵무새 노릇을 하는 부류들이 있습니다. 서양 유학을 한 그 유식한 분네들입니다. 얼빠진 그들은 서양 강대국 사람들보다 더욱 그쪽 사람들인 것처럼 적극적으로 나서고 있습니다. 열등감에 사로잡힌 약소국 지식인들이 으레껏 보이는 천박하고 비열한 행태입니다. 옛날 베트남의 친미 지식인들이나, 안식년에 1년 미국 대학에 머물고 온 교수가 완전히 미국인으로 변해버린 것과 같은 꼴 말입니다.

자아, 신자유주의 경제 침략의 실례가 무엇입니까? 대한민국을 망하게 할 정도로 위기로 몰아넣은 'IMF 사태'를 일으킨 '아시아 외환위기 사태' 아닙니까. 그때 우리나라와 말레이시아가 가장 위험했는데, IMF에서는 구세주 행세를 하며 두 나라에 돈을 빌려주겠노라고 거드름을 피웠습니다. 그 위기의 상황을 나이 든 사람들은 똑똑히 기억하고 있습니다. 커다란 가방을 든 사람들이 마치 점령군 같은 드세고 당당한 기세로 비행기에서 내렸고, 수십 명 기자들이 따라붙는 상황 속에서 그들은 거만스럽기 짝이 없는 표정으로 아무 대꾸도 하지 않더니, 공항을 떠나면서 침을 뱉듯이 한마디 내뱉었습니다. '방법은 단하나, 우리가 시키는 대로 하는 것이다.'

그래서 대한민국은 그들 앞에 알몸을 내놓은 채 그들이 결정한 대로 25퍼센트의 이자를 물기로 하고 IMF 돈을 빌려야 했습니다. 25퍼센트의 이자, 그게 무슨 뜻인지 아시겠지요? 미국 은행들의 이자가 1퍼센트로도 안 되어 0.25퍼센트 선에 머물고, 국제금리가 2퍼센트가 안

238

되던 상황에서 우리에게 25퍼센트의 이자를 내라고 한 것입니다. 그건 다름이 아니라 빈사 상태에 빠져 있는 중환자의 혈관에 대침 주사를 꽂고 피를 뽑아간, 살인적 국제고리대금업을 한 것입니다. 그 IMF는 미국·일본·EU의 자본으로 지배되는 은행입니다.

그때 말레이시아의 마하티르 총리는 IMF의 구제금융을 단호히 거부했습니다. 그러자 서양 언론들은 일제히 포문을 열어 마하티르를 공격해 댔습니다. 상황 파악을 제대로 못하는 무모한 돈키호테라는 식이었지요. 말레이시아가 망할 거라는 공갈 협박에도 굴하지 않고 마하티르는 끝까지 IMF를 거부했습니다. 그런데도 말레이시아는 건재하며 아시아 금융위기를 극복했습니다. 그건 마하티르 총리의 능력이 아니라 그때 이미 외환 보유고 1위를 향해 일본을 위협하고 있던 중국이 '무이자'로 돈을 빌려주었기 때문입니다.

그런데 놀라운 일은 '6·25 이후의 최대 국난'이라고 했던 IMF 사태에서 우리가 25퍼센트의 살인적 이자를 냈다는 사실을 기억하는 사람들이 거의 없다는 점입니다. 살기 바쁜 일반인들이 그러는 건 그렇다 치더라도, 상대 대학원 학생들도 그걸 모르고 있습니다. 내가 소위 SKY 대학에 속하는 어느 대학에 강연을 가 그 사실을 확인하고는 무릎이 꺾였습니다. 전공분야의 지식인들이 그 지경이면 우리에게 제2의 IMF 사태는 또 닥칠 수 있습니다. '과거를 기억하지 못하는 자는 그 과거를 또 되풀이한다'는 명언이 괜히 있겠습니까.

(후기: 국제통화기금(IMF) 도미니크 스트로스칸 총재는 12일 대전에서 열린 아시아 콘퍼런스 기자회견에서 '아시아 외환위기 당시 IMF가 요

구했던 조건들은 굉장히 고통스러웠을 것이다. 필요 이상으로 심했다'
고 잘못을 일부 시인했다.(《한겨레》 2010년 7월 5일자) 그리고 2011년과
2012년 사이에 EU 국가인 그리스와 스페인에서 금융위기가 발생하자
IMF는 역시 구제금융을 실시했다. 그런데 그 이자는 2~3퍼센트 정도였
다. 왜 그런 차별이 생기는 것일까. 한국 정부는 왜 그 차이를 따지지 않
았을까. 왜 25퍼센트의 '절반'만이라도 되돌려 달라고 요구하지 못하는
것일까.)

우리가 '금 모으기' 같은 것을 해가며 발악적으로 IMF 사태를 단시
일 내에 극복했을 때 가장 놀란 것이 일본이었고, 그다음이 미국이라
고 하지 않습니까. 그때 한국은 완전히 파탄 상태에 빠지고, 아주 오
래오래 자기네들의 '경제예속국'이 되리라고 예상하고 있었다는 것 아
닙니까. 그런데 그 황홀한 꿈이 산산조각이 났으니 두 강대국의 놀라
움이 얼마나 크셨겠습니까. 강대국의 마성이란 그런 것입니다. 그런데
도 약소국의 저항적 방어적 민족주의를 무조건 해체하고 폐기해야
되겠습니까?"

근대적 민족 개념이 구성적 개념이라는 베네딕트 앤더슨의 주장
은 여러 면에서 한국의 학계에도 커다란 영향을 미쳤다. 특히 이 이론
적 논의가 한국에서는 하위 민족주의 또는 저항적 민족주의라는 진
보적 성격을 갖고 있던 민족문학 이념에도 치명타를 날렸다. 공산주
의와 자본주의 경제체제의 적대성, 사회주의와 자유민주주의의 이념
적 대립이 자본주의의 승리로 귀착되자, 이제 세계화의 기치 아래 민

족주의는 상대화되었고 심지어는 박멸의 대상으로 전락한 감이 없지 않다.

문제는 민족 이후의 세계화가 철저하게 자본의 논리에 의해 재편되고 있다는 사실이다. 민족주의의 해체는 자본을 둘러싼 국민경제 시스템의 붕괴에도 일조하고 있다. 자본의 국적성과 국민경제의 자율성이 세계화라는 논리로 부정되면서, 오히려 세계경제는 구 제국주의 시대 정글의 논리를 닮아가고 있다. 작가 조정래는 민족주의 해체 담론이 철저하게 강대국의 이익에 종속되는 세계사적 현실을 낳는다고 지적했다. 가령 우리가 지금 경험하고 있는 FTA 문제 역시 세계화라는 미명하에 강대국에 의해 자행되는 경제 침략이라는 것이다. 조정래는 미국의 이라크 침공의 이유가 결국 명분과 상관없는 이라크의 석유 때문이었다는 촘스키의 주장을 근거로 들기도 했다.

식민지 삶이 노예의 삶이라면 분단의 삶은 민족 불구의 삶이다

민족주의 해체론이 확장되면 가령 현재의 분단 상황도 상대화된다. 쉽게 말하면 조정래가 생각하듯 분단 극복과 통일이 절대적인 명제가 아니라 상대적 명제가 된다는 것이다. 〈우리의 소원은 통일〉이라는 노래를 즐겨 부르지만, 그것은 감상적인 노래에 불과할 뿐 통일은 상대적 명제라는 주장도 제기되는 실정이다. 그러한 주장이 더 급진화되어 이제 남한과 북한은 서로 다른 국민국가에 속해 있고, 동시에 민족의 이질성의 심화하고 더 나아가 완전히 다른 민족이 되었다는 주장도 종종 발견된다. 남한은 한국 민족, 북한은 김일성 민족이라는 식의 주장이 그것이다.

민족보다 우선하는 것은 이념이기에 같은 민족을 전제로 한 통일보다는 같은 이념을 지닌 미국과 관계를 먼저 개선해야 한다는 주장도 우파들은 종종 제기한다. 그 차이를 알 수 없는 한국의 뉴라이트와 올드라이트들이 진보 세력을 규탄할 때 흔히 쓰는 용어는 '친북반미' 세력이라는 것인데, 뒤집어 '친미반북'이야말로 우파적 사유의 핵심에 있다는 것을 우리는 알 수 있다. 그런 관점에서 보자면, 통일은 절대적 명제가 아니라 상대적 명제일 뿐이라는 주장의 내면 풍경을 알 수 있다. 그러나 조정래의 답변은 단호했다.

"참으로 한심스럽고 몰지각한 궤변입니다. 우리나라 수구·보수 세력들이 갖는 미국 맹신주의, 미국 절대주의는 옛날 '자유월남'의 티우 정권 쩜 쪄 먹을 상태였습니다. 그런데 소련이 몰락하고 미국의 유아독존 시대가 열리자 그 열도는 극을 향해 치닫기 시작했습니다. 미국이라는 '유일초강대국' 시대가 태양의 존재처럼 영원하고 막강하리라고 그들은 과대망상증에 사로잡히게 된 것입니다. 그러니 그들은 미국을 더욱 떠받들고, 더욱더 맹종하고 싶어 안달이 안 날 수가 없는 거지요. 그 중증의 정신병 증상에서 나타나는 것이 '통일은 절대적 명제가 아니라 상대적 명제'라는 식의 망발입니다.

그러나 그들이 바라는 '영원한 미국의 시대'는 몰무식이 범한 착각일 뿐입니다. 세계 역사는 한 나라가 헤게모니를 장악해서 유지해 간

기간이 대개 100년 정도라는 것을 보여주고 있습니다. 그 사실에 대입시켜 보면, 미국이 세계적 헤게모니를 장악한 것은 1940년대부터고, 그럼 이미 60여 년이 지나 40여 년밖에 남지 않았습니다. 그런데 하나의 변수가 나타났습니다. 그건 중국입니다. 중국은 해마다 평균 10퍼센트가 넘는 초고속 성장을 하고 있습니다. 그 무서운 중국의 힘은 미국에게 유리할까요, 불리할까요? '중국 위기감'은 이미 미국에서 거론하기 시작한 '견제정책'으로 구체화되고 있습니다. 중국의 경제력이 강해지면 강해질수록 미국의 유일초강대국 군림 시기는 짧아지는 거니까요.

그러나 미국이 견제정책을 쓴다고 해서 중국의 경제발전이 막아지겠습니까? 그건 어림없는 일입니다. 14억을 헤아리는 중국 국민들은 잘 살고자 하는 열망으로 한 덩어리가 되어 있습니다. 지난날 1인당 GDP 4천 달러대에서 우리가 그랬듯이 지금 중국 국민들은 잘 살 수만 있다면 무슨 일이든지, 무슨 고생이든지 할 수 있다는 열정으로 뭉쳐져 있습니다. 이 자발적 열망과 자신감이 폭발시키는 에너지를 미국이 무슨 수로 막아낸단 말입니까. 세상에 이보다 더 큰 힘은 없습니다.

이런 엄연한 국제 상황을 보지 못하고 이 나라의 보수 세력들은 미국에만 빌붙으면 자기네의 기득권이 계속 유지되리라 믿고 민족의 통일마저도 외면한 채 미국 추종의 망상에 사로잡혀 있는 것입니다. 그건 한마디로 민족 반역집단의 행태입니다.

일찍이 백범 김구 선생께서 암살당할 위기로까지 자신을 몰아넣으며 '민족 분단'을 막으려 했던 것은 민족의 분단은 식민지 시대의 삶에 못지않게 나쁜 것이기 때문이었습니다. 식민지 시대의 삶이 노예의 삶이었다면 민족 분단의 삶은 불구의 삶인 것입니다. 민족 분단 상태란 동족이 갈라져 서로를 원수로 대하는 참극인 동시에, 민족의 힘을 분산시켜 주변국들로부터 무시당하고 간섭 받는 이중의 불행에 처하게 됩니다. 이런 상황을 최우선으로 척결하려 하지 않고 통일이 상대적 명제라니, 그런 부류들에게 민족 반역집단이라는 이름을 붙이지 않으면 어찌하겠습니까. 일제치하에서 나라를 찾겠다고 목숨을 버린 수많은 독립투사들 앞에 도무지 면목이 안 서는 일입니다. 배움이라는 것이 그렇게 그릇될 수 있다는 것이 참 신기하고도 기가 막힐 뿐입니다."

그랬을 때 대뜸 반론이 제기될 수 있는 것이 북한 정권의 성격 문제다. 한국의 보수 세력들은 북한 체제의 성격을 일종의 유사 종교 체제로 파악하고 있다. 또는 유사 파시즘 체제로 규정하기도 한다. 이것을 문제 삼아 남북교류의 필요성이나 효용성을 근본적으로 부정하는 방향으로 나가기도 한다. 동시에 북한 주민의 인권에 대해 침묵하는 진보 진영을 보기 좋게 비판하는 한편, 침묵은 결국 북한 체제를 간접적으로 용인하면서 북한의 모순된 정치체제를 연장시키는 데 동조할 뿐이라는 주장도 펼친다. 그러니 햇볕정책이니 평화번영정책이니 하는 것은 소모적이며, 통일 비용은 무의미하다는 주장이 제기되기도 하는 것이다.

"북한 체제가 완전히 시대착오적인 봉건왕조인 것을 모르는 사람도 없고, 부정하는 사람도 없습니다. 세계의 학자들이 붙힌 이름도 '봉건적 사회주의'입니다. 그들이 어떤 모순이나 문제점을 지닌 체제이든 간에 그들은 우리 민족 2,500여만의 삶을 이끌고 있는 현실 권력이고, 우리 대한민국과 유엔에 동시가입한 엄연한 국가입니다. 그러므로 우리 민족의 숙원이고 비원인 통일을 성취시키기 위해서는 그들과 대화하지 않을 수 없는 것이 명백한 현실입니다. 그런데 보수 세력은 이런 현실을 인정하지 않은 채 엉뚱한 궤변을 늘어놓으며 남북 교류 자체를 부정하고 나섭니다. 그것은 곧 민족 통일 자체를 부정하는 반민족적 행위가 아닐 수 없습니다. 강물이 여러 장애물에 부딪히면서도 끝끝내 바다에 이르듯이 우리도 분단의 이런저런 애로를 결국 이겨내고 마침내는 민족 통일을 이룩해내게 될 것입니다. 그 시점에 가서 '분단역사'를 심판하는 작업이 본격적으로 벌어질 것입니다. 그때 가장 힐난한 비판의 대상이 되는 게 누구겠습니까. 더 말할 것 없이 오늘의 보수 세력이겠지요.

그들은 남북교류 자체를 부정할 뿐만 아니라 진보 진영이 북한 주민의 인권에 대해 침묵한다며 진보 세력을 '친북'으로 모는 정치적 모함을 서슴지 않고 있습니다. 그것 또한 진정성이 전혀 없는, 자파 이익을 도모하기 위한 교활한 정치 술수라는 사실을 투시해야만 합니다.

그들은 수시로 북한의 인권 유린과 탄압을 공격하면서 자기들만이 북한 주민들을 위하는 척 위세를 부립니다. 그건 얼핏 보면 퍽 인도주의적인 것 같습니다. 그러나 그들이 언성을 높인다고 해서 단 한 치라도·북한 주민들의 인권 상황이 개선됩니까. 전혀 아닙니다. 북한 주민들에게는 아무런 도움이 되지 않은 채 북한 지배집단의 감정을 자극해서 남북 관계만 악화시킬 뿐입니다. 그들이 노리고 있는 것은 바로 그 점입니다. 북한 지배집단의 감정을 돋워 그들의 분노를 키울수록 군부독재 시절부터 수구·보수 세력들이 정치적 울타리로 애용해 왔던 '적대적 상호의존 관계'가 튼튼하게 유지되기 때문입니다. 그들의 정치적 음모는 이렇듯 교활합니다.

그리고 미국의 의회에서 북한 인권에 대해 무슨 결의를 채택하고, 또 유엔에서 무슨 선언을 통과시키고 해봤자 아무 효과도 성과도 없기는 매일반입니다. 다 부질없는 짓들만 하면서 북한이 더욱 과격하고 폐쇄적 국가가 되도록 만들고 있습니다.

우리가 지난 80년대에 군부독재 타도 투쟁을 할 때 외부의 힘 빌리지 않고 오로지 우리의 힘으로 싸우고, 다치고, 죽어가며 마침내 30년 군부독재를 종식시켰습니다. 그와 마찬가지로 북한의 인권 문제도 북한 주민들 스스로가 자각하고 단결하고 투쟁해서 해결해야 할 그들의 문제입니다. 폭정에 견디다 견디다 못해 백성 전체가 들고일어나는 것, 그것이 인류사 5천 년 동안 계속되어 온 불변의 투쟁 방법입니다. 백성이나 국민 전체가 일으키는 노도에 뒤집히지 않은 왕조나 권력은 없습니다.

그리고 우리가 북한과 유연한 태도로 꾸준하게 교류해야 하는 이유는 그 여러 방면의 교류를 통해 북한 주민들의 의식이 그만큼 빨리 깨어날 것이고, 그 자각은 곧 저항의 힘으로 바뀔 수 있기 때문입니다. 그 저항의 성공이 곧 통일의 길이 아니고 무엇입니까. 남북 관계와 민족통일의 문제는 자파 이익을 떠나 순수하고 진정한 마음으로 대해야만 그 바른 길이 보입니다."

그러나 북핵 사태 이후 보수주의자들의 반북의식은 더욱 심화되는 듯하다. 시위 현장에 남의 나라 성조기가 등장하는 것 역시 한국적 보수주의 시위 문화의 특이한 풍경이다. 민족의 시대가 갔다고 말하지만, 때 아닌 이념의 시대가 오고 있는 것처럼도 느껴진다. 민족적 동일성의 대상 북한보다는, 자유민주주의 체제를 공유하고 있는 미국 중심의 세계 체제를 더 매력적으로 생각하는 보수주의자들에 대한 조정래의 생각은 어떨까.

"보수 세력들이 북핵 문제 때문에 북한을 규탄하는 것, 그건 바람직한 일입니다. 어찌 되었거나 우리의 평화통일을 위해서나 인류의 평화 유지 측면에서나 한반도에 핵무기가 있게 된다는 것은 결코 용납될 수 없는 일입니다. 그리고 인류의 평화로운 미래를 위해서도 전 지구의 핵무기는 완전히 폐기되어야 하는 것이 절대원칙입니다.

그런데 보수 세력의 북핵 규탄 시위에 성조기가 등장하는 것, 그것 참 가관이 아닐 수 없습니다. 그들은 미국의 그늘 아래서 편하고 쉽게 기득권을 유지할 수 있었던 6·25 직후의 냉전 시대의 사고에서 한 치도 변모하거나 발전하지 못하고 있습니다. 그런 그들에게 80년대에 밀려온 '민주화 물결'은 엄청난 충격이었습니다. 그 물결에 그들은 정신없이 휩쓸렸고, 그러는 사이에 진보 정권이 연달아 탄생했습니다. 지난 '14년은 그들이 기득권을 상실하고 초조하게 살아온 세월입니다. 그런데 북에서 핵 문제를 일으켰습니다. 그 위기는 자신들의 기득권을 회복할 수 있는 절호의 찬스였습니다.

그들은 지체 없이 북핵 규탄 시위에 돌입했고, 지지 세력 확보를 위해 성조기까지 동원하게 된 것입니다. 성조기를 보면 안심하고 위안 받는 것이 보수 세력들의 공통점이니까요. 보수 세력의 그런 신사대주의는 거의 치유 불가능한 병입니다. 그건 또한 약소국에서 으레 벌어지는 비극이기도 합니다.

그들의 미국 맹신은 세계의 급변을 보지 못하는 장님을 만들었습니다. 그들이 소원하고 있는 미국 중심의 세계 체제가 어떤 상황에 놓이고 있는지 그들은 전혀 모르고 있습니다. 맹신이 낳은 불행입니다.

그들은 계속 미국 맹신에 혼곤하게 취해 있다가 한참 뒤에 세상이 변한 것을 알고 허둥지둥하게 될 것입니다. 그동안 그들이 하고 싶은 대로 내버려둘 수밖에 없습니다. 대한민국은 자유민주주의 국가니까요."

'자본주의 대 사회주의'에서 '강대국 대 약소국'으로

조정래에게 소비에트 해체 이후의 현실 역사는 신제국주의적 질서인 것처럼 보였다. 그것은 19세기와 다른 방식의 영토식민지 체제에서 경제식민지 체제로 전환하는 나쁜 방식의 세계화를 의미하는 것처럼도 느껴지기도 했다. 인터뷰 도중 '신사대주의자'라는 표현을 자주 썼으며, 자본주의와 사회주의라는 이념형 대신 강대국과 약소국이라는 표현을 애용했다. 그런 조정래는 21세기가 과거 같은 이념의 세기일 수는 없다는 주장도 덧붙였다.

"나는 소련이 인류사에서 사라진 다음부터 '좌·우' 하는 식으로 말하는 것을 피해왔습니다. 왜냐하면 이제 지구상에는 오로지 자본주의밖에 없기 때문입니다. 아니, 사회주의 국가가 네 개나 있는데 무슨 소리냐고 할 사람이 있을지도 모릅니다. 그러나 그 나라들은 정치체제만 공산당식 '1당 독재'를 고수하고 있을 뿐 경제체제는 모두 자본주의로 바꾸었습니다. 북한 하나를 제외하고는, 중국의 성공을 보고 베트남도 쿠바도 부랴부랴 중국식 시장 개방을 했으니까요.

요즘 많이 언급되고 있는 남미 국가들의 사회주의 정당들의 잇따른 집권도 소련식 사회주의를 구현하겠다는 것이 아닙니다. 지난날 미국과 야합해서 독재를 해왔던 보수 정당들을 더는 용납하지 않고, 미국의 영향력 아래서 벗어나기를 바라는 국민들의 뜻이 그렇게 모아지고 있는 겁니다. 그러므로 이 지구상에는 자본주의나 사회주의 국가가 따로 구분하여 존재하지 않게 되었고, 소수의 강대국과 다수의 약소국이 있을 뿐입니다. 남미의 약소국들은 더 이상 경제식민지로 살지 않기 위해서 자기들끼리 뭉치며 미국에 대항하려는 현상을 보이고 있습니다. 참 오래 당하고 난 다음에 보이는 자각입니다. 이제 우리나라도 냉전 시대의 공포를 과감하게 떨쳐버리고 우리의 자존적 생존을 위해 미국과 거리를 둘 건 두고, 따질 건 따지는 냉철한 경제 관계를 설정해야 할 것입니다. 그런 태도가 정치적 입지도 강화시킬 수 있다는 것을 명심해야 합니다. 그러나 모르겠습니다. 우리의 골수에까지 깊이 박혀 있는 미국 추종주의와 미국 선망의식을 얼마나 극복할 수 있을 것인지."

조정래는 과거 같은 방식의 세계사적 이념 대립의 축은 무너졌다고 주장했다. 그런 점에서, 대미 관계 문제 역시 냉철한 경제적 거래 관념으로 볼 필요가 있다는 것이었다. 경제적 거래 관계의 문제로 미국을 사유한다면, 친미라든가 반미라고 하는 감정적 수사는 무의미해진다. 그렇게 본다면 가령 한미 FTA 반대 문제를 무리하게 반미주의로 연결 짓는 보수주의자들의 색깔 공세는 근거 없는 것이다.

"미국……, 우리에게 참 난해하고 복잡한 대상이지요. 역사적으로 우리는 거부할 수도, 부정할 수도 없는 그야말로 애증이 엇갈리는 존재입니다. 굳이 6·25 때까지 거슬러 올라가지 않더라도 미국은 우리의 경제발전 초기에서 중기에 이르는 동안 실로 엄청난 이익을 준 존재였습니다. 많은 소비자에, 지불 잘해주고 부도 위험 적은 양질의 시장이었던 거지요. 그렇다고 미국이 군사적 합동훈련을 하는 것처럼 경제 관계까지도 그렇게 유지해 가는 것은 아닙니다. 정치 관계와 경제 관계는 엄연히 다릅니다. 경제 관계는 이윤에 따라 모든 게 결정되는 냉엄한 돈거래일 뿐입니다. 'IMF 사태' 때 25퍼센트의 고리대금업으로 인정사정없이 피빨기를 한 사실이 그걸 입증하는 거 아닙니까.

250

그런데 또 하나의 문제가 우리 앞에 닥쳐와 있습니다. 한미 FTA 문제가 그것입니다. 그 문제는 갑자기 솟아올랐고, 우리 정부는 무엇에 쫓기기라도 하는 듯이 그 일을 허둥지둥 서둘러대고 있습니다. 왜 그러는 걸까요? 누구나 다 눈치 채고 있다시피 미국에서 압력을 가하고 있기 때문이 아닙니까. 미국은 자기네의 경제적 이익을 도모하기 위해서 다시금 냉정한 얼굴로 국력 시위를 하고 나선 것입니다.

그런데 우리의 양심적 전문가들은 전부 반대하고 있습니다. '시기상조'라는 것이 일반적 판단이고, '모두 거지가 된다'고 하는 적극적인 평가도 있습니다. 국가 경제 문제는 국민의 생존 문제이고, 우리의 피해가 뻔한데도 미국과의 문제니까 무조건 따라야 한다는 것이 보수 우익들의 대책 없는 미국 추종주의입니다. 그리고 자기네 반대자들에 대해서는 그 상투적인 수법인 '반미'로 몰아, 반미=친북=용공=빨갱이의 필승 전법으로 협박을 합니다.

냉전도 끝난 지가 20년이 다 되어가고 있는데 그런 저급한 색깔론은 이제 단호하게 맞서고 불식시켜야 합니다. 보수 정당에 속한 젊은 정치인들까지 그런 작태를 밥 먹듯이 범하고 있는 것을 보면 참 어처구니없고 절망스러울 때가 많습니다."

소설 위기의 원인은 1인칭 소설

오늘의 한국 사회에 대해 이야기를 나누었지만, 역시 조정래는 우리 문단의 대표적인 중진 작가다. 그것도 대중들에게 아주 잘 읽히는, 독자들을 무수하게 거느리고 있는 작가다.『태백산맥』이 100쇄를 돌파한 것이 1997년이고 현재는 200쇄를 눈앞에 두고 있다. 이번에『아리랑』이 100쇄를 돌파하면서『한강』을 포함하여, 순문학 작품이 1,200만 권 이상 팔렸다는 이야기가 된다.

소설 문학의 위기를 말하고, 독자층의 이탈을 운위하는 문단에서 이것은 매우 뜻 깊은 일이다. 문단에서는 소설 문학의 위축을 두고 교양 독자층이 문학에서 이탈하고 있다고 말한다. 실제로 주변에서 만날 수 있는 많은 사람들이 소설을 읽지 않는 이유로, 독서에서 얻을 수 있는 효용을 찾기 어렵다는 점을 들고 있다. 흔해 빠진 감상과 연애담을 지루할 정도로 자주 읽다 보니, 뻔하다는 생각이 든다는 것이다. 그렇다면 조정래의 소설이 이렇듯 광범위한 독자들의 관심을 받을 수 있었던 동력은 무엇일까? 작가에게 물어보았다.

"글쎄요, 제 입으로 그런 얘기를 하기가 좀 거북하군요. 독자들이 책을 읽지 않는 이유가 '독서에서 얻을 수 있는 효용을 찾기 어렵기 때문'이라고 했는데 아주 정확한 지적이 아닌가 합니다. 인간들이 발명해 낸 발명품들은 몇천만 가지인지 그 수를 다 헤아릴 수 없을 정도로 많습니다. 그런데 그 공통점은 하나입니다. 인간에게 '유익'해야 한다! 인간의 3대 발명품이 언어·정치·종교입니다. 그 언어에 의해 쓰이는 소설 또한 발명품입니다. 그러므로 소설도 인간에게 '유익'해야 하며, 그 유익이 곧 '효용' 아닙니까. 책도 엄연한 '문화상품'으로 시장에서 거래됩니다. 소비자들이 물건을 선택할 때의 절대적 공통점도

'유익'입니다.

저는 소설을 쓸 때마다 소재, 주제, 구성, 취재, 무대, 인물, 문장까지 '새로운 유익'이 될 수 있도록 집중하고, 집필 시간, 집필 태도까지 철저하게 통제하면서 죽음이 보일 때까지 노력합니다. 그러한 점들은 제 소설을 유심히 읽으신 독자들은 작품 속에서 어렵지 않게 확인하실 수 있을 것입니다.

한마디로 하자면, 독자들이 소설에서 떠나가는 것이 아니라 작가들이 독자들을 버리고 있습니다."

『한강』 이후에 그가 출간한 소설 『인간연습』 또한 소설 시장의 불황인데도 초판은 3만 부를 찍었고, 한 달 만에 7만 부 가량 팔렸다고 한다. 그럼에도 불구하고 역시 한국 소설이 위기라는 것은 부정할 수 없는 현실이다. 그는 이 위기의 원인을 1인칭 소설에서 찾고 있었다. 특히 젊은 작가들이 1인칭 소설을 많이 쓰는데, 그러다 보니 사적인 진부한 이야기들을 중언부언하는 데서 멈추고 있다는 것이다. 무엇보다도 소설은 이야기성이 중요한데, 이야기성을 확보하기 위해서는 이 1인칭 소설 쓰기에서 벗어나야 한다는 것이다. 일리 있는 주장이 아닐 수 없었다. 조정래는 대하소설 3부작인 『태백산맥』『아리랑』『한강』 이후 자신의 소설적 관심이 변화하고 있다는 점도 고백했다.

"『한강』까지 쓰고 나니까 우리 민족의 문제가 전 인류사적 흐름과 어떻게 연관되고 있는가 하는 쪽으로 주제와 소재를 확대하고 싶은 욕구가 생겼습니다. 그건 작가로서 새로운 탐험이 될 수 있고, 운명적으로 작은 나라 한국과 한국인들이 세계사의 격랑과 어떻게 연결되어 있는가를 밝혀내는 것도 '새로운 유익'이 될 수 있기 때문입니다. 특히 『사람의 탈』 같은 작품은 그 무대를 전 세계로 넓힐 수 있는 계기가 되기도 합니다. 그 광대한 무대가 작가에게 새로운 활력과 욕구를 자극하기도 합니다. '창작'을 해야 하는 작가는 언제나 '새로운 도전' 앞에 서야 하는 존재들이고, 그 새로움은 '자기 부정'부터 해야 하는 '극기의 길'이고, '길 없는 길'입니다. 외로우나 그래서 보람 있는 길이지요."

아버지에 관한 유년의 기억, 그리고 '큰 소설'

인터뷰는 두 시간에 걸쳐 이어졌다. 소설을 쓰는 일을 스스로 '글감옥'에 갇힌다고 말하는 작가를 만나는 것은 쉽지 않은 일이었다. 『아리랑』 100쇄 출간이라는 우연한 계기가 그것을 가능케 했다.

조정래의 소설을 읽으면서 또 대화를 거듭하면서 느끼게 된 것이지만 민족주의에 대한 조정래의 인식은 매우 치열한 것이어서 강건한 인성의 뼈대가 된 듯했다. 음성은 강직하고 단호했고, 명료한 표준어의 종결어미가 인상적이었다. 그러나 사적 담화를 나누는 자리에서는 소설에서 들을 수 있던, 아름답게 발성되는 전라도 사투리가 끼어들었다.

조정래의 민족주의는 어디서 온 것일까. 집으로 돌아와서 산문집

『누구나 홀로 선 나무』를 다시 읽어보았다. 유독 부친인 철운 스님에 대한 기록이 뇌리에 남았다. 필명이 조종현인 철운 스님은 만해 한용운의 제자로, 식민지 시기 비밀결사인 만당의 일원이었다. 해방 당시 선암사의 부주지였던 철운 스님은 해방을 맞이한 상황 속에서 절 앞에 세 개의 현수막을 내걸었다고 한다.

절은 사회에 봉사해야 한다.
모든 사답은 소작인들에게 무상 분배해야 한다.
승려들은 자질 향상을 위해 공부에 매진해야 한다.

이 운동은 주지와 충돌을 빚었고, 전체 승려가 양분된 상황에서 '여순사건'을 맞게 된다. 철운은 빨갱이로 몰려 경찰서에 붙들려가고, 서북청년단에 집단 구타를 당해 빗장뼈가 부러지고, 세 번이나 즉결 처형장으로 끌려갔다 구사일생으로 살아난다. 그것이 조정래가 초등학교 1학년 때의 일이다.

한국의 대표적인 중진 작가들은 유년기에 이러한 충격 속에 고스란히 노출된 경우가 많다. 작품 쓰기란 결국 이 유년기 체험의 객관화 과정, 세계의 근원적 폭력성에 대한 해석과 분석 작업에서 출발한다. 어떤 작가들은 이데올로기와 결부될 수밖에 없는 유년기의 피해의식에 매몰되고, 어떤 작가들은 여기서 성숙한 세계 전망의 자리로 나아간다. 내 판단에 조정래의 문학은 후자에 가 닿아 있다. 조정래가 큰 소설을 지속적으로 쓸 수 있었던 것은 이러한 균형감각에도 힘입은 바 크다. 이런 생각이 드는 밤이었다.

■ 오늘날 '민족주의'가 처해 있는 상황은 처연하다. 이른바 뉴레프트는 민족주의를 '상상의 공동체'에 불과하다는 시각을 드러낸다. 반대로 뉴라이트는 민족주의보다는 '국가주의'를 내세우는 역사수정주의를 노골화하고 있다. 올해 광복절은 이명박 정부의 이른바 '건국 60주년' 논란으로 시끄러웠다. '민족'보다는 '국가'가 우선하는 기묘한 상황이 도래하고 있는 것이다.

이러한 현실 변화 속에서 민족주의는 '난타'당하고 있다. 자연히 자신을 민족주의자로 규정하는 사람은 시대에 불시착한 듯한 착시 현상을 초래하고 있다. 소설가 조정래는 이러한 현실을 거슬러 오히려 민족주의적 지향을 명료하게 표현하고 있는 작가다. 조정래는 세간의 민족주의 해소론이 신제국주의적 편견일 뿐이라고 단정한다.

민족주의에 대한 조정래의 관점은 물론 진화해 왔다. 조정래는 제국주의 단계의 민족해방 투쟁이 오늘 같은 글로벌한 신자유주의 체제 아래서는 경제적 장을 둘러싼 지배와 저항의 구도로 전환되었다고 말한다. 역사적 제국주의 단계와 경제적 차원의 미국 중심 신자유주의 '제국'이라는 체제의 성격은 변환된 것처럼 보이지만, 체제 안에서 '강대국'과 '약소국'의 구조 자체는 변하지 않았다는 것이 조정래의 시각이다. 2007년의 인터뷰에서 조정래는 민주화 세력의 무능을 보는 근본적 성찰이 필요하다고 했다. 민주화 세력 무능론은 보수 세력이 정략적으로 제기한 것이지만, 민주화 정권 10년을 거치면서 나타난 민심 이반에 대한 근원적 성찰이 없다면, 그것은 민주화 세력의 책임 회피라는 것이 조정래의 생각이다.

반대로 이명박 정부가 출범하면서, 오히려 강화되고 있는 것은 '보수 세력 무능론'이다. 촛불 정국에 이어 불어닥친 글로벌한 금융위기의 충격에 한국 경제는 속수무책으로 무너져 내리고 있다. 이런 상황 속에서 국민들은 모든 '제도정치 세력'에 대한 불신을 뚜렷하게 표출하고 있다. 앞서거니 뒤서거니 공히 '무능론'에 노출된 모든 제도정치 세력의 총체적인 반성이 필요한 시점이다.

그런 사정과는 별도로, 오늘의 조정래는 위인전을 쓰며 역사를 '복기' 하는 데 집중하고 있다.

이명원 : 문학평론가 | 《오마이뉴스》

이 무능한 애비를 용서하거라

아들아, 너는 요즈음의 이 혼란스러운 세상을 바라보면서 무슨 생각을 하고 있느냐. 무척이나 말수가 적은 너는 그저 속생각을 곱씹으며 이 애비를 원망하지 않을까 걱정이다. 아버지는 맨날 정직하고 진실하게 살라고 하셨는데, 그래 가지고 요런 세상을 어떻게 살아나가겠어요, 하고 말이다.

애비는 최근에 들어서야 너한테 큰 미안함을 느끼게 되었다. 얼마 전에, 요새 세상에서 자식들에게 착하고 정직하게 살라고 가르치는 부모가 가장 무능하고 무책임한 부모라는 말을 듣고 비로소 깨달은 바가 있었다. 단재 신채호나 만해 한용운을 꼽으며 너에게 삶의 바른 길을 잡아주고자 했으니 이 애비의 무능과 무책임이 얼마나 큰지 뒤늦게 알게 되었다.

아들아, 5년 전의 악몽을 또 되씹지 않을 수 없는 너에게 이 애비는 참으로 면목이 없구나, 이 애비가 얼마나 무능하고 못났으면 무녀독남인 너를 현역으로 군대에 보냈더란 말이냐, 완전 면제는 아니더라도 18방·12방·6방이 줄줄이 있는데. 그러나 아들아, 이해해 다오. 그건 이 애비만의 무능이 아니라 할아버지한테서 대물림된 무능이니 어쩌겠니. 할아버지는 네 아들을 모조리 군대에 보낸 최고의 무능력자였거든.

5년 전 어느 대통령 후보의 두 아들 모두가 군대에 가지 않은 의혹으로 세상이 시끌시끌해졌을 때, 너는 군대에서 무작정 자행한 구타로 얻은 목디스크를 몇 년째 치료하고 있었다. 그때 너는 말 한마디 없이 그 요란한 정치싸움을 지켜보고만 있었다. 그런데 그 후보의 두 아들 면제 시기가 너의 신체검사 시기와 거의 비슷해서 이 애비의 무능은 더욱 도드라졌다. 이 못난 애비는 그 무능을 덮으려는 듯 그 후보를 욕하는 것밖에 할 일이 없었다. 그 사람이 낙선한 것은 그 의혹 때문인 것은 세상이 다 아는 일이었다. 그때 이 애비는 너에게 체면치레는 한 것 같아, 그래도 세상은 살아 있다고 위안을 삼으려고 했다. 그런데 그 사람이 다시 대통령 후보로 나서자 면제 의혹은 새롭게 세상을 시끌시끌하게 만들고 있다. 여하튼 그 사람은 여러 모로 유능하기 그지없다. 이 못난 애비는 그 유능을 한없이 부러워하면서, 네가 다시금 지난 악몽에 시달리게 될까 봐 마음 졸이고 있다.

아들아, 그런데 얼마 전에 애비는 이상한 소리를 들었다. 어느 대학생 모임에 강연을 갔었는데, 물론 이 애비는 정직하고 진실하고 대의를 위해 살라는 무능하고 무책임한 강연을 한 것은 뻔하지. 그런데 강연이 끝나자 한 학생이 말했다. 만약 그 사람이 대통령이 된다면 대학생들은 군복무 거부 운동을 전국적으로 일으키겠다고. 대통령의 아들들이 군대에 안 갔는데 왜 우리가 군대에 가야 하느냐고. 그 생각은 기발했지만, 대답하기는 참으로 난감한 질문이었다. 이 애비는 뭐라고 응답했을 것 같으냐. 아무 말도 못하고 손만 저었다. 이 애비는 참으로 무능하고 무능할 뿐이었다. 그 대학생의 말에 찬동하자니 나라가 망할 판이고 그 후보를 미리 사퇴시키자니 아무런 영향력도 없기 때문이다.

　김영삼 정권이 사회개혁을 내세우며 제일 먼저 한 일이 박정희 시절의 '안가'를 부수는 일이었다. 그때 국민의 지지도가 90퍼센트를 넘었다. 그 여세를 몰아 개혁 대상으로 삼은 것이 병역 비리였다. 어림잡아도 5만 건이 넘는다는 그 부정을 '단호히 척결' 하겠다고 김영삼 정권은 기세등등했다. 그런데 그 수사는 흐지부지 덮이고 말았다. 왜냐하면 그 조사를 철저히 했다가는 나라가 망할 형편이었기 때문이다. 무슨 말인지 알겠지? 그 부정을 저지른 사람들이 이른바 이 나라의 지도층이라고 하는 정치계·법조계·행정계·경제계에 몸담고 있는 위인들이었다. 이 애비는 그 유능한 사람들 축에 들지 못했으니 그 무능이 용서받지 못하게 크구나.

　아들아, 너도 결혼해서 아비가 된 지 두 해, 너도 네 아들을 어떻게 키울 것인지 차츰 고민하게 되겠지. 어쩌면 너는 이 애비의 무능에 질려 유능한 교육을 혁명적으로 실시할지도 모르겠구나. 미안하다, 이 무능한 애비를 용서하거라.

《한겨레》 2002년 8월 26일자

역사를 뒤엎은 다수의 폭거

2004년 3월 12일 대통령 탄핵안을 통과시키기 위해 난장판이 된
국회를 이 나라의 주인인 국민들은 어떻게 바라보았을까. 진정 나라
가 잘되기를 바라는 속 깊은 사람들은 나라가 망가지고 무너지는 두
려움과 절망감에 사로잡혔을 것이다. 탄핵안이 대두된 이후 각 매스
컴이 실시하는 여론조사를 통해 국민들은 각자의 의사를 표출시켰
다. 대강 67퍼센트 정도가 탄핵안 반대였다. 그리고, 국민적 신뢰를 받
고 있는 각계의 사회원로들도 연달아 탄핵안 철회를 권유했다. 그뿐
만 아니라 많은 시민단체들도 탄핵의 부당성에 대해 논리적으로 비판
했다.

그런데 세 야당은 합세하여 기어코 탄핵안을 통과시키고 말았다.
말끝마다 '국민, 국민'을 찾는 그들은 정작 국민이 바라는 것과 정반
대로 행동했다. 그건 더 말할 것 없이 국민에 대한 배신이고, 능멸이
다. 입으로는 국민을 위한다고 발라맞추면서도 자기네들의 잇속 앞에
서는 거침없이 국민들을 무시하고 짓밟아버린다는 것을 다시금 여실
하게 보여준 것이다.

국민들이 70퍼센트에 이르도록 대통령 탄핵을 반대했던 것은 '인간
노무현'을 편들어서가 아니었다. 청년실업 문제, 카드 신용불량자 문
제, 장기간의 경기침체, 비정규직 노동자들 문제, 아시아 네 마리 용에
서 탈락할 위기, 이런 난제들에 엎친 데 덮치는 격으로 몰아닥친 폭

설 피해, 산불 피해로 세상이 걷잡을 수 없이 어지럽고 힘겨우니까 모두모두 힘을 합쳐 이 어려움을 극복해 나가자는 것이었다. 원로들과 시민단체들의 뜻과 호소도 그와 다르지 않았다.

그런데 야당들은 코앞에 닥친 자기네 잇속 챙기기에 급급해 주인들의 간절한 뜻을 무자비하게 짓밟아버렸다. 백성은 바다요, 권력이란 그 바다에 뜬 일엽편주에 불과하다. 새로울 것 없으면서도 언제나 새로운 말이다. 탄핵안을 통과시켰다고 해서 민주당과 한나라당은 그 권력의 배에 실려 신나게 풍악 울리며 승리감에 도취하고 있는가? 어서 많이 취하고 실컷 즐기시라.

국민의 바다는 곧 노도를 일으켜 그대들의 배를 뒤집어 엎어버릴 것이다. 왜냐하면 국민들은 그 추악한 탄핵 사태가 왜 벌어졌는지를 샅샅이 알고 있기 때문이다. 세계 그 어떤 마피아단도 현찰 150억 원을 차떼기하지는 못했다. 그런데 우리 한나라당은 그 일을 거뜬히 해치웠다. 그래서 그들은 세계적 마피아단의 명성을 획득했다. 그러니까 한나라당은 '차떼기당'이 아니라 '차떼기마피아당'으로 불러야 마땅하다. 그 외에도 기상천외한 방법들을 동원해서 800억 원이 넘는 정치자금을 갈취하는 범죄를 저질렀다. 그 불법 행위가 낱낱이 드러나 다가오는 4·15 총선에서 당이 몰락할 위기에 몰리니까 그 위기의 타개책으로 들고 나온 것이 탄핵안인 것을 국민들은 너무나 잘 알고 있다.

그리고 민주당은 날이 갈수록 추락하는 인기를 만회하려는 탐욕으로 그 추잡한 야합을 한 것 또한 국민들은 환히 알고 있다. 이념도 다르고 정책도 다른 민주당과 한나라당이 같은 목적을 가지고 힘을 합한 것이 추잡한 야합인 것은 탄핵 사유가 안 되는 탄핵안을 다수의 힘을 악용하여 '날치기'로 통과시켰기 때문이다. 법을 전문으로 연구하는 법률학자 70퍼센트가 여론조사에서 탄핵 사유가 될 수 없다고 판단내렸다.

경호권을 발동해서 의장석에 오른 국회의장은 여당 의원들의 이름을 호명해 가며 이 사태는 당신들이 저지른 '자업자득'이라고 호통치듯 했다. 의장은 자기가 국회법을 어기며 '날치기'를 주도하는 범법자가 되고 있다는 사실은 안중에 없었다. 탄핵안 날치기 통과는 역사를 뒤엎은 다수의 폭거였다. 그들은 스스로 역사의 단두대에 자기들을 세웠다. 그 심판은 머지않은 현실 속에서 국민의 이름으로, 역사의 힘으로 냉엄하게 이루어질 것이다. 그 정치적 사형은 그들 스스로가 자초한 '자업자득'이다.

이제 우리 슬픈 조국, 가엾은 대한민국을 굳건히 떠받치기 위해 모두 어깨동무하며 힘을 모으자. 그리고, 헌법재판소의 권위를 존중하고, 재판관들의 지혜와 슬기를 믿으며 하루라도 빨리 좋은 결정이 내려지기를 기다리자. 우리는 또 하나의 역사 시련 앞에 서 있다.

《서울신문》 2004년 3월 15일자

대한민국은 건재하다

"대한민국이 망하는구나!……"

60대 남자가 이런 소리로 슬피 통곡했다. 헌정 사상 최초로 대통령 탄핵안이 통과된 국회의사당 앞에서였다. 양복을 입은 채 대로에 주저앉아 통곡하는 주름진 얼굴에 굵은 눈물이 흘러내리고 있었다. 텔레비전 화면에 클로즈업된 그 남자의 구슬픈 통곡은 날치기 통과된 탄핵안을 대하는 국민들의 모습을 상징적으로 보여주었다. 그때 이미 탄핵안 통과를 규탄하는 사람들은 여의도로 광화문으로 무리지어 모여들고 있었다. 그리고 여러 매스컴에서 신속하게 벌인 여론조사 결과 탄핵안 통과를 반대하는 국민이 70퍼센트에 이르렀다는 사실을 보도하고 있었다.

이것은 무엇을 뜻하는가. 그건, 국민을 위해서 탄핵안을 통과시키는 것이라고 강변했던 한나라당과 민주당이 정치사기 집단임을 입증하는 것이었다. 그리고 수적 우세만을 무기로 민주주의를 짓밟고 역사를 뒤엎은 두 당의 만행을 엄중히 심판하는 것이었다. 처음 탄핵안이 발의되었을 때부터 국민들은 평균 67퍼센트의 반대의사를 표출시켜 왔다. 그런데 한나라당과 민주당은 그런 국민의 뜻을 묵살하고 짓밟아버려 더 강력해진 분노의 심판에 직면하게 된 것이다.

이 무서운 위기 앞에서 한나라당과 민주당은 다시 두 번째 음모를 꾀할지도 모른다. 총선 연기 시도가 그것이다. 벌써 그런 소문이 퍼지고 있다. 만약 그들이 두 번째 음모를 시도하려고 하면 그날이 바로 그들 스스로 자기들 목을 치는 정치적 사형 집행일이 될 것이다.

두 당이 오만불손한 완력으로 탄핵안을 통과시켰으니 꼭 확인해야 할 사실이 있다. 노무현 대통령이 과연 탄핵을 당할 만큼 나쁜 짓을 했는가? 아니다, 절대 그렇지 않다. 노무현은 대통령이 되자마자 어리석을 만큼 순수하게 권력 민주주의 실천에 나섰다. 그것이, 대통령 권력의 3대축이라고 하는 국정원·검찰·경찰을 그전처럼 틀어쥐지 않고 독립성을 보장하겠다는 선언이었다. 그뿐만 아니라 말로만 반복되어 온 3권 분립을 현실화하려고 노력했다. 그 일은 한마디로 대통령의 권력을 스스로 축소하는 이변이었다. 이것이 얼마나 어려운 일인가. 부자가 될수록 돈을 탐하듯 인간의 역사 속에서 모든 권력자들은 권력을 잡는 그 순간에 권력을 더 키우고자 욕심냈고, 수없이 많은 사람들이 그 탐욕에 치여 비극적 종말을 맞이했다. 역대 대통령들 중에서 자신의 권력을 줄여 민주국가의 틀을 바르게 세우고자 한 사람이 있었던가. 노무현 대통령이 유일하다. 그런데 두 야당은 그런 대통령이 허약해졌다고 깔보고 자기네 잇속을 위해 내쫓으려고 들고일어난 것이다. 국민 무서운 줄 모르는 만용이다.

지금은 대한민국의 위기인가? 대한민국은 망하고 있는가? 그런 느낌은 국회에서 폭거가 일어나던 그 순간이었을 뿐, 며칠이 지난 대한민국은 튼튼하게 건재하고 있다. 우리는 누구인가. 일제 36년의 뼈저린 수난을 이기고, 6·25의 피어린 참극을 견디고, 전쟁의 초토화가 남긴 가난을 헤쳐냈고, 하루 16시간의 노동 속에서 눈물의 빵을 먹으며 경제를 일으키고, 고문의 지옥과 분신의 저항 속에서 30년 군부독재를 물리치며 오늘에 이르렀다. 이러한 조국을 어찌 강건하게 지키지 않을 수 있는가. 이번 사건은 국가 위기가 아니라 새 역사의 길을 열어가는 진통이다.

우리는 침착하게 헌법재판소의 판결을 기다리자. 경륜과 지혜를 두루 갖춘 재판관들은 분명 새 역사의 문을 열 것이다.

《한겨레》 2004년 3월 16일자

문학은 한 생을 바쳐도 좋을,
아름다운 이상

66 작가란 인간의 인간다운 세상을 꿈꾸며,
모든 비인간적인 것에는 저항해야 된다고 생각합니다.
그런 의미에서 우리의 분단 상황은
작가들을 끝없이 긴장시키며,
인간적 진실을 투시하고, 옹호하라고
줄기차게 요구하고 있습니다. 99

채희윤 바쁘실 텐데 이렇게 시간을 내주셔서 감사합니다. 흔히 문인들이 하는 말 가운데 '문학은 나를 구원해 주는 유일한 대상이다. 나는 구원받기 위해 글을 쓴다. 괴롭지 않을 때는 글이 써지지 않는다'라는 표현이 있습니다. 우문 같습니다만, 선생님에게 문학은 무엇입니까?

조정래 글쎄요……. 흔히들 그렇게 말하는 것을 듣고는 합니다. 누구나 어떻게 말하든 상관없습니다만, 언제부턴가 상투화되어 버린 그런 식의 말은 식상하기도 하고, 좀 문제가 있기도 합니다. 다시 말해, 그런 식의 말들은 무언가 멋들어지게 말하기 위해 일부러 감정을 가장하거나 과장하고, 무언가 근사하게 꾸미기 위해 가식적 허풍을 떨고 있는 게 아닌가 하는 의심을 떨쳐버릴 수가 없습니다. 누군가가 글 쓰는 어려움에 대해 '피를 찍어서 썼다'거나 '피를 짜서 썼다'고 하니까 그다음부터 너나없이 그 말을 유행가 읊듯 하는 것이나 마찬가집니다. 그래서 저는 그런 식의 우아하고 고상한 말을 한번도 해본 일이 없습니다. 저는, 문학을 하기 위해 대학 국문과를 택했을 때, 제 스스로 가장 자신 있게 잘할 수 있는 일이 글 쓰는 일이었습니다, 그리고, 가장 하고 싶었던 일이기도 했고요. 그러니까 문학은 나에게 일생을 거는 직업이었고, 언제나 최선을 다해야 하는 고통스러우면서도 즐거운 대상이었습니다. 저는 1970년에 등단했으니까 금년(2005년)으로 35년이 되었습니다. 그동안 적지않은 양의 글을 써오면서 문학에 대해서, 글 쓰는 일에 대해서 곱씹고 되짚으며 많은 생각을 해왔습니다.

더구나 우리의 역사·사회 현실은 세계 그 어느 나라에서도 볼 수 없는 '분단'이라는 상황 속에서 수많은 모순과 갈등과 왜곡과 문제점들이 뒤얽혀 있지 않습니까. 작가란 인간의 인간다운 세상을 꿈꾸며, 모든 비인간적인 것에는 저항해야 된다고 생각합니다. 그런 의미에서 우리의 분단 상황은 작가들을 끝없이 긴장시키며, 인간적 진실을 투시하고, 옹호하라고 줄기차게 요구하고 있습니다.

물론 우리 개개인의 생김들이 모두 다르듯이 작가들의 개성도 전부 다르고 그래서 작품도 다양해집니다. 그런데, 저는 작가와 작품 세계에 대해서 그렇게 인식했고, 그 길을 따라서 오늘에 이르러 있습니다. 한마디로 압축하자면, 인간의 인간다운 세상을 위하여 인간에게 기여하기 위해서 저는 글을 씁니다.

채희윤　선생님은 우리 문학의 관습적 구분으로 보자면 리얼리즘의 진영에 서 있다고 봅니다. 물론 다른 작가와 다르게 민중적 이데올로기를 드러내는 데에 헌신함으로써, 한 시대의 총체성을 담아내려는 선생님의 세계관을 극명하게 보여주셨다고 생각합니다. 이럴 때 관건은 문예미학적 용어로 말하자면 일단의 전형성이 담보되어야 합니다. 조금 다르게, 모더니즘적 창작에서는 소시민, 민중에 기반을 두어야 하는데, 어느 시대 한 사회의 총체성을 획득하는 방법은 무엇이라고 보는지 선생님의 견해를 듣고 싶습니다. 문학예술의 영원한 원천으로 삼고 있는 것이 인간 경험의 다양성이라고 할 때, 모더니즘 작가 역시 그 외연 속에 들어 있기 때문입니다.

조정래 대부분의 작가들이 그렇겠지만, 저도 역시 어떤 한두 마디로 작품들을 구분짓고 재단하려는 평론가적 용어를 좋아하지 않습니다. 그게 문학을 연구하는 자들의 편익을 도모하는 효과적인 여러 가지 방법들 중에 하나일지는 모르나 문학의 본질과는 아무 상관이 없기 때문입니다. 다만 문학에는 생명력이 오래 유지되는 감동적인 작품과 그렇지 못한 작품이 있을 뿐입니다. 그리고 문학의 대상은 영원히 인간이며, 그 인간의 문제를 얼마나 총체적으로 그리고 감동적으로 그려내느냐 하는 것은 평론가적 용어로 구분되는 어떤 형식에 의해서가 아니라 작가 개개인의 능력에 따라 좌우된다고 생각합니다. 물론 그 능력이란 단순히 재능만을 말하는 것이 아니라 인식·가치관·열정 같은 것들을 다 포괄하는 것입니다.

채희윤　『태백산맥』은 80년대 젊은 세대를 열광시켰던 작품입니다. 분단 시대의 이념적 질곡에서 비롯된 반공적 시각을 완전히 극복하고 한국전쟁이 이념적 동기나 강력한 외세의 충돌에 의해서라기보다는 일제 식민 시대로부터 축적된 민중의 생활상의 요구를 실현해 가는 과정에서 필연적으로 발생했다는 점을 밝혀낸 것에서 비롯된 것으로 보입니다. '삶을 통한 역사 드러내기'의 한 전형이 되었는데요. 삶의 구체성을 담보하기 위해 어떤 노력을 기울여야 하는지 후배 작가들에게 조언해 주신다면……?

　　조정래　글쎄요, 말로 설명을 다 하기 어려운 질문이군요. 정치경제학자 박현채 선생께서 생전에 하신 말씀이 있습니다. "니, 해방 당시 우리 사회의 근본적이고 핵심적인 문제점이 농토의 문제란 것을 어찌 그리 딱 알아부렀드라냐!" 저의 중학교 선배이시기도 했던 그분은 그 발견(?)에 대해 몇 번씩 감탄스럽고 신기하다는 반응을 보이곤 했습니다. 그리고, 또 다른 경제학자 정운영 씨는 '『태백산맥』은 땅에 얽힌 문제를 끈질기게 제기한다. 그리하여 마침내 한국전쟁의 내부 원인이 거기에서 기인했다는 사실을, 경제하는 사람을 설득시키기에 이른다.' 이런 내용의 작품평을 쓴 일이 있습니다.
　　아까 '삶을 통한 역사 드러내기'라고 하셨는데, 두 경제학자가 동감한 그 핵심은 바로 해방 당시의 모순된 삶이었고, 그 현실은 저와 함께 세상을 산 모든 사람들은 다 볼 수 있었습니다. '삶을 통한 역사 드러내기'란 그 이전에 '삶의 보편적 문제 바로보기', '인간 평등의식 바로 갖기', '비인간적인 것 거부하고, 인간적인 것 옹호하기' 같은 안목과 인식과 판단이 갖추어져야 할 것입니다. 그건 쉽고도 어려운 문제인데, 같은 작가라 하더라도 봉건시대의 유물인 족보에 대해 현대 민주사회에서 전혀 쓸모없는 것으로 외면하는 작가가 있는가 하면, 그와 정반대로 족보를 신주단지 떠받들듯 하며 자기네 조상들이 벼슬했던 것을 대단한 자랑거리로 여기는 작가도 있습니다. 그 엄청난 차이야말로 사물에 대한 바른 인식, 객관성을 갖춘 올곧은 판단, 시대를 관통해 가는 불변의 진실을 확보하기가 얼마나 어려운가를 잘 보여주고 있습니다. 색다른 방법이 있을 리 없습니다. 문학이란 단순한 재미나 흥미를 위해 존재하는 것이 아닙니다. 인간의 인간다운 가치를 구현하기 위한 그 무엇입니다. 그러므로 불변의 평등의식을 바탕으로 인간다운 진실을 옹호하려는 노력을 계속하면 가장 인간적인 '삶을 통한 역사 드러내기'는 자연스럽게 이루어질 것입니다.

채희윤　여러 가지 면에서 귀감이 될 만합니다. 선생님의 성실성에 관해서는 등단 때도 들은 얘기지만 키 높이 원고에 오자 하나 없이 정자로 다 한 자 한 자 썼다고…….

조정래　예, '성실하라'고 하는 건 너무 흔한 교훈이고 훈계라 젊은 사람들일수록 식상해하고 듣기 싫어 하는 말이지요. 그러나 저는 35년 동안 글을 써오면서 저의 재능을 믿기보다는 미련하도록 전력투구하는 '성실'을 믿으려고 했습니다. 그래서 『태백산맥』『아리랑』『한강』을 써

낸 20년 동안 술을 한 번도 마시지 않았고, 입산 승려처럼 사회와 절연하다시피 했고, 세 군데의 잡지와 신문에 연재하는 동안 원고가 늦어져 담당기자들의 전화를 받은 일이 한 번도 없습니다. 그리고 원고지에 오자 하나 없이 글씨를 또박또박 써나가고, 문장이 잘못된 것이 아니라 글씨의 획이 하나 비틀어지더라도 원고지를 찢어 버리고 다시쓰고 했던 것은, 원고지가 지저분해지면 제 영혼이 더러워지고 혼탁해지는 것 같았기 때문입니다.

그런데 세 편 소설을 다 마치고 나자 많은 사람들이 '어떻게 그렇게 오랫동안 긴장을 유지할 수 있었느냐', '그런 성실성을 어떻게 지속시키느냐', '그런 열정은 어디서 나오는 것이냐' 이렇게들 묻고는 했습니다. 참 대답하기 난처한 물음들이지요. 언젠가 평론가 김윤식 선생이 이런 글을 썼었습니다. '지속적으로 열정을 확보하는 것. 그것이 작가의 능력이다.'

저는 그동안 제가 바칠 수 있는 모든 성실을 제 문학에 바치려고 애썼고, 그것은 앞으로도 죽는 날까지 변함이 없을 것입니다. 그것만이 제가 믿을 수 있는 유일한 방법이고, 제가 어느 때라도 세상을 떠나면서 후회하지 않을 유일한 길입니다.

채희윤 『태백산맥』에서 민중 중심적인 이야기로 역사 인식을 보여줬고 『아리랑』에서는 민족 중심적인 역사 인식을 보여주고 있습니다. 차이점을 설명해 주십시오.

조정래 『태백산맥』『아리랑』『한강』은 얼핏 연결되어 있는 것처럼 보이지만, 시대와 이야기와 주인공이 완전히 다른 각기 독립된 별개의 소설들입니다. 다만, '우리의 근현대사 3부작'이라고 말하는 것은 시대의 흐름이 연결되어 있는 것을 중시해 편하게 부르는 이름이지요.

그런데 그 소설들 중에서 세 가지 공통점이 있습니다. 첫째 민중이 역사의 핵이며 역사의 수레바퀴를 돌리는 원동력이라는 점이고, 둘째는 친일파들이 우리의 민족사에서 얼마나 악덕이며 우리의 사회질서와 사회양심을 파괴하는 데 얼마나 치명적이었는지를 밝히려 한 것이고, 세 번째는 우리의 분단상황 속에서 남과 북의 정권 지배집단들이 역사를 얼마나 왜곡시키고 변질시켰는지를 드러내고자 했습니다. 민중과 민족은 시대환경에 따른 별칭이지 제 작품에서 그것을 굳이 구분하려고 하는 것은 별 의미가 없다고 생각합니다.

채희윤 선생님의 작품에서는 땅의 중요성이 아주 강조되고 있습니다. 특히 『태백산맥』에서는 해방 후 계급 간 갈등과 그 연장으로서의 분단과 전쟁을 토지소유 관계의 모순으로 설명함으로써 당시까지만 해도 낯선 개념이었던 '분단내인론'을 적극 수용한 것으로 보입니다. 『아리랑』에서도 일제의 이른바 토지 조사사업의 실상과 그것이 미친 여파에 주목함으로써 민족 간 모순과 대결에서도 땅의 문제가 결정적인 역할을 했음을 실감케 합니다. 선생님께서는 여전히 '땅'이 작금의 한국에서 계급과 이념의 갈등과 모순의 핵이라고 보시는지요?

조정래 　땅이란 한마디로 인간의 생존 그 자체입니다. 단적으로 말하면, 이 세상의 모든 인간들은, 제아무리 잘나고 똑똑한 자라고 해도 20일 이상 굶으면 모조리 죽습니다. 그렇게 중대한 모든 '먹이'는 바로 땅에서 나옵니다. 그러니 땅의 중요성은 시대를 초월하는 것이며, 그 사실이 바로 인간 생존의 보편성입니다. 그런데 먹이가 순조롭게 해결되는 현실이 계속되는 상황 속에서는 그 중요성을 쉽사리 잊어버리게 됩니다. 특히 산업경제를 발달시켜 생활의 부를 축적하면서 풍요롭게 살수록 농업경제는 경시하게 됩니다. 우리는 이미 30여 년 전부터 산업경제에 본격적으로 진입함으로써 농업경제의 경시를 넘어서서 농촌 붕괴의 현실을 목도하고 있습니다. 그러므로 한국 사회의 갈등과 모순의 핵은 땅을 벗어나 '노동'으로 이동해 있습니다. 이 사회적 변동을 『한강』에서 분명하게 드러내고 있습니다. 노동자들의 비참한 현실과 전태일 열사의 분신과 함께.

채희윤 　역사적 진실과 문학적 진실이 선생님의 작품 가운데 『태백산맥』에서 특히 잘 이루어졌다는 평을 본 적이 있습니다. 『아리랑』이나 『한강』에서도 그것을 충실하게 그려내셨다고 생각하시는지요.

조정래 　그것 참, 독자들의 입장에서 보면 흥미로운 질문일 수 있지만, 작가의 입장에서는 대답하기 난처한 질문에 속하겠군요. 아주 솔직하게 말씀드리자면, 『아리랑』을 쓰기 전부터 『아리랑』을 끝낼 때까지 줄기차게 저를 괴롭히고 고통스럽게 한 것이 무엇인가 하면, 『태백산맥』보다 잘 써야 할 텐데 하는 강박감이었습니다. 다시 말하면, 그건 새로 쓰는 작품 앞에서 그전에 쓴 작품이 적이 된다는 뜻인데, 이건 모든 예술가들이 창작을 위해 자기 자신과 끝없이 싸워야 하는 운명이고 숙명입니다. 그러니까, 운동선수들에게만 기록 경신이 있는 것이 아닙니다. 모든 예술가들도 끊임없이 기록 경신을 해야 합니다. 저는 『아리랑』을 쓰기 전에 이미 제가 『아리랑』을 끝냈을 때의 사회적 반응을 듣고 있었습니다. 『아리랑』을 향해 세상이 품고 있는 악의는 '『태백산맥』만 못해' 하는 한마디일 것입니다.

『아리랑』을 쓰기 위해 1990년에 제일 먼저 취재를 간 곳이 만주였습니다. 한 달 동안 취재를 하고 돌아오는데, 저를 초청해 주었던 동포 작가 김학철 선생이 "『태백산맥』 아주 감동적으로 읽었소." 그러면서 "『아리랑』도 잘 쓰시오. 『태백산맥』만 못하겠지만" 하는 것 아닙니까. (웃음)

그 말을 듣고 제 기분이 어땠겠어요? 그런 예정된 위험을 앞에 두고 마음을 더욱 다잡으며 글을 쓰기 시작했지만, 『아리랑』 12권을 끝마치고 나서 한 6개월 동안 참 불안스럽고 조마조마했습니다. 그런데 천만다행하게도 "『태백산맥』만 못하다"는 말은 나오지 않았습니다. 어쩌다가 자기는 "『아리랑』이 더 좋다"고 하는 독자를 만나면 그 사람이 그렇게 예뻐 보일 수가 없었습니다. (웃음)

마찬가지로, 『한강』을 쓸 때는 『태백산맥』과 『아리랑』이 『한강』의 적이 되었습니다. 『한강』을 끝내고서도 한 6개월 동안 긴장이 풀리지 않았는데, 역시 염려했던 혹평은 피할 수 있었어요. 저는 요행히 그 무서운 함정에서 두 번 다 빠져나오게 된 것입니다. 저는 『태백산맥』의 작품 성취와 똑같이 『아리랑』과 『한강』도 쓰려고 최선을 다했고, 그 결과는 독자들이 평가할 것입니다.

채희윤 저는 『태백산맥』에 흐르는 커다란 줄기가 『한강』에 와서는 퍼져버리는 듯한 느낌을 받았습니다. 모자이크와 같은 점묘화로 세상을 총체적으로 드러내는 방법이라서 그런가 하는 생각도 해봤습니다. 어쨌거나 선생님의 대하소설은 '역사가 소설을 껴안는' 서술 방법을 보여주었다는 평가를 받고 있습니다. 소설 속에서 역사와 소설이 대응하여 서로 연접되기도 하고, 역사 속으로 소설이 용해되기도 하는데요, 역사가 소설의 판이고 무대가 되는 것 같습니다. 요즈음 역사적 사건이나 인물을 조명하고 허구적으로 구성하는 '중간 역사소설'이 많은 인기를 얻고 있습니다. 선생님은 어떻게 보고 계시는지요?

조정래 엄밀히 말하자면 이 세상의 모든 소설은 '역사소설'입니다. 왜냐하면 소설에 등장하는 모든 이야기는 시제로 따져 전부 '과거'이며, 역사를 형성하는 인간사 모두는 소설의 대상이기 때문입니다. 물론 이 논리에 반대할 사람들도 있겠습니다만, 그런 의미에서 역사가는 문학을 몰라도 역사가가 될 수 있지만 작가는 역사를 몰라서는 작가가 될 수 없습니다. 또한 평론가들이 분류의 편의주의에 따라 소설의 종류를 이름 붙여놓은 것도 적합한 일이 아니지 않은가 하는 생각을 가끔 하게 됩니다. 소설이면 그냥 소설이라 하면 되지 않을까 싶습니다. 여기서 '중간 역사소설'이라고 하는 것은 문학성은 빈약하고 지나치게 흥미나 재미 위주로 빠져버린 글을 지칭하는 게 아닌가 합니다. 그런 글들은 어떤 경우에도 곤란합니다. 문학은 어디까지나 예술이고, 예술은 시대를 초월한 감동을 갖는 것입니다. 문학이기를 포기한 소설 같은 소설은 소설이라고 할 수가 없습니다.

채희윤 어떤 사람들은 최근 이런 경향의 작품을 굉장히 좋다고 평을 합니다. 어떻게 보면 그러한 소설들이 새롭다는 건데, 새로운 것이 굉장히 거북할 때가 있습니다. 자본주의 사회에서 새로운 상품이 개발되고 새로운 상품이 나오면 그 이전 상품이 가차 없이 밀려나듯 문학 작품도 그런 식으로 취급되는 것 같은 느낌이 들기도 해서요.

조정래 책도 정가를 매겨 서점에서 팔고 있으니까 자본주의 시장원리로 보면 분명 상품입니다. 그러나 책이라는 특수상품, 특히 문학작품을 시장성으로만 가치평가를 한다면 그건 큰 문제가 있습니다. 언어의 고유한 특성은 시간과 공간을 초월해서 남겨지는 영원한 생명성에 있습니다. 따라서, 언어를 모태로 하는 문학작품은 영원히 남겨져야 할 가치를 지니고 있어야 합니다. 그런데 시장의 인기라는 것은 지극히 일시적이고 물거품입니다. 어느 시대에나 인기에 영합하는 얄팍한 작품들은 있었습니다. 또, 그런 작품들에 대한 옹호와 비판도 반복되어 왔습니다. 그러나 결국 남겨질 가치가 있는 작품들만 남았습니다. 지난 1970년대에 경제발전과 함께 요란스러웠던 신진 작가들과 작품들이 지금 얼마나 남았습니까. 거의가 포말로 사라졌습니다. 인기에 영합하려는 풍조는 바람직하지 않지만, 또한 별로 문제될 것도 없습니다. 긴 시간인 역사는 엄격하고 냉정한 손으로 의미 있는 것만 가려 뽑고 있으니까요.

채희윤 소위 포스트모더니즘은 그 대표적 특성 중 하나로 제임슨이 말한 바 '역사성의 위기'라고 불리는 역사감각의 소멸과 그에 따른 '위대한 언술의 붕괴(료타르의 의미로)'로 이루어지고 있습니다. 사실 선생님의 작품들은 '인간의 역사적 자아창조의 미완성된 과정의 반영'이라 말할 수 있는데, 이런 과정을 적절히 반영하는 작품은 특정 시대에 필요한 인간의 역사적 자아의식을 최대한 구체화시켜야 하는 숙명을 갖고 있다고 봅니다. 결국 역사소설의 한 범주라고 볼 수 있습니다. 곧 대학생이 되는 '네티즌 세대'에게 어떤 의미로 읽히게 될 것으로 생각하시는지요? 또 앞으로 쓰실 작품도 역사적 사실에 근거를 둔 개인적 의식의 흐름을 지니게 되는지 궁금합니다.

조정래 예, 네티즌 세대의 인식이 전 세대의 인식과 분명히 다른 부분이 있을 것입니다. 그러나 그들도 하루 세끼 밥을 먹어야만 하듯 인간으로서 동일한 본질을 가지고 있습니다. 그들은 최첨단 문명의 이기의 마력에 휩쓸려 있습니다. 그러나 그들은 한국사람으로서 한국의 역사지평 위에서 살게 되는 고유성과 특성을 저버릴 수 없습니다. 그 숙명성은 한국인으로서의 보편성이기도 합니다. 경제구조의 세계화, 인터넷의 전 지구화 같은 현상으로 국경이 급속도로 무너지고 민족 개념도 없어질 거라고 말합니다. 그거야말로 전 시대부터 끝없이 실수를 저질러오고서도 아무런 책임도 지지 않았던 성급한 지식인들의 호들갑입니다. 민족이라는 것, 인종이라는 것, 국가라는 것, 그런 것이 그렇게 간단한 것이 아닙니다.

최근에 예스24라는 인터넷서점에서 여론조사를 한 일이 있습니다. 거기에 참여한 6만여 명 중에 그야말로 네티즌 세대가 90퍼센트를 넘었는데, 그들이『태백산맥』을 감동 깊은 작품 1위로 뽑았습니다. 그리고 수많은 젊은 독자들이『한강』다음의 시대를 언제 대하소설로 쓸 것이냐, 어서 빨리 써 달라, 하는 글들을 남기고 있었습니다. 우리의 역사에서 지난 100년 동안의 수난과 고통의 역사를 지울 수 없듯이, 그 시대를 엮어낸 제 작품에 대해서도 신·구세대들이 별다른 차이 없이 읽을 거라고 생각합니다.

앞으로 쓸 작품은 좀 다양하게 변하리라고 생각합니다.

채희윤 선생님 큰 작품들, 이를테면『태백산맥』『아리랑』『한강』 등에 등장하는 인물은 대부분이 호남사람들이거든요. 선생님 고향이 호남이기 때문인가요?

조정래 예, 꽤 많은 사람들이 그런 짐작을 하는 것도 같습니다. 그러나 전혀 그렇지 않습니다. 쉽게 말하자면 그건 우연의 일치일 뿐이고, 거기에는 그렇게 될 수밖에 없었던 필연적 이유가 있습니다.

해방과 동시에 분단, 그리고 군정, 남북의 대치에 따른 좌우의 극한 대결, 그 상황 속에서 남한 단독정부 수립, 그리고 '여순사건'이 터졌습니다. 여순사건은 해방 3년 동안에 야기된 정치·사회적 갈등과 모순의 응축된 폭발이었으며, 그것은 작은 규모의 6·25였습니다. 그러므로 민족의 분단과 전쟁을 대상으로 한 『태백산맥』을 여순사건에서부터 시작해야 하는 건 필연이었습니다. 그런데, 저는 전라도라는 땅에서 태어난 것이고, 또 하필이면 여순사건의 한복판인 순천에서 그 사건에 휩쓸린 일곱 살짜리 소년이었습니다.

　그리고, 민족 수난사를 쓰는 『아리랑』의 이야기를 김제가 아닌 다른 지역에서 시작할 수는 없었습니다. 왜냐하면 일본이 한반도를 식민지화하는 데 있어서 영토 확장보다 더 급했던 것이 부족한 식량의 안정적 확보였습니다. 그래서 한반도에서 제일 큰 곡창지대인 호남평야에서 일본의 식량 착취는 병합되기 훨씬 전인 1902년경부터 해방이 될 때까지 줄기차게 자행되었습니다. 그러니까 호남평야 중에서도 중심이었던 김제 만경평야는 일제의 착취를 가장 극심하게, 그리고 가장 오래 당한 곳이었습니다. 그러므로 김제가 『아리랑』의 무대가 되는 것은 피할 수 없는 필연이었습니다.

　그리고 『한강』에서도 전라도 한 지방이 무대가 된 것은, 이승만 정권의 농정 실패에 따른 이농과, 박정희 정권의 산업화에 따른 농민들의 도시 노동자화로 '무작정 상경'이 가장 많았던 것이 전라도였기 때문입니다. 넓은 농토, 그만큼 많은 농민, 농업의 몰락, 이농 현상을 쓰는 데 전라도땅을 빼놓을 수 없는 일 아닙니까.

282

이런 필연성들에다가 제가 전라도사람이니 더욱 잘된 일 아닙니까. 그래서 전라도말을 쓰되 원형 그대로의 토박이말을 쓰고자 했고, 그 말이 품고 있는 민족 고유성과 정서의 풍요로움과 풍자와 해학성을 살리고자 했고, 그런 요소들이 합쳐져 아름다운 문학언어로 승화되기를 바랐습니다. 그건 고향말에 대한 자긍심이기도 했고, 또 한편으로는 오랜 세월 떠나와 있었던 고향 사랑의 표현이기도 했습니다. 영원한 타향인 서울에 살면서 '전라도사람'으로 백안시당한 사무침도 있었으니까요.

채희윤 선생님의 방대한 스케일에 어울리는 수많은 인물들이 선생님의 소설 속에서는 생생하게 살아 숨 쉬고 있습니다. 모두가 선생님의 분신이겠지만, 그중에서도 작가로서 가장 애정이 많이 가는 인물은 누구인지요?

조정래 글쎄요.『태백산맥』『아리랑』『한강』에 등장하는 인물들이 대략 1,200여 명쯤 될 것입니다. 그 인물들 중에서 굳이 고른다면『태백산맥』에서 하대치와 외서댁,『아리랑』에서 공허와 필녀,『한강』에서 유일표와 강숙자 같은 인물이 좋습니다. 그러나 제가 매력적으로 생각하는 인물이 독자들에게도 매력적인 것인지는 잘 모르겠습니다. 사람들마다 취향이 제각기 다르니까요.『태백산맥』의 인물들을 대상으로 독자들이 인기투표를 했는데 여자는 소화, 남자는 염상구가 1등이었습니다. 염상구가 1등을 차지한 것은 뜻밖이었습니다. 그러나 '열

손가락 깨물어 아프지 않은 손가락 없다'는 말이 있지 않습니까. 작가의 마음이란 그런 것입니다.

채희윤   선생님께서는 『태백산맥』을 나중에 개작하셨잖습니까? 연구자들 가운데 정본의 문제가 있을 듯합니다만.

조정래   예, '개작'이 아니라 엄밀하게 말하면 독자들의 이해를 돕기 위해서 1권부터 5권까지 250매 정도를 보충했습니다. 그리고 그 사실을 책 앞에 분명히 밝혀놨으니 '정본' 기준에는 별 문제가 없지 않나 싶습니다.

채희윤   그러면 고친 것을 정본으로 삼아야 하나요? 빨리 읽은 사람들은 고치기 전의 작품이 더 좋은 것 같다는 의견도 있습니다.

조정래   예, 그것을 정본으로 삼겠다고 했습니다. 물론 보충하기 전을 더 좋아할 수도 있습니다. 그 보충 문제와 연관된 에피소드가 하나 있습니다. 저는 3부를 쓰는 고통 속에서 오로지 독자들을 위해 성가시고 짜증나는 것을 참아가며 보충 작업을 했던 것인데, 그 반응은 정반대로 나타난 것입니다. 어떤 독자가 《시사저널》에다가, '작가가 얼마나 돈을 더 벌고 싶으면 그런 짓을 해서 책을 더 팔려고 하느냐'고 투고를 한 것입니다. 이미 다섯 권을 다 읽은 그 독자는 다시 다섯 권을 사야 할 판이었으니 꽤나 화가 났던 모양입니다. 그런 독자들의 입장에서는 당연한 반응이었습니다. 그때 저는 순수한 선의가 어떻게 악의로 곡해될 수 있는가를 절실히 느꼈습니다. 그 잡지에 저의 뜻을 설명할까 하다가 너무 번거로워 그냥 지나치고 말았습니다.

채희윤　선생님의 글쓰기에 대한 불요불굴의 집요한 정신은 문단 안팎에서 회자될 만큼 찬탄을 불러일으키게 합니다. 선생님 특유의 작가정신이나 기질은 어디서 연유한 것인지요?

조정래　글쎄요, 한 작가의 작가정신이나 기질은 한마디로 얘기할 수 있는 것은 아닐 것입니다. 타고난 체질, 성장 환경, 사물에 대한 인식, 보편적 가치에 대한 신념, 일에 대한 성취욕 같은 것들이 복합적으로 작용하여 형성되는 것이겠지요. 20년 동안 세 편의 대하소설을 쓰면서 왜 저라고 괴롭고 힘들지 않았겠어요. 글 쓰면서 당했던 고통과 괴로움을 글로 쓴다면 또 한 권의 책이 될 정도입니다. 저도 고통을 피하고 싶고, 어딘가로 도망가버리고 싶은 충동을 수없이 느끼고는 했지요. 그러나 결국은 제가 하지 않으면 안 될 일입니다. 그 당연함 앞에서 참고 또 참으며 저를 채찍질해 댄 것입니다. 그 인내와 집중 아니고서는 사람이 이룰 수 있는 일이란 아무것도 없는 것이지요. 글로 제 인생을 일으키고자 하는 집념이 그 누구보다도 강했는지도 모릅니다.

채희윤　선생님은『작가가 쓴 작가의 고향』이라는 책에서 '직접체험을 소설로 쓰지 말아야 한다'고 하신 적이 있습니다. 상상력의 고갈에 대한 두려움이 크게 작용했다고 해명하시기도 했습니다. 평론가 임규찬 씨는 『태백산맥』은 벌교의 지형도다, 벌교라는 것이 없으면 『태백산맥』이 나왔겠느냐'라고 했습니다. 많은 작가들이 자신의 체험을 바탕으로 글을 쓸 수밖에 없는데요.

조정래　물론 작가는 자기의 체험을 바탕으로 상상력을 구축하고, 동시대의 이야기를 형상화하게 되지요. 그러나 자기의 직접체험을 바로 소설로 써버리면, 소설이 될 수 있는 특수체험이 고갈되면 더 이상 소설을 쓸 수 없는 함정에 빠지고 맙니다. 소설가들 대부분이 도시 소시민으로 살게 되고, 특수체험이 거의 없는 생활 속에서 조로하게 되는 것은 너무 당연한 결과 아니겠습니까. 그런 위험을 배제하기 위해서 저는 직접체험의 소설화를 피해왔던 것입니다. 임규찬 씨의 말은 극히 일부만 본 것입니다. 『태백산맥』 3부를 쓰고 있을 때 어떤 동료 작가가 말했습니다. "조 형은 참 행운이다. 충청도인 내 고향에서는 그런 극심한 일이 별로 없었다." 저는 그냥 웃고 말았습니다. 그럼 『아리랑』에 대해서는 어떻게 말해야 합니까. 전혀 제가 살지 않았던 시대인데 말입니다. '벌교'라는 땅이 특별한 곳이 아니고 그곳은 분단된 남한땅의 모든 지역을 상징할 뿐입니다. 남한의 그 어떤 지역이든 심층을 파헤치고 들어가면 『태백산맥』이 탄생할 수 있는 역사성이 있다는 사실입니다. 저는 그러한 의미를 3권에서 김범우의 입을 통해서 밝히고 있습니다. '이곳은 태백산맥이라는 거대한 나무의 실가지 끝에 피어난 하나의 이파리'라고.

채희윤　사실, 80년대에는 많은 작가들이 집필보다는 현실 참여에 적극적이었습니다. 선생님은 철저히 글로써 그 시대를 견디셨는데, 『태백산맥』의 감동은 지금 읽어도 절절합니다. 당시 현실 참여로 글을 아예 접어버린 작가도 적지 않습니다. 새삼 작가의 역할에 대해 많은 생각을 하게 됩니다.

조정래　예, 그때 가투를 열심히 하던 후배 작가들이 가끔 힐난하듯이 한 말이 있습니다. "왜 선배님은 가투를 안 합니까." 그때 저는, "가투만 투쟁이냐. 글로도 투쟁할 수 있다" 하고 대꾸하고는 했습니다. 그리고 세월이 흘러 그 후배들이 비로소 제 말뜻을 깨달은 것 같았습니다.

채희윤　한국전쟁 반세기 만에 『태백산맥』이라는 걸작이 나왔습니다. 광주민중항쟁이 일어난 지도 사반세기가 지났습니다. 광주항쟁을 다룬 걸출한 작품에 대한 열망이 큽니다. 선생님께서 따로 집필 계획이 있으신지요?

조정래　예. 많은 독자들이 똑같은 질문을 했습니다. 그리고, 엊그저께는 《광주일보》 기자가 인터뷰를 왔다가 그 이야기를 합디다. 그러나, 거기에 참여하지 않고, 광주에만 있었더라도 글을 쓸 수 있을 텐데……. 피 냄새를 직접 맡은 사람들이 너무나 많이 살아 있는데 천리 밖에 떨어져 있었던 자가 어떻게……. 소설은 상상의 소산이지만, 엄연한 사실을 소설화할 때는 그것도 시간의 거리가 짧을수록 직접 체험이 바탕이 되지 않고서는 거의 불가능합니다. 육화되지 않은 감정으로는 사실과 진실을 묘파해 낼 수 없습니다. 체험자들이 거의 생존하지 않는 옛날 이야기를 쓸 때도 반드시 현장 취재를 해야 하는 것은, 현장의 형태, 바람, 냄새, 사람들, 햇빛……. 구성물 하나하나가 상상력을 자극하고 촉발시킵니다. 그건 사진 백 장이 당하지 못할 효과입니다. 백문이 불여일견(백 번 듣는 것이 한 번 보는 것만 못하다)이라는 말을 절절히 깨닫게 됩니다. 그런데 거기다가 슬프고 괴로운 이야기들일수록 구전력을 강하게 가지고 있는 '사람들'까지 있으니 어찌 현장 취재를 가지 않을 수 있겠습니까. 죄송하지만 그 문제는 광주의 작가들에게 미루고 저는 꽁무니를 빼고 싶습니다.

　채희윤　대상의 세부를 파고드는 탐구 정신과 대상에 대한 개념적 파악을 끊임없이 회의하는 반성의 정신으로 이루어지는 것이 바로 산문정신이라 할 수 있겠는데요. 선생님의 작품에서 이러한 산문정신과 아울러 아주 섬세하고 우아한 시적 표현들이 많이 나오고 있습니다. 이러한 시적 감수성을 유지할 수 있는 비결이 있으신지요?

　조정래　문학은 언어 미학이고, 소설은 언어 기하학입니다. 언어 예술성의 확보를 위해 시적 감수성을 확보해야 하는 것은 작가의 필수조건이 아닌가 합니다. 역사·사회성이 강한 소설일수록 역설적이게도 그 덕목은 더욱 필수적으로 갖추어야 한다고 생각합니다.

저는 매달 문학지를 펼칠 때마다 시부터 읽습니다. 그리고 좋은 시들을 옮겨 적어놓고 수시로 읊조리는 '꽃이 당하랴' 하고 제목을 붙인 시수첩도 가지고 있습니다. 그리고 『태백산맥』에서는 표현 효과를 증대시키기 위해서 제가 직접 시를 서너 편 써 넣기도 했습니다. 필자가 분명하게 밝혀지지 않은 시들은 모두 제가 쓴 것입니다. 국민학생이 지은 「진달래꽃」에서부터 빨치산 손승호가 쓴 시까지. 저는 대학교 때 시를 쓰다가 실패하고 소설을 쓴 슬픈 경력의 소유자이기도 합니다.

채희윤 『태백산맥』이나 선생님의 다른 작품이 다른 나라에 소개되었습니까?

조정래 예, 『태백산맥』 이전에 중편 「유형의 땅」이 영어·불어·독어·이태리어로 번역되었고, 장편 「불놀이」도 영어·불어·독어로 출간되었습니다. 그리고 『아리랑』이 불어로 완간되었고, 『태백산맥』은 일본에서 몇 년 전에 양장본이 나왔고, 이달부터는 문고본이 나오게 됩니다. 그리고, 현재 프랑스에서 4권까지 출간되고 있고, 영어와 스페인어와 중국어로 번역되고 있습니다.

채희윤 광주·전남 출신 소설가로 이청준, 송기숙, 한승원 선생이 떠오릅니다. 그런데 현재 이 고장 출신 소설가들 중에 자기 세계를 집요하게 구축하면서 문단의 주목을 받는 작가는 많지 않은 듯합니다. 특히 신인들의 부재가 큰 문제인데요, 격려의 말씀을 해주시면 좋겠습니다.

조정래 전라도땅, 예기가 승한 땅 아닌가요? 그리고 역사적으로 서러움이 많이 쌓인 땅이기도 하고요. 그래서 문인들이 많이 나올 수 있는 토양입니다. 우선 수가 많아야 큰 열매를 맺는 사람들이 나오게 되는 법인데, 신인들의 절대수부터 줄어들어버린다면 걱정이 아닐 수 없습니다. 《문학들》의 창간이 그 문제 해결의 기폭제가 되기를 바랍니다.

그리고, 문학은 한 생애를 바쳐도 좋을 만큼 의미있고, 아름다운 이상입니다. 또한, 땀을 뿌리고 피를 말린 만큼 그 결실을 거두게 되어 있습니다. 혼자 몰입하는 외로움을 두려워하지 마십시오. 혼자 집중해야 하는 고독을 피하려 하지 마십시오. 당신이 많은 사람들과 헛된 시간을 많이 보낼수록 당신의 문학은 증발되고 말 것입니다.

채희윤 가치의 절대성이 무너지고, 양가성이나 다양성이 지배하는 현대사회에서 작가의 역할에 대한 논의조차 무의미해지고 말았습니다. 더구나 '문화자본'이라고 일컫는 인문학적, 예술적 지식이 결여되어 (부르디외) 있는 현대 대중문화의 사회에서는 어느 예술장르를 막론하고 작가의 역할은 소외되고 있다고 봅니다. 이런 작가의―혹은 문화적 담론 생산자―가 지녀야 할 작가로서의 자기 태도에 대한 선생님의 견해를 묻고 싶습니다. 현재, 또는 앞으로 작가가 되려는 후배들을 위해서 선생님의 날카로운 지적이나, 또는 충언을 듣고 싶습니다.

조정래 문학의 위기, 순수예술의 위기가 우리나라뿐만 아니라 세계 문명국가에서 거의 비슷하게 거론되고 있는 모양입니다. 그건 컴퓨터→인터넷→핸드폰으로 이어지는 문명의 이기가 일으키는 태풍의 위협 앞에서 일어나는 걱정거리인 것 같습니다. 그건 분명 두려워하지 않을 수 없는 위협입니다. 대중들이 그 문명의 이기의 마력에 매달려 기존예술을 외면하는 현상이 두드러지고 있기 때문입니다. 최근의 통계청 발표는 그 사실을 충격적으로 보여주고 있습니다. 우리나라 사람들이 주말 이틀 동안에 텔레비전·인터넷·핸드폰으로 소모하는 시간이 15~16시간인데, 책을 읽는 시간은 7~8분이라는 것입니다. 한동안 그 격차는 더 벌어질지도 모릅니다.

그러나 기존예술은 죽지 않습니다. 문학도 죽지 않습니다. 문학이 독무대를 차지하고 있을 때 라디오가 나왔습니다. 그때 문학의 종말이라고 했습니다. 영화가 나오자 라디오가 종말이라 했습니다. 텔레비전이 나오자 영화가 종말이라고 했습니다. 그러나, 그 충격은 어느 기간이었고, 그 모든 문명의 이기들은 서로의 장점을 신장시켜 가며 다함께 발전의 꽃을 피웠습니다.

문화비평가라는 사람들은 곧 모든 예술이 몰락해 버리는 것처럼 수선을 떨고 있습니다. 그들의 그 호들갑은 색다른 소리를 해서 관심을 끌고, 그것이 먹고사는 한 방법이기 때문에 그러는 것입니다. 문학의 죽음을 일갈하는 평론가들 옆에서 작가들은 굶어 죽게 생겼다고 반죽을 맞추고 있습니다. 그러나, 애초에 문학을 해서 먹고살려고 한 것부터가 잘못된 생각입니다. 1970년대 그전은 더 말할 것 없고, 1970년대에 문학을 시작한 사람들은 아예 문학을 해서 먹고살 계획을 하지 않았습니다. 그래서 시인이나 소설가들은 거의가 '선생'이라는 직업을 가졌고, 그게 안 되면 출판사나 잡지사에서 밥벌이를 했습니다. 그리고 밤새워 글을 쓰며 창작의 희열에 떨고는 했습니다. 그게 바로 문학을 하는 길입니다. 문학은 그런 척박함에 뿌리내리며 피어나는 꽃입니다. 그래서 그 꽃은 영원을 향하여 시들지 않습니다. 문학을 하며 호화롭게 살기를 바라지 말고, 굶기를 두려워하지 말아야 합니다. 문학의 생명은 영원합니다. 그 확신 위에서 좋은 작품은 탄생하며, 굶주리며 쓴 좋은 작품은 영생을 얻습니다. 문학은 어차피 어느 시대에나 절대다수의 것이 아니었습니다. 소수가 선택하되, 그 소수가 인간사회를 이끌어갔습니다. '작가란 인류의 스승이고, 그 시대의 산소다.' 인류적 동의로 주어진 명예입니다. 그 길을 선택하는 것은 오로지 당신의 실존입니다.

채희윤 문학 외적인 질문을 드리겠습니다. 지금 광주는 문화중심도시로 재도약하는 중요한 시점에 서 있습니다. 무엇보다 문화 인프라를 구축하는 것이 시급한 문제입니다. 이에 대한 선생님의 견해는 어떠신지요?

조정래 언제나 고향이 잘되기를 바라는 마음으로 문화중심도시 계획도 잘 이루어지기를 바라고 있습니다. 무엇보다도 중요한 것은 광주사람들 전체가 마음과 지혜를 함께 모아 뭉치는 일입니다. 그래야만 다른 정권으로 바뀌더라도 사업이 지속될 수 있습니다. 80년 5월에 그랬던 것처럼 그렇게 뭉치면 분명 잘 되리라고 믿습니다. 국토 균형발전 계획과 맞물려 돌아가는 일이니 개성 있는 도시, 특색 있는 도시 광주가 될 수 있는 절호의 기회인 것입니다. 이견들이 있더라도 외부에서는 모르도록 감쪽같이 해결해 가면서 진정 좋은 결실을 맺기를 기원합니다.

채희윤 뒤늦었습니다만, 이제 광주에서 종합문예지인 계간《문학들》이 나오게 되었습니다. 우리 잡지에 대해 한 말씀 해주십시오.

조정래 무엇보다도 지역성을 지키면서 지역성을 탈피할 수 있기를 바랍니다. 쉬운 일이 아니지만, 중앙문단에서도 주목하는 전국적인 잡지가 되기 위해 편집을 잘 하라는 얘기입니다. 문단 전체를 밭갈이하는 필자 선정, 중앙지를 넘어서는 과감하고 신선한 논의 제기, 기존 잡지들의 고질병인 편파성·배타성 같은 것의 배격 등 방법이 여러 가지 있을 수 있습니다. 부디 잘 하시기 바랍니다.

채희윤 선생님, 죄송합니다만 마지막으로 선생님의 인생관을 좀 들려주셨으면 합니다.

조정래　인생관이라……, 글쎄요……, 그게 인생관이 될지 가치관
이 될지 잘 모르겠는데……, 그게 이웃사촌이긴 하니까 이 전화번호
부 중간쯤에 뭐가 적힌 게 있긴 있어요. 자아, 이것 보세요.

눈 덮인 광야를 가는 이여	踏雪野中去
아무쪼록 어지럽게 걷지 마라	不須胡乱行
오늘 그대가 남긴 발자국이	今日我行跡
뒤따라 오는 사람들의 이정표가 되리니	遂作後人程

채희윤　아, 이건 지식인들에게 꼭 필요한 좌우명이로군요. 누구의
시입니까?

조정래　서산대사요.

채희윤　예에, 서산대사다운 시로군요. 근데 그 옆의 그림은 무엇입
니까. 꼭 이 시를 표현한 그림 같은데요.

조정래　잘 봤소. 그저 내가 그려본 것이오.

채희윤　아니, 선생님께서 손수 그림을……?

조정래　뭐 그리 놀랄 것 없소. 글 쓰는 피곤을 풀 겸해서 마음 내

킬 때 그려보고는 하는 거요.

채희윤　그림도 그리는 헤르만 헤세만 '종합예술가'라고 불러서는
안 되겠습니다. 근데, 그 아래 것은 또 무엇입니까?

조정래　이것도 고려 말의 선승 나옹 선사의 시요.

청산은 나보고 말 없이 살라 하고	靑山兮要我以無語
창공은 나보고 티 없이 살라 하네	蒼空兮要我以無垢
탐욕도 벗어놓고 성냄도 벗어놓고	聊無愛以無憎兮
물같이 바람같이 살다가 가라 하네	如水如風而終我

채희윤 예, 선생님의 삶의 방향을 알 것 같습니다.

조정래 아니오. 그 시가 내 삶의 방향이 아니라 그렇게 살려고 노력은 하는데, 그게 잘 안 되니 문제요.

채희윤 예, 나옹 선사께서도 노력하려는 각오로 그런 시를 지은 게 아닐까요?

조정래 어쩌면 그랬을 것이오. 사람 마음이란 흔들리는 갈대 같아서 부동으로 굳어지기가 어려우니까요.

채희윤 그 옆에 또 하나가 있습니다.

조정래 아, 이건 송순의 시조요.

십 년을 경영하여 초가삼간 지여내니
나 한 간 달 한 간에 청풍 한 간 맡겨두고
강산은 들일 데 없으니 둘러두고 보리라.

채희윤 예, 이 시조도 일맥상통하는 선생님의 마음을 잘 담고 있습니다. 선생님의 깊은 내면을 새롭게 확인하는 느낌입니다. 감동적입니다.

조정래   감동은 무슨……. 그저 품고 다니는 것뿐인데…….

채희윤   바쁘실 텐데, 오늘 저희에게 너무 많은 시간을 내셨네요. 정말 의미 있고 즐거웠습니다. 선생님, 감사합니다.

채희윤 : 소설가 | 계간문예지 《문학들》

등거리 외교 시대,
영세중립화의 꿈

66 '한반도의 영세중립화'가
지정학적으로 약소국일 수밖에 없는
우리의 슬픈 운명을 극복할 수 있는 현명하고 유일한 길이라면
우리는 전력을 다해 그 길을 향해 나아가야만 합니다. 99

안녕하십니까. 아침 8시인데도 많이들 나오셨군요. 저는 이 '조찬강연'이라는 것을 별로 좋아하지 않습니다. 들으시는 분들은 하루 일과를 손해 보지 않는 이익이 있지만, 말해야 하는 사람은 새벽 4시에 일어나야 하는 고역스러운 일이기 때문입니다. 여러분들이야 샤워 안하고 얼굴만 씻고 앉아 있어도 별 표가 안 나지만, 여러 사람들 앞에 나서야 하는 사람이야 어디 그렇습니까. 샤워하고, 면도하고, 양복 차려입고, 구색을 다 갖춰야 하니 여자들 몸단장하는 것만큼 시간을 잡아먹게 되는 것 아닙니까. 첫새벽부터 몸단장하게 해주신 여러분들께 심심한 감사를 드리는 바이올시다. (청중 폭소)

예정대로였다면 저는 지금 이 시간에 전남 광양을 향해 비행기를 타고 날아가고 있었을 것입니다. 왜냐하면 3선 연임을 무사히 마치고 이번에 물러나는 광양 시장께서 광양의 고등학생들에게 주는 마지막 선물로 저의 강연을 준비했습니다. 두 달 전에 정한 그날이 오늘인데, 저는 광양을 가지 못하고 이 자리에 서 있습니다. 늦게 온 요청이 선약을 깬 희한한 일이 벌어진 것입니다.

오늘 강연을 해달라는 요청을 받은 것이 한 달 전쯤이었습니다. 저는 당연히 선약이 되어 있어 못 한다고 했지요. 그런데 부탁을 하신 분이 전화를 끊으며 "어……, 이걸 어떻게 말을 전해야 하나……" 하는 그 무겁게 가라앉는 침울한 목소리가 이상한 여운으로 제 맘에 걸렸습니다. 그리고 하루가 다 가고 밤이 되었는데도 그 목소리가 문득문득 들리는 것이었습니다. 어색하게 웃는 그분의 선한 얼굴과 함께.

그래서 저는 더 견디지 못하고 광양 시청에 전화를 걸었습니다. 그리고 일방적으로 날짜를 변경시켰습니다. 저를 그렇게 만든 사람은 다름 아닌 전《한겨레신문》사장이었고, 현재 어린이어깨동무 이사장인 권근술 선생입니다. 그분은 제가 나이 들어 사귄 사람으로서 가장 믿고 존중하는 분입니다. 그분은 저와 사귄 30년 세월 동안 그 누구를 험담한 일이 한 번도 없었고, 그 어떤 일에도 화를 낸 적이 없었습니다. 언제나 웃음 띤 얼굴로 잔잔하고 진중했습니다. 그러면서도《한겨레신문》의 사장을 할 정도로 단호하고 도량이 넓기도 했습니다. 저는 도저히 따라갈 수 없는 그 성품과 인격에 늘 존중의 마음을 갖지 않을 수 없는 존재였습니다.

그런 분이 강연 요청을 하면서 머뭇거리듯 한 말이 "근데 조 형, 그기 강연료가 없는 기라요. 거 머시라, 재능 기부라 카는 거……" 하는 것이었습니다. 그분의 목소리가 하루 종일 떠나지 않았던 것은 그분의 체면을 세워주지 못한 것과, 그 무료강연이라는 사실 때문이었습니다. 강연료가 있었더라면 거절하기가 얼마나 쉬웠을까요. 저는 그 두 가지 사실 때문에 오늘 이 자리에 서 있게 되었습니다.

여러분들께서 '희망제작소'를 꾸준하게 도와주신다니 참 고맙습니다. 마음씨 좋은 분들과 우리의 미래에 대하여 얘기할 수 있게 되어 그 의미가 더욱 큽니다. 오늘 제가 드릴 말씀은 중국은 어떻게 이해해야 하는가 하는 점과, 우리는 중국과 어떤 관계를 유지해 나아가야 하는가, 이 두 가지 점을 핵심으로 하고자 합니다.

첫째 중국을 어떻게 이해해야 할 것인가 하는 문제입니다. 그 방법에는 두 가지가 있습니다. 한 가지 방법은 중국에 직접 가서 중국을 경험하는 것입니다. 가장 좋은 방법이긴 하나 현실적으로 쉽지 않은 일입니다. 다른 한 가지 방법은 직접체험이 아닌 간접체험을 하는 것입니다. 그 간접체험의 보편적 방법은 책들을 읽는 것입니다. 그다음이 여러 가지 영상물을 보면서 느끼고 깨닫는 것입니다.

그러나 이 두 번째 방법에도 문제가 없지 않습니다. 책들은 많으나 그 관점이 제각기 다르고, 내용의 차이도 꽤나 심합니다. 최근 몇 년 동안에 중국에 관계된 책들은 쉴틈없이 연달아 출간되고 있고, 학술적인 연구서에서부터 경험담으로 엮어진 가벼운 것들까지, 그 종류가 실로 다양합니다. 거기다가 중국의 역사서와 사상서 그리고 문학책들까지 다 합하면 몇백 권이 될지 모릅니다. 그럼 여기서는 중국의 오늘, 즉 개혁개방에서 놀라운 경제발전을 이룩해 나가고 있는 중국을 다룬 책들로 국한시켜 말하는 것이 좋을 것 같습니다.

백 권도 넘을 그런 책들 중에서 대표적으로 뽑을 수 있는 것이 두 가지가 있습니다. 영국의 옥스포드 대학 교수 마틴 자크가 쓴『중국이 세계를 지배하면』과 미국의 기자 칼 라크루와와 데이빗 매리어트가 함께 쓴『왜 중국은 세계의 패권을 쥘 수 없는가』입니다. 그 제목을 보고 여러분은 눈치채셨겠지만, 두 책은 완전히 상반된 입장에서 쓰인 것입니다. 마틴 자크는 수많은 자료들을 동원해 중국이 머잖아 틀림없이 세계를 지배하게 될 거라는 사실을 보여주고 있습니다. 그는 거기서 끝나지 않고 그런 날이 오면 중국 주변의 여러 국가들은 옛날에 그랬던 것처럼 중국에 다시 '조공'을 바치게 될지도 모른다는 말까지 하고 있습니다. 중국은 기분이 좋을지 모르지만 한국사람으로서는 못내 기운 언짢고 비위 상하는 언사가 아닐 수 없습니다. 그 영국 교수께서는 그렇게 아부를 잘한 덕을 본 것인지 베이징 대학 교수 자리까지 꿰차고 있습니다.

그런데 칼 라크루와와 데이빗 매리어트는 기자들답게 중국의 부정적인 면면들을 정확하고 예리하게 파헤쳐냅니다. 그 책을 읽어가다 보면 중국은 영영 가망 없는 미개하고 비위생적이기 그지없는 지옥입니다. 그들은 실명을 밝히진 않았지만, 중국에 아첨 아부해서 실리를 챙기기에 바쁜 비열한 학자들이 있다며 은근히 마틴 자크를 겨냥하기도 합니다. 그런데 문자의 최면력이란 무서운 것이라서 두 책이 다 옳은 얘기를 하고 있다고 믿어지게 되는 것입니다.

그럼 우리는 어떻게 해야 할까요. 좀 수고스럽더라도 두 가지를 다읽고 소화시키는 것이 가장 좋은 방법입니다. 왜냐하면 두 가지 다중국의 면모이고 현실이기 때문입니다. 그럼 그 두 가지 책이면 중국을 완벽하게 알게 되는 것이냐. 아닙니다. 수십 권의 책을 읽어도 완벽한 중국의 면면을 다 알기는 어렵습니다. 왜 그럴까요? 중국은 우리 남한의 100배 넓이의 대륙이고, 인구가 14억이고, 역사가 5천 년을 헤아리기 때문입니다. 면적은 비슷하고, 인구는 3억이고, 역사는 200년 조금 넘는 미국의 이해와는 아주 상반됩니다. 그래서 '중국에서는 14억 인구에 14억 가지의 일이 벌어지는 나라'라고 하는 말이 생겨났는지도 모릅니다. 거기에 맞걸리게 제가 지어낸 말이 있습니다. '중국을 알려고 하는 것은 어리석은 일이고, 중국을 안다고 하는 것은 더욱 어리석은 일이다.' 저는 소설 후반부에서 한 주인공이 중국을 떠나며 이 말을 하게 했습니다. 그 이유는 두 가지입니다. 그만큼 중국을 다 알기란 불가능한 일인 동시에,『정글만리』또한 완벽할 수 없으니 그건 작가의 책임이 아니라는 발뺌을 살짝 하고 있는 것입니다. 작가란 이렇게 음흉한 존재들이니 절대 믿지 마십시오. (청중 웃음)

자아, 그럼 지금부터 중국을 총체적으로 이해할 수 있도록 핵심적인 것들을 몇 가지 요약하도록 하겠습니다.

중국이 일본을 물리치고 2010년에 G2가 되었습니다. 그런데 그게 무슨 싸움이라고 '물리친다'는 말을 쓰느냐고 생각하실 분이 혹시 있습니까? 예, 그건 분명히 싸움, 총소리 나지 않는 '경제전쟁'입니다. 그러므로 '전쟁'이 더 실감나도록 더욱 강한 말을 쓰는 게 좋겠습니다. 2010년 중국은 일본을 '무찌르고' G2에 등극했습니다! (청중 박수)

그 느닷없는 사실에 우리는 큰 충격을 받았습니다. 우리만이 아닙니다. 전 세계가 깜짝 놀라 숨을 죽였습니다. 200여 년 전에 '중국이

각성하면 세계가 흔들릴 것이다' 했던 나폴레옹의 말이 마침내 적중한 것이었습니다. 덩샤오핑이 개혁개방한 것이 1980년이니까 중국은 꼭 30년 만에 세계 두 번째 경제대국으로 군림하게 된 것입니다. 우리나라가 1인당 GDP 1만 5천 달러를 넘어선 것이 2000년쯤이고, 세계는 그 사실을 '기적'이라고 불러주기에 인색하지 않았고, 거기에다 군부독재를 타도한 민주화까지 조화시켜 '경제발전과 민주화를 동시에 이룩해 낸 세계 최초의 나라'라고 박수를 보내주었습니다. 그게 40년밖에 안 걸린 성과라 '기적'이라 한 것입니다. 그런데 중국은 G2가 되는 데 우리보다 10년을 단축시켜 30년밖에 안 걸린 것입니다. 그 상상할 수 없는 쾌속에 전 세계는 자다가 찬물을 뒤집어쓴 듯 놀랐습니다.

거기에는 분명한 이유가 있습니다. 세계적으로 유명한 경제학자들은 중국이 선진국 대열에 설 수 있는 시기를 대개 2050년 쯤으로 전망하고 있었습니다. 생전에 덩샤오핑도 그런 예측에 아무런 거부감 없이 만족을 표시할 정도였습니다. 그런데 중국은 2010년에 G2가 되어버린 것입니다. 4년이 아니라 그 열 배, 40년을 앞당겨버렸으니 어떻게 되겠습니까. 그것은 '갑자기' 폭발한 대화산이고, '느닷없이' 몰아닥친 대형 태풍이었고, '난데없이' 덮쳐온 엄청난 쓰나미였습니다. 그 40년의 시차에 부딪히며 선진국들은 정신을 차릴 수 없는 충격을 받았고, 특히 2위 자리를 빼앗긴 일본이 받은 충격이 어떠했을지는 상상이 어렵지 않습니다. 후지산이 무너져내리고, 일본 열도가 바다로 가라앉는 느낌이었겠지요. '천황 폐하의 항복 선언을 들은 이후에 가장 큰 충격'이라고 한 어느 노인의 말이 가장 적절한 표현이 아닐까 싶습니다.

그런데 중국이 미국 다음으로 두 번째 경제대국이 된 기준은 무엇일까요. 그건 다름 아닌 '외환 보유고'입니다. 2010년의 중국 외환 보유고는 3조 달러였습니다. 그런데 2013년 말에는 3조 8,200억 달러로 불어났고, 해가 바뀌어 서너 달이 지난 지금은 약 4조 달러가 되어 있을 것입니다. 그 액수는 일본의 3배입니다. 그러니 중국사람들이 두 손 묶고 아무 일도 안 하는 이변이 일어나지 않는 한 일본이 다시 G2의 자리를 차지하는 이변은 일어날 수가 없는 일입니다.

우리가 여기서 똑똑히 기억해 둘 사실 하나가 있습니다. 중국이 세계의 예상을 뒤집고 40년이나 앞당겨 G2가 된 것은 누구의 힘일까요? 중국 대륙을 지배하고 있는 공산당일까요? 기업인들일까요? 예, 우리나라에서 그렇듯 중국공산당은 자기들의 업적이라고 주장하고 싶어 하고, 기업인들은 기업인들대로 자기네의 공이라고 내세우고 싶어 합니다. 그러나 그들의 공은 일부일 뿐, 중국의 기적을 일으킨 것은 중국의 인민들 전체였습니다. 지금 우리가 4만 달러를 넘어서는 선진국을 목표로 한뜻, 한 덩어리로 뭉쳐 있듯 중국 인민들도 미국을 위시한 서양처럼 잘사는 것을 꿈으로 삼고 모두가 자신감에 차서 열심히 일하고 있습니다. 일본은 영토가 작고, 인구도 적을 뿐만 아니라 특히나 국민들이 그런 희망과 열정이 없습니다. 그러니 일본은 영원히 중국을 따라잡지 못하고 뒤쳐지게 될 뿐일 것입니다.

그 4조 달러란 우리나라 원화로 환산하면 4,277조 2천억 원쯤으로, 2014년 우리나라 총예산 기준으로 12년치가 됩니다. 국민에게 세금을 한 푼도 안 걷고도 12년 동안 대한민국 살림을 꾸려갈 수 있는 액수인 겁니다. 중국은 그 크기가 우리 남한의 100배이고, 인구는 14억에, 외환 보유고도 그렇듯 어마어마하니 여러분들께서는 그 차이를 실감할 수 있습니까? 그 실감을 올바로 해야만 한다. 그래야 우리의 미래가 보인다. 그 얘기를 하고자 한 것이 『정글만리』이고, 중국과 함께 사이좋게 발을 맞춰가야 우리의 미래는 밝아질 것이다 하는 얘기를 하고 있는 것이 『정글만리』입니다.

외환 보유고 다음으로 두 번째 인식해야 하는 것이 농민공들의 존재입니다. '농민공'이란, 우리가 1961년 경제개발 5개년 계획 실시와 함께 농민들이 도시로 대거 이동해 공장 노동자들이 된 것과 똑같이 중국에서도 개혁개방과 함께 농촌에서 수많은 사람들이 가까운 대도시로 몰려들기 시작했습니다. 그 인구가 대략 4억 쯤이고, 그중에 1억 5천만 쯤이 제조업에 종사하는 정규직 근로자들이 되었고, 나머지 2억 5천 여만은 날마다 일거리를 찾아 떠돌아야 하는 일용직 노동자들이 되었습니다. 여러분, 여기서 주목해야 할 사실이 있습니다. 우리가 다 아다시피 중국은 지난 20년 동안 '세계의 공장'이라는 별명으로 불릴 정도로 각종 제조업 생산품으로 세계시장에 싼 물건들을 공급했습니다. 그래서 단순생활용품들, 그러니까 신발·장난감·봉제품·의류·각종 플라스틱 제품·실용 가구 같은 것들이 계속 싸게 공급되어 지난 20년 동안 서양 선진국들의 물가가 거의 오르지 않고 안정되는 이변이 벌어졌습니다. 그건 전에 전혀 볼 수 없었던 현상이었습니다. 그래서 중국은 선진국 주부들에게 가장 인기 있는 나라가 되는 신판 전설이 만들어졌습니다.

여러분, 경제신장에 따라 인건비는 당연히 올라야 하고, 그러면 모든 물가도 그만큼 상승하는 것이 경제원칙 아닙니까. 그런데 중국의 힘에 의해서 그 원칙이 무너지는 '경제 전설'이 탄생한 것입니다. 여기서 우리가 주목해야 할 것은 그 전설 창조에 동원된 노동력이 1억에서 1억 5천에 불과하다는 사실입니다. 한 나라에 제조업 노동자가 1억에서 1억 5천인 것도 중국에서나 볼 수 있는 현상입니다. 그런데 중국에는 제조업 공장에서 일하며 안정적인 월급을 받기를 원하며 떠도는 사람들, 농민공들이 2억 5천이 또 있습니다.

그러나 여러분, 그것뿐이 아닙니다. 중국은 '지역 차별'을 없애기 위해서 2~3년 전부터 내륙을 향한 '서부대개발'을 시작했습니다. 그 바람을 타고 지금 농촌에 있는 7억의 인구 중에서 또 2억 5천여만이 도시로 이동해 '신농민공'이 될 것입니다. 이건 막연한 예측이 아니고 이미 시작되고 있는 현실입니다. 그럼 중국의 농민공은 전부 얼마가 됩니까. 제조업 근로자 5억이 대기하고 있는 나라! 세계에 그런 나라가 어디 있습니까. 그것이 중국의 숨겨진 힘입니다.

그다음 세 번째 중국의 힘이 있습니다. 세계 170여 개국에 '차이나타운'을 형성하고 있는 화교들의 존재입니다. 그들의 수는 8천여만에서 1억을 헤아립니다. 그런데 그들이 형성하고 있는 재산이 얼마인지 아십니까? 그것 또한 '3조 달러'입니다. 뭐, 놀라지 마시고, 감탄하지 마십시오. 중국 화교들의 단결력은 이미 세계적으로 소문나 있지 않습니까. 그들은 어느 나라에서나 그들의 집단촌인 차이나타운을 만들고는 '우리의 돈은 한 푼도 밖으로 흘러나가게 하지 않는다'는 철칙을 지켜 그 많은 재산들을 축적하게 된 것입니다. 그들은 저 옛날 몇천 년 전부터 '하루에 100원을 벌기로 했는데 90원밖에 못 벌었으면 한 끼를 굶는다'는 상술로 살아왔고, 그 결과 '유태인 상술'과 함께 세계적으로 인정받는 '중국인 상술'을 뿌리내리게 된 것입니다.

말레이시아와 인도네시아를 중심으로 한 동남아시아 여러 나라들의 경제력 85퍼센트를 중국 화교들이 장악하고 있다는 사실은 여러분들도 이미 알고 계실 것입니다. 덩샤오핑이 개혁개방의 깃발을 올리고 나서 가장 먼저 찾아간 것이 누군지 아십니까? 미국인가요? 일본인가요? 아닙니다. 동남아 여러 나라들의 화교 거상들이었습니다. "틀림없이 당신들의 재산을 보호한다. 말이 아니라 법으로 정하겠다. 그러니 조국을 위해 투자하라. 모국을 위해 마음을 열어라." 덩샤오핑의 이런 간절한 호소로 동남아 화교들이 본토에 투자하기 시작한 것입니다. 1990년, 그때에 베이징에 20~30층으로 솟아오르기 시작했던 5성 호텔들이 바로 그들의 자본이었으며, 그 최신식 호텔들은 그동안 신비에 싸여 있던 중국을 보기 위해 몰려들기 시작한 서양 관광객들에게 중국의 위신을 톡톡히 세워주는 동시에 돈을 갈퀴로 긁어대는 신바람이 나고 있었습니다. 저도 1990년에 두 번째 대하소설 『아리랑』을 쓰기 위해 중국 취재를 가서 베이징 어느 호텔에서 첫밤을 묵었는데, 우리나라 호텔 뺨치는 그 시설에 깜짝 놀라지 않을 수 없었습니다. 세계적으로 유명한 일본식 호텔의 서비스인 세면대 옆의 각종 일회용품들은 전혀 흠을 잡을 수 없이 완벽했습니다.

우리나라 인구의 두 배를 이루는 그 화교들은 세계 도처에서 그들끼리 똘똘 뭉쳐 경제력을 날로 키워가며 모국 중국을 향하여 변함없이 구심력을 발휘하고 있습니다. 이것 또한 얼마나 큰 중국의 힘입니까.

그러니까 첫 번째 핵심인 중국과 중국의 국력에 대한 바른 이해는 다음 네 가지를 합해야 한다는 것이 저의 결론입니다. 첫째 외환 보유고 + 둘째 5억 농민공의 노동력 + 셋째 화교 경제력 + 넷째 14억 인구의 부유한 미래를 향한 욕구의 일체감.

이 결론을 놓고 바라보면 중국의 미래가 어렵지 않게 보입니다. 그동안 중국의 미래에 대해서 세계의 경제학자들은 자기들 나름의 유식을 과시해 가며 여러 가지 진단을 내리기에 바빴습니다. 그런데 1997년 경부터 시작된 그 여러 가지 진단들은 15년에 걸쳐서 계속 빗나가고 말았습니다. 그 진단들을 분류하면, 여러분들도 이미 들어보셨겠지만, 두 가지입니다. 경착륙과 연착륙이 그것입니다.

여기서 1997년이란 다름 아닌 아시아 외환위기—우리에겐 '6·25 이후의 최대 국난'으로 닥쳐와 국민 모두에게 뼈저린 고통을 안겨주었던 '김영삼 정부의 최대 치적'으로 기록된 IMF 사태가 바로 그것입니다. 아시아를 휩쓴 그 경제위기 사태 앞에서 주로 서양의 고명하신 경제학자들께서는 '중국도 별수 없이 경착륙할 것이다', '아니다, 중국은 그래도 저력이 있으니 연착륙할 것이다' 하며 의견 다툼으로 분주했습니다. 그러나 몇 년이 지난 다음에 나타난 결론은 무엇이었습니까. 중국 경제는 경착륙도 연착륙도 안 하고 끄떡없이 10퍼센트대 성장의 고공행진을 했습니다. 그리고 두 번째 사태가 2008년의 미국발 세계

금융위기였습니다. 미국의 거대한 자동차 회사들이 부도 위기에 몰리고, 100년 넘은 은행이 파산하는 파란 속에서 경제학자들은 또 다투어 소란을 떨기 시작했습니다. 이번에는 중국도 별수 없이 타격을 받게 된다. 다만 경착륙이냐 연착륙이냐가 문제라는 요지였습니다. 그 왈가왈부의 분분한 주장들은 어쩌면 중국이 꼭 그렇게 되기를 바라는 듯한 낌새가 느껴지기도 했습니다. 그러나 중국은 또 태연자약하게 10퍼센트대 성장을 하더니만 2010년에 마침내 G2의 왕관을 차지해 버린 것입니다. 그리고 미국과 EU에서 중국 보고 돈을 좀 빌려달라는 구차한 말까지 하게 되었습니다. 그런 구애에는 아무 대꾸도 하지 않고 프랑스를 방문한 후진타오는 슬슬 눈치만 보는 사르코지에게 '옛다 요거나 먹어라' 하는 식으로 프랑스제 여객기 100대를 주문했습니다. 10대가 아니라 100대였습니다. 세계가 깜짝 놀랐습니다. 그때 가장 놀란 것이 누구였겠습니까. 미국의 오바마였습니다. '뭐야! 우리 걸 사야지 프랑스 걸 100대씩이나? 너 정말 그런 식으로 배신 때릴 거야.' 그러나 미국의 자존심이 있으니 그런 내색을 할 수는 없고 속으로만 끙끙 앓았겠지요. 그런데 그다음에 희한한 일이 벌어졌습니다. 얼마 뒤에 미국을 방문한 후진타오는 미국제 여객기 200대를 주문했습니다. 소련제 구형 비행기들을 교체하고, 국내외 새 노선들에 투입하기 위해 필요한 비행기였습니다. 중국은 세상을 또 한 번 놀라게 하며 미국과 독일을 물리치고 1등 항공국의 자리를 차지했습니다. 바로 이게 중국의 파워입니다.

그리고 세 번째 사태가 2012년에 EU 국가인 그리스, 스페인 등에

닥친 외환위기입니다. 그러자 경제학자들은 아무 부끄러움도 없이 또 먹을 것 생겼다는 듯 경착륙, 연착륙 우김질에 나섰습니다. 그러나 중국은 자기들이 조정한 성장 억제정책에 맞추어 올해까지 7~7.5퍼센트의 건강한 성장을 계속하고 있습니다.

물론 중국은 내적으로 이런저런 문제가 없지 않습니다. 당 수뇌부와 고급 관리들의 지나친 부정부패, 권력과 결탁한 대기업들의 타락과 횡포, 공산당 일당독재가 야기하는 월권과 억압, 날로 심화되는 계층간의 격차, 국민 건강을 위협하는 극심한 공해, 여러 산업의 과잉투자, 부동산 거품……, 이런 것들은 중국의 앞날을 위협하는 복병이고 지뢰밭인 게 분명합니다. 그러나 그들은 그런 문제들을 총체적으로 파악하고 있으며, 권부가 새로 바뀌면서 그런 문제들을 해결하려고 칼을 빼들었습니다. 광대한 영토, 거대한 인구의 나라를 다스리는 지배층들은 수십 년에 걸쳐 지배의 방법과 기술을 치밀하게 습득해 온 사람들이기 때문에 그 해결의 길을 어렵지 않게 찾아갈 것입니다.

그 변신의 일환으로 중국이 첫 번째 시도한 것이 경제체질의 개선이었습니다. 그건 G2가 되는 것을 계기로 '세계의 공장'에서 '세계의 시장'으로 전환한 것입니다. 다시 말해 제조업에 총력을 다해 세계에 수출하는 것을 최고 목적으로 삼았던 수출주도형 경제를 내수시장을 활성화시켜 경제체질을 강화시키는 쪽으로 변신을 꾀한 것입니다. 14억 인구의 1인당 GDP 4,500달러는 소비시장을 활성화시킬 수 있는 기본체질을 갖춘 것이기 때문입니다. 그리고 한 가지 주목할 것은, 개혁 개방을 먼저 시작한 동부연안 지역의 대여섯 개 대도시들을 중심으로

해서는 1인당 GDP 2만 달러의 인구가 자그마치 2억이라는 사실입니다. 2억, 그건 우리나라 총 인구의 4배에 이르는 어마어마한 숫자입니다.

여러분, 그럼 왜 중국을 '세계의 시장'이라고 이름 붙인지 아십니까? 그건 14억 인구로 이루어진 중국이라는 광대한 시장을 노리는 선진국들이 붙인 이름입니다. 14억 인구가 소비를 촉진시키는 시장. 세계 어디에 그런 시장이 또 있을 수 있겠습니까. 14억이 출렁거리는 소비 시장! 여러분은 그 시장이 얼마나 넓고 얼마나 큰지 가늠하고 상상할 수 있습니까? 우리의 인구가 5천만, 중국 인구가 14억이면 우리의 28배입니다. 그래도 언뜻 실감이 잘 안 되시겠지요? 광둥성이나 쓰촨성 같은 데는 인구가 1억이 넘습니다. 그러니까 중국의 성장(省長) 즉 도지사 중에 우리나라 대통령보다 2배 이상의 인민을 다스리는 성장이 대여섯 명이나 됩니다. 이렇게 말해도 14억 인구의 어마어마함을 직감적으로 실감하기는 어렵습니다.

여러분, 이런 에피소드를 좀 들어보십시요. 제가 고등학교 선생을 했던 43년 전쯤의 얘기입니다. 70년대 초반 그때에 경제건설의 구호가 요란하던 한편에서는 젊은 군인들이 베트남으로 파병되느라 영화관마다 뉴스를 장식하고 있었습니다. 월남 파병이란 두 가지 목적을 동시에 이룩하는 신성한 국사로 선전되고 있었습니다. 멸공과 애국이었습니다. 그 애국은 다름 아닌 경제건설과 기여였습니다. 군인들이 무슨 경제건설에 기여하느냐고요? 그 사병들은 한국에서 받는 월급보다 몇십 배 많은 돈을 미국돈 달러로 받았습니다. 그리고 또 군인들을 뒤따라 우리나라 기업들이 군수지원 사업에 줄줄이 진출해서

목마르고 또 목마른 달러를 마구 벌어들이게 된 것입니다.

그러나 그렇게 좋은 일만 있는 것이 아니었습니다. 우리가 미국 편을 들어 '멸공'을 앞세우고 베트남에 파병하는 것은 베트남과 국경을 맞대고 있으면서 베트남을 음으로 양으로 돕고 있는 중공(그 당시의 명칭)과 대결하는 양상이 되는 것입니다. 그건 피할 수 없는 일이면서 결코 유쾌할 수 없는 일이었습니다. 6·25 때 참전해서 '1·4 후퇴 사태'를 만들어낸 중공군들의 기억이 생생한데 또 중공과 적이 된다! 우리는 미국을 믿고 있다고 해도 그건 아무래도 복잡하고 위험스러운 상황 전개가 아닐 수 없었습니다. 그래서 저는 '국어시간'인데도 끝에 3~5분 정도는 꼭 우리의 역사에 대한 얘기를 했습니다.

그 시절 중국의 인구는 8억이었고, 우리나라 대표지성으로 존경받는 리영희 선생의 명저 『8억인과의 대화』도 거기서 비롯된 것입니다. 그런데 고등학생들에게 8억의 인구가 얼마나 엄청난 존재인지 실감시키기가 쉽지 않았습니다. 그래서 궁리 끝에 한 가지 방법을 찾아냈습니다.

저는 학생들에게 설명을 시작했습니다. 자아, 여러분 지금부터 내 얘길 들으며 함께 계산해 나갑시다. 중국의 8억 인구가 앞에는 호빵을 짊어지고, 뒤에는 담요를 짊어지고 우리나라를 향해 쳐들어옵니다. 머나먼 길을 걸어오느라고 1억이 얼어 죽고, 1억이 굶어 죽었습니다. 얼마가 남았습니까? 6억이요! 학생들은 쉽게 합창합니다. 초등학교 1학년 산수니까요. 예, 그들이 압록강, 두만강에 이르렀습니다. 그런데 우리 쪽에서 다리를 다 끊어버려 그들은 건널 수가 없게 되었습니다. 그들은 돌아간 것이 아닙니다. 뒤에서 밀어대는 힘 때문에 앞에 사람들이 자꾸 강물에 빠져 죽었습니다. 압록강에 1억, 두만강에 1억이 빠져 죽자 강물은 다 메워져 평지가 되었습니다. 얼마가 남았습니까? 4억이오! 예, 그 4억이 한반도로 밀려듭니다. 우리는 남쪽으로 남쪽으로 밀려갈 수밖에 없었습니다. 그런데 한반도는 그들 4억이 빽빽하게 서기에도 모자라는 것입니다. 그럼 우리는 어떻게 되었을까요? 그때 학생들은 우리가 전부 바다에 빠져 죽었다는 것을 깨달은 동시에 8억 인구가 얼마나 어마어마한 존재인지 실감하는 느낌이었습니다.

그런데 그 8억이 이제 14억이 되었습니다. 저는 그 14억의 시장을 어떻게 표현해야 될 것인지 또 고심하게 되었습니다. 한마디로 딱 표현할 수 있는 말을 찾고 찾다가 '망망대해'라고 결정을 내렸습니다. '끝도 한도 없이 넓고 넓은 바다'라는 뜻인 망망대해는 전혀 새로울 것 없는 구태의연한 단어일 수 있습니다. 그 누구나 알 수 있는 그 단어가 뜻밖의 새로움으로 다가갈 수 있는 것이 문학 표현의 효과일 수도 있습니다. 다시 말하자면 어른치고 바다를 한 번도 못 본 사람은 거의 없을 것입니다. 독자들의 그 경험을 이용해서 표현 대상의 실체를 직감하게 하는 방법입니다.

그 끝도 한도 없이 넓고 넓은 '세계의 시장'에서 누구보다도 큰 대어들을 낚으려고 세계의 기업들은 혈안이 되어 있습니다. 세계 500대 기업 중에서 97퍼센트 이상이 중국에 진출해 각축을 벌이고 있는 것이 그 증거입니다. 우리나라 기업들도 중소기업에서부터 대기업까지 벌써 5만 개 이상이 그 바다에 뛰어들어 있습니다. 그 바다에서 벌어지고 있는 각축은 총소리 나지 않는 '경제전쟁'이며, 거기에는 오로지 약육강식과 적자생존의 정글법칙이 있을 뿐입니다. 강자만이 살아남는 끝없는 인간의 정글이라는 뜻으로 '정글'을, 용과 함께 중국의 상징물인 '만리장성'에서 '만리'를 따내 소설 제목 '정글만리'가 탄생한 것입니다.

여러분, 우리 경제의 중국 의존도가 얼마인지 아십니까? 우리 수출 총량의 25퍼센트를 넘어 26퍼센트에 이르러 있습니다. 그런데 미국은 16퍼센트에서 줄고 있고, EU 전체가 17퍼센트 정도이고, 일본은 6퍼센트에서 줄고 있는 실정입니다. 한때 우리 수출의 가장 큰 대상국이었던 미국과 일본 두 나라의 것을 다 합해 보았자 중국을 당할 수가 없게 상황이 급변해 있습니다. 중국이 우리에게 얼마나 중요한 경제 파트너인지를 여러분들은 이 자리에서 확실하게 인식하셨을 것입니다.

저는 중국의 숨은 괴력을 저의 두 번째 대하소설 『아리랑』을 쓰려고 중국 취재를 갔다가 발견했고, 개혁개방 10년의 성과로 12억의 거대한 인구를 배불리 먹게 만들어 사회주의 체제를 지켜낸 그들이 앞으로 20년, 30년 후에는 어찌 될 것인가! 저건 소설감이다! 그렇게 소설 쓰기를 작정하고 20여 년을 지켜보고 있는데 벼락치듯 G2가 되어 버린 것입니다. 바로 이거다. 이제 소설을 쓰자! 그래서 『정글만리』는 탄생된 것입니다.

저는 『정글만리』를 통해서 우리나라 사람들이 중국에 대해서 일방적 편견 없이, 곡해 없이 바르고 정확하게 인식할 수 있게 하려고 노력했습니다. 그래서 중국의 오늘만이 아니라 그들의 긴 역사를 통해서 그들의 문화와 문명의 넓이와 깊이, 그들의 특질, 그들의 풍습이나 습관 같은 것들까지 총체적으로 이해해서 오늘을 균형 있게 파악할 수 있기를 바랐습니다. 그런 올바른 이해 없이는 존중이 있을 수 없고, 존중 없이는 참된 우정이 생길 수 없기 때문입니다.

그럼 지금부터는 두 번째 문제, 우리는 중국과 어떤 관계를 유지해나가야 할 것인가, 즉 한국과 중국의 미래에 대해서 말할 차례입니다. 지금 중국은 경제력만 G2가 된 것이 아닙니다. 더욱 잘 살고자 하는 국민의 자발적 열정에다가, 국가적 결속력 추동이 정책적으로 이루어지고 있습니다. 그건 벌써 10년 전부터 후진타오 주석이 내걸었던 '중화민족 중흥'과 '대국굴기'입니다. 그 두 가지는 중국 인민 14억을 하나로 뭉치게 하는 일체감과 자신감을 샘솟게 하고 있습니다.

그건 다름이 아니라 아편전쟁의 패배로 영국에게 홍콩을 내주는 것을 시작으로 서양 여러 나라들에게 동부연안 항구도시들을 조차지로 내주어야 했고, 끝내는 일본에게까지 드넓은 지역을 빼앗게 반식민지 상태에 빠졌던 지난 100년의 세월. 중국사람들은 그 세월을 '굴욕의 세기'라고 부릅니다. '중국인들은 그 굴욕의 세기를 넘어 중화민족의 중흥을 이룩하고, 대국으로 우뚝 서기(대국굴기) 위해서는 일치단결해야 한다!' 이 정치 선동에 중국사람들은 마치 운동시합 응원을 하듯이 환호하고 호응합니다. 그 구호는 더욱 더 잘살고자 하는 중국 전체 인민들의 욕구를 촉진시키는 효과 좋은 자극제이고, 중국의 미래를 향해 역동적으로 달려가는 쌍두마차입니다.

우리는 여기서 한 가지 투시해야 할 것이 있습니다. '중화민족'이라는 개념에 대해섭니다. 여러 서양 학자들은 '중화민족'이란 전혀 실체가 없는 허황된 조작이라고 주장합니다. 중국은 55개 소수민족들과 1개의 한족으로 이루어진 다민족국가인데 어떻게 '중화민족'이라는 단일개념이 성립될 수 있느냐는 것입니다. 그건 다민족국가인 미국에서 국민적 일체감을 조장하기 위해서 '미국민족'이라는 말을 만들어내는 것과 같은 억지라는 것입니다. 그 주장은 아주 예리하고 핵심을 찌른 것 같은 생각이 들기도 합니다. 그러나 되짚어 생각해 보면 무언가 미심쩍고 허점이 있는 것 같은 느낌이 드는 것입니다. 왜 그럴까요? 그 주장에는 단순히 '다민족'만을 동질성으로 삼고 있습니다. 그런데 그 '다민족'이 똑같지 않고 다르다는 데 문제가 있습니다.

자아, 미국의 다민족은 색깔 하나만 가지고 비교해도 완전히 다르게 구분됩니다. 백인, 흑인, 황인, 그 차이는 민족을 논하기 이전에 인종의 이질감 때문에 '같은 민족'일 수 없다는 것이 확연해집니다. 그런데 중국의 소수민족들은 그 색깔도, 그리고 그 생김도 차이를 찾을 수 없도록 비슷비슷한 황인종들입니다. 그리고 그들 소수민족들은 지난 5천 년 세월 동안에 수많은 왕조가 바뀌면서 이쪽저쪽으로 뒤섞이고 갈리고 하면서 문화와 문명의 동질감이 교류되면서 살아와서 서로 별다른 거부감이 없습니다.

그리고 또 한 가지 중요한 사실이 있습니다. 55개 소수민족의 수는 14억 인구 중에 2퍼센트가 미처 못 됩니다. 그런데 그들은 현실적으로 불이익을 당하지 않으려는 약자의 자기 보호본능 때문에 거의가

'한족'으로 행세하려고 하고 있습니다. 2백만이 약간 못 되는 우리 조선족들도 예외가 아닙니다. 그들은 고학력자들일수록 돈을 쫓아 만주의 조선족자치주를 떠나 큰 도시들로 퍼졌고, 특히 여성들은 '한족'들과 결혼하려고 기를 쓰며, 이미 한족들과 결혼한 여성들은 '자기는 성공한 인생'이라는 말을 서슴지 않고 자랑스럽게 합니다. 그런 물결에 따라 소수민족들은 급속도로 그 존재가 사라질 수밖에 없습니다.

그리고 이런 에피소드가 있습니다. 꽌시가 절대적 영향력을 발휘하는 중국 풍토에서 처음 만나는 사람에게 호감을 사려면 남·녀 공히 "느낌이 상하이 출신이신 것 같은데요." "세련되신 게 상하이 출신이신 걸 금방 알았습니다." "아름다우신 게 상하이 출신인 게 틀림없습니다." 상대방이 소수민족이라는 낌새가 강할수록 이렇게 말하면 그 관계는 백발백중 성공이라고 합니다. 중국의 상황이 이렇기 때문에 '미국민족'의 논리를 '중화민족'에 그대로 대입시키는 것은 크게 헛짚은 것이라 아니 할 수 없습니다. 그리고 논리보다 더 중요한 사실이 있습니다. "미국민족의 중흥"이라고 외치면 미국 국민들은 모두 "저 무슨 미친 소리야" 하는 반응을 보이겠지만, "중화민족의 중흥"이라는 외침에 중국 인민들은 이미 열렬한 환성으로 답하며 뭉치고 있다는 사실입니다. 그 일체감이 즉각적으로 나타내는 효과가 바로 '불매운동'입니다. 그 거대한 땅, 그 많은 인구에도 불구하고 하나의 국가적 문제가 발생하면 숙달된 매스 게임을 하듯 일사불란하게 불매운동이 벌어지는 것입니다. 프랑스가 대만에 무기를 팔자 프랑스의 대형 마트 까르푸를 상대로 불매운동을 벌여 '경제폭탄'을 던져댔고, 일본이 댜오위다오 분쟁을 일으키자 일본 상품들 불매운동과 동시에 전국적인 반일 시위를 일으키며 대사관 영사관으로 몰려갔습니다. 우리나라에서는 좀체로 볼 수 없는 단결력이고 일체감입니다. 중국은 그런 나라입니다.

지금까지 살펴본 대로 중국은 G1을 향해 달려가고 있는 급행열차입니다. 그 속도에 가장 신경쓰고 있는 나라가 어디겠습니까. 바로 미국 아닙니까. 미국이 느끼고 있는 위기의 한 단면을 『정글만리』에서는 오바마 대통령과 스티브 잡스의 일화로 보여주고 있습니다. 그것처럼 미국은 중국이 G1이 되는 것을 막아낼 방도가 아무것도 없습니다. 다만 그 시기가 언제일까만 남아 있을 뿐입니다. 그런 중국과 대한민국은 어떤 관계 속에서 미래를 맞이해야 할 것인가. 이것이 우리 앞에 놓인 가장 큰 과제가 아닐까 합니다. 또한 제가 『정글만리』를 쓴 이유이고, 목적이기도 할 것입니다.

그런 중국을 대한민국 국민들은 어떻게 생각하고 있을까. 이 문제와 똑같은 비중을 차지하는 중요한 문제가 있습니다. 그럼 중국 인민들은 대한민국을 어떻게 생각하고 있을까 하는 것입니다. 그걸 제대로 파악하면 우리의 입지 찾기가 쉬워지기 때문입니다. 저는 오랜 기간, 여러 번의 취재를 통해서 세 가지 사실로 정리할 수 있었습니다.

지금 우리는 중국과의 수교 22년째를 맞이하고 있습니다. 그동안 우리나라는 중국사람들에게 나쁜 것보다는 좋은 인상을 훨씬 더 많이 심었습니다. 그중에 대표적인 것이 세 가지였습니다. 첫째, 88올림픽 성공적 개최. 둘째 IMF 사태 극복. 셋째 각종 한류입니다.

우리나라에서 88서울올림픽을 유치했을 때 중국사람들은 모두 콧방귀를 뀌었다는 것입니다. 쬐그만 나라가 겁도 없이 까불고 나선다. 보나마나 실패다. 이런 생각 들었다는 겁니다. 그런데 단 한 건의 진행 차질도 없이, 최고 수준의 도핑 테스트로 강력한 금메달 후보였던 미국의 100미터 육상선수의 출장 정지 조치를 내린 것은 참 기막힌 쾌거라는 것이었습니다. 작은 나라 한국이 거대한 나라 미국을 상대로 그런 일을 해버릴 수 있다니……. 그들은 충분히 충격받을 수 있는 일이었습니다.

두 번째 IMF 사태 극복에 대해서도 중국사람들은 감탄스럽게 고개를 갸웃갸웃합니다. 거기엔 두 가지 이유가 있습니다. 첫째는 한국은 가망 없이 완전히 망해버린 나라라고 생각했고, 둘째는 중국에서는 상상도 할 수 없는 '금 모으기 운동' 같은 게 벌어지고 하더니만 금방 되살아나더라는 것입니다. 그때 중국사람치고 한국이 망하지 않으리라고 생각한 사람은 거의 없었다는 겁니다. 88올림픽 때 잘산다는 것을 분명히 확인했는데, 얼마나 흥청망청해 댔으면 나라를 거덜내는가 하고 비웃고 경멸하기도 했다는 것이었습니다. 그런데 엉뚱하게도 '금 모으기 운동'이 벌어졌고, 국민들이 뜨겁게 호응하고 나서는 것을 보고 깜짝 놀랐다는 겁니다. 중국 같았으면 '금 사재기'를 하느라고 혈안이 되지 장롱 속의 금을 내놓을 바보는 한 명도 없을 거라는 말이었습니다. '금 모으기'에 중국사람들은 하나같이 놀랐고, 얼마 지나지 않아 나라를 되살려내는 것을 지켜보면서 그 애국심에 감동하지 않을 수 없었다는 거였습니다.

그리고 세 번째 한류에 대한 호감과 감탄은 대단합니다. 한류는 크게 두 가지로 나눌 수 있습니다. 첫째는 TV 드라마와 영화이고, 둘째는 각종 스포츠입니다. 드라마의 붐은 한마디로 중국 대륙 전체를 뒤덮고 있다고 해야 정확한 표현입니다. 제가 만난 지식인들마저도 "어찌 그렇게 드라마를 재미있게 쓸 수가 있으며, 배우들이 어찌 그렇게 연기들을 잘하며, 남녀 배우 가리지 않고 어찌 그리 미남 미녀냐"는 것이었습니다. 중동, 아프리카, 남미까지 퍼진 한국 드라마 붐은 바로 중국이 일으킨 것이었습니다. 그들은 작가인 저의 입을 통해서 그 여러 이유들을 속 시원히 듣고 싶어 했지만, 저는 그들의 의문을 속 시원히 풀어줄 수 없었습니다. 문화라는 건 속 시원한 논리로 설명할 수 없는 것이 그 속성이기 때문입니다. 그리고 한국사람들이 각종 스포츠에서도 중국을 위협하고, 나아가서 세계를 제패하는 것에 대해서 몹시 이상하게 생각하고, 도무지 풀 수 없는 불가사의로 여기고 있었습니다. 거기에는 분명한 이유가 있습니다. 작은 나라에, 인구도 겨우 5천만밖에 안 되는데 어떻게 14억 인구 중에서 뽑힌 중국 선수들을 이길 수 있느냐는 것입니다. 양궁, 쇼트트랙, 탁구, 축구 등 중국사람들이 풀지 못하는 궁금증은 그대로 호감으로 바뀌고 있었습니다.

그런 것들을 바탕으로 이루어진 중국사람들의 한국에 대한 평가는 "한국사람들은 책임감이 강하고, 열심히 일한다. 자질이 우수한 민족이다" 하는 것이었습니다. 그러나 우리가 꼭 기억해야 하는 비판도 있습니다. "한국사람들은 자대(自大)가 심하다." 스스로 자 자에, 큰 대 자, 스스로 크다고 생각한다, 곧 '너무 잘난 체한다'는 지적입니다.

이건·무슨 말일까요? 그건 다름이 아니라 지난 20여 년 동안 우리나라 사람들이 줄줄이 중국에 여행을 가서 얼마나 잘산다고 뻐겨댔으면 그런 인상이 박혀버렸겠습니까. 그건 시급히 고쳐야 될 오만이고 자만입니다. 이제 중국은 G2의 국가라니까요.

우리나라 사람들에 대해 그렇게 호감을 가진 데 비해 일본에 대해선 어떨까요? 한마디로 정반대라고 생각하면 됩니다. 중국이 일본에 대해 악감을 가지고 있는 이유가 무엇인지는 다 알고 계시지요? 앞에서 이미 지적한 역사적 굴욕이 있는 데다가, 일본이 진정한 사죄를 하기는커녕 난징대학살 같은 것을 "일본은 그런 잔혹행위를 하지 않았다. 중국이 조작하는 것"이라고 하며 민족감정을 끝없이 자극해 대고 있기 때문입니다.

그런데 일본의 그런 행위는 우리에게는 절호의 기회가 될 수 있습니다. 우리와 중국은 일본에게 공통된 역사적 굴욕과 고통을 겪었습니다. 그런 동질의 체험을 연대의 끈으로 삼아 친구의 나라로 우정을 돈독히 해나갈 수 있을 것입니다. 그러나 중국과 더욱 우정을 키워 간다는 일도 순풍에 구름 흘러가듯 그렇게 쉽게 될 일이 아닙니다. 왜 그럴까요? 그건 단순히 한국과 중국만의 문제가 아니기 때문입니다. 그 문제는 미국과도 직결되는 복잡한 구조 속에 있는 것입니다. 중국이 날로 강대해지는 것을 가장 경계하고 마땅찮아 하는 것이 누구일까요. 그게 미국인 것은 우리 모두는 이미 다 잘 알고 있습니다. 우리는 안정된 '경제 미래'를 위해서는 중국과 발을 맞추어야 하는데, 군사적으로는 미국과 동맹국이기 때문에 미국이 본격적으로 중국을 견제하려고 나서게 되면 우리는 미국 편을 들어야 하는 난감한 입장에 처해 있는 것입니다. 냉전 시대에는 미국의 편에만 서면 되었던 단순 명료함이 냉전 종식과 함께 이렇게 복잡하게 변했습니다.

이런 시대 상황 속에서 우리는 어떻게 해야 할까요? 이게 우리 앞에 던져진 가장 중대하고 시급한 화두가 아닐까 합니다. 두 강대국의 틈바구니에 낀 우리 약소국의 신세……. 그 급하면서도 어려운 화두를 풀어낼 열쇠는 무엇일까. 그 유일한 해결책은 '등거리 외교'일 것입니다. 두 강대국이 서로 다른 자기네 이익을 추구하는 사이에서 양쪽 어디에도 치우치지 않고 같은 비중으로 중립적 외교를 펼치는 기술이 등거리 외교입니다. 말은 그럴듯하게 쉽게 할 수 있지만 현실적으로 그건 얼마나 어려운 외교술이겠습니까. 그러나 지금 우리나라 앞에는 그 어려운 상황이 현실로 닥쳐와 있습니다.

지금 우리가 확인하고 있는 것은 일본 아베 정권의 급속한 우경화와 함께 '평화헌법 9조 개정' 추진 움직임입니다. 다시 말하면 그 9조를 폐기하고 일본을 '전쟁을 할 수 있는 나라'로 만들어 재무장을 합법화하겠다는 것입니다. 그런데 문제는 미국입니다. 미국은 항복한 일본을 점령하고, 일본이 다시는 침략행위를 하지 못하도록 하려고 그 평화헌법을 만들었던 것인데, 이제 와서는 대통령 오바마가 일본의 움직임에 찬성을 하고 나섰습니다. 왜 그럴까요? 그 이유는 너무나도 확실 분명합니다. 중국을 견제하는 데 일본과 협동하겠다는 뜻을 공개한 것입니다. 그리고 미국은 거기서 끝나지 않습니다. 이미 한국도 그 계획에 동참하라고 분위기를 조성해 가고 있습니다.

이런 움직임에 대하여 중국이 방관할 리가 없습니다. 중국은 벌써 몇 년 전부터 여러 분야에 걸쳐서 그런 우려를 표명해 왔습니다. 특히 한국에 대해서 '돈은 중국에서 벌어가고, 군사적으로는 미국 편이 되는 건 곤란하다'는 의미의 발언들을 조심스럽게 해왔습니다. 그런데 그런 바람직하지 못한 상황이 마침내 현실로 나타나게 된 것입니다. 이건 우리나라 정치권에 밀어닥친 가장 큰 문제이고, 가장 큰 숙제일 수 있습니다.

그런데 바로 얼마 전에 중국의 사회과학원에서 아주 중대한 발언을 했습니다. '한국을 신뢰할 수 있다면 중국은 북한 문제에 대해서 한층 더 유연한 방법을 택할 수 있다'는 내용의 언급을 한 것입니다. 이것은 무슨 의미일까요? '한국이 미·일의 중국 견제에 동조하지 않고 중립을 지킨다면 중국은 그전과는 달리 무조건 북한의 편을 들지 않고, 한국의 통일 방안에 협조할 수도 있다'는 뜻을 내비친 것일 것입니다. 그야말로 중국은 한국에게 '등거리 외교'를 통한 '중립적 입장' 유지를 요구하고 있는 것입니다.

이것이야말로 중대한 국제환경의 변화이고, 시대의 필연이라고 아니 할 수가 없습니다. 민족과 국가의 미래가 걸려 있는 이런 중대한 변화의 시대에 우리는 심각하게 그 문제에 대해서 정면으로 대응하지 않으면 안 되게 되어 있습니다. 미국과 중국이라는 두 강대국 사이에서 균형잡힌 등거리 외교를 하면서, 동시에 민족의 평화통일의 길을 열어갈 수 있는 방안, 그것이 무엇일까! 이 문제 앞에 우리의 정치권만이 아니라 모든 분야에서 무한책임감 아래 치열하게 그 방안을 찾아야 할 때가 왔다고 생각합니다.

저는 작가로서 그 문제를 생각해 보았습니다. 그런데 새로운 건 아니면서, 우리에겐 꼭 필요한 한 가지 방안이 떠올랐습니다. 영세중립국! 한반도의 영세중립국화입니다. 여러분, 우리 한반도의 영세중립국화는 새삼스러운 것이 아닙니다. 많은 사람들이 다 알지 못하는, 일반화된 사실이 아니라서 그렇지 한반도의 영세중립화 방안은 역사적으로 저 조선의 마지막 임금 고종까지 거슬러 올라갑니다. 고종은 이빨을 드러낸 강대국들의 각축 속에서 나라를 보존하려고 조선 반도의 영세중립을 선언했습니다. 그러나 한반도를 삼키고자 하는 강대국들의 탐심 앞에서 그 선언은 무참하게 묵살되고 말았던 거지요.

그리고 또 한 번, 해방과 함께 조국이 미·소에 의해 분단되었을 때 이승만도 김일성도 영세중립을 꿈꾸었습니다. 식민지 상태만도 못한 '민족 분단'을 막기 위해서는 그 방법이 유일했으니 '해방 정국'의 정치인으로서 그런 생각을 하는 건 너무 자연스럽고 당연한 일이었습니다.

그런데 2차대전이 끝나고 승전국에 의해 우리와 똑같은 분단 상황에 놓인 나라가 또 하나 있었습니다. 오스트리아입니다. 오스트리아는 세 개의 정치세력들이 당파적 욕심을 버리고 분단 상황을 극복해 조국을 구하자는 데 뜻을 모으고 단결했습니다. 그리고 우리는 거부했던 '신탁통치'를 그들은 받아들여, 결국은 자기네들이 원하는 '영세중립국'이 되면서 조국을 구하는 데 성공했던 것입니다. 그런데 우리는 남과 북의 정치 세력들의 대립으로 '영세중립국 건설'에 실패하고는 오늘날까지 민족적 비극을 계속 연출해 내고 있는 것입니다. 민주화 투쟁을 전개하기 시작한 지난 80년대 중반 이후 많은 역사학자들과 사회학자들이 오스트리아 모델을 계속 언급하는 것은 무엇 때문일까요? 죽은 자식 불알 만지는 어리석음일까요? 아닙니다. 그 모델이 우리 민족의 평화통일 방안으로 아직도 유효하다는 사실을 일깨우고자 하는 것입니다.

여러분, 새로운 마음으로 세계지도를 한번 보십시오. 우리 한반도를 가운데 두고 '4대 강국'이라고 하는 미국·중국·러시아·일본이 어떤 모양을 하고 있습니까. 그들 네 나라의 힘의 균형을 유지하기 위한 완충지대로서 한반도의 '영세중립화'는 가장 필연적이고 현실적인 대안입니다.

그러나 그 문제는 실현되기 지극히 어려운 많은 장애물이 놓여 있습니다. 네 나라의 제각기 다른 잇속이 얽혀 있는 데다가, 남한과 북한과의 문제가 또 중첩되어 있기 때문입니다. 그러나 '한반도의 영세중립화'가 지정학적으로 약소국일 수밖에 없는 우리의 슬픈 운명을 극복할 수 있는 현명하고 유일한 길이라면 우리는 전력을 다해 그 길을 향해 나아가야만 합니다. 아무리 장애물이 첩첩산중 높고 험하더라도 우리 모두가 한 덩어리로 뭉쳐 밀고 나간다면 아무리 강대국들이라 해도 어찌할 도리가 없는 것입니다.

저는 1970년에 작가가 되어 지금껏 글을 써오면서 약소민족으로서 우리가 끝없이 당해온 수난과 고통 그리고 그 굴욕에 대해서 한시도 잊어본 적이 없습니다. 그런 태도 때문에 저는 '민족주의자'로 불리는지도 모릅니다. '한반도의 영세중립화'도 그런 맥락에서 비롯된 것이며, 그 길만이 약소민족의 운명을 벗어날 수 있는 유일한 길이라는 확신 위에서 사회와 정치권을 향해 화두를 던지는 바입니다. 여러분들도 여러 분야에서 우리 사회에 일정한 영향력을 행사하고 계십니다. 앞으로 여러분들도 이 문제에 대해 새로운 관심을 가지시고, 그 실현의 날을 향해 힘을 모아주시기 바랍니다. (청중 박수)

중국이 G2가 되자 미국은 거기에 박자라도 맞추는 듯 '아시아 회기'를 공식화했습니다. 그건 다름 아닌 '우리는 중국을 견제하겠다'는 선언입니다. 그러자 중국의 주석 시진핑은 "태평양은 중국과 미국이 함께 가져도 좋을 만큼 넓다"는 말로 미국의 견제를 견제하고 나섰습니다. 그러자 일본의 재무장을 허용하는 것으로 결속을 강화한 미국은 우리나라에게도 MD(미사일 방어체계)에 참여하라고 압력을 가하기 시작했습니다. 그에 맞서 중국의 《신화통신》은 "한국이 MD 유혹에 넘어가면 중국과의 관계가 희생될 것"이라고 했습니다. 그게 단순한 한 통신사의 말입니까? 아닙니다. 중국은 공산당 일당독재의 국가이고, 출판사 같은 것까지도 모두 국영입니다. 그러니까 《신화통신》의 그 말은 곧 중국 정부의 발언인 것입니다.

여러분, 그 말을 다시 한 번 곱씹어 보십시오. '중국과의 관계가 희생될 것'이라니, 무슨 뜻입니까? 국교 단절까지는 아니더라도, 이미 25퍼센트를 넘고 있는 우리의 수출시장이 파탄나는 것을 의미합니다. 우리의 25퍼센트의 수출길이 막혀버리면 우리 경제는 어떻게 되겠습니까. 우리는 지금 이렇게도 엄중한 국제 현실 속에 처해 있습니다.

이런 현실 속에서 우리의 미래를 걱정스럽게 바라보면서 쓴 것이

『정글만리』입니다. 여러분들 중에서 사업을 하시는 분들이 적잖을 텐데, 그런 분들은 우리 안의 시장에만 안주하지 말고 무한히 넓은 중국시장으로 진출하시기를 권합니다. '중국은 이미 끝났다'고 말하는 사람들도 더러 있습니다. 그들은 거의가 싼 인건비 찾아갔던 단순 제조업자들입니다. 예, 20여 년 전의 싼 인건비 시대가 끝난 것은 이미 소설에서 자세히 쓰고 있습니다. 그러나 중국의 개방된 드넓은 시장은 앞으로도 얼마든지 사업 성공의 기회가 있는 신천지입니다.

단적으로 말하면 제가 만약 문학을 하지 않는 20~30대라면 거침없이 중국으로 가겠습니다. 1960~1970년대에 일본사람들이 말하기를 "한국에는 길거리에 돈이 굴러다닌다"고 했습니다. 그만큼 팔아먹을 게 많다는 뜻이었습니다. 제가 보기에 지금 중국이 그렇습니다. 저는 『정글만리』를 지금 경제전선에서 맹활약을 하고 있는 40~50대보다는 그다음 세대인 20~30대가 더 읽기를 바라며 썼던 것도 그 이유입니다. 앞으로 G1을 향해서 달려갈 중국, 1인당 GDP 4~5만 달러의 선진국이 되는 중국의 시대에 살아야 될 세대가 20~30대이기 때문입니다.

중1이 된 제 큰손자가 제2외국어를 선택해야 한다고 했습니다. 저는 아무 망설임없이 '중국어'를 하라고 했습니다. 손자놈은 보일듯말듯 상그레 웃으며 "네, 알았어요" 하는 것이었습니다. 녀석은 할아버지가 『정글만리』를 쓴 뜻을 제 나름으로 간파하고 있다는 뜻이었습니다. 여러분들의 아들이나 손자들에게도 제2외국어로 중국어를 시키십시오. 그럼 세계 어디를 가나 거칠 것 없이 될 것입니다.

『정글만리』는 단순히 중국과의 경제 문제만을 얘기하는 소설이 아닙니다. 일본과의 역사 갈등 문제, 북한과의 상호 협력 문제, '동북공정' 같은 중국과의 역사 문제 등을 총체적으로 다루고자 했습니다. 그런 문제들은 다 상호 연관성을 가지고 있기 때문입니다. 특히 일본과의 역사 갈등 문제를 비중 크게 다루었던 것은 그들의 실체와 정체를 확실하게 드러내 우리의 인식이 더욱 명료하고 냉철해지기를 바랐기 때문입니다. EU 같은 '동북아 경제권 형성'이니, '동북아 균형발전 전략'이니 하는 말들을 10여 년 전부터 해왔는데, 그런 건 다 일본의 실체를 모르고 하는 몽상이고 망상입니다. 일본은 1999년에 자기네가 EU에 가입해야 한다는 세미나를 해서 정작 EU 국가들이 'EU의 뜻이 뭐냐'고 서로 물어야 할 만큼 당황하게 만들었고, 언제나 미국의 뜻에 앞장서며 자기들은 아시아인이 아니라 서양인이라는 착각 속에 빠져 있습니다. 그런 사람들을 상대로 '동북아 경제권 형성'이라니, 말이 되겠습니까. 정치인이든 지식인이든 그런 순진한 꿈을 꾸어서는 안 됩니다.

그리고 소설 속에서 명백히 밝히고 있지만, 그들은 그들의 역사적 악행과 범죄에 대해서 절대로 사죄도 반성도 하지 않을 것입니다. 그 뻔뻔스러움과 파렴치함이 일본민족의 특성일 것입니다. 우리는 5천 년 역사 속에서 무수한 고난과 고초를 겪어왔습니다. 그러나 나라를 송두리째 빼앗긴 일은 없었습니다. 그런데 일본에게 나라를 빼앗기는 치욕을 겪었습니다. 그 굴욕의 36년 역사는 적어도 앞으로 360년 동안은 우리 민족의 정체성이 되어야 합니다. 그러므로 일본을 끝없이 경계하고 똑바로 응시하며 국제적 삶을 설계해 나아가지 않으면 안 됩니다. 독도를 자기네 땅이라고 우겨대는 일본의 작태는 또 다른 침략 근성의 발로이기 때문입니다.

저는 소설이라는 특성 때문에 거기에 미처 다 쓰지 못했던 이야기들을 엮어 오늘 이 시간을 마련했습니다. 여러분들의 욕구에 얼마나 도움이 되었는지 모르겠습니다. 아무쪼록 여러분들이 늘 깨어 있는 의식으로 우리와 우리의 주변을 넓게 살피며 이 시대의 지식인의 역할을 충실히 해주시기를 당부하며 두서없는 제 얘기를 마치고자 합니다.

감사합니다.

희망제작소 〈조찬 인문학 강연〉

인문학,
인간의 발견

66 우리가 인문학적 소양을 갖춰야 하는 이유는
우리의 삶에 대한 건강한 지배력을 확보하기 위해서입니다.
다시 말하면 자기 인생을 건전한 정신으로
당당하고 꿋꿋하게 이끌어갈 수 있는 힘을
인문학을 통해 얻을 수 있는 것입니다. 99

여러분, 다 같이 저걸 한 번 읽어보십시오. (700여 명 청중, 목소리를 맞추어 "후 앰 아이(Who am I).") 예, 좋습니다. 강연 첫 시작부터 제가 왜 이러는지 여러분들은 무슨 눈치를 채셨습니까? 제가 지금 여러분의 영어 읽기 시험을 치는 것일까요?

왜 이 연단에 이렇게 큰 영어 간판을 세웠을까요? 이게 좋아서 여러분들께 읽힌 것일까요, 마땅찮아서 그런 것일까요? 명색이 '인문학 강연장'이라면서 왜 하필 영어로 써 붙인 것일까요? 인문학의 핵심은 '자아 찾기', 곧 '인간의 발견'입니다. 그러므로 '후 앰 아이'라고 적은 것은 이 행사의 핵심을 잘 드러낸 것입니다. 그런데 왜 영어로 표기를 했는지 모르겠습니다. 우리말로 '나는 누구인가'라고 쓰면 뭐가 안 될 일이라도 있는 것일까요?

영어로 써야만 더 고상하고, 멋지고, 세련되고, 그럴듯해 보이기 때문인가요? 한글로 쓰면 뭔가 촌티 나는 것 같고, 어쩐지 후져 보이는 것 같고, 어딘가 무게감 없어 보이는 것 같아서 그랬습니까? 혹시 여러분들 중에서는 뭐 그런 별것 아닌 문제를 그렇게 꼬치꼬치 따지느냐고 할 사람이 있을지도 모릅니다. 예, 과연 이게 사소한 문제일까요? 아닙니다, 이 문제는 오늘의 인문학 특강과 직결되어 있는 중대 문제입니다. 인문학의 본질을 한마디로 하자면 '자아 찾기'이며, 그것은 곧 '왜, 어떻게, 무엇을 위해 살아가야 할 것인가' 하는 '삶의 길 찾기'인 것입니다. 그 길을 바르게 찾고, 올곧게 가기 위해서 첫 번째 필요한 것이 자기네 모국어를 충실히 하는 것입니다. 그런데 인문학 특강을 하는 자리에서 이렇게 외국어를 남발하고 있으니 이것은 '자아 찾기'와는 정반대로 '자아 망실'의 행위가 아니고 무엇입니까.

주최 측에서는 '무신경하게 저질러진 일'이라고 변명하려 할지도 모릅니다. 그런데 바로 그 '무신경'이 큰 문제입니다. 일상생활 속에서 무신경하게 영어를 남발하고 있다는 것은 그만큼 우리 한글을 홀대하고 있다는 사실입니다. 이건 전혀 새삼스러울 것 없는 우리 사회의 일반적 현상으로 자리 잡은 지 오래되었습니다. 그런 분위기 때문에 인문학 특강의 자리에서까지 이런 말이 안 되는 짓을 버젓하게 저지르고 있는 것 아닙니까.

슬프게도 우리의 영어 '우상화'는 한두 해가 된 일이 아닙니다. 그 역사는 자그마치 70년에 이르고 있습니다. 해방과 함께 미·소가 한반도를 남북으로 점령하면서 영어 일반화는 시작되었습니다. 그러다가 6·25가 터지면서 영어는 그 기세를 무섭게 떨치게 되었습니다. 전 국토가 초토화되는 전쟁의 참상 속에서 굶주림에 허덕여야 했던 사람들에게 영어는 '초콜릿 기브 미'로 각인되기 시작했고, 전쟁이 끝나고도 미국으로부터 받아야 했던 구호물자와 원조 때문에 영어는 구세주의 위력을 발휘하게 되었습니다. 1960년대의 지식인들이 쓰는 거의 모든 글에는 맞춤법도 통일되지 않는 외국어들이 홍수를 이루고 있었습니다. 외국어를 많이 쓸수록 유식한 것으로 여겨지던 시대였습니다. 그러다가 70년대 중반이 되면서 그 '유치함'을 반성하는 사회적 분위기가 조성되기 시작했습니다. 그런 분위기에 따라 어떤 평론가가 지난날 썼던 수필을 어느 단행본에 재수록하려고 외국어를 한글로 고쳤는데, 페이지마다 빨간 볼펜 글씨가 가득할 지경이었습니다.

그런 바람직한 분위기가 한 20여 년 계속되는가 싶더니 어느 날 갑자기 그 분위기가 산산조각이 나고 말았습니다. 김영삼 정권이 들어서고, 대통령이 외국 순방길에서 돌아오는 비행기 안에서 '세계화의 시대'를 선언했고, OECD 가입 추진을 거론하면서 '영어 조기교육'까지 언급했습니다. 오늘날 '광풍'이라고 부르며 사회문제가 되고 있는 열띤 영어 교육은 그때부터 불붙기 시작한 것입니다. 대통령의 말에 따라 정부는 초등학교 4학년부터 영어 교육을 시키기로 했습니다. 그러자 어떤 일이 벌어졌습니까? 자기 자식들만 잘 되기를 바라는 극성스런 엄마들이 나서서 초등학교 1학년부터 아이들을 영어학원으로 몰아대기 시작했습니다. 그 사태가 벌어지자 경쟁심에 더욱 자극받은 엄마들이 또 다른 사태를 일으켰습니다. 유치원 아이들까지 영어 사교육의 지옥으로 몰아댄 것입니다. 그 결과 영어 사교육비가 연간 20조가 넘는 영광스러운 나라가 되었고, 여섯 살 먹은 여자애가 텔레비전 무슨 가족 프로에 나와 퀴즈를 맞히는데 '무지개'를 영어로는 아는데 우리말로는 모르겠다고 하는 사태가 벌어지는가 하면, 영어 발음을 잘 하라고 혀 수술을 하는 희한한 일까지 벌어지고 있습니다.

여러분, 그런 아이들이 한국 아이들입니까, 미국 아이들입니까? 의식구조가 그렇게 된 아이들이 한국인으로 제대로, 올바르게 커가고 살아갈 수가 있겠습니까? 이 나라에 그런 아이들이 한둘이 아니라는 데 문제의 심각성이 있고, 저 '후 앰 아이' 간판은 그런 맥락에서 문제가 안 될 수가 없는 것입니다. 인간은 영혼적 존재이고, 영혼을 가장 강력하게 지배하는 것은 언어입니다. 그러므로 인간의 정체성을 형성하는 것은 바로 언어의 마력인 것입니다. 다시 말하면 인간이 인간으로서 인간답게 사는 길을 모색하고 확립해 나아가는 절대적 기능을 하는 것이 언어라는 사실입니다. 세계화로 세상이 어떻게 변한다 해도 우리는 한국인이며, 한국인으로서 어떻게 한국인답게 살아가야 할 것인가 하는 문제가 우리의 궁극적 화두라는 사실입니다. 그 화두를 제대로 풀 수 있으려면 우리는 근본적으로 그리고 본질적으로 우리의 모국어인 한국어를 완벽하게 습득하고 구사해야 한다는 것입니다. 다른 나라의 언어는 우리의 삶을 보다 풍족하게 하고 행복하게 하기 위해서 필요한 수단이고 방법일 뿐입니다.

영어란 그 목적을 달성하기 위한 가장 효과적인 도구 중의 하나입니다. 그런데 그 도구를 얻기 위해서 우리 사회는 너무 심한 출혈을 하고 있는 것이 심각한 문제가 아닐 수 없습니다. 한 해에 20조를 헤아리는 사교육비에 못지 않은 문제가 영어 제일주의로 치달아가는 사회 분위기이고, '영어 몰입교육'이라는 이상한 말을 앞세워 역사 시간을 줄여 영어 공부를 확대시키는 교육 정책은 참으로 문제가 아닐 수 없습니다.

상점 이름이며 아파트 이름들이 무슨 뜻인지 알기 어려운 영어로 넘쳐난 지는 이미 오래되었고, 텔레비전에 이어 신문들까지도 고정 지면을 영어 이름으로 지어대더니만, 서울 앞에다가 'Hi'를 붙이는 그 경박하고 천박한 짓을 하자 각 지방 대도시들이 우리가 질까 보냐 하고 서로 다투어 영어 치장을 하느라고 정신이 없었습니다. 그런 사회 분위기 속에서 유행적으로 태어난 것이 북페스티벌이고 템플스테이입니다. 우리나라 작가들이, 우리나라 글로 쓴 책을 가지고 벌이는 행사인데 북페스티벌이 뭡니까. '책잔치'라고 하면 어디가 덧납니까. 그리고 가장 한국적인 전통과 가장 한국적인 분위기를 맛볼 수 있는 사찰 행사에 템플스테이는 또 뭡니까. 왜 '산사체험'이라는 뜻 분명한 좋은 말을 내버리고 애매모호하게 템플스테이라니요. 우리들의 속 빈 행태의 현주소가 그렇습니다. 그러나 그건 약과입니다. 덕수궁 안에 유폐된 듯이 계셨던 세종대왕을 광화문대로 상으로 옮겨 모신 건 하던 일 중 잘한 일이라는 생각이 듭니다. 세종대왕은 그렇게 매일매일 알현하면서 기억해야 할 만큼 높고 큰 업적을 이룩한 위대하고 거룩하신 대왕이니까요. 그러니 그분 동상을 크게 세우고 그 뒤에 꽃밭을 일군 것까지는 더욱 잘한 일입니다. 그런데 그 꽃밭 이름이 뭔지 아십니까? '플라워 카펫'이랍니다. 저는 그 말을 듣고 서울시 여자과장을 심하게 나무랐습니다. "북페스티벌도 틀려먹었지만, 하필 한글을 창제하신 세종대왕의 꽃밭에 그따위 이름을 붙이는 게 말이 되느냐. 당장 고쳐라, '모둠꽃밭'으로." 그 뒤로 고쳤는지 어쨌는지, 제가 글 쓰느라고 바빠 가서 확인하지는 못했습니다. 그러나 그 과장의 석연찮은 표정으로 봐서, 공무원들의 무사안일주의와 복지부동으로 봐서 고치지 않았을 확률이 더 큽니다.

우리의 사회 실태가 이 지경입니다. 그런 데다 나라에서는 역사 시간을 줄여 영어 공부를 강화시키는 혁명적 조처를 취하고 나섰습니다. 장하게도 이런 나라는 세계에서 대한민국이 유일합니다. 그런데 문제는 중고등학생 75퍼센트가 영어 공부라면 쓴물이 나 한다는 사실입니다. 이런 실태를 무시하고 영어 공부를 우격다짐으로 시켜 무슨 효과가 나겠습니까. 그런 현실을 아랑곳하지 않고 영어 공부 많이 시키라고 무조건 명령한 대통령도 참 현명하시고, 그 명령을 아무 생각 없이 척척 수행해 나가는 교육기관 또한 참 가상하지 않을 수가 없습니다.

예, 영어 공부 열심히 하는 것 좋습니다. 우리나라는 땅덩어리도 작고, 자원도 빈약한 형편에, 인구는 많습니다. 공산품을 생산해 수출하지 않으면 여유롭게 살 수 없는 나라입니다. 그 수출품을 많이 팔기 위해서는 이미 세계공통어가 되어 있는 영어를 능통하게 잘해야 하는 건 더 말할 필요가 없습니다. 그렇다고 국민 전체가 영어를 잘하기 위해 막대한 돈 낭비해 가며 날뛸 필요는 전혀 없습니다. 직업적으로 영어가 필요한 사람, 영어를 흥겹게 하고 싶은 사람, 어학에 특별히 소질이 있는 사람들만 영어를 하면 됩니다. 그리고 그 이외의 사람들은 보통 수준의 교양이 될 만큼만 영어 공부를 하면 족합니다. 그리고 억지로 영어 공부 하는 그 시간을 '인문학적 교양'을 배양하는 여러 가지 책들을 읽으며 훨씬 더 의미 있고 희망차고 복된 삶을 살 수 있을 것입니다. 정부는 정신차리고 영어 공부 강화를 위해 줄인 역사 시간부터 되돌려놓아야 합니다. 국민 모두에게 꼭 필요한 것이 아닌 영어 공부를 강압하면서 역사를 소홀히 하고 경시하게 하는 것은 반민족적 죄악이며, 억지 영어 공부로 소중한 인생과 아까운 돈을 탕진케 하는 것은 국가적 실책이고 국민적 범죄입니다.

그럼 여러분, 인문학은 무엇입니까. 흔히, 상식적으로 '문·사·철'을 가리킵니다. 문학·역사·철학을 중심으로 하되, 더 넓게는 정치·경제·사회까지를 포괄하는 정신 과학의 총칭이 인문학입니다. 그런데 우리가 흔히 '인문학적 소양을 갖춘다'고 할 때는 '문·사·철'을 중심으로 합니다. 문학과 역사와 철학에 대한 소양을 갖춘다! 정신없이 바쁜 세상, 무한경쟁의 시대, 돈이 절대위력을 발휘하는 세태에서 참 딱하게도 멍청한 소리일 수 있습니다. 이미 밤이 어두워졌는데 여기 가득 모여든 여러분은 갈데없이 멍청이들입니다. (청중 웃음)

예 여러분, 왜 최근 3~4년 사이에 인문학 강좌며 특강들이 전국적 유행처럼 번지고 있을까요? 저에게 강연 요청이 오는 것을 보면 전국 지자체며 대학, 기업 들까지도 그 행사를 펼치고 있습니다. 왜 그럴까요? 그것은 단순한 유행이 아니고 구체적인 이유가 있습니다. 그 이유를 밝혀내는 것부터가 '인문학적 소양을 쌓는 일'이 될 것입니다.

우리나라는 '경제건설을 이룩한 동시에 민주화도 성취한 세계 유일의 나라'라고 호평을 받고 있습니다. 세계의 그런 평가 앞에 우리는 자부심을 가질 만도 합니다. 우리는 그만큼 부지런히 열심히 치열하게 지난 50년 동안을 살아와 오늘날 1인당 GDP 2만 5천 달러의 조국을 만들어냈기 때문입니다. 그런데 가난 물리치고 풍족하게 잘살기 위해서 옆눈을 가린 경주마처럼 앞만 보고 줄기차게 달리다 보니 이 세상은 어찌 되었습니까. 돈, 돈, 돈, 돈이 최고가 되어 있었습니다. 너나없이 돈을 쫓아 허둥지둥 우왕좌왕 좌충우돌 정신을 못 차리고 있었습니다. 그런데 지난 정권에서 대통령이 나서서 "부자되세요"를 무슨 대단한 금언을 개발해 낸 것처럼 남발해 대자 그 야비하고 천박한 말은 금방 유행바람을 일으키며 돈을 쫓는 세태는 더욱 어지러워질 수밖에 없었습니다. '복 많이 받으라'는 우리의 전통적인 고상한 덕담을 무찌르고 '부자되세요'가 새해 인사의 자리를 차지해 버리게 된 것이 그 좋은 증거입니다.

돈이란 무엇입니까. 종이에 별로 보잘것없는 그림이 그려진 '특별한 종이'가 그거 아닙니까. 그런데 그 종이쪽이 참 상상할 수 없는 힘을 발휘하는 괴물입니다. 이 세상 사람들은 그 누구나 그 괴물을 갖고 싶어 안달이고 몸 달아 하고 있습니다. 자본주의란 한마디로 그 괴물을 제왕으로 모시는 주의입니다. 그러므로 그 괴물을 가장 많이 가진 자는 곧 이 사회의 제왕이 되는 것입니다. 그러니 죽음 빼놓고는 인간사의 모든 것을 해결하는 무소불위의 그 요술방망이를 서로 많이 가지려고 눈에 불을 켜고 혈투를 벌이는 것 아닙니까. 그 싸움에는 인정사정도 없고, 피도 눈물도 없습니다. 승리의 쟁취를 위한 수단과 방법을 가리지 않는 잔인함과 처절함이 있을 뿐입니다. 타인과의 싸움은 더 말할 것 없고, 지금 우리 앞에서 펼쳐지고 있는 여러 재벌가 형제들의 재산싸움을 보십시오. 우리의 오래된 속담은 '송사하지 말라'고 가르치고 있습니다. 남들과도 삼가해야 하는 송사를 돈 많은 사람들은 더 많은 돈을 갖기 위하여 피를 나눈 형제끼리 거침없이 법정투쟁을 벌이고 있습니다. 그 추한 모습들이 다름 아닌 돈의 모습이고, 돈의 마성이고, 돈의 잔혹함이고, 우리 인간들의 속마음이고, 우리 인간들의 끝없는 탐욕이고, 우리 인간들의 인간 포기이고, 우리 인간들의 짐승성의 폭로입니다.

온 세상에 망신당하는 것을 전혀 부끄러워하지도 않고, 창피해하지도 않는 그들의 철면피한 모습은 그들만의 모습이 아닙니다. 그걸 구경하고 있는 바로 우리들의 모습이기도 합니다. 여러분이 몇천억, 몇조의 재산이 오락가락하는 상황에 처했을 때 그렇게 되지 않을 사람이 몇이나 될까요? 아무도 장담할 수 없는 것, 그것이 우리의 마음이고, 그것이 우리의 인간 상실이고, 그것이 우리의 황폐한 현실입니다. 사람의 탈을 썼을 뿐인 돈에 미쳐버린 짐승, 그것이 우리들의 모습인 것입니다. 돈을 쫓으며, 돈에 휘둘리며 인간이기를 포기해 버린 우리 자신들의 모습, 인간으로서 인간답게 살기를 포기해 버린 우리 자신들의 모습, 그 추하고 천한 모습이 불쌍하고 가엾다고 의식하고 발견하게 된 것, 그것이 곧 인문학의 필요성을 재인식하게 된 계기인 것입니다.

지난 정권 5년 동안에 우리의 수려한 4대강만 망가지고 살해당한 것이 아닙니다. 돈 제일주의의 복창에 따라 우리의 교육과 영혼도 급속도로 황폐화되었습니다. 대학마다 '돈 안 되는 학과'들은 줄줄이 폐과되기 시작해, 철학과를 필두로 하여 독문과 불문과가 문을 닫으며 학생들의 반대 시위가 벌어지고 시끄럽더니 급기야 어느 대학에서는 국문과까지 없애고 말았습니다. 그 대학을 여기서 속 시원하게 밝히고 싶지만, 그러면 명예훼손에 걸린다 합니다. 성질대로 말 한마디 해서 명예훼손으로 재판을 받는 것보다는 잠깐 참는 게 낫고, 여러분도 제가 그런 위험에 처하는 것을 바라지 않을 테니까 굳이 그 대학을 알고 싶으면 여러분의 충직한 비서인 인터넷에 명령하시면 즉각 해결이 될 것입니다.

취업 비율로 학교 등급을 매기는데, 취직이 잘 안 되는 국문과는 점수를 까먹으니까 없애야 한다는 것입니다. 여러분, 국문과를 없앤다는 것은 무슨 의미일까요? 그건 자기의 탄생과 함께한 모국어를 버리는 일이고, 그건 곧 한국인이기를 거부하는 것이고, 그리고 인간이기를 포기하는 최악의 행위입니다. 돈을 좇느라고 미쳐 있는 우리의 사회 실태를 이처럼 실감나게 보여주는 사건은 더 없을 것입니다. 이런 극치의 상황 속에서 인문학 강좌의 붐이 일어난 것이고, 그것은 황폐해진 우리의 영혼을 되살리고자 하는 노력의 시작이었습니다.

그럼 인문학은 무엇일까요? 그건 한마디로 말하면 '인간의 발견'입니다. '나'뿐만이 아니고 '당신'도 발견하고, 그리고 '우리' 모두를 발견하는 일, 그것이 인문학이 하는 일입니다. 그 발견은 곧 '인간의 제각기 다른 개성 존중'이고, 그것은 '서로 다른 능력의 존중'이 되며, 그것은 다시 '인간의 상호 가치 존중'으로 발전하며, 그것은 마침내 '인간 존엄의 인식'에 이르게 됩니다. 그 아름다운 가치 실현이 우리들의 인식의 튼튼한 기둥으로 서게 되면 우리 사회의 나만 잘 되고자 하는 과도한 경쟁도 잦아들게 될 것이고, 개성을 무시하는 강압 교육도 없어지게 될 것이고, 인간 차별이나 인간 무시의 악습도 사라지게 될 것입니다. 그 반면에 자기 개성에 맞는 일을 자기 능력껏 해나가면서 서로의 가치를 인정하고, 서로의 능력을 존중하고, 서로의 존엄을 보호하며 화목하게 살아가는 행복한 세상이 될 것입니다. 인간으로서, 인간끼리, 인간답게 살아가는 그 길은 인문학 책들을 두루 읽어나가며 곱씹고 새김질하면 자연스럽게 나타나게 됩니다.

여러분, 이 기회에 우리가 살고 있는 이 사회가 어떤 형편인지를 객관적 자료를 통해 살펴볼 필요가 있습니다. 다음 사항들은 OECD에서 낸 통계입니다. 그 34개국 중에서 우리나라는 이혼율 1위, 자살률 1위, 사교육비 1위, 출산율 꼴찌, 학생들 수면시간 꼴찌, 그리하여 행복지수가 꼴찌입니다. 이것이 속일 수 없는 우리나라의 실태입니다.

여러분, 이런 사실을 확인하면서 기분이 어땠습니까? 지금 여러분들의 얼굴이 전부 일그러지고 침울하게 변하고 있습니다. 이게 정상적인 사람들이 사는 올바른 사회입니까? 이건 제대로 된 세상이 아니라 사람이 살 수 없는 '인간지옥'입니다. 여러분들은 그 사실을 다 알기 때문에 지금 얼굴들이 불행스럽게 변하고 있는 것 아닙니까. 행복지수 꼴찌를 실감하면서 여러분들은 인간지옥의 나날을 살고 있다는 사실입니다.

여러분, 그럼 그 인간지옥을 누가 만들었을까요? 그건 도깨비도 아니고 어떤 외국사람들도 아니고 우리들 자신, 우리들 스스로 그렇게 만든 것입니다. 그 불행으로부터 벗어나고자, 사람다운 삶을 사는 세상으로 가는 길을 찾고자 우리는 지금 여기 모여앉은 것입니다.

우리는 1인당 GDP 2만 5천 달러라고 하면서 행복지수는 꼴찌입니다. 그런데 전 세계적으로 조사를 했을 때 200여 개국 중에서 행복지수가 1위인 나라가 어디인 줄 아십니까? 미국일까요? 프랑스일까요? 아닙니다, 캄보디아입니다. 캄보디아의 1인당 GDP는 우리의 35년쯤 전인 1970년대 말과 비슷한 천 달러에서 천백 달러 정도에 불과합니다. 그런데도 그들은 삶의 만족도, 삶의 행복감이 세계 1위입니다. 왜 그럴까요? 삶의 행복감이나 만족도는 결코 돈으로 좌우되는 것이 아니라는 사실입니다. 과한 욕심을 부리지 않고, 자기가 하고 싶은 일을 하고, 자기 능력껏 살며, 이웃과 다툼 없이 웃음을 나누며 살면 행복지수는 자연히 1위로 올라간다는 것을 캄보디아 사람들은 보여주고 있습니다.

그런데 우리는 어떻습니까? 우리나라 국민들이 오래전부터 묵시적 동의를 한 사실이 있습니다. 5만 달러의 선진국 달성! 이 목표를 향해 온 국민은 30여 년 전부터 숨넘어가게 달려왔고, 지금도 채워지지 않는 허기를 안고 모두가 허둥지둥 달려가고 있습니다. 그 과욕의 줄달음질이 바로 우리 사회를 휩쓸고 있는 '무한경쟁'이라는 잔혹한 바람을 일으키게 했습니다. 오직 승자만이 살아남으며, 살아남는 자만이 모든 것을 갖는다는 승자독식을 찬미하는 것이 무한경쟁입니다. '나만 잘되면 그만'이라는 그 극단적 이기주의 앞에서는 인정사정이 없고, 피도 눈물도 없고, 여유나 배려 같은 게 있을 리 없습니다. 나 이외에는 모두 무찔러야 하는 적이니 시퍼런 칼부림만 난무할 뿐입니다. 그런 살벌한 사회 풍토에서 만들어지는 것은 인간지옥이 아니고 무엇이겠습니까.

인간의 여러 가지 본성 가운데 하나가 이기주의입니다. 나만 아는 본성인 그 이기주의는 식욕이나 성욕에 못지 않은 강한 본성일 것입니다. 그 본성이 얼마나 강한지는 세상의 모든 종교들이 입증하고 있습니다. 불교의 가장 큰 가르침이 '자비' 즉 남들에게 베풀라는 것입니다. 예수교 또한 '박애' 즉 원수까지도 사랑할 수 있게 넓고 큰 마음을 지니라고 거듭거듭 강조하고 있습니다. 이슬람교도 천주교도 똑같은 가르침으로 인간을 바르게 이끌려고 하고 있습니다. 그만큼 인간은 이기적 존재라는 방증인 것입니다.

우리는 전후의 가난에서 벗어나고자 하는 전국민적 소망과 욕구 속에서 경제개발을 시작했고, 그 총력을 다한 국민들의 다급한 노력 속에서 도덕 교육이며 인성 교육 같은 것을 경시하며 그저 잘살기 위해 무작정 내달았습니다. 노력하는 만큼 성과가 나타났고, 그 성과들은 자신감에 불을 붙였고, 그 자신감은 더 잘살고 싶은 이기심을 충동질했고, 그 이기심은 경제발전의 원동력인 것처럼 둔갑하면서 무한경쟁 사회를 만들어내게 되었습니다.

무한경쟁이란 자본주의 사회의 필연적 현상입니다. 돈이 최고고, 나만 배부르면 되고, 더더욱 부자가 되고 싶고, 이런 이기심의 무한 발동 앞에서 이 세상이 인간지옥으로 빠지지 않도록 제동을 걸어야 합니다. 그 일을 해야 하는 것이 국가입니다. 국가는 국민이 도덕 경시, 인간 무시 그리하여 사회가 인간성이 말살된 인간지옥으로 추락하는 것을 교육을 통해서 예방하고 바로잡아야 하는 의무와 책임이 있습니다. 그래서 국가체제에 교육을 전담하는 부서가 존재하고, 막대한 국민 세금을 투입하고 있는 것입니다. 그런데 불행하게도 이 나라의 역대 정권들은 인간성 회복의 교육에는 전혀 눈 돌리지 않고 오로지 경쟁교육만 부추겨왔습니다. 수없이 변해온 대학입시제도의 난맥상이 그 증거입니다. 더 잘살 수 있는 경제발전이 다급하다는 국가적 인식의 결과였습니다. 국가가 그런 식으로 경쟁교육을 부추겨왔으니 국민 개개인들은 얼마나 신나게 이기심을 발동시켰겠습니까. 그 거침없는 이기심의 발동이 바로 사교육 창궐이었습니다. '나만 잘되면 그만이오.' '남들보다 1점이라도 더 따서 이기려면 학원에 안 가고는 안 된다.' 사교육을 당연시하는 이유입니다. 그 결과 단 1점을 더 따기 위해 11가지 사교육을 받고 있다는 실토가 TV 화면에 버젓이 나오고 있습니다. 그래서 '사교육 망국론'이 나오기에 이르렀습니다.

'사교육 망국론'이란 결코 과장이 아니라 과학적 분석에 따른 확실한 근거로 나타나고 있습니다. 과도한 사교육비는 심각한 인구 문제로 직결되고 있는 것이 그것입니다. 갑자기 무슨 소리를 하는 거냐고 어리둥절하십니까? 그건 다름이 아니라 사교육비를 감당할 수가 없어서 애를 하나 이상 낳을 수 없다는 것이 젊은 부부들의 현실이고, 그래서 대부분 하나만 낳는 가족계획을 하고 있는데, 그렇게 50년쯤 지나면 우리나라 인구는 지금의 절반으로 줄고, 80년쯤 후면 1천만 이

하로 급감하여 마침내 멸족의 단계로 접어들게 된다는 것입니다. 애를 더 낳을 수 없는 명백한 이유는, 우리의 사교육비 부담은 GDP의 2퍼센트이고, 선진국들은 0.5퍼센트에 지나지 않은 것입니다. 그러니까 사교육 문제를 해결하지 못하면 OECD 국가들 중 출산율 꼴찌 신세는 면할 길이 없고, 그 길은 결국 우리 민족과 국가가 이 지구상에서 사라지는 비극의 길이 될 수밖에 없는 것입니다.

이렇게 형편이 심각한데도 우리 정부는 무한경쟁 체제를 바꾸고, 광적인 사교육 현실을 과감하게 개혁시킬 그 어떤 시도도 하지 않고 있습니다. 지금 우리 사회에서는 '3포 시대'라는 자조적인 유행어가 퍼지고 있습니다. 연애 포기, 결혼 포기, 출산 포기. 이건 곧 젊은 세대들의 삶에 아무런 희망이 없다는 표현인데, 그건 곧 앞에서 말한 행복지수 꼴찌와 직결되는 것입니다.

이런 심각한 사회적 위기 앞에서 2~3년 전부터 일기 시작한 것이 '인문학 바람'입니다. 민간에서 일어나기 시작한 이 바람은 늦었지만 얼마나 다행한 일인지 모릅니다. 이것은, 인간은 영혼적 존재이고, 자정 능력을 지니고 있는 존재다, 하는 명제를 입증해 주는 사실이 아닐 수 없습니다. 그리고 우리가 우리들 스스로를 구하려는 더없이 의미 있고 자랑스러운 일이 아닐 수 없습니다. 인문학을 습득하는 것이 '인간 발견'의 길이라면 우리가 인문학 바람을 일으킨 것은 우리의 '인간 선언'이며, 우리의 '존재 증명'이며, 우리의 '가치 입증'이 될 것입니다. 그러므로 밤의 어둠을 헤치고 여기 와 계신 여러분은 '존중받아 마땅한 인간 중의 인간'들이십니다.

인문학을 통해 인간을 발견한다는 것은 '나와 당신의 존재를 동시에 인식'한다는 의미입니다. 그건 기존의 '나만 잘되면 그만'이라는 의식을 정반대로 바꾸는 일입니다. 이 문제는 '인간은 혼자서는 살 수 없다', '인간 세상이란 너와 내가 합해진 우리로 이루어져 있다' 하는 기본상식을 회복하고 재인식하는 것입니다. 이 일은 아주 쉬울 것 같습니다. 여러분, 정말 쉬울까요? 아닙니다. 그저 생각으로는 쉽습니다. 그러나 그 사실을 생활 속에서 변함없이 실천해 나아가는 것, 그것처럼 어려운 일은 없습니다. 왜냐하면 그것은 본능과 이성의 싸움이기 때문입니다. 다시 말하면 나만을 생각하는 이기심은 식욕이나 성욕과 다름없는 본능이고, 나 아닌 타인의 존재를 나와 같은 비중으로 인정하는 것은 이성을 동원해야 가능한 일입니다. 그 본능과 이성의 싸움에서 판판이 진 것은 무엇입니까. 여러분도 잘 아시다시피 이성입니다. 2천 년 이상 그 생명을 굳건히 유지해 오고 있는 여러 종교들이 그 사실을 잘 입증해 주고 있습니다. 그 종교들이 생명을 유지해온 것은 그들의 경전의 가르침들이 긴 세월을 초월해 '빛과 소금'이기 때문인데, 그 가르침들을 '빛과 소금'으로 만들어준 것이 무엇입니까? 나만을 위하고자 하는 인간의 본능이 끝없이 발동해 쉴새없이 잘못을 저지르고 죄를 짓기 때문이 아닙니까. 인간들이 모두 이성의 힘으로 본능을 억누르고 지배하면서 바르고 올곧게 살았다면 모든 종교는 임종을 고할 수밖에 없었을 것입니다.

'베풀고 베풀되 베풀었다는 사실 자체를 잊어버려라.' '창공을 나는 새가 그 발자국을 허공에 새기지 못하듯이 영겁의 세월 속에 인간사 그 무엇이 남음이 있으랴.' 자비를 실천하고, 탐욕을 갖지 말라는 부처님의 가르침입니다. '왼쪽 뺨을 때리거든 오른쪽 뺨까지 내놓아라.' '부자가 천당에 가기는 낙타가 바늘구멍을 통과하기보다 더 어렵다.' 똑같은 의미를 담은 예수님의 가르침입니다. 성인치고 이 말들을 모를 사람은 별로 많지 않을 것입니다. 그런데 그 말들이 언제나 새로운 느낌의 '빛과 소금'으로 우리 앞에 다가드는 것은 우리들 마음이 속담 그대로 '작심삼일'이기 때문입니다. 절이나 교회에 가서 그런 말을 들으면 문득 귀가 열리며 마음이 숙연해지고 앉음새를 가다듬습니다. 그러나 돌아서면 작심삼일이 아니라 작심일일이 되고 맙니다. 각박하고 몰인정한 현실 앞에서 인문학적 소양을 갖춘다는 것도, 그 소양을 마음에 아로새기며 실천해 나간다는 것도 그렇게 힘겹고 어렵습니다.

그 어려운 일을 좀 쉽게 할 수 있는 방법은 없을까요? 예, 한 가지가 있긴 합니다. 교육의 힘을 빌리면 그 효과가 커질 수 있습니다. 초등학교에서부터 대학에 이르기까지 '바른 사람의 길'을 꾸준히 가르쳐야 합니다. 그것도 책으로만 가르쳐서는 안 됩니다. 역사 시간을 줄여 영어 시간을 늘리는 그런 천박하고 야비한 짓 하지 말고 영어 시간 줄여 도덕이나 사회 교육을 강화해야 합니다. 그리고 그 시간을 실습과 봉사를 체험케 해 사람답게 사는 가치와 보람을 체득시켜 바른 사람의 삶과 길이 무엇인지 의식 깊이 박히게 해야 합니다. 그렇게 되면 그 효과가 평생 동안 유지되며 남들의 가치와 능력을 존중하며 겸손하게 사는 참된 인간의 삶을 경영해 나가게 됩니다. 그리고 또 하나, 암기 위주의 교육 체계를 완전히 혁파해 개성과 창의력 중심의 교육으로 바꿔야 합니다. 그런데 지난 정권에서, 없어졌던 '일제고사'를 부활시켜 암기식 교육을 강화하며 무한경쟁을 부추겨댔으니 우리 사회의 미래가 암울할 수밖에 없습니다.

그런데 인간을 발견해서 우리가 더불어 살아간다는 것을 생생하게 실감시켜 주는 텔레비전 프로가 하나 있습니다. 그건 바로 SBS의 〈생활의 달인〉입니다. 제가 그 프로를 가장 좋아하는 이유는 '이 세상에 존재하는 모든 인간들은 한 사람, 한 사람이 다 존재할 가치가 있고, 모든 인간은 이 세상에 태어나면서 한 가지 일은 신을 능가할 만큼 잘할 능력이 있다는 존재 이유를 확인시켜 주고, 이 세상에 있는 모든 직업은 크든 작든 간에 이 사회가 영위되어 나가는 데 그 나름으로 전부 기여하고 있다는 인간의 존엄을 입증'해 주기 때문입니다. 그 프로를 볼 때마다 인간에 대한 새로운 경이로 인간을 새롭게 보며 인간에 대한 새로운 경애심을 갖고는 합니다. 그 프로를 통해 기상천외한 신기를 발휘하는 온갖 직업인들의 모습모습을 보며 그 어떤 직업을 하찮게 여길 수 있으며, 그 어떤 사람을 경시할 수 있겠는가, 새롭게 깨달으며 자세를 바로잡고는 합니다. 왜냐하면 저는 50년 동안 글을 써오면서도 늘품이라고는 전혀 없이 새 글을 쓸 때마다 새로운 절망감에 빠져 저의 무능함을 탄식하고는 하기 때문입니다.

이 세상의 모든 인간들은 그렇듯 자기 나름의 재능과 능력에 따라 성심껏 일하며 살아나가게 되어 있는 존재입니다. 그리고 교육이란 그 사회적 삶을 가꾸고 헤쳐갈 수 있는 기본적인 역량을 길러주는 것입니다. 그런데 우리나라의 교육은 다급한 경제발전의 추진 때문에 우격다짐의 주입식 암기에다가, 모두가 1등을 향해 달리는 무한경쟁으로 치닫는 파행을 거듭해 왔습니다. 그런 교육에서는 개성도 재능도 소질도 특성도 창의력도 무시되는 가장 비인간적인 경쟁만 조장될 뿐입니다.

바로 몇 년 전에 벌어진 카이스트 사건이 그 좋은 모델이었습니다. 카이스트는 그야말로 자타가 공인하는 머리 좋은 학생들이 모인 대학입니다. 그런데 그 대학에서 자살자가 줄줄이 생겨난 것입니다. 그건 실연 때문도, 염세 때문도, 가정 사정 때문도 아니었습니다. 그건 다름 아닌 성적 때문이었습니다.

그 대학의 자살 사건은 한두 해의 일이 아니었습니다. 벌써 20여 년이 넘게 한 해에 한 명 정도가 성적 비관으로 자살해 오고 있었습니다. 단 한 명일지라도 성적이 나빠져 자살을 한다는 것은 심각한 문제가 아닐 수 없는 일입니다. 그건 인생에 대한 인문학적 가치관이 전혀 형성되지 않고 오로지 성적 제일주의의 경쟁만 조장되어 있는 학교 체제가 야기시키는 불행이기 때문입니다. 인간에 대한 가치 존중이라고는 없이 성적이 좀 나쁘면 바로 무능력자, 패배자, 쓸모없는 인간으로 취급해 버리는 학교 분위기 때문에 성적이 나쁜 학생들은 자살이라는 막다른 길로 갈 수밖에 없는 것입니다.

그런데 저는 그 학교에 강연을 가게 되었습니다. 마침 많은 교수들까지 자리를 차지하고 있었습니다. 저는 그 기회를 놓치지 않고 그 문제부터 거론했습니다. '교수들이 얼마나 인간의 삶에 대한 인문학적 기본 가치를 갖추지 못하고 과학지식만 주입하면서 성적 경쟁을 시켰으면 학생들이 그렇게 죽어가는 것인가. 왜 1등만 사람이고 2등은 사람이 아닌가. 2등은 2등으로서 누릴 수 있는 어엿한 인생이 있는 것이다. 교수들은 전문지식을 가르치기 전에 기본적으로 그런 인문학적 가치로 인생의 의미와 생명의 존엄에 대한 소양을 갖추게 할 의무와 책임이 있다. 그래서 대학은 지식만 배우는 게 아니라 인생을 배우는 곳이란 말이 있지 않은가. 그리고 교수들은 성적이 나쁜 학생에게는 더욱 따스하게 위로하고 더욱 친절하게 격려해서 새로운 희망을 갖게 해주어야 한다. 그게 교육자로서의 최소한의 소임이다. 교수들이 그 소임을 책임 있게 잘했으면 어찌 이 학교에서 해마다 자살자가 나올 수 있는가. 그런 사태가 이어지는 이곳은 우수한 두뇌들이 모인 소문 난 대학이 아니라 인간지옥이다.' 저의 이런 말에 학생들은 환호성을 지르며 박수를 쳐댔고, 교수들은 고개를 떨구었습니다.

그런 다음에도 그 대학에서는 자살 소식이 가끔씩 들려오고 있었습니다. 그러다가 몇 년 전에는 연쇄적으로 자살자들이 생기면서 온 매스컴들이 소란해지기 시작했습니다. 곧 그 원인이 밝혀졌습니다. 원인 제공자는 다름 아닌 ㅅ 총장이었습니다. 그 총장은 성적이 나쁜 학생들에게 등록금을 두 배로 내게 하는 벌을 내렸습니다. 그래도 성적이 회복되지 않으면 등록금을 또 두 배로 올렸습니다. 그럼 학생 입장은 어찌 되겠습니까. '나 성적이 나빠서 벌을 받는 것이니 등록금을 두 배로 주세요.' 부모에게 이 말을 쉽게 할 수 있겠습니까. 더구나 두 번 벌을 받은 학생은 어찌 되겠습니까. 그 학생이 선택해야 하는 길은 무엇이겠습니까. 여러분, 학생들을 그 막다른 길로 몰아댄 총장에게는 무슨 명칭을 부여해야 되겠습니까. 여러분은 현명하시니까 여러분 마음대로 이름 붙이십시오.

　대한민국의 교육 현장은 그렇습니다. 그 삭막하고 살벌한 교육 현장을 만든 총장을 향해 사회의 뜻있는 분들이 당장 총장직에서 물러나라고 신문에 글들을 썼습니다. 그런데 그 총장은 어찌했을까요. 자기의 교육 방법은 틀리지 않았고, 자기에게는 임기가 보장되어 있으니까 물러갈 수 없다고 배짱을 부렸습니다. 그런 사람이니 그런 짓을 했겠지요. 그 사람은 미국 유학 시절부터 1등만 한 사람이라 합니다. 예, 1등만 한 사람이라 1등 아닌 사람은 사람으로 보이지 않았겠지요. 그는 머리 좋은 사람일지는 모르나 교육자로서는 빵점이었습니다.

　교육자란 모름지기 광야에서 길을 잃은 한 마리 양을 찾아나서는 성직자의 마음을 지녀야 합니다. 참교육자란 공부 제대로 한 다수가 아니라 성적이 나쁜 한두 사람에게 눈길을 돌려야 합니다. 그 학생을 아무도 모르게 따로 만나 맥주 한 잔을 기울이며 따뜻하게 위로해야 합니다. '신변에 무슨 일이 생겼느냐. 실연이라도 했느냐. 무슨 말 못할 고민이 있느냐. 인생이란 실수도 하고, 발을 헛딛게도 되는 것이다. 인간은 누구나 완벽할 수 없으니까. 성적 좀 나쁜 것 아무 걱정하지 마라. 그건 복구하면 그만이다. 마음 느긋하게 먹고 다시 공부해라. 다시 하는 공부는 물론 무료다.' 이렇게 격려했다면 삶의 의욕이 강한 젊은이들이 자살을 했을 리가 있습니까.

　인간을 인간답게 가꾸고 다듬어야 하는 우리의 교육 현장은 이렇듯 비인간적인 무한경쟁의 살벌함만 난무하고 있습니다. 그런데 그런 비인간적인 냉혹함이 학생들 사이에서도 벌어지고 있다는 사실에 놀라지 않을 수 없습니다. 학교에서 시험 볼 때 커닝하는 사람들 '고발'하는 것이 그것입니다. 여기서 '일러바친다'거나 '고자질한다'는 말을 쓰지 않고 '고발'이라고 하는 것은 선생이나 교수에게 그 사실을 알리는 학생은 커닝 행위가 '범죄'라고 생각하고 있고, '처벌을 요구' 하고 있기 때문입니다. 고발이란 '피해자나 고소권자가 아닌 제삼자가 범죄 사실을 수사기관에 신고하여 처벌을 요구하는 일'이라는 것이 사전의 풀이입니다. '그가 커닝을 해서 점수를 1점이라도 더 따면 내가 1등을 못하게 될 수도 있다'는 경쟁의식 때문에 그런 인정사정 없는 냉혹한 고발 행위가 자행되는 것입니다.

15년 전쯤인가, 무한경쟁이 야기하는 사회적 문제에 대한 어느 신문의 특집에서 그런 사실을 읽었습니다. 그때 너무 충격을 받아서 일삼아 그 사실을 확인해 보았습니다. 그건 사실이었고, 고등학교나 대학에서 으레 있는 일이고, 그건 당연한 게 아니냐는 반응에 저는 꽤나 큰 충격을 받았습니다.

공부를 해야 하는 것이 본분인 학생으로서 커닝을 하는 것은 분명 잘못된 행위입니다. 그러나 커닝을 하는 학생들 중에 성적이 너무 나쁠까 봐 다급해서 그런 부정행위를 하는 경우와, 남보다 1점이라도 더 따서 1등을 차지하려는 욕심에서 그러는 경우와, 어느 쪽이 더 많을까요. 그건 통계를 낼 필요도 없이 전자가 거의 다 일 것입니다. 그러므로 커닝하는 자들은 이미 경쟁의 상대자들일 수가 없습니다. 그럼에도 고발을 서슴지 않는 것은 경쟁의식에 쫓기고 쪼들리는 각박한 마음에서 나오는 몰인정의 표출입니다.

지나친 경쟁에 시달리지 않고 점수의 강박에서 벗어나 각자의 개성과 재능과 소질과 특성에 따라 진로를 선택해 가는 여유롭고 편안한 학교생활을 해나간다면 학생들은 친구를 범법자로 고발하는 야박한 짓은 하지 않을 것입니다. 그런 분위기에서는 커닝하는 자를 '짜식, 애인이 생겼냐?' '혹시 집안에 무슨 사고가 났나?' 이런 생각을 하며 딱하게 여길 수 있을 것입니다. 그렇게 이해하고 관대할 수 있어야만 사람 사는 세상입니다.

여러분, 여러분들 중에서 학창 시절에 참고서 산다, 준비물 산다 하며 돈을 타서 친구들과 군것질하거나 딴짓한 일이 한 번도 없는 사람 있으면 어디 손 들어보십시오. 손 드는 사람이 있다면 그 사람은 모범생이 아니라 멋이라고는 하나도 없는 쑥맥이거나 맹꽁이입니다. 그런데 부모들은 자식들의 그런 일탈 행위를 모를까요? 모를 리가 있습니까. 예전에 자기들이 다 해본 행위인 걸요. 부모들은 다만 모른 척해 줄 뿐입니다. 우리네 인생사에는 보고도 못 본 척, 듣고도 못 들은 척, 알고도 모르는 척 넘기는 일이 적지 않습니다. 그게 삶의 이해고, 생활의 너그러움이고, 상호간의 인정스러움인 것입니다.

그 '모르는 척해 주기'의 미덕은 우리네 생활에서 긴 전통으로 이어져 내려왔습니다. 농촌 사회에서 아이들이나 젊은이들이 흔히 했던 '밀서리'나 '닭서리' 같은 것을 주인이 다 알면서도 모르는 척해 주며 어험, 어험 헛기침을 했던 것이 그것입니다. 그 서리들은 법으로만 따지면 갈데없이 '절도범'입니다. 그러나 밀서리는 배고픈 아이들의 간

식거리였고, 닭서리는 긴 겨울밤 식욕 좋은 젊은이들의 야식거리였던 것입니다. 그래서 주인들은 헛기침으로 그 행위가 과하지 못하게 막았을 뿐 짐짓 모른 척해 주는 정을 베풀었던 것입니다. 그 아름다운 미풍이 삶의 도시화로 사라져버렸습니다만, 그건 도타운 인정이 흐르는 삶의 낭만이었습니다. 부모들의 묵인도 거기에 이어진 삶의 낭만이고, 학생들의 커닝 행위도 학창 시절의 한 가지 낭만으로 여겼던 세월이 있었습니다. 그런 낭만성을 웃음으로 이해하고 마음에 간직하는 것 또한 인문학적 소양이 갖춰져야만 가능한 일일 것입니다.

그럼 어떻게 해야 인문학적 소양을 갖출 수 있을까요? 그 방법은 너무 간단명료합니다. 문학, 역사, 종교를 포함한 철학 서적들을 꾸준하게 읽는 것입니다. '아유, 그거야?' 하며 심드렁해 하거나 맥빠져 하는 여러분들의 소리 없는 말이 지금 제 귀에는 환히 들리고 있습니다. 이건 여러분을 무시해서 하는 소리가 아닙니다. 우리나라 사람들은 남녀 똑같이 책 읽는 습관이 전혀 안 되어 있습니다. 그건 가장 나쁜 전통의 하나입니다. 왜 굳이 전통이라고 하느냐 하면, 해방 전까지는 국민의 70~80퍼센트가 문맹이었으니까 책이란 극소수가 읽는 것이었습니다. 그런데 해방이 되면서 문맹퇴치운동이 대대적으로 벌어졌습니다. 그 효과가 조금씩 나타나고 있는데 6·25가 터졌습니다. 막대한 인명 피해 못지 않게 전국을 초토화시켜 버린 6·25라는 전쟁은 전국민을 걸인화시키는 가난을 덮씌웠습니다. 그런 악조건 속에서도 수많은 학교들이 생기면서 교육 열풍이 거세게 일어났습니다. 문맹률은 급속도로 낮아지는데 인문학 서적들을 고루고루 읽을 수는 없었습니다. 교과서도 사기 어려워 헌책방들이 성업을 이루고 있었던 가난 때문이었습니다. 소설책 한 권을 돌려가면서 읽고, 책 뒷표지 안쪽에다가 차례로 사인을 해나가는 것이 미덕이었는데, 대체로 사인자가 20명이 넘었던 것이 1960년대의 서글픈 풍속화였습니다.

그리고 70년대가 되면서 경제개발에는 더욱 가속도가 붙고, 한시라도 빨리 가난을 면하고자 하는 욕구가 국가적 화두가 되어 있는 상황 속에서 '빨리빨리', '적당적당'은 전 사회에 통용되는 구호가 되었고, 학교 공부도 당장 써먹을 수 있는 효과적인 교육으로 집중되어 있었습니다. 모든 산업기술을 베끼고 모방해야 하는 다급한 상황을 타개하기 위해 모든 분야의 공부는 창의가 아니라 암기 최우선이 될 수밖에 없었습니다. 그런 형편에 한가하게 인문학 서적들을 읽을 겨를이 어디 있겠습니까. 이런 사회 현상에 대해서 인문학 분야에서는 미약한 반응이지만 꾸준하게 독서의 중요성을 강조하고 있었습니다. 그 사회적 역할은 4면밖에 안 되었던 당시의 얇은 지면의 신문들이 맡고는 했습니다. 그런 글들의 핵심은, 일본사람들은 글 읽는 것이 생활화되어 버스며 전차 안에서도 모두 책을 읽고 있는데, 우리나라 사람들은 시내버스 안에서 꾸벅꾸벅 졸거나 그저 멍하니 앉아 있다는 것이었습니다. 일본사람들과의 직접 비교, 이건 참 효과가 큰 글 쓰기입니다. 우리나라 사람들은 뼈아픈 민족감정 때문에 일본과 비교해 우리가 잘못하거나 부족하다는 것을 못 견뎌 하기 때문입니다.

이런 사회적 촉구가 효과를 발휘하고, 경제 사정이 해마다 나아져가면서 독서인구도 자꾸 늘어나게 되었습니다. 80년대와 90년대를 거치면서 출판계는 계속 확대되어 갔습니다. 인문학의 꽃이 피게 되는 것인가 하는 기대가 은근히 생기기도 했습니다. 그러나 그 꿈은 오래 가지 못했습니다. 컴퓨터라는 것을 앞세우고 IT 산업이라는 것이 갑작스럽게 나타난 것이었습니다. 여러분들이 다 겪어보아서 잘 아시겠지만 IT 산업의 변모와 변신 그리고 그 유혹은 얼마나 빠르고 강력합니까. 우리나라의 자본주의 힘이 막강해지면서 학교 교육도 거기에 맞춰 무한경쟁으로 치달아가는데, 거기다가 IT 산업의 각종 상품들이 현란한 유혹을 해대니까 인문학 서적은 손에서 점점 멀어질 수밖에 없었습니다.

그런 실태를 통계청은 3~4년 전에 적나라하게 우리 앞에 보여주었습니다. 주5일제 근무가 자리 잡히게 되자 통계청에서는 국민들이 주말 이틀 동안을 어떻게 보내는지 조사해 본 것입니다. 그 결과는 몹시 충격적이었습니다. 텔레비전을 포함해 컴퓨터와 인터넷을 보는 시간이 3~4시간, 신문을 포함해 책을 읽는 시간이 7~8분이었습니다. 그런데 핸드폰이 스마트폰이란 놈으로 둔갑을 해서 사람들은 남녀노소할 것 없이 그 손바닥만 한 것에 홀려 인사불성이 되고 있습니다. 그런 사회 현상의 당연한 응답처럼 책들의 판매가 급감해 소설집 초판 3천 부가 천 부도 안 팔려 작가들이 굶어 죽게 생긴 위기가 닥친 것입니다. 그러니 문학 지망생들은 더욱 줄어들 판입니다. 어쩌면 문학의 자연사 시대도 머지않았는지도 모릅니다. 그런 세상을 목도하지 않고 죽게끔 나이 먹은 것이 얼마나 다행인지 모를 일입니다.

여러분, 에디슨 다음가는 발명가요 IT 산업의 귀재로 꼽히는 사람이 누굽니까? 예, 스티브 잡스입니다. 그 사람이 한 유명한 말이 있습니다. "나의 발명은 과학 지식에서 나온 것이 아니라 인문학 서적에서 나온 것이다." 이 엉뚱한 것 같은 말은 무슨 뜻일까요. 그건 다름이 아니라 인문학 서적들을 읽으며 촉발된 상상력이 발명의 모태가 되었다는 것입니다. 곧 인문학은 창의성, 독창성, 상상력을 그 뿌리로 하고 있다는 의미입니다. 문학을 비롯한 모든 예술, 종교와 철학의 세계, 그리고 역사의 추리적 해석 같은 것은 모두 독특한 창의성, 독창성, 상상력 없이는 이루어질 수 없는 세계입니다.

스티브 잡스의 그 한마디는 무한경쟁의 광폭 질주를 일삼고 있는 우리나라의 교육에 충격적 일격을 가하는 것이라 아니할 수 없습니다. 그런데 스티브 잡스의 그 말이 무슨 뜻인지 얼핏 잘 알아듣지 못하는 분들이 있을 수 있습니다. 여러분, 잠수함이 어떻게 생겨났는지 아십니까? 또 달로켓은 어떻게 탄생했을까요? 그 두 가지 다 만화의 상상에서 나온 것입니다. 만화가들의 황당무계한 것 같은 상상력에서 힌트를 얻은 과학자들이 실제로 연구에 착수해 잠수함이며 달로켓을 발명해 낸 것입니다. 만화가 무슨 인문학이냐고요? 예, 물론 인문학에 포함됩니다. 인문학은 문사철을 넘어 정치 경제 사회를 포괄하는 인간의 정신 작업의 총체로 그 범위는 무한히 넓습니다. 그럼에도 대부분의 부모들은 자식들이 만화를 보면 질색을 합니다. 공부에 방해된다는 뚜렷한 이유 때문입니다. 그것이야말로 무식하고 무지하기 짝이 없는 일입니다. 물론 저질만화도 있습니다. 그러나 그건 10퍼센트가 될까 말까 합니다. 우리의 고단하고 짜증나는 삶에 재미와 웃음을 주는 동시에 지적 충족감과 역사적 안목까지 키워주는 양질의 좋은 만화들이 얼마든지 있습니다. 저는 『삼국지』를 1954년경인 초등학교 4~5학년 때 《학원》이라는 잡지에서 김용환 선생의 만화로 보았습니다. 그러고 나서 대학생 때 책으로 읽었습니다. 그런데 책으로 읽는 느낌은 만화로 보았을 때의 감동을 당해내지 못했습니다. 지금까지도 만화의 장면장면들이 사진을 보고 있는 것처럼 선명하게 떠오릅니다. 저는 지금도 좋은 만화는 일부러 구해서 고전 명작들을 읽는 것과 똑같은 정성을 들여가며 유심히, 열심히 봅니다. 잘 그린 만화의 장면장면들을 눈으로 따라 그리느라고 어느 페이지에서는 10분이고 20분이고 멈추어 있습니다. 그건 저에게 무척 큰 즐거움입니다. 그리고 저는 두 손자를 위해서 일곱 권의 위인전을 썼듯이 재미있고 유익한 만화들은 손수 꼭 사서 줍니다. 그러니 손자들에게 환영받는 할아버지일밖에요.

여러분, 무한경쟁을 위한 무조건 암기식 교육이 얼마나 어리석고 퇴보적인 교육 방법인지 실감나게 보여준 사례가 있습니다. 재작년엔가 여러 나라의 교육 현실을 관찰하기 위해 하버드 대학생 넷이 우리나라에 왔습니다. 서울을 며칠 돌아본 그들은 모두 놀라움으로 고개를 내두르고 있었습니다. 그들의 첫 번째 놀라움은 밤 12시까지 진행되는 사설학원들의 일방적인 주입식 교육이었습니다. 두 번째는 그 학생들이 집에 돌아가 평균적으로 새벽 2시까지 또 암기식 공부를 하는 것이었습니다. 그리고 세 번째는 학생들이 학교에 가서는 첫 시간부터 책상에 엎드려 잔다는 사실이었습니다. 깨어 있는 학생이 10퍼센

362

트 정도밖에 안 되니 그들이 놀라는 건 너무 당연한 일일 것입니다.

그런데 그들은 뜻밖의 말을 했습니다. "하버드에 유학 온 한국 학생들이 동료들과 통 어울리지 않고 왜 기숙사에 틀어박혀 책들을 외우려고 낑낑대며 애를 쓰는지 이번에 그 수수께끼가 풀렸다. 중·고등학교 때부터 암기가 습관이 되어버렸으니 그들은 외우는 것이 최고의 공부 방법이라고 믿고 있기 때문이다. 그러나 책은 암기하는 것이 아니다. 첫째 저자가 무엇을 쓰려고 했는지 파악해야 하고, 둘째 저자가 어떤 식으로 논리를 전개하고 있는지 분석하고, 셋째 내가 쓰면 어떻게 쓸 수 있을까를 모색해 보는 것으로 책 읽기의 목적은 달성되는 것 아닌가. 한국 유학생들이 하나 같이 에세이를 잘 쓰지 못해 쩔쩔매는 이유가 바로 그 암기 버릇 때문이라는 것도 이번에 발견했다. 참 이해할 수 없는 현상이다."

이 말은 한국 교육의 맹점을 신랄하게 지적한 것입니다. 그 학생들이 말하는 책읽기 방법이 바로 '창의적 공부'입니다. 그들은 그들의 3단계 독서를 마친 다음에 그 어떤 과든 불문하고 '에세이'를 씁니다. 거기에 그들 나름의 개성적이고 독창적인 창의성이 발휘됩니다. 그런데 외우려고만 급급하면서 그 3단계의 사고를 거치지 않은 한국 유학생들은 '에세이'를 쓸 도리가 없습니다. 미국의 모든 대학에서는 '에세이 학점'이 나오지 않으면 유급이고, 유급이 계속되면 학업 포기가 됩니다. 한국 유학생들이 수도 없이 학업 포기 신세가 되는 것은 다 그럴 수밖에 없는 명백한 이유가 있는 것입니다.

여러분, 우리가 1인당 GDP 5만 달러의 나라를 이루려는 꿈을 품고 있는 것은 참 거룩하고 아름다운 일입니다. 그러나 그 꿈을 성취시키려면 기필코 지금의 주입식 암기 교육으로 무한경쟁을 시키는 방법을 과감히 뜯어고치지 않으면 안 됩니다. 우리는 지금까지는 모방기술과 짜깁기기술로 2만 5천 달러에 이르를 수 있었습니다. 그러나 5만 달러로 가기 위해서는 이제 그 방법으로는 안 됩니다. 우리가 새롭게 발명해 낸 기술, 우리만이 확보하고 있는 세계적인 새 기술, 그 원천기술로 세계시장에 발명특허를 확보하지 않으면 5만 달러의 길은 요원할 것입니다. 그 영광스러운 길을 우리 앞에 열어줄 것이 스티브 잡스가 말한 '인문학적 상상력'이 무한이 발동되는 창의적 교육입니다.

그리고 여러분, 우리가 인문학적 소양을 갖춰야 하는 이유는 우리의 삶에 대한 건강한 지배력을 확보하기 위해서입니다. 다시 말하면 자기 인생을 건전한 정신으로 당당하고 꿋꿋하게 이끌어갈 수 있는 힘을 인문학을 통해 얻을 수 있는 것입니다. 구체적으로 말하면 돈에 대한 무조건적 굴종의식에서 벗어나 돈의 유혹으로부터 나를 보호하고 지킬 수 있는 힘을 갖게 된다는 뜻입니다.

한마디로 돈은 자본주의가 만들어낸 신입니다. 돈은 인간사의 그 무엇이든 해결하지 못하는 게 없는 그야말로 전지전능하고, 직접 만져 확인할 수 있는 살아 있는 신입니다. '바다는 메워도 사람 욕심은 못 메운다.' 우리 선조들이 남긴 속담입니다. 우리 인간의 욕심에 대해서 이보다 더 실감나게 잘 표현한 말은 없습니다. 우리 인간들은 너나없이 그 살아 있는 전지전능한 신 돈을 많이 갖기 위해서 정신이 하나도 없습니다. 우리 사회에서 일어나는 수없이 많은 비극들은 거의가 다 돈 때문입니다.

그러나 돈에 대한 그 무조건적인 추종이나 굴종은 꼭 '자본주의' 때문에 생긴 것은 아닙니다. 이미 2천여 년 전부터도 인간은 돈 앞에서 '노예'였습니다. 무슨 말이냐고요? 그 좋은 증거가 있습니다. 여러분, 사마천을 아시겠지요? 그 사람은 2,100여 년 전에 『사기』라는 불후의 명저를 남긴 '중국 역사학의 아버지'로 칭송받고 있는 역사학자입니다. 그 사람은 『사기』에서 '돈'에 대해서 이렇게 적었습니다. '자기보다 10배 부자면 헐뜯고, 자기보다 100배 부자면 두려워하고, 자기보다 1,000배 부자면 고용당하고, 자기보다 10,000배 부자면 노예가 된다.' 어떻습니까? 돈과 인간과의 관계에 대하여 이보다 더 예리하고 명쾌하게 갈파할 수가 있습니까? 그 어떤 경제학자, 그 어떤 심리학자가 이렇게 날카롭고 통쾌하도록 인간의 심리를 파헤칠 수가 있겠습니까. 2천여 년의 기나긴 세월이 흘렀건만 그 분석에는 생생한 오늘날의 자본주의 속성이 그대로 드러나고 있습니다. 이 녹슬지 않는 현대성, 그 탁월한 통찰력이 바로 사마천을 시대를 초월한 천재적 역사학자로 인정하게 하는 것이고, 심지어는 '소설가'로까지 인정하게 하는 것입니다. 그의 『사기』 어느 부분들은 마치 소설과도 같은 구성과 재미로 꾸며져 있기도 하니까요.

자본주의가 아니었던 2천여 년 전에도 무한대의 욕심을 가진 인간의 속성은 돈의 노예가 될 수밖에 없었다는 것을 사마천은 잘 보여주고 있습니다. 그러니 하물며 자본주의가 극대화되어 있는 오늘날에 있어서는 더 말할 것이 없는 일 아닙니까.

돈이면 안 되는 것이 없고, 그래서 돈을 쫓아 허둥지둥 헐레벌떡 정신없이 내달아가고, 그러다 보니 노예 신세가 되는 것은 너무 당연한 귀결입니다. 이런 유명한 말이 있습니다. '노예에게 있어서 가장 큰 비극은 자기 자신이 노예라는 사실을 모르는 데 있다.' 노예가 스스로 노예인 것을 깨닫지 못하면 영원히 노예 상태에서 벗어날 수가 없습니다. 노예가 노예인 것을 자각할 때 거기서 벗어나고자 하는 의식이 생기고, 그 의식이 의지로 자라나고, 그 의지가 저항의식을 잉태시키고, 그 저항의식이 집단화로 뭉치게 되면 마침내 투쟁을 전개하여 노예 상태에서 탈출해 자유를 획득하게 되는 것입니다.

우리가 돈의 노예 상태에서 벗어나는 것도 그 과정과 전혀 다르지 않습니다. 우선 우리가 어느 정도로 돈의 노예 상태에 빠져 있는가 하는 것부터 알아야 합니다. 그 병을 진단해 주는 의사가 바로 인문학 책 읽기입니다. 그 사실을 실감나게 입증해 주는 사람이 있습니다. 스티브 잡스와 함께 IT 시대에 쌍벽을 이루는 사람이 누구인지 여러분은 잘 아실 것입니다. 예, 빌 게이츠이지요. IT계에서 스티브 잡스보다 선배인 빌 게이츠는 인생살이에 있어서도 선배다운 면모를 아주 감동적으로 보여주고 있습니다. 그는 이미 세계인이 다 알고 있는 대로 세계에서 제일가는 부자입니다. 그런데 그는 그 부를 혼자 갖지 않고 미국인만이 아니라 세계인의 건강을 위한 재단을 만들어 어마어마한 돈을 사회에 환원했습니다. 그는 참다운 부자는 어떠해야 하는지를 모범적으로 보여준 것입니다. 수많은 사람들은 그의 그런 통큰 행위가 어떻게 가능한지를 궁금해했습니다. 그 궁금증을 해소시켜

주려는 듯 많은 기자들이 그런 질문을 했습니다. 그의 대답은 이랬습니다. "꾸준한 독서는 하버드 대학 졸업장보다 낫다." 이 대답은 언뜻 들으면 동문서답처럼 엉뚱한 것 같기도 하고, 선문답처럼 너무 비약이 심한 것 같기도 합니다. 그러나 그 속뜻을 찬찬히 뜯어보면, '여러 가지 책들을 꾸준히 읽어서 그런 생각을 갖게 되고, 실천한 것이다' 하는 뜻인 것입니다. 그 여러 가지 책들이란 다름아닌 인문학 서적들을 말합니다. 여러분도 아시겠지만 사실 빌 게이츠는 대학을 스스로 그만두고 IT 산업에 뛰어들었던 인물 아닙니까. 그는 체험을 통해서 인생의 길은 대학이 가르쳐주는 것이 아니라 많은 책들이 일깨워주는 것이라는 말을 하고 있는 것입니다.

그런데 또 눈길을 끄는 사람이 있습니다. 빌 게이츠의 아버지입니다. 그는 아들의 그런 자랑스러운 행위에 대해서 "아들은 어렸을 때부터 책 읽기를 좋아했는데, 거기서 배운 대로 사람으로서 해야 할 일을 하고 있을 뿐이다." 이렇게 담담하게 말했습니다. 참으로 그 아버지에 그 아들이 아닐 수 없습니다.

그런데 빌 게이츠는 막대한 재산만 만인을 위해 내놓은 것이 아닙니다. 미국 역사상 최악의 대통령으로 뽑히는 영광을 안은 부시가 미국을 수치스럽게 만든 '부자 감세'를 외치고 나섰을 때 정면으로 반대하고 나선 것이 빌 게이츠였습니다. "부자들은 지금보다 세금을 더 많이 내야 한다." 대통령에 맞서서 빌 게이츠가 외친 말이었습니다. 그런데 젊은 그를 응원하고 나선 또 하나의 부자가 있었습니다. 그 사람은 다름 아닌, 미국인들에게 가장 존경받는 부자 워런 버핏입니다. 미국의 10대 부자에 드는 워런 버핏은 일반인들과 함께 대중식당에서 25달러짜리 스테이크를 자주 먹어 미국사람들이 모두 좋아하고 존경하는 인물입니다. 그는 빌 게이츠와 함께 '부자 감세'를 반대할 뿐만 아니라 아들뻘밖에 안 되는 빌 게이츠 재단에 엄청난 돈을 기부하고 있습니다. 그것은 젊은 빌 게이츠를 그만큼 믿는다는 신뢰의 표현입니다.

그런 미국의 부자들에 비해 우리나라의 재벌들은 어떻습니까? 지난 이명박 정권이 부시 정권을 흉내내 '부자 감세'를 실시했을 때 빌 게이츠 같은 부자는 단 하나도 없었습니다. 한국의 부자들은 침묵의 환호 속에 더욱 부자가 되었을 뿐, 어느 기업에나 문젯거리로 쌓여 있는 비정규직을 정규직으로 전환하는 일은 철저하게 외면했습니다. 그뿐이 아닙니다. 비자금 조성이나 탈세 혐의로 재판을 받아 유죄 판결을 받고, 그 면피용으로 사회를 향해 얼마 얼마를 환원하겠다고 약속을 합니다. 그러나 그들은 날이 가고, 해가 바뀌어도 그 약속을 지키지 않고 흐지부지 뭉개버립니다. 그들과 광고로 연결되어 있는 언론들은 그 문제를 다시 언급하지 않고, 나날을 살기에 바쁜 대중들은 세월따라 그런 문제를 잊어버리게 되고, 더러 기억하는 사람이 있다 해도 사회적으로 아무 힘이 없어 어찌할 방법이 없이 속수무책입니다. 우리나라 재벌들은 그런 식으로 야비하고 탐욕적으로 살면서도 세상이 자기네들을 존경하지 않고 불신만 한다고 불평들을 합니다. 그들의 눈에는 빌 게이츠도 워런 버핏도 전혀 안 보이는 것입니다. 그들이 빌 게이츠와 워런 버핏처럼 했다면 우리는 먼발치에서도 그들을 경배할 것이고, 가까이에서는 그들의 그림자도 밟지 않을 것입니다.

그런데 미국의 부자들과 한국의 부자들은 왜 그렇게 차이가 날까요? 그건 두 가지 이유가 있지 않나 싶습니다. 첫째는 미국 사회의 전통입니다. 미국에는 오래전부터 큰 부자들이 거대한 재단들을 만들어 순수한 사회 공헌을 해온 전통이 있습니다. 카네기, 록펠러, 하워드 휴즈 같은 부자들이 그 대표적인 인물들입니다. 그들은 사회 전체를 위해 큰 재산을 두고두고 쓰게 함으로써 돈의 참다운 가치가 무엇인지를 보여주었고, 바르게 산다는 것이 어떤 것인지를 세상 사람들이 배우게 했고, 그리고 시간과 공간을 초월한 존경을 받게 되었습니다. 둘째는 미국의 부자들이 인문학적 소양을 충실히 갖추어가며 사업을 한다는 사실입니다. 그들은 많은 책을 읽음으로써 '인생은 유한하며, 돈은 죽어서 가지고 가는 것이 아니다'라는 지극히 평범한 진리를 철저하게 육화시키고, 그리고 실천하는 진심을 가지고 있다는 사실입니다.

여기서 우리가 주시해야 할 사실이 있습니다. 미국이 세계 최강의 나라로 그 지배력을 70년 넘게 유지해 오고 있는 것은 단순히 군사력만 강하기 때문이 아닙니다. 미국은 세계의 발명특허 75퍼센트 이상을 보유하고 있음과 동시에 부자들이 그런 사회적 공헌을 계속하고 있는 것이 국가의 저력으로 작용하고 있기 때문입니다. 그런 기업인들의 인문학적 소양은 미국의 자본주의를 그나마 '인간적 자본주의'로 유지해 나아가는 절대적 힘이 되고 있습니다.

우리는 그 누구나 '남다른 성공'을 꿈꾸며 살고 있습니다. 누구나 바라는 '성공한 인생'이란 무엇일까요. 제각기 기준이 다르겠지만, 인문학적인 견해로 보자면 '성공한 인생'은 이렇습니다. 자기가 가장 하고 싶은 일을 찾아내고, 그 일을 열심히 즐겁게 해나가고, 그리고 사는 보람과 행복을 느끼며 노년을 맞는다면 그건 참으로 '성공한 인생'입니다. 이 기준에서 우리가 확인해야 할 것이 '자아 만족'입니다. 자기 스스로 만족할 수 있는 삶을 살며 행복을 느꼈으면 그 인생은 틀림없이 성공한 인생입니다. 그러므로 나를 남과 비교하지 말아야 합니다. 나는 나고, 나의 주인은 나입니다. 그리고 여러분에게 가장 귀중한 보배는 여러분들 자신입니다. 나의 존귀함을 그 누구로부터도 침해받기를 원치 않을 때 남의 존귀함도 같은 밀도와 강도로 인정하고 존중하게 됩니다. 그것이 인간본위 사회의 바탕이 됩니다.

행복은 성적순이 아니라는 말이 있지 않습니까. 마찬가지로 성공역시 돈의 액수로 결정되는 것이 아닙니다. 돈은 삶의 수단으로써 소중한 것이되 내 머리 위에 두어서는 안 됩니다. 언제나 여러분의 발아래 두고 충직한 종으로 부리십시오. 그럴 수 있는 힘은 인문학 서적을 꾸준히 읽는 속에서 길러지게 됩니다. 책을 벗삼으면 그 벗들은 여러분의 인생길을 틀림없이 밝고 행복하게 열어줄 것입니다.

재단법인 플라톤아카데미 〈인문학, 최고의 공부 '나는 누구인가'〉

| 출처 |

「한국인과 중국인의 마주 보기 : 『정글만리』를 답파하며」, 《자음과 모음》 2013년 겨울호

「글길 만 리를 돌아가니 '진짜' 중국이 보이더라」, 《문학사상》 2013년 10월호

「작가의 소임, 작가의 노력」, OBS 〈명불허전〉 2014년 5월 18일

「오늘, 우리가 발견해야 할 것」, 《월간중앙》 2013년 11월호

「독일 실패 배우지 않고 4대강 끝내 파괴하다니……」, 《한겨레》 2014년 3월 24일

「조정래에게 길을 묻다」, 《참여사회》 2014년 2월호

「작가는 시대의 나침반이다」, 《중앙선데이》 2013년 9월 2일

「민족주의자의 초상」, 《오마이뉴스》 2007년 2월 6일

「이 무능한 애비를 용서하거라」, 《한겨레》 2002년 8월 26일

「역사를 뒤엎은 다수의 폭거」, 《서울신문》 2004년 3월 15일

「대한민국은 건재하다」, 《한겨레》 2004년 3월 16일

「문학은 한 생을 바쳐도 좋을, 아름다운 이상」, 《문학들》 2005년 가을 창간호

「등거리 외교 시대, 영세중립화의 꿈」, 〈조찬인문학강연〉(희망제작소)

「인문학, 인간의 발견」, 〈인문학, 최고의 공부 '나는 누구인가'〉(재단법인 플라톤 아카데미)

조정래의 시선

제1판 1쇄 / 2014년 12월 15일
제1판 9쇄 / 2023년 11월 10일

저자 / 조정래
발행인 / 송영석
발행처 / (株)해냄출판사

등록번호 / 제10-229호
등록일자 / 1988년 5월 11일(설립일자 | 1983년 6월 24일)

04042 서울시 마포구 잔다리로 30 해냄빌딩 5·6층
대표전화 / 326-1600 팩스 / 326-1624
홈페이지 / www.hainaim.com